CSI:

Tödlicher Irrtum

Max Allan Collins

CSI:

Tödlicher Irrtum

Aus dem Amerikanischen
von Frauke Meier

Bibliografische Information Der Deutschen Bibliothek
Die Deutsche Bibliothek verzeichnet diese Publikation in der
Deutschen Nationalbibliografie; detaillierte bibliografische Daten sind
im Internet über http://dnb.ddb.de abrufbar.

Erstveröffentlichung bei Pocket Books, New York 2004.
Titel der amerikanischen Originalausgabe: »CSI: Crime Scene
Investigation – Grave Matters«

Das Buch »CSI: Tödlicher Irrtum« entstand auf der Basis der
gleichnamigen Fernsehserie von Anthony E. Zuiker,
ausgestrahlt bei VOX.

© des VOX-Titel-Logos mit freundlicher
Genehmigung

© 2005 CBS Broadcasting Inc. and Alliance Atlantis Productions, Inc.
CBS Broadcasting Inc. and Alliance Atlantis Productions, Inc. are the
authors of this program for the purposes of copyright and other laws.

1. Auflage 2005
© der deutschsprachigen Ausgabe:
Egmont vgs verlagsgesellschaft mbH
Alle Rechte vorbehalten.
Lektorat: Ilke Vehling
Produktion: Sandra Pennewitz
Umschlaggestaltung: Sens, Köln
Senderlogo: © VOX 2005
Titelfoto: © 2005 CBS Broadcasting Inc. and Alliance Atlantis
Productions, Inc.
Satz: Achim Münster, Köln
Druck: Clausen & Bosse, Leck
Printed in Germany
ISBN 3-8025-3346-1

www.vgs.de

Für Skip Willits –
er weiß, dass es auf die Kunst ankommt.

Ich möchte meinem Assistenten,
Forensikspezialisten und Mitverschwörer
Matthew V. Clemens
meinen Dank aussprechen.

M.A.C.

»Ich rate nie. Es ist eine schockierende Angewohnheit.«
Das Zeichen der Vier, Arthur Conan Doyle

»Die wenigsten von uns sind, was sie scheinen.«
Die Büchse der Pandora, Agatha Christie

1

Las Vegas litt unter der Augusthitze. Bei Nachttemperaturen von über 37 Grad blieben die Einheimischen lieber in ihren klimatisierten Häusern. Draußen am Las Vegas Boulevard vor dem *Treasure Island* sorgte eine elektronisch gesteuerte Sprinkleranlage für einen feinen, kühlenden Nebel, der sich über den Menschen ausbreitete, die zusahen, wie Piraten sich gegenseitig umbrachten. Wo aber der Sprühnebel aufhörte und der Schweiß anfing, konnte keiner sagen.

Während der abendlichen Lightshow an der Fremont Street verzogen sich viele der Touristen in eines der klimatisierten Casinos entlang der Fußgängerzone. Es machte keinen Spaß Sinatra zuzuhören, wie er das Glück als Lady besang oder sich den Hals zu verrenken, um den gigantischen elektrischen Würfeln zu folgen, wenn sich auf der Haut und in den Augen kleine Pfützen salzhaltigen Schweißes sammelten.

Selbst die Tiere in der Wüste rund um die Stadt kauerten sich auf den Boden und suchten nach Orten, an denen es sich aushalten ließ. Die Kojoten blieben ruhig, waren zu ausgedörrt, um zu heulen, und sogar die Schlangen suchten unter den Steinen Zuflucht. Geschützt vor der sengenden Wüstenluft rollten sie sich in ihren Verstecken zusammen, als wollten sie nun doch endlich die Schuld an der Vertreibung des Menschen aus dem Paradies anerkennen.

Bei Tag, wenn die Hitze am schlimmsten war und die Temperatur 43 Grad überstieg, schleppten sich nur noch Touristen mit der Verbissenheit von Pauschalurlaubern über den Strip: *Wir haben für dieses Freizeitpaket bezahlt, und bei Gott …* Schweißüberströmt und zunehmend neurotisch fragten sie sich, wie sie plötzlich im neunten Kreis der Hölle landen konnten, wo sie doch zu einer Oase aufgebrochen waren. Diese nicht abzubrechen scheinende Menschenmenge kleidete sich in grelle

T-Shirts, Bermudashorts und dunkle Socken in Sandalen. Die Mühsal jeden Schrittes spiegelte sich in ihren Gesichtern wider.

Captain Jim Brass, der mit seinem Wagen im Stau stand, konnte diese Qualen nachvollziehen, obwohl er seine Klimaanlage auf voller Stärke eingestellt hatte. Die kühle Luft im Innenraum hatte seine pulsierenden Kopfschmerzen nicht verjagen können.

Brass hatte sein Sportjackett nicht ausgezogen, ein braunes Stück, das zusammen mit der gemusterten Krawatte seinen Sinn für modische Kleidung widerspiegelte. Der stämmige Mann mit dem kurzen braunen Haar und den melancholischen Gesichtszügen, hinter denen er seine Wachsamkeit wirkungsvoll verbarg, kämpfte beständig gegen den aufkeimenden Zynismus an – und meist gewann er. Doch das, was Brass in seinen beinahe fünfundzwanzig Jahren beim Las Vegas Police Department gesehen oder erlebt hatte, stellte ihn immer wieder auf eine harte Probe.

Wie üblich trieb die Sommerhitze die Verrückten aus ihren Löchern – die einheimischen wie auch die zugereisten. Der August war noch nicht einmal halb vorbei, da hatten sich die Mordfälle im Vergleich zu den anderen Monaten bereits verdoppelt. Das LVPD hatte während der letzten zwei Jahre durchschnittlich zwölf Morde pro Monat untersucht – zu viel für ein Department, dem es an Mitarbeitern mangelte. Doch nun schien es, dass diese Grenze noch überschritten wurde.

Die Stadt kochte über und war kurz davor, inmitten dieses heißen Glutofens, den man Wüste nannte, zu explodieren.

Hinzu kamen die politischen Entwicklungen, denen Brass ausgesetzt war, und die ebenso unnachgiebig waren, wie die gleißenden Sonnenstrahlen über seinem Kopf.

Es war ein neuer Sheriff in der Stadt, dessen Auftreten allein die Gemüter erhitzte. Der frühere Sheriff, Brian Mobley, hatte nach seiner fehlgeschlagenen Bemühung um das Bürgermeisteramt seinen Rücktritt eingereicht. Mobley hatte sich in seinem Amt nie der größten Beliebtheit erfreut, und es gab nur wenige, die ihm nachweinten. Aber auch Sheriff Rory Atwater wurde nicht nur mit Freude erwartet, wenngleich er besser mit Menschen umzugehen verstand als sein Vorgänger. Atwater wollte die Flut der Morde eindämmen, und Brass hatte schon in den ersten Monaten, in denen dieser Sheriff im Amt war, gelernt was das bedeutete.

Beide Sheriffs waren gute, ehrliche Cops, aber jeder von ihnen war auch auf seine ganz eigene Art ein karrierebewusster Politiker. Mobley hatte stets den Eindruck eines High-School-Schlägers vermittelt, der sich verzweifelt bemühte, sich während des Schulsprecher-Wettbewerbs zu benehmen. Atwater dagegen war glatter, unangreifbarer, und so manch einer im Department nannte den neuen Boss einen Barrakuda im Maßanzug.

Leise seufzend dachte Brass über die jüngste Schikane nach, als er vor einer Ampel auf Grün wartete. Atwaters Meetings und seine Memos hinterließen den Eindruck, der Sheriff erwartete, dass die Morde – und vermutlich auch gleich diese ganze verdammte Hitzewelle – aufhören würden, nur weil er es sich wünschte. Als könne er den Tod durch pure Willenskraft bezwingen. Doch es oblag Brass und dem Rest des LVPD, die Wünsche des Sheriffs in die Tat umzusetzen … und am besten eher gestern als heute.

Die dicht gedrängte Wagenkolonne schob sich einen weiteren Meter vorwärts, und Brass' Blick glitt über die Schalter für das Martinshorn. Er geriet in Versuchung, wollte aber nicht gegen die Regeln verstoßen. Was zum Teufel würde das schon nützen? Selbst wenn die anderen Fahrer gewillt wären, ihm Platz zu machen, könnten sie es nicht tun.

Weitere zwanzig Minuten vergingen, bis Brass auf dem Parkplatz endlich aus dem Taurus kletterte und ins Department eilte. Obwohl der Weg zum Gebäude kurz war, trieb ihm die Hitze den Schweiß auf die Stirn. Der Cop umging den Metalldetektor, nickte dem uniformierten Beamten zu, der über den Eingangsbereich wachte, und widerstand der Versuchung, sich die Stirn mit dem Ärmel abzuwischen. Nach dem 11. 9. waren Metalldetektoren in vielen Behörden zum Standard geworden, und Vegas hatte, wie viele andere amerikanische Städte auch, diese Sicherheitsmaßnahmen installieren lassen.

Auch der Wachmann an der Tür war das Resultat dieser neuen Entwicklungen. Die prachtvolle Lobby des Rathauses war riesig, und jeden Tag schoben sich neue Besuchermassen durch die Gänge. Das war heute nicht anders, und Brass wich auf seinem Weg zum Aufzug mehrmals der trägen Menschenmenge aus.

Endlich hatte er sich in den Fahrstuhl hineingequetscht und den Knopf für das gewünschte Stockwerk gedrückt. Während er zusah, wie sich die Türen schlossen, griff auf einmal ein Arm in die Kabine und hielt die Türen auf. Ungerührt von dem Stirnrunzeln und Seufzen der anderen – an heißen Tagen wie diesem herrschte eine besonders gereizte Stimmung – trat Sheriff Atwater in den Aufzug und bedachte die Anwesenden mit einem knappen Blick und einem Lächeln, so als hätte er sie zu einem Meeting einberufen. Er stellte sich mit dem Gesicht zur Tür.

Dem Sheriff – und seiner Kleidung: zweireihiger grauer Anzug, weißes Hemd, rot und blau gemusterte Krawatte – war absolut nicht anzusehen, dass er auch nur eine Sekunde außerhalb des Gebäudes verbracht hatte. Die großen grauen Augen des Mannes passten perfekt zu seinem Anzug, und das hellbraune Haar, das langsam ergraute, war so gepflegt wie sein auffälliger Schnurrbart. Alles in allem wirkte er würdevoll, was seinem Auftreten zusätzliche Bedeutung verlieh und ihn älter erscheinen ließ als fünfundvierzig.

»Das erspart mir einen Telefonanruf«, begann Sheriff Atwater das Gespräch und bedachte den Detective, der sich so plötzlich an der Seite des Sheriffs wiedergefunden hatte, mit einem Grinsen.

Brass brachte ein gerade ausreichendes Lächeln zu Stande, während er sich innerlich fragte, was zum Teufel jetzt wieder los war.

»So?«, erwiderte Brass.

»Es gibt da jemanden, mit dem ich Sie oben in meinem Büro bekannt machen möchte«, erklärte Atwater.

Das Gespräch gefiel Brass nicht, und er versuchte, sich aus der Affäre zu ziehen. »Ich wollte nur für eine Sekunde in mein Büro und dann zum CSI, um etwas zu überprüfen.«

Atwaters Grinsen gefror. »Dieses Treffen geht vor.«

Das Signal des Aufzugs kündete das erste Stockwerk an und kam jeder weiteren Erklärung, die Atwater möglicherweise zu bieten hatte, zuvor. Die Menschen drängten sich zwischen Brass und dem Sheriff hindurch, bis beinahe alle außer ihnen ausgestiegen waren. Der Sheriff und sein Untergebener beäugten einander, als sich die Türen schlossen und die Kabine sich wieder in Bewegung setzte.

Brass lächelte unverbindlich. »Darf ich fragen, wen ich treffen soll?«

Mit gesenkter Stimme entgegnete der Sheriff: »Rebecca Bennett … der Name ist Ihnen natürlich bekannt.«

Brass schüttelte den Kopf. »Nicht, dass ich wüsste.«

»Verständlich«, sagte der Sheriff. »Sie war eine Weile nicht in der Gegend – den überwiegenden Teil der letzten zehn Jahre sogar.«

»Ich fürchte, ich kann Ihnen nicht folgen, Sheriff.«

Die Türen öffneten sich im zweiten Stock, und bis auf die beiden Gesetzeshüter stiegen alle Fahrgäste aus, sodass ein wenig Privatsphäre entstand. Als die Türen sich wieder schlossen, fragte Atwater: »Aber Sie haben bestimmt von ihrer Mutter gehört?«

Bei Brass klingelte nichts. »Bennett« war ein Name, der häufig im Telefonbuch vorkam.

Der Sheriff zog eine Braue hoch. »Rita Bennett?«

Die Klingel des Fahrstuhls ertönte wieder, und endlich klingelte es auch in Brass' Schädel.

Die Männer verließen den Fahrstuhl.

»Die Autohändlerin«, erinnerte sich Brass. Und eine wichtige politische Förderin des Sheriffs, dachte er. »Aber ist sie nicht erst kürzlich gestorben? Direkt nach Ihrer Ernennung …?«

»Ja, das ist sie. Sie war eine nette Frau und eine liebe Freundin.« Die Trauer des Sheriffs schien echt zu sein, aber vielleicht war es auch nur die Trauer über den Tod einer Geldquelle, die er aus tiefstem Herzen beklagte.

Und Rita Bennett war Geld pur gewesen. Sie hatte eine Gebrauchtwagenhandlung ihres Ex-Mannes zugesprochen bekommen, als sie sich vor ungefähr fünfzehn Jahren hatte scheiden lassen. Immerhin hatte sie ihren Mann im Büro mit einer der Sekretärinnen erwischt. Jedenfalls entwickelte sich ihr Gebrauchtwagenhandel zu einer der erfolgreichsten GM-Niederlassungen des ganzen Südwestens – sehr zum Ärger ihres Ex-Mannes.

Brass und Atwater gingen durch den Korridor zum Büro des Sheriffs.

»Mrs Bennett hat in dieser Stadt einen guten Ruf«, sagte Brass wahrheitsgetreu, und damit wollte er seinem Boss keinen Honig ums Maul schmieren. »Aber warum treffen wir uns mit ihrer Tochter?«

»Lassen wir die junge Frau ihre Geschichte selbst erzählen.«

Im Vorzimmer sah Brass Mrs Mathis, die Sekretärin in den Vierzigern, eine Veteranin aus Mobleys Zeiten. Kühl, effizient und jedem ihrer Bosse stets einen Schritt voraus, führte Mrs Mathis das Büro mit eiserner Faust.

»Ms Bennett wartet in Ihrem Büro, Sheriff.«

Atwater nickte Mrs Mathis zu, drückte die Türklinke hinunter und betrat vor Brass das Zimmer.

Der Raum hatte sich seit Mobleys Zeiten kaum verändert – Auszeichnungen, Diplome und Fotos des Sheriffs, auf denen er zusammen mit diversen Prominenten und Politikern abgelichtet war. Das Bemerkenswerteste in dem Büro war aber die Frau in dem Sessel vor dem Schreibtisch.

Sie erhob sich und drehte sich zu ihnen um – eine brünette Frau Ende zwanzig, die selbst für die Verhältnisse in Las Vegas als schön gelten musste. Ihre Kleidung war nicht auffällig: hellblaue Bluse, dunkelblaue Hose, dunkelblaue Pumps. Sie trug das Haar kurz geschnitten, sodass ihre hohen Wangenknochen betont wurden; ihre Augen standen weit auseinander, waren blau und groß und drückten sowohl Wachsamkeit als auch eine Art von Naivität aus. Ihre Nase war schmal und wohlgeformt, vermutlich das Werk eines plastischen Chirurgen. Und als sich ihre vollen Lippen öffneten, kamen kleine weiße Zähne zum Vorschein.

Ihr Lächeln aber war freudlos, ebenso wie das, mit dem der Sheriff antwortete. Und wie dem Sheriff waren auch ihr keinerlei Folgen der Hitze anzusehen. Wie machen die das?, fragte sich Brass, der meinte sich beinahe schwitzen zu hören, als er den Raum durchquerte und auf die Frau zuging. Andererseits wusste er nicht, ob das noch an der Hitze lag oder eher an der Spannung, die er an ihr bemerkte. Was mochte der Sheriff diesmal wieder aus dem Hut zaubern?

»Rebecca Bennett«, stellte Atwater vor. »Das ist Captain Jim Brass – sollte es im Department einen besseren Polizisten geben, würde ich ihn gern kennen lernen.«

Dieses wenig eindeutige Lob ließ Brass aufhorchen, als er der Bennett die Hand entgegenstreckte. Atwater hielt eine Überraschung für ihn bereit, das wusste er – aber er wusste nicht, wo und wie sie ihn treffen würde.

Rebecca Bennett hatte einen kräftigen Händedruck und einen kühlen Blick. War da nicht etwas Raubtierhaftes in ihrem Gesicht?

»Es freut mich, Captain Brass.«

»Ms Bennett«, begann Brass. »Mein Beileid zu ihrem Verlust.«

»Danke, Captain. Eigentlich bin ich genau deswegen hier.«

Atwater trat hinter seinen Schreibtisch und bat sie, Platz zu nehmen. »Ms Bennett …«, setzte der Sheriff an, doch sie unterbrach ihn.

»Rory, Sie sind ein Freund der Familie. Nur weil Sie mich lange nicht gesehen haben, bin ich doch trotzdem noch Rebecca.«

»Rebecca.« Er kniff die Augen zusammen. »Ich weiß, das ist … schwer für Sie gewesen.«

»Sicher wissen Sie das.«

Atwater wirkte nachdenklich, setzte aber dann eine Miene auf, die Brass gut kannte: traurige Augen, leichtes Stirnrunzeln, Besorgnis in der Mimik. »Rebecca, warum legen Sie Captain Brass die … Situation nicht dar?«

Merkwürdige Ausdrucksweise – Situation. Bei einem kurzen Blick auf die Frau sah Brass, dass Rebecca an ihrer Fassung arbeitete. Etwas hier war nicht richtig, etwas war … unheimlich.

»Captain, Sie haben mir Ihr Beileid zum Tod meiner Mutter ausgesprochen.« Rebeccas Stimme klang sonderbar nüchtern.

»Ich hoffe, das war angemessen«, erklärte Brass, der sich im Stillen fragte, ob er einen Fauxpas begangen hatte.

»Eigentlich nicht, aber das konnten Sie nicht wissen.«

»Ihre Mutter war eine einzigartige Frau«, wandte Atwater ein. »Über jedes normale Maß hinaus. Es ist verständlich, wenn Sie sich in einem … Konflikt befinden.«

Was zum Teufel ging hier vor?

Rebecca zuckte mit den Schultern. »So könnte man das nennen.«

»Entschuldigen Sie«, unterbrach Brass, »vielleicht bin ich ja so ein großartiger Ermittler, wie der Sheriff annimmt … vielleicht auch nicht … aber ich bin definitiv nicht gut genug, um das hier zu verstehen. Bitte, Ms Bennet, worum geht es?«

»Entschuldigen Sie, Captain Brass. Ich habe vergessen, dass Sie hier gewissermaßen im Dunkeln tappen. Sheriff Atwater habe ich natürlich in einige Details eingeweiht.«

Brass warf dem Sheriff, der sein Politikerlächeln aufgesetzt hatte, einen Blick zu und zuckte andeutungsweise mit den Schultern.

»Sie müssen wissen, meine Mutter und ich hatten uns voneinander entfremdet, seit ich achtzehn war«, erklärte Rebecca. »Nach der High School bin ich wieder zu meinem Vater gezogen und habe nie wieder zurückgeblickt.«

»Tut mir Leid, das zu hören.« Brass dachte kurz an seine eigene Tochter Ellie, die sich von *ihm* entfremdet hatte. Dann kam ihm etwas anderes in den Sinn. Warum war die unzufriedene Tochter einer politischen Gönnerin wichtig für Atwater?

»Captain Brass«, sagte Rebecca, »auch mir tut es Leid … jetzt. Man wird langsam älter und versteht, dass man von seinen Eltern vollkommen Unrealistisches erwartet hatte. Aber die Differenzen zwischen uns waren groß. Sie hatte mir einen Brief geschrieben, vor ungefähr sieben Jahren, den ich aber nie beantwortet habe, und … Wie auch immer, ich habe den Kontakt zu meiner Mutter immer wieder herstellen wollen, aber irgendwie hatte es nie geklappt. Und jetzt … jetzt ist es zu spät.«

Sie zuckte mit den Schultern. Keine Tränen, nicht einmal feuchte Augen – nur ein kurzes Schulterzucken.

»Sie sollten Captain Brass in die Hintergründe der … Situation einweihen«, meinte Atwater.

Situation. Wieder einmal.

»Nicht lange, nachdem meine Mutter meinen Vater um seinen erfolgreichsten Gebrauchtwagenhandel gebracht hatte … bei der Scheidung … fand ich heraus, dass ihr neuer Freund ein Mann war, den sie bereits zu dem Zeitpunkt kannte, als sie meinem Vater seine Affären vorhielt … mit anderen Worten, sie spielte beim Scheidungsrichter die betrogene Ehefrau, obwohl sie selbst eine Affäre hatte. Ihr Liebhaber war Peter Thompson, und sie trafen sich bereits monatelang, ehe meine Mutter Daddy … wie heißt es doch gleich? In flagranti delicto? … mit dieser blöden Sekretärin erwischte. Möchten Sie noch etwas Interessantes erfahren, Captain?«

Brass, schon jetzt einigermaßen überwältigt von dieser Seifenoper, nickte: »Sicher.«

»Meine Mutter hat die Frau nicht gefeuert – Daddys Sekretärin, meine ich. Halten Sie es nicht auch für möglich, dass die Sekretärin eingeweiht war? Dass die ganze Geschichte eingefädelt war?«

»Möglich«, gab Brass zu.

»Als ich das herausfand, geriet ein Keil zwischen mich und meine Mutter. Mein Vater ist daran zerbrochen und wenige

Jahre später als Alkoholiker gestorben. Das hat die Sache nicht gerade besser gemacht. Ich bin nicht mal zur Hochzeit meiner Mutter gegangen. Damals war ich noch an der High School – das, Captain Brass, war eine unserer schlimmsten Auseinandersetzungen, das kann ich Ihnen sagen.«

»Kann ich mir vorstellen. Wie lange haben Sie nicht mehr mit Ihrer Mutter gesprochen?«

»Über zehn Jahre.« Wieder zuckte sie mit den Schultern. »Wie gesagt, es war kurz nach meinem achtzehnten Geburtstag … als ich auszog. Wir haben uns nicht einmal eine Karte zu Weihnachten geschrieben.«

»Und, falls ich fragen darf, was haben Sie in all der Zeit getan?«

»Ich habe mich durch mein Studium an der Cabrerra University in Miami gearbeitet. Hat mich sechs Jahre gekostet, einen Abschluss zu machen, den man nach vier Jahren haben sollte.«

»Warum Miami?«

»Weiter konnte ich mich nicht von Zuhause entfernen, ohne ins Meer zu fallen. Als Hauptfach habe ich Hotelmanagement gewählt – meine Eltern waren beide Geschäftsleute, und das scheinen sie mir vererbt zu haben. Während der letzten sechs Jahre habe ich für eine Hotelkette in Miami gearbeitet. Vor zwei Monaten wurde ich hierher versetzt – ins *Sphere*.«

»Als sie wieder in der Nähe ihrer Mutter waren – haben Sie da versucht, Kontakt zu ihr aufzunehmen?«

»Ja … ja, ich dachte, das Schicksal hätte mich mit der Nase darauf gestoßen. Es wäre Zeit, erwachsen zu werden und Frieden mit dieser Frau zu schließen.« Sie ließ ein raues Gelächter ertönen, das sich schnell in ein Schluchzen verwandelte. Sie griff in ihre Tasche, zog ein Taschentuch hervor und trocknete ihre Augen.

Brass und Atwater wechselten einen Blick unter hochgezogenen Brauen.

Dann redete Rebecca weiter. »Das war der Zeitpunkt, zu dem ich erfuhr, dass sie tot ist. In diesem Mai.«

»Haben Sie mit Ihrem Stiefvater gesprochen?«

»Ja. Er hat gesagt, sie sei friedlich verschieden.« Sie unterbrach sich, um tief durchzuatmen. »Sie sei im Schlaf gestorben.«

Brass sah sich zu Atwater um, aber dessen Blick ruhte unverwandt auf Rebecca Bennett.

»Doch Sie glauben ihm nicht«, gab Atwater das Stichwort.

»Nein, das tue ich nicht.«

»Das hat Sie heute hierher geführt, richtig?«

Zögernd sah Rebecca nacheinander die beiden Männer an, ehe sie antwortete: »Ja. Ich glaube, mein Stiefvater hat meine Mutter ermordet.«

Wütend dachte Brass, dass es *das* war, warum Atwater ihn hergelockt hatte. Wenn die Tochter einer verstorbenen Gönnerin mit dem Stiefvater in Streit geriet, galt die Frage zu klären, wer denn nun das Geld der Toten bekommen würde.

Brass gestattete sich einen abfälligen Blick in Richtung des Sheriffs, doch Atwater schien nichts davon zu merken – er gab sich auf melancholische Art milde. Er was nur ein besorgter Freund der Familie, darum bemüht, das Richtige zu tun.

»Sie, Rebecca, sollen wissen, dass wir uns diese Sache sofort ansehen werden. Und zwar gründlich.«

Brass war klug genug, um vorsichtig zu sein, nichtsdestotrotz fragte er: »Warum glauben Sie ihrem Stiefvater nicht, Ms Bennett?«

Rebecca drehte sich zu Brass um, und ihre geweiteten Augen brannten wie Ausrufezeichen in ihrem Gesicht. Offenbar war ihr nie in den Sinn gekommen, dass irgendjemand ihre Argumentation infrage stellen könnte. Umso weniger ihre Motive.

»Da gibt es einige Gründe«, antwortet sie schließlich, als sei dies Erklärung genug.

»Wie sah das Autopsieergebnis aus?«

Rebeccas Lippen verzogen sich zu einem sarkastischen Kussmund. »*Welches* Autopsieergebnis?«

»Es hat keine Autopsie stattgefunden?«

Sie schüttelte den Kopf. »Das ist einer der Gründe, warum ich

Peter verdächtige – er hat mir gesagt, eine Autopsie hätte meine Mutter abgelehnt ... aufgrund ihrer religiösen Überzeugungen.«

»Und diese Begründung zweifeln Sie an?«

»Ich halte das für eine Ausrede – ich habe meine Mutter lange nicht gesehen, und ich weiß, dass sich die Dinge ändern können, dass sich Menschen ändern können – doch sie war niemals religiös, als ich noch bei ihr lebte.«

»Vielleicht wurde sie bekehrt ...«, gab Brass zu bedenken.

»In gewisser Weise stimmt das. Peter und meine Mutter haben sich einer konservativen, fundamentalistischen Kirche angeschlossen, nach deren Auffassung ein Leichnam für die Auferstehung unberührt bleiben muss. Dieser ganze Mist eben ...«

»Nicht jeder hält das für Mist, Ms Bennett ...«

»Ich weiß, ich weiß ... Ich möchte auch nicht klingen wie irgendeine Fanatikerin, es ist nur ... für Mom kommt mir das ziemlich drastisch vor. Es passt nicht zu ihrem Charakter. Aber da sind auch noch andere Dinge. Beispielsweise erbt Peter nach Moms Testament alles.«

Brass wusste längst, warum Atwater hier war – nämlich um seinen Arsch zu retten, und das war davon abhängig, wer am Ende das Benett-Vermögen besitzen würde. Er selbst war hier, um Atwater dabei zu helfen, und Rebecca Bennett war hier, um ihren Anteil, ihr Stück vom Kuchen zu bekommen, egal, wie sehr sie ihre Mutter auch verachtet hatte.

Offenbar hatte Rebecca seine Gedanken erraten, denn sie sagte hastig: »Bitte verstehen Sie, es geht nicht um das Geld.«

Brass nickte mit unbewegter Miene. In dieser Welt war nur eines sicher: Wann immer jemand sagte, es ginge nicht um Geld, ging es genau darum.

»Meine Mutter hat ihr Vermögen mithilfe des Gebrauchtwagenhandels meines Vaters aufgebaut – ein Geschäft, das sie und Peter Thompson sich mehr oder weniger erschwindelt haben, und nun soll nach all diesen Jahren ausgerechnet Peter der einzige Nutznießer sein – das ist einfach zu viel. Das ist verdammt noch mal zu viel.«

»Ms Bennett ...«

Sie beugte sich vor, und ihre blauen Augen blitzten förmlich. »Der Tod meiner Mutter kommt mir einfach ein bisschen zu geheimnisvoll vor, und was hat Peter getan, als ich versucht habe, mit ihm zu reden? Er hat mich auflaufen lassen.«

»Deshalb sollten Sie die Leiche ihrer Mutter exhumieren lassen«, sagte Atwater abschließend.

Brass richtete sich auf wie ein Autofahrer, der von einer LKW-Hupe aus dem Sekundenschlaf gerissen worden war. »*Ex-*«, hauchte Brass, »*-humieren?*«

»Ja«, entgegnete Rebecca gelassen. »Ich will, dass meine Mutter exhumiert wird und dass eine Autopsie an ihrer Leiche durchgeführt wird. Dann weiß ich ein für alle Mal, ob Peter Thompson sie umgebracht hat.«

Brass fühlte, wie die Worte einfach über seine Lippen sprudelten: »Tja, sicher wird Ihr Stiefvater sich dagegen wehren ...«

Sie lachte und warf den Kopf zurück, als wäre sie besonders stolz auf sich. »Das hat er mir sogar *versprochen*. Er hasst mich wie die Pest, und er benutzt das Geld meiner ermordeten Mutter, um mich zu bekämpfen.«

Bemüht, ihre Emotionen nicht noch weiter anzufachen, sagte Brass: »Wir werden ihn überprüfen.«

»Was ist mit der Exhumierung?«, fragte sie und rückte näher, inzwischen so aufgeregt, dass ihre Nasenflügel flatterten.

»Tja ...«, überlegte Brass und sah den Sheriff an, der doch gewiss vernünftig genug sein musste, diese Hexenjagd abzublasen.

Atwater sprang mit beiden Füßen in diese *Situation* und landete – auf Brass.

»Die Exhumierung ist kein Problem«, bestimmte Atwater, und sein Blick huschte für eine Sekunde zu Brass, ehe er Rebecca zunickte. »Als einzige Blutsverwandte Ihrer Mutter haben Sie das Recht, eine Autopsie zu fordern ... besonders angesichts Ihres Verdachts. Mein bester Mann, Captain Brass, wird sich persönlich darum kümmern.«

Hier saßen sie nun. Während die Anzahl der Morde mit der

Temperatur zuzunehmen drohte, wies Sheriff Atwater ihm einen Fall zu, der in erster Linie als ein politisch motivierter Gefallen gewertet werden musste.

Im Stillen dachte Brass, dass der Sheriff seinen politischen Dreck allein machen solle.

Aber er sagte: »Ich werde mich sofort darum kümmern, Ms Bennett.«

Der *Desert Palm Memorial Cemetery* befand sich auf einem üppig begrünten Grund nicht weit entfernt von der Kreuzung North Las Vegas Boulevard und Main Street. Zwei Tage waren vergangen, seit Captain Brass mit Sheriff Atwater und Rebecca Bennett zusammengetroffen war. Nun stand der Detective mit der richterlichen Anordnung in der Hand mitten auf dem Friedhof. Sie arbeiteten in den frühen Morgenstunden, da die Friedhofsleitung gefordert hatte, dass dieser Einsatz die Beisetzungen des Tages nicht stören dürfe.

Die Temperatur war auf 36 Grad gefallen, und ein sanfter Windhauch strich durch die Nacht, die sich bereits dem Morgen zuneigte. Noch zwei Stunden bis zum Ende der Nachtschicht des CSI.

Brass wusste, dass Gil Grissom, der Leiter des CSI-Teams, seine Abneigung gegen die Politik teilte. Aber sie alle hatten ihre Arbeit zu machen, ebenso wie die beiden anderen anwesenden Tatortspezialisten der Nachtschicht, Sara Sidle und Nick Stokes. Sie warfen im Licht des Vollmonds lange Schatten, als sie zusahen, wie ein Schaufelbagger die Erde über Rita Bennetts Grab aufriss.

Zwei Totengräber waren bei dieser makaberen Mission mit von der Partie. Joe, ein schlaksiger Kerl mit strähnigem schwarzen Haar und himmelblauen Augen saß auf dem Schaufelbagger, während sein Kollege Bob, klein und dürr, hinter dem Grab stand und ihm Anweisungen gab, wie er die Schaufeln bewegen sollte. Damit wollte er verhindern, dass Joe versehentlich den Beton-Versenkkasten beschädigte, denn darin ruhte Rita Bennetts Sarg. Beide Männer trugen schmutzige weiße T-Shirts und dreckige Jeans, passend zu dem schmutzigen Job, den aber doch irgendjemand tun musste.

Neben dem Bagger stand ein Bronzegrabstein mit Ritas Namen und ihrem Geburts- und Todestag. Brass und die Tatortermittler hielten sich ein wenig abseits und sahen zu, wie sich die grollende Maschine durch die Erde fraß.

Mittelgroß, das Haar ergraut, der dunkle Bart sauber gestutzt, war Gil Grissom von Kopf bis Fuß in Schwarz gekleidet, sodass er in der Dunkelheit kaum zu erkennen war. Der Mann in Schwarz machte nicht den Eindruck, als würde ihn die Hitze im Mindesten stören. Brass selbst trug inzwischen ein braunes Sportjackett und ein helles Hemd.

Die Kleidung von Grissoms Mitarbeitern schien den Witterungsverhältnissen besser zu entsprechen. Sara hatte das dunkle Haar unter einer CSI-Schirmmütze verborgen, trug eine braune, leichte Hose und eine ebenfalls braune kurzärmelige Bluse. Nick Stokes, markantes Kinn, freundliche Augen, stand neben ihr. Ein blaues CSI-T-Shirt betonte den muskulösen Körper des ehemaligen Sportlers; sein dunkles Haar war kurz geschnitten. Er schien mit der Hitze ebenso gut zurechtzukommen wie Grissom.

»Bei den vielen Morden, die wir derzeit haben, hätte ich nicht erwartet, dass der Sheriff uns auf noch auffordert, neue Kundschaft auszugraben«, murmelte Stokes.

»Sollte dabei ein potenzieller Kunde zum Vorschein kommen, Nick«, gab Grissom auf seine trockene Art zurück, »werden wir ihm unseren vollen Service zukommen lassen.«

»Dass es keine Autopsie gab, riecht eindeutig nach Verdunkelungsabsichten«, meinte Sara.

»So merkwürdig ist das gar nicht«, erwiderte Grissom. »Manche Leute wollen nun einmal an einem Stück aus den Wirren des irdischen Lebens scheiden … bei manchen religiösen Überzeugungen ist es deshalb nicht ungewöhnlich, wenn eine Autopsie abgelehnt wird.«

23

Sara verzog das Gesicht und zuckte mit den Schultern.

Sie sahen zu, wie der Bagger eine weitere Furche in die Erde grub. Bald darauf gab Bob, der Totengräber, Joe, dem Baggerführer, den Befehl aufzuhören. Joe kletterte von der Maschine herab, und die beiden Männer stellten sich am Kopfende des Grabes auf, offenbar um das weitere Vorgehen abzustimmen.

»Alles in Ordnung?«, fragte Brass mit einem Stirnrunzeln.

Bob, die Hände in die Hüften gestemmt, sah sich zu ihm um. »Wir haben den Versenkkasten erreicht.«

Brass und die Tatortermittler näherten sich dem Rand der Grube, die etwa einen Meter, vielleicht auch etwas mehr, in die Tiefe reichte. Am Boden, kaum erkennbar, sahen sie etwas Braunes.

»Den Rest müssen wir von Hand machen«, erklärte Bob. »Die Gräber auf beiden Seiten sind zu nah dran, um den Bagger einzusetzen, und natürlich wollen wir den Versenkkasten nicht beschädigen.«

Das war Brass ebenso klar wie Grissom und den anderen. Aber der Totengräber hatte noch nie einer Exhumierung beigewohnt und dachte, ein paar Dinge erklären zu müssen.

»Das ist nicht unser erster Besuch auf dem Friedhof, Bob«, informierte ihn Brass. »Tun Sie, was Sie tun müssen.«

»Könnte 'ne Weile dauern«, erwiderte der Totengräber und legte den Kopf schief. Offenbar genoss er seinen vorübergehenden Wissensvorsprung.

»Das ist ein Friedhof, Bob«, sagte Grissom. »Zeit ist hier relativ.«

»Häh?«

»Graben«, half Nick Bobs Gehirn auf die Sprünge.

Der Mann dachte darüber nach, und dann tauchte ein Grinsen inmitten seines schmutzigen Gesichts auf. »Ja. Ja, ich grabe.«

Und damit eilte der Totengräber zurück an die Arbeit, während Sara und Nick die Augen verdrehten und einen Blick wechselten.

Der Detective und die drei Tatortspezialisten sahen zu, während die beiden Männer mit Schaufel und Spachtel den Versenkkasten vorsichtig freilegten. Keiner der beiden sah sonderlich glücklich aus, als sie behutsam die Erde in dem kleinen Loch wegkratzten.

»Wo ist die besorgte Tochter?«, fragte Nick. »Warum sieht sie nicht zu, während wir ihre Mami ausgraben?«

»Sei nett, Nick«, erwiderte Grissom.

»Sie wird im CSI-Hauptquartier zu uns stoßen und dabei sein, wenn wir den Sarg öffnen. Die Verfahrensbestimmungen erfordern ihre Anwesenheit.«

»Wäre ich gezwungen, so etwas zu tun, mit der Leiche eines geliebten Menschen …«, sagte Sara. »Ich würde nicht dabei sein wollen.«

Grissom beäugte sie neugierig. »Aber du bist Wissenschaftlerin.«

»Sogar Wissenschaftler haben Gefühle«, gab sie mit milde tadelnder Miene zurück.

»Niemand ist perfekt«, kommentierte Grissom.

Sara und Nick fotografierten die weiteren Vorgänge, während sich Grissom Notizen machte. Brass war der Einzige, der lediglich zuschaute.

Endlich konnten die beiden Arbeiter Taue unter den Versenkkasten ziehen. Mithilfe des Baggers zogen sie den Betonkasten hoch und setzten ihn auf der Ladefläche eines Lasters ab. Dann kletterten Brass und die Tatortspezialisten in ihren schwarzen Tahoe und folgten dem Fahrzeug zurück in das Hauptquartier. Dort angekommen fuhr der Laster rückwärts durch das große Tor am Ende der Parkgarage auf der Rückseite des CSI-Gebäudes. Als das Team eintraf, machte es sich sofort auf den Weg in die Garage, um mit seiner Arbeit zu beginnen.

Die Garage bot Platz für drei Fahrzeuge. Es gab eine riesige Laderampe, die sogar für Transporter gereicht hätte, die größer waren als der Laster, der die sterblichen Überreste Rita Bennetts transportiert hatte. Die Garage, ein Betonbunker mit einer sechs

25

Meter hohen Decke, an der sich ein Deckenlaufkran befand, verfügte über eine Werkbank an der Rückseite und je einen großen Werkzeugschrank an den beiden Seitenwänden.

Zuerst kletterten Nick und Sara auf die Ladefläche und fingen an, die Gurte von dem Betonkasten zu lösen. Während sie damit beschäftigt waren, ging Brass in sein Büro, um Rebecca Bennett abzuholen. Kaum war er durch die Tür verschwunden, winkte Nick Grissom zu, er solle zum Laster kommen.

Während er zusammen mit Sara die Gurte löste, behielt Nick die Tür wachsam im Auge: »Haben wir nichts Besseres zu tun, als jemanden zu exhumieren, um einen von Atwaters Gönnern zufrieden zu stellen?«

Grissoms Stimme blieb so sanft wie eh und je, doch seine Miene war ernst. »Sie ist keine Gönnerin – aber ihre verstorbene Mutter war eine.«

»Werden wir jetzt spitzfindig?«

»Nein, Nick, wir werden nicht spitzfindig – wir haben es mit einer Frau zu tun, die ein paar Antworten in Bezug auf den Tod ihrer Mutter braucht. Antworten, die wir ihr vielleicht liefern können.«

»Hey, ich meine ja nur, dass es genug echte Verbrechen in dieser Stadt gibt …«

»Mach deine Arbeit, Nick.«

Nick wollte noch etwas sagen, aber Sara kam ihm zuvor: »Das Ding ist versiegelt. Wird eine Weile dauern, bis wir ins Innere vorstoßen können.«

Grissom nickte. »Dann los.«

Nick und Sara spannten den Deckel des Betonkastens in Metallschienen ein, die an Eisenketten von dem Deckenkran herunterhingen. Dann setzten sie die Maschine in Bewegung, und die Ketten wurden angezogen. Der Betonkasten war kurz davor, von der Ladefläche abzuheben.

Sara reichte Nick ein Brecheisen, damit er ihr helfen konnte die Versiegelung des Deckels aufzustemmen. Sie hatten gerade zehn Minuten gearbeitet und waren trotz der gut funktionierenden Klimaanlage in der Garage bereits in Schweiß gebadet, als sie plötzlich sahen, wie sich die Tür öffnete. Brass war zusammen mit einer attraktiven, schwarzhaarigen Frau in einem dunkelgrünen Hosenanzug und einer schwarzen Seidenbluse zurückgekehrt.

Grissom streckte die Hand aus, als Brass und die Frau auf den Laster zukamen. Die Augen der Frau fixierten den Betonkasten auf der Ladefläche.

»Ich bin Gil Grissom von der kriminalistischen Abteilung«, sagte er, während seine Hand noch immer allein in der Luft hing.

Endlich riss sich die Frau zusammen und schaute irritiert auf seine Hand, als wisse sie nichts damit anzufangen. Dann jedoch, wenn auch mit einem sichtbaren Zusammenzucken, griff sie danach.

»Tut mir Leid«, sagte sie. »Rebecca Bennett ... ich schätze, ich war nicht darauf vorbereitet ...«

»Exhumierung ist zunächst nur ein abstraktes Wort«, erklärte Grissom. »Die Realität dagegen ... ist viel direkter. Sie werden nicht lange bleiben müssen.«

»Nein, es ist in Ordnung«, erwiderte sie mit kalter Stimme und plötzlich seltsam desinteressiert. »Das ist also Mutter?«

»Ja. Wir haben bereits mit der Arbeit an dem Betongehäuse begonnen, aber es ist versiegelt, und wird daher noch eine Weile andauern.«

Sie nickte, und ihre Augen kehrten zurück zu dem Betonkasten.

In diesem Moment brach die Epoxidharzbindung, und der Kasten senkte sich schwer auf die Ladefläche, begleitet von dem Knirschen der Stoßdämpfer und Federn des Fahrzeugs. Die Geräusche ließen Rebecca zusammenfahren.

Brass führte die Frau zu einem Stuhl auf der anderen Seite der Garage.

»Einfacher, als ich gedacht habe«, stellte Sara fest und wischte sich mit einer Hand die Stirn ab.

Nick bedachte sie mit einem sarkastischen Blick. »Kinderspiel«

Sara sah ihn an, lächelnd, doch mit einem harten Schimmer in den Augen. »Nick … sag mir, dass du dich nicht auch gruselst wegen dieser …«

»Was? Moment mal. Ich bin auch Wissenschaftler, weißt du?«

»Wissenschaftler haben auch Gefühle, falls du dich erinnerst.«

»Nach allem, was wir erlebt haben? Du kränkst mich.«

Sara zog die Brauen zusammen. »Nicht einmal im Traum … aber wir haben alle unsere kleinen, du weißt schon … Schreckgespenster.«

Nick lachte grunzend. »Ja. Dann hilf mir mal, dieses hier freizulegen.«

Rita Bennett hatte lediglich drei Monate im Sarg gelegen, und deshalb war der Geruch, der aus dem Betonkasten drang, erstaunlich mild.

Mithilfe des Krans hob Nick den Deckel ganz hoch und legte ihn auf der Seite ab.

Brass trat näher und fragte: »Wie sieht der Sarg aus?«

Sara reagierte zuerst. »Gut. Überraschenderweise.«

»Als wäre er brandneu«, fügte Nick hinzu. Dann drehte er sich zu Sara um und flüsterte: »Nur der Besitzer …«

»Kaum Geruch«, stellte Sara ruhig fest.

Ihre Kommentare klangen gedämpft. Sie sollten nicht bis zu den Ohren der Tochter vordringen, die auf der anderen Seite des Raums saß.

An Brass gewandt sagte Grissom: »Eine der Vorteile am Leben in der Wüste – alles zerfällt hier etwas langsamer.«

»Ich persönlich«, gab Brass zurück, »zerfalle in dieser Hitze verdammt schnell.«

Nick und Sara waren inzwischen damit beschäftigt, Riemen um den Sarg zu legen. Nick hob ihn mithilfe des Krans aus dem Betonkasten und dirigierte ihn seitlich über den Truck. Dann senkte er ihn langsam ab, um ihn schließlich vorsichtig auf dem Boden in der Nähe von Brass und Grissom abzusetzen.

Brass drehte sich zu Rebecca um: »Ms Bennett – wenn Sie zu uns kommen würden?«

Sie versammelten sich zu fünft um die Eichenholzkiste und sahen zu, wie Sara und Nick die Verschlüsse lösten und den Sargdeckel anhoben.

Drinnen erwartete Grissom eine Rita Bennett zu sehen, die nicht viel anders aussehen würde als bei ihrer Beerdigung vor drei Monaten. Das Kleid würde geschmackvoll sein, das Make-up ordentlich, wenn auch ein wenig übertrieben, so wie stets, wenn sie in den Werbefilmen für ihre Gebrauchtwagenhandlung auftrat, und ihr Haar müsste in Platinblond leuchten.

Als er einen Blick in den Sarg warf, vollführte Grissoms Magen eine Drehung.

Er sah Tennisschuhe, Jeans, ein *Las-Vegas-Stars*-T-Shirt, lackierte Fingernägel, durchstochene Ohren, pink glänzende Lippen und kastanienbraunes Haar, das ein Gesicht umrahmte, welches jünger als fünfundzwanzig sein musste. Die Frau in dem Sarg – jünger als die neben ihm stehende Rebecca – sah sehr friedvoll aus.

Sie war nur leider nicht Rita Bennett.

Rebeccas Hand schoss zu ihrem Mund, und ihre Augen weiteten sich deutlich.

Sara war die Erste, die ihre Stimme wieder fand. »Oh … oh …«

Ihr Blick wanderte zu Nick, dessen Gesicht mit dem herabhängenden Kiefer und den geweiteten Augen dem ihren glich.

»Gris«, sagte Nick vorsichtig, »das sieht nicht nach einem Herzanfall aus.«

»Was haben Sie mit meiner Mutter gemacht«, verlangte Rebecca zu erfahren. Dann wandte sie sich direkt an Grissom: »*Wo ist meine Mutter?*«

Der Schichtleiter drehte sich zu Brass um, der plötzlich zehn Zentimeter kleiner aussah, so als laste ein unsichtbares und sehr schweres Gewicht auf seinen Schultern.

Sheriff Atwater würde begeistert sein.

Grissom studierte Brass' Miene und fragte: »Wir haben die Lage des Grabes doch genau geprüft, oder?«

»Ich war selbst im Friedhofsbüro«, versicherte der Detective, in dessen Tonfall sich Ärger, Verwirrung und Frustration niederschlugen. »Und der verdammte Grabstein liegt sogar noch im Laster! Alles hat gestimmt.«

Grissom reckte die Hände hoch. »Kein Grund, in die Defensive zu gehen, Jim … ich wollte mich nur vergewissern.« Energisch drehte sich Grissom zu Sara und Nick. »Wenn unsere Papiere stimmen und die Friedhofsmitarbeiter uns die richtige Stelle gezeigt haben … was zuzutreffen scheint, dann haben wir gerade einen brandneuen Tatort entdeckt.«

Rebecca ging dazwischen. »Wie schön für Sie! Aber wo ist meine Mutter?«

Grissom hob eine Hand, als wolle er den Verkehr regeln. »Ich weiß es nicht, Ms Bennet … aber ich kann Ihnen versprechen, dass wir alles tun werden, um sie zu finden.«

»Das ist alles nicht wahr«, jammerte Brass und setzte sich auf die Stoßstange des Lasters. »Wir wollten lediglich eine einfache Exhumierung durchführen, und jetzt haben wir einen Mordfall?«

»Nicht zwangsläufig«, widersprach Grissom. »Es könnte auch ein ganz normales Versehen sein.«

Die Tochter der toten Frau schaffte es tatsächlich, die Augen noch weiter aufzureißen. »Ein normales Versehen?«

Brass bedeckte die Hand mit den Augen, als er über Funk die Einsatzleitung rief.

»Es tut mir Leid, Ms Bennet«, sagte Grissom und bemühte sich, die verdatterte Frau von dem Sarg wegzuführen. »Als Kriminalisten müssen wir diese Angelegenheit als ein Problem sehen, das gelöst werden muss. Es ist nicht unsere Absicht, gefühllos zu erscheinen.«

»Meine Mutter, was zum Teufel ist passiert …?«

»Sie haben mein Wort, Ms Bennett – wir werden es herausfinden. Alle Ihre Fragen werden wir beantworten, und Sie werden Ruhe finden.«

»So wie meine Mutter?«

Darauf hatte Grissom keine Antwort.

Sara trat näher und sagte: »Diese Wendung des Geschehens tut uns wirklich Leid. Das muss eine schreckliche Erfahrung sein, aber bitte glauben Sie mir – wir werden Ihnen helfen.«

Grissom beobachtete, wie ein junger Polizist in Uniform die Garage betrat. Zusammen mit Brass kam er zu ihnen.

»Ms Bennett«, begann Brass. »Ich fürchte, ich muss Sie bitten, uns jetzt allein zu lassen.«

»Jetzt wollen Sie mich also loswerden?«, fragte sie, und ihre Stimme, eigentlich ein Kreischen, hallte von den Betonwänden wider.

»Nein, Ms Bennett«, besänftigte Grissom. »Wir versuchen nur, die Beweise zu schützen. Wir müssen herausfinden, was der Frau im Sarg Ihrer Mutter widerfahren ist.«

»Was … ist … mit … meiner Mutter?«

Grissom schüttelte den Kopf. »Die einzigen Spuren, die auf das Schicksal Ihrer Mutter hinweisen, liegen zusammen mit diesem Mädchen in diesem Sarg. Sie müssen uns unsere Arbeit machen lassen.«

Rebecca war offensichtlich auf Streit aus, aber Grissom sah ihr an, dass sie sich der Logik seiner Argumentation nicht entziehen konnte. Er hielt sie für eine starke, intelligente junge Frau. Mit hängendem Kopf und einem resignierenden Seufzer gestattete sie dem Polizisten, sie aus der Garage zu führen.

Als Grissom sich wieder seinen Leuten zuwandte, war sein Gesicht angespannt. »An die Arbeit.«

Sara hatte sich bereits über den Sarg gebeugt. »Blut auf dem Kissen«, sagte sie. »Mehr kann ich erst sagen, wenn wir die Leiche herausgenommen haben.«

»Also gut«, entschied Grissom. »Nick, du übernimmst den Sarg. Jemand hat sie hineingelegt, und ich hoffe, wir finden heraus, wer das war. Sara, begleite die Autopsie und versuche, etwas über ihre Identität in Erfahrung zu bringen. Sag Doc Robbins, es ist eilig – wir sind mindestens drei Monate im Verzug.«

Brass nickte. »Ich werde auf dem Friedhof anfangen und mich zum Bestattungsinstitut durcharbeiten.« Er warf einen Blick auf die Uhr. »Meine Leute sollten schon dort sein – werden Sie Überstunden machen?«

Grissom nickte. »Augenblicklich machen alle Schichten Überstunden.«

»Was ist mit Rita Bennett?«, erkundigte sich Sara.

»Wir können nicht herausfinden, was mit ihr passiert ist«, sagte Grissom, »ehe wir sie nicht gefunden haben … und der einzige Hinweis auf ihren Verbleib ist der mysteriöse Gast, der in Ritas Grab beerdigt wurde.«

»Blut auf dem Kissen«, wiederholte Sara. »Sieht jetzt schon nach einem Mord aus.«

Nick schüttelte langsam den Kopf. »Stirbt in dieser Stadt niemand auf normale Weise?«

Grissom schenkte dem jüngeren Kriminalisten sein charmantestes Lächeln. »Wo bliebe dann der Spaß, Nick?«

2

Die »Red Balls«, wie Mordfälle mit hoher Priorität in manchen Bezirken genannt wurden, brachten das Adrenalin zum Strömen. Mit solchen Fällen konnte man seine Karriere in Gang bringen. Aber Catherine Willows zog die unspektakulären Fälle vor, besonders in einer Zeit, in der so viele Morde passierten, dass Doppelschichten für das CSI-Team zum Alltag wurden.

An diesem Morgen – zu einer Zeit, in der die Kriminalisten der Nachtschicht, zu denen auch Catherine zählte, längst im Bett liegen und schlafen sollten – waren sie und ihr Partner, Warrick Brown, unterwegs zur *Sunny Day Continuing Care Facility,* einem Alten- und Pflegeheim.

Obwohl sie die ganze Nacht gearbeitet hatte, sah Catherine Willows in ihrem weißen Herrenhemd aus luftiger Baumwolle und der khakifarbenen Hose überraschend frisch aus. Nach zwanzig Jahren in der sengenden Sonne von Vegas war die blonde Kämpferin gegen das Verbrechen noch immer mit dem Körper eines Models gesegnet. Aber Catherine hatte nicht als Model gearbeitet, sondern als exotische Tänzerin in einem nicht ganz so feinen Etablissement. Den Weg, den sie bis zur Position einer respektierten Mitarbeiterin des CSI-Teams zurückgelegt hatte, verdankte sie allein ihrer Willensstärke und ihrem Ehrgeiz. Am Steuer des Dienstwagens saß Warrick Brown – gezähmte Dreadlocks, dunkler Teint und fesselnd grüne Augen, denen die vielen Stunden Arbeit nicht anzumerken waren. In dem braunen Pullover und der Cargohose wirkte er beinahe wie ein Student wäre da nicht diese weltverdrossene Haltung gewesen, in der sich so manche der schrecklichen Dinge niederschlugen, mit denen der Kriminalist zu leben gelernt hatte.

Die Sonne stand bereits hoch am Himmel, aber die Temperatur hatte noch nicht die Gradzahl erreicht, auf die sie in den nächsten Stunden steigen würde.

Detective Sam Vega, ein erfahrener Ermittler, mit dem die Nachtschicht des CSI schon einige Male zusammengearbeitet hatte, hatte sie zum *Sunny Day* gerufen. Routine oder nicht, Catherine wusste, dass etwas im Busch sein musste. Der nüchtern-sachliche Vega ließ sich nicht so leicht in die Irre führen.

Als sie sich einen Weg durch den Verkehr bahnten, zwang sich Catherine, nicht weiter sinnlos darüber zu spekulieren, was sie im *Sunny Day* erwarten mochte. Stattdessen versuchte sie, sich zu konzentrieren. Hitze oder nicht, sie genoss den Tag, denn sie hoffte, später mit ihrer Tochter Lindsey in den Park gehen und sich an dem goldenen Sonnenschein erfreuen zu können.

Warrick war es, der ihre Gedanken wieder zurückrief. »Also, worum geht es? Hat Vega etwas gesagt?«

Sie schüttelte den Kopf und sah ihren Partner mit einem spöttischen Lächeln an. »Vega war vage.«

Warrick zog eine Braue hoch. »Vage passt eigentlich nicht zu Vega ... normalerweise ist er sehr präzise.«

»Dieses Mal nicht. Er hat nur gesagt, er habe etwas, das wir uns ansehen sollten.«

»Was? Spuren einer geraubten Bettpfanne?« Warrick bog links ab.

Catherine musste gegen ihren Willen lachen. »Hey, nicht so überheblich – irgendwann landen wir alle im *Sunny Day*. Du solltest nett sein. Respektvoll.«

Warricks sorgloses Lächeln wirkte ein wenig verlegen. »Tut mir Leid, war nur ein Witz. Ich meine, bei den vielen Morden, an denen wir in letzter Zeit gearbeitet haben, klingt Altenheim irgendwie ... ich weiß nicht ...«

»Erholsam? Hättest du lieber einen toten Taucher in einem Baum oder vielleicht eine gefrorene Leiche in der Wüste?«

Warrick nickte. »Vielleicht. Das hält wach bei diesen endlosen Schichten ...«

Verborgen im Henderson-Viertel, abseits des Lake Mead Drive, stellte das *Sunny Day* eine jener alles umfassenden Einrichtungen dar, die überall aus dem Boden zu schießen schienen. Das *Sunny Day* war nicht nur ein Pflegeheim, sondern bot der wachsenden Zahl der Rentner von einem unabhängigen Leben bis zur ständigen Pflege jeden Service an.

Warrick bog um die Ecke, und schon fanden sie sich auf einer Straße wieder, die zur Rechten von Häusern, zur Linken von einer beinahe zweieinhalb Meter hohen Mauer gesäumt wurde. Warrick lenkte den Tahoe zu dem Wachhäuschen am Tor in der Mitte des Blocks und drückte den Knopf für den elektrischen Fensterheber.

Ein grauhaariger Wachmann, der selbst ein Bewohner von *Sunny Day* hätte sein können, bat um ihre Namen, inspizierte Warricks Marke und erklärte dann, er habe sie schon erwartet. Er kehrte in sein Häuschen zurück, um auf den Knopf zu drücken, der das schmiedeeiserne Tor öffnete.

Die Straße führte um eine Grünfläche mit Parkbänken herum. Eine Seite der ummauerten Einrichtung bestand aus Eigentumswohnungen und Doppelhäusern. Dies war der Bereich, in dem die aktiv gebliebenen Senioren lebten. Die andere Seite wurde von zwei hohen Gebäuden beherrscht, in denen die Patienten lebten, die pflegebedürftig waren. Vor einem der hohen Gebäude waren neben Vegas Taurus ein Ambulanzfahrzeug und ein Streifenwagen zu sehen.

»Ich glaube, wir haben die Party gefunden. Ich bezweifle, dass ich meine Waffe brauche«, sagte Warrick. Die Kriminalisten hatten stets Waffen dabei. Es war eine dieser Grundsatzentscheidungen des Departments – und sie galt selbst dann, wenn sie in ein Pflegeheim gerufen wurden.

»Was ist mit unseren Koffern?«, fragte Warrick seine Kollegin.

Catherine zuckte mit den Schultern. »So vage, wie Vega war, denke ich, wir sollten erst in Erfahrung bringen, worum es geht, und später zurückkommen, um uns zu holen, was immer wir brauchen ... *falls* wir etwas brauchen.«

»Deine Art zu denken gefällt mir, Cath.«

35

Sie näherten sich dem Polizisten, der Wache hielt. Er gehörte zur Tagschicht, aber Catherine war ihm bereits ein paar Mal begegnet, zuletzt bei einem Mord in einer Dreiecksgeschichte in Summerlin – sein Name war Nowak, falls sie sich richtig erinnerte. Als sie sich dem großen, gequält aussehenden Polizisten näherte, warf Catherine einen verstohlenen Blick auf sein Namenskärtchen.

»Hey, Nowak«, grüßte sie in freundlich-vertrautem Ton, »was gibt es?«

»Mit einem Wort«, antwortete der Polizist und bedachte Catherine mit einem Schulterzucken und Warrick mit einem Nicken, »Herzanfall.«

»Wissen Sie, wo wir erwartet werden?«, fragte Catherine.

»Arztbüro, zweite Tür auf dem Gang. Verwaltungsflügel.« Er öffnete die Glastür für sie. »Auf der rechten Seite.«

»Herzanfall«, wiederholte Warrick kopfschüttelnd und sah Catherine an. »Deshalb sind wir hier?«

»Ich weiß es nicht, Warrick«, entgegnete Catherine munter. »Warum fragen wir nicht einfach Detective Vega?«

»Ich glaube, Vega befragt gerade Doktor Whiting«, erklärte Nowak.

»Schön. Wir werden versuchen, ihn nicht bei der Arbeit zu stören«, murrte Warrick.

Während Warrick hineinging, zog der Polizist die Brauen hoch und fragte Catherine: »Was ist denn mit dem los?«

»Drei Tage Doppelschicht«, grinste Catherine.

Der Polizist nickte, und Catherine machte sich auf, Warrick einzuholen.

Draußen war es offenbar wärmer, als sie gedacht hatte, denn die Temperaturen innerhalb des Gebäudes erinnerten sie an einen Kühlschrank.

»Wow«, machte Catherine und warf lachend den Kopf zurück.

»Ich dachte, ältere Menschen wollen es gern warm haben?«, wunderte sich Warrick und verdrehte die Augen.

Der lange Korridor war in fahlem Grün gestrichen. Zusammen mit der fluoreszierenden Deckenbeleuchtung und den spartanisch eingerichteten Räumen war der Eindruck, den das Heim hinterließ, eher steril als gastlich. Sie passierten riesige Doppeltüren, die offen standen und den Blick in einen Korridor freigaben, auf dem Schwestern und Pfleger mürrisch ihrer Arbeit nachgingen.

»Das Geschäft scheint gut zu laufen«, kommentierte Catherine die Szene und schaute auf die Kunststoffkartenhalter an der Wand gleich hinter den Türen.

Durch eine andere Doppeltür konnte Catherine in den nächsten Raum sehen, wo sie eine bettlägerige Frau mit unglaublich dicken Brillengläsern und einem Sauerstoffschlauch in der Nase erblickte. Ihre Haut hatte die Farbe von nassem Zeitungspapier.

Auf der anderen Seite entdeckte sie einen zerbrechlichen alten Mann mit schütterem Haar und geschlossenen Augen, dessen friedvolle Miene Catherine zu der Frage verleitete, ob der alte Knabe wohl schon tot war oder nur schlief. Ohne weitere beweiskräftige Informationen konnte sich die Kriminalistin dessen nicht sicher sein.

Catherine war überzeugt, dass keiner der Bewohner der Zimmer, die an diesem Korridor lagen, *Sunny Day* je aus eigener Kraft verlassen konnte – an welchem Tag auch immer, ob sonnig oder nicht.

Warrick blieb stehen.

»Was ist?«, fragte Catherine mit einem sanften Lächeln, als sie wieder weitergingen.

»Ich habe nur gerade darüber nachgedacht, dass wir all diese unterschiedlichen Menschen gesehen haben, die auf die verschiedensten Arten gestorben sind, die meisten auf verdammt schlimme Weise.«

»Das haben wir.«

Sein Seufzer entstieg den tiefsten Tiefen seines Inneren. »Und das hier? Ist das nicht das Schlimmste?«

Die Tür mit dem Namensschild von Dr. L. Whiting, Oberarzt,

37

war geschlossen, aber eine gedämpfte Unterhaltung bewies ihnen Vegas Anwesenheit. Catherine klopfte, und eine tiefe Stimme bat sie hereinzukommen.

Catherine betrat den Raum – ein Vorzimmer gab es nicht –, direkt gefolgt von Warrick, und sah sich einem beachtlichen Mahagonischreibtisch gegenüber. Das Büro, ebenfalls in Grün, war nicht sonderlich groß. Neben der Tür stand ein zweisitziges Sofa, während die Wand zur Linken hinter einem Bücherschrank voller medizinischer Werke verschwand. An der Wand zur Rechten hingen gerahmte Fotos und zahlreiche Diplome, die dem spärlich ausgestatteten Büro einen Hauch Behaglichkeit verliehen.

Mit Stift und Block in der Hand saß Vega auf einem der Stühle vor dem Schreibtisch. Der stämmige, breitschultrige Detective – er hätte Boxer oder Ringer sein können – trug ein weißes Hemd mit hochgekrempelten Ärmeln und hatte seine Krawatte gelockert. Nur die Rekordhitze konnte diesen konservativen Cop zu einer solchen Nachlässigkeit treiben. Die dunklen, buschigen Brauen über den scharfen, intelligenten braunen Augen verliehen ihm eine ernste Miene, sodass einige seiner Kollegen spekulierten, ob der Mann sich seinen Sinn für Humor chirurgisch hatte entfernen lassen.

Die beiden Kriminalisten kannten Vega jedoch gut genug, um zu wissen, dass er gelegentlich auch lachte – wenn auch selten.

Der Mann auf der anderen Seite des Schreibtischs war von ähnlicher Statur, ein attraktiver, sogar vornehm wirkender Herr von etwa fünfundvierzig Jahren in einem weißen Laborkittel. Sein Haar hatte die Farbe von Wüstensand und war ordentlich frisiert. Er hatte dunkelblaue Augen, hohe Wangenknochen, tiefe Vegasbräune und den leicht distanzierten Gesichtsausdruck, der vielen Ärzten eigen war. Die aufrechte und steife Sitzhaltung des Gastgebers legte die Vermutung nahe, dass er unter Rückenschmerzen litt.

»Doktor Whiting«, stellte Vega vor, ohne sich zu erheben. Dann drehte er sich zu den beiden Kriminalisten um und erklärte: »Das sind Catherine Willows und Warrick Brown aus unserer kriminalistischen Abteilung. Catherine, Warrick – Dr. Larry Whiting.«

Der Arzt erhob sich steif, und Catherine und Warrick beugten sich über Vega, um ihrem Gastgeber die Hand zu geben.

»Schön, dass Sie kommen konnten«, sagte Whiting in ernstem, ruhigem Tonfall. Er winkte ihnen zu, sich zu setzen.

»Danke, Doktor.« Catherine setzte sich neben Vega, während Warrick seinen langen Körper auf dem Sofa gleich hinter ihnen platzierte. In seiner zurückhaltenden, doch überaus aufmerksamen Miene zeigte sich keine Spur der Müdigkeit, die eine Doppelschicht in der Regel bescherte.

Einige Augenblicke lang herrschte unbehagliches Schweigen.

Das erlebten die Kriminalisten, die oft mitten in einer polizeilichen Befragung auftauchten, regelmäßig.

Vega beschloss, sie auf den neuesten Stand zu bringen. »Doktor Whiting ist heute zur Arbeit gekommen und hat …« Er sah den Doktor an. »Warum erzählen Sie nicht, was sie entdeckt haben, Doktor?«

Whiting atmete tief durch. Er erinnerte an einen Mann, der sich auf eine lange und mühselige Reise vorbereitete.

»Ich arbeite hier seit beinahe einem Jahr«, fing er an. »Das ist natürlich keine sonderlich lange Zeit, aber ich bin verantwortlich für … wie soll ich es nennen?«

»Die letzte Haltestelle vor der Endstation?«, schlug Warrick vor.

»*Sunny Day* ist in der Tat die letzte Haltestelle für Patienten im Endstadium und für solche, deren hohes Alter eine ständige Pflege erfordert. Der Verlust eines Patienten ist kaum ein Grund, in Panik zu geraten. Das ist, so ungern ich das sage, Alltag. Routine.« Der Arzt räusperte sich. »Als nun heute Vivian Elliot starb und unser stellvertretender Leichenbeschauer, äh, Mr, äh …«
Hilfe suchend sah er Vega an.

»David Phillips«, sagte Vega.

»Als heute Mr Phillips andeutete, mit Vivians Leiche würde

39

etwas nicht stimmen, nun, da habe ich überlegt und mich gefragt …« Sein Blick wanderte von Catherine zu Warrick und blieb schließlich bei Vega hängen, als hoffte er, nicht weitersprechen zu müssen.

»Doktor Whiting«, sagte Catherine mit einem Lächeln, das im Grunde lediglich ein Stirnrunzeln kaschieren sollte, »mit allem gebührenden Respekt, Sir, Sie bieten uns nur Halbinformationen.«

»Na ja … ist es nicht offensichtlich?«

Den Kopf zur Seite gelegt erklärte Warrick: »Sie werden uns das Rezept vorlesen müssen, wenn wir die Pille schlucken sollen, Doc. Wir verstehen bisher einfach nicht, wovon Sie sprechen.«

Der Arzt fuhr sich mit der Hand durch das sandfarbene Haar und sah Catherine mit einem Ausdruck der Hilflosigkeit an. »Sie haben Recht … Zweifellos haben Sie Recht. Und es tut mir Leid, aber das alles ist so … äh … surreal.«

»Eine Patientin namens Vivian Elliot ist heute gestorben«, half Catherine ihm. »Warum war das kein alltäglicher Fall? Keine Routine?«

»Das ist es ja gerade – Vivian war keine typische Patientin dieser Station. Sie wohnt nicht einmal … genauer, sie wohnte nicht einmal im *Sunny Day*.«

Warrick zuckte in Gedanken zusammen. »Wie kommt jemand, der nicht in dieser Einrichtung lebt, auf Ihre Station?«

»Das ist nicht die Regel, aber eine gewisse Anzahl unserer Patienten gehört nicht zu den ständigen Bewohnern. Mrs Elliot kam beispielsweise aus dem *St. Anthony's Hospital* zu uns. Sie hatte einen schweren Verkehrsunfall erlitten und stand vor einer langen und langsamen Genesung.«

»Und darum wurde sie hierher verlegt?«, fragte Warrick. »Eine langwierige Pflege also?«

»Genau. Und ich kann Ihnen sagen, dass ihre Genesung gut vorangeschritten ist. Sehr gut.«

»Abgesehen«, warf Warrick ein, »von dem kleinen Rückschlag heute.«

Dr. Whiting erbleichte. »Ja … ja. Heute Morgen kam ich hier an, und ihr Herz hörte auf zu schlagen, noch ehe ich meine Runde machen konnte.«

Catherine warf einen Blick auf Vega, bevor sie sich wieder an den Doktor wandte. »Und Sie konnten nichts mehr für sie tun? Hören hier denn nicht ständig Herzen auf zu schlagen?«

»Gewiss, ja, aber …« Er zuckte mit den Schultern und schüttelte den Kopf. »Sie war tot, noch ehe ich das Zimmer betreten habe.«

»Manche Menschen sterben an Altersschwäche«, meinte Warrick. »Eine natürliche Todesursache.«

Whiting deutete auf einen Aktenordner auf seinem Schreibtisch. »Einundsiebzig Jahre … für *Sunny Day* ist das kein Alter. Und vor dem Autounfall war Mrs Elliot bei guter Gesundheit. Ihre Therapie hatte angeschlagen; sie hatte gute Fortschritte gemacht.«

Catherine blickte noch immer nicht durch. »Das ist tragisch, sicher, und ungewöhnlich unter den geschilderten Umständen … Aber Doktor, ich verstehe immer noch nicht, warum Sie uns gerufen haben.«

Vega drehte sich zu Catherine um und gestikulierte mit dem Notizblock in der Hand. »Wie wäre es, wenn wir zuerst mit David sprechen. Er ist der Dreh- und Angelpunkt.«

»Gut«, sagte Catherine und klopfte auf ihre Knie. »Wo ist David?«

Vega erhob sich. »Gehen wir spazieren.«

In der Station ging es zu wie in einem Bienenstock. Schwestern hasteten in die Zimmer, Küchenpersonal eilte mit Frühstückstabletts zu den Patienten, die noch fähig waren, selbst zu essen, Besucher kamen, um nach einem geliebten Menschen zu sehen.

Vega bog in einen Korridor zur Linken ab und blieb vor einer geschlossenen Tür stehen. Der Detective wartete, bis seine kleine Mannschaft ihn eingeholt hatte, ehe er anklopfte.

Eine leicht erschrockene Stimme fragte: »Wer ist da?«

Catherine und Warrick wechselten ein schwaches Lächeln. Catherine ahnte, dass ihrem Partner das gleiche Bild von einem zusammenzuckenden David Phillips durch den Kopf ging wie ihr selbst. David war stellvertretender Leichenbeschauer und Assistent von Dr. Albert Robbins, mit dem die Kriminalisten der Nachtschicht regelmäßig zusammenarbeiteten.

»Vega«, antwortete der Detective ein wenig verärgert. »Schließen Sie die Tür auf, David.«

Der Detective sah sich um und bedachte Catherine mit einem kurzen Blick aus verdrehten Augen, der besagte: Jesus, dieser Knabe …

Bald verkündete ein Klicken Kooperationsbereitschaft, und die Tür öffnete sich. Davids bebrilltes Gesicht tauchte im Türspalt auf.

»Kommen Sie rein«, sagte David.

»Was ist das hier«, wisperte Warrick Catherine zu, »eine Flüsterkneipe?«

David war in ein sommerlich braun-weiß gestreiftes Kurzarmhemd und einer leichten Baumwollhose gekleidet. Er trat zur Seite, und Vega betrat, gefolgt von den Kriminalisten, den Raum. Mit beinahe feierlicher Geste schloss David die Tür und drehte sich zu seinen Besuchern um. Zumeist hatte David ein zwangloses, wenngleich leicht nervöses Lächeln parat, aber im Augenblick war davon keine Spur zu sehen. Sein Haar, das sich von der Stirn her lichtete, schien ein wenig außer Kontrolle geraten, und die scharfen, großen Augen unter der hohen Stirn bewegten sich hinter der Drahtgestellbrille hin und her.

Sie befanden sich, wie Catherine feststellte, in einem recht typischen Krankenzimmer, in dem es jedoch nur ein Bett gab. Unter der Decke lag eine Gestalt. Ein Leuchter am Kopfende verbreitete weiches Licht.

»Darf ich vorstellen: Die verstorbene Vivian Elliot«, sagte David, während er die Decke lüftete.

Das Erscheinungsbild der Frau bestätigte die Ansicht des stellvertretenden Leichenbeschauers: Sie war tot, so viel stand fest.

Ihr graues Haar breitete sich trotz seiner Kürze großzügig auf dem Kissen aus, ihre Haut war schlaff und grau, ihre Züge ruhig, ihr Körper leblos.

»Und?«, fragte Warrick.

»Und … ich weiß es nicht«, sagte David in feierlichem Ton und zuckte gekünstelt mit den Schultern. »Alles sieht ganz normal aus.«

»Für eine tote Frau«, fügte Catherine hinzu.

»Für eine tote Frau, genau.«

Dr. Whiting trat mit steifer Würde vor. »Sir, Sie haben angedeutet, es gäbe ein Problem. Wir haben einen Detective und Tatortspezialisten gerufen. Was für ein Problem sehen Sie hier?«

David lächelte schwach. Catherine wusste, dass sich David seinen einsamen Job unter Leichen unter anderem deshalb ausgesucht hatte, weil ihm die Lebenden bisweilen zu viel Stress bereiteten. Obwohl sie sich in einem Krankenzimmer befanden, war es kalt – noch ein wenig kälter, und man hätte ihren Atem sehen können – und dennoch erkannte Catherine Schweißperlen auf der Stirn des jungen Leichenbeschauers.

»Ich sagte, ich *glaube*, dass hier etwas nicht stimmt.«

»Sie wissen es nicht?«, fragte Whiting mit flackernden Augen und bebenden Nasenflügeln.

»Nein! Darum brauche ich … Sie wissen schon … eine Expertenmeinung.«

Catherine trat vor und legte eine Hand auf Whitings Arm. »Eine zweite Meinung schadet nie, nicht wahr, Doktor? Wenn Sie mich entschuldigen würden, ich möchte gern unter vier Augen mit meinem Kollegen sprechen.«

Nun nahm sie David sanft am Arm, führte ihn in eine Ecke des Raums und sprach leise mit ihm. »Was ist los, David?«

Sein Kopf drehte sich von einer Seite zur anderen. »Ich mache das jetzt schon eine ganze Weile«, erklärte er.

»Ja, das tun Sie. Und Sie machen Ihre Arbeit wirklich gut.«

»Danke … Und, na ja, man bekommt eine gewisse Routine.

43

Mein Job ist auch nicht anders als viele andere – lebendig, tot oder auch nicht, es wird irgendwann monoton … und so ist es meistens.«

»Worum geht es?«, fragte sie geduldig.

»Ich komme ein- bis zweimal im Monat ins *Sunny Day*, um eine Untersuchung durchzuführen.«

»Ja?«

Ein humorloses schiefes Lächeln zupfte an seinen Lippen. »In diesem Monat bin ich zum *vierten* Mal hier.«

Catherine rief Warrick herbei und wiederholte, was David erzählte. Sie achtete darauf, Vega und Whiting nicht in das Gespräch mit einzubeziehen.

Warrick schüttelte den Kopf. »Puh, Mann – *deshalb* haben Sie uns gerufen?«

Catherine bedachte Warrick mit einem Blick, der besagte: Immer mit der Ruhe.

David sah verlegen aus. »In Ihren Augen mag das keine auffällige Abweichung von der Norm sein – aber mir ist es aufgefallen. Ich meine, ich war noch *nie* viermal in einem Monat hier.«

Warricks Miene blieb skeptisch, aber in Catherines Eingeweiden rumorte es. »Dreimal?«, fragte sie.

»Nur in zwei Monaten – in den vier Jahren, in denen ich diese Arbeit mache.«

Warrick dachte über seine Worte nach. »David, dass an einem Ort wie diesem vier Leute in einem Monat sterben … das dürfte nicht so selten sein.«

»Vielleicht nicht«, sagte David. »Ich würde lügen, würde ich behaupten, ich wüsste, wie die statistische Wahrscheinlichkeit dafür aussieht. Aber mir kommt es seltsam vor. Es ist nur weit jenseits der Norm, die *ich* kenne.«

»Besser auf Nummer sicher gehen«, entschied Catherine mit einem Nicken.

»Dann«, fuhr David fort, »kommt noch dazu, dass Mrs Elliot bei relativ guter Gesundheit war, zumindest verglichen mit den

anderen Patienten hier, und schon sind die Chancen unwahr-
scheinlicher als in einem Casino!«

Catherine wandte sich an Vega: »Sie haben sich das alles schon
angehört?«

Vegas schiefes Lächeln war außergewöhnlich sanft. »David ist
schon so, seit ich gekommen bin. Offen gestanden ist das der
Grund, warum ich zugestimmt habe, Sie zu rufen – ich dachte,
Sie könnten ihn vielleicht beruhigen.«

Catherine drehte sich wieder zu dem stellvertretenden Leichenbeschauer um. »Was Sie im Moment haben, David, ist das,
was wir beim CSI als Ahnung bezeichnen – aber wir sprechen
sie nicht laut aus. Sie wissen, wie Grissom reagieren würde, sollten wir das tun.«

Davids Augen wurden noch größer. »Ooooh ja.«

Sie lächelte sanftmütig und aufmunternd, so wie sie es tat,
wenn ihre Tochter sich bei ihren Hausaufgaben schwer tat.
»Nehmen wir an, ich wäre Grissom.«

»So viel Fantasie habe ich nicht«, gab David zu.

»Ich meine, versuchen Sie, mich zu überzeugen, wie Sie *ihn*
überzeugen würden. Wenn er und nicht ich vor Ihnen stehen
würde – erzählen Sie mir, was Ihrer Meinung nach hier vorliegt.«

David rieb sich das Kinn, als könnte ihm dadurch eine gute
Antwort leichter fallen. Endlich atmete er geräuschvoll aus und
sagte: »Zu viele Todesfälle in einem zu kurzen Zeitraum.«

»Das bedeutet nicht, dass ein Verbrechen vorliegt«, warf Catherine ein, »nicht zwangsläufig.«

»Richtig … richtig …«

»Denken Sie laut, wenn Ihnen das hilft, David.«

»Also … bis heute habe ich darüber gar nicht nachgedacht,
aber diese vier Todesfälle in diesem einen Monat?«

»Ja?«

Er lächelte schwach und zog eine Braue hoch wie ein Anfän-
ger, der beim Kartenspiel das entscheidende Ass ausspielt. »Alles
Witwen.«

Ass oder nicht, Catherine war nicht beeindruckt, was sie auch nicht verschwieg: »Frauen leben im Allgemeinen länger als Männer, David. Das ist keine große Überraschung.«

Davids Gesicht legte sich in nachdenkliche Falten. Dann sagte er: »Wir notieren im Bericht immer den nächsten Verwandten ... damit wir wissen, wen wir benachrichtigen sollen.«

»Riiichtig.«

»Na ja, ich dachte nur ... ich erinnere mich nicht, dass eine dieser vier Frauen überhaupt Verwandte hatte.«

Catherine und Warrick wechselten einen Blick. In Warricks Augen geriet ein Schimmern. Es war dieser starre Blick, den er stets hatte, wenn irgendetwas anfing, ihn wirklich zu interessieren.

Catherine wandte sich erneut an Whiting. »Doktor, ist Davids Feststellung richtig?«

Der Arzt zuckte mit den Schultern. »Das kann ich wirklich nicht sagen. Ich müsste in die Akten sehen.«

Freundlich, aber bestimmt, meinte Warrick: »Warum tun Sie das nicht?«

Catherine glättete die Wogen. »Würden Sie das bitte tun?«

Whiting nickte, blieb aber an Ort und Stelle stehen.

»Jetzt wäre ein guter Zeitpunkt dafür«, mahnte Warrick.

Seufzend entgegnete Whiting: »Alles, was notwendig ist. Selbstverständlich. Aber die Wahrheit lautet, dass viele unserer Bewohner im *Sunny Day* Witwen sind.« Er legte den Kopf zur Seite und zog eine Braue hoch. »Wie Sie so treffend bemerkt haben, Ms Willows, ist es nicht ungewöhnlich, dass Frauen länger leben als Männer.«

Warrick lächelte. »Vielleicht sollten Sie dann lieber schnell Ihre Akten konsultieren, ehe hier bis auf Ms Willows alle gestorben sind.«

Whiting, sichtlich verärgert und vermutlich nicht sonderlich begeistert darüber, diese Ermittler unbeaufsichtigt in einem seiner Krankenzimmer zurückzulassen, machte sich nun doch auf, um Catherines Bitte nachzukommen.

Nun, da sie allein waren, von der verstorbenen Vivian Elliot einmal abgesehen, wandte sich Vega an Catherine. »Verstehen Sie jetzt, warum ich Sie gerufen habe?«

»Sie haben die richtige Entscheidung getroffen.« Seufzend verdrehte sie die Augen. »Das ist ein bisschen grenzwertig, aber …«

»Aber«, übernahm Vega energisch, »falls wir nicht einem Phantom nachjagen, dann ist das hier ein Tatort.«

Plötzlich hatten alle vier das Gefühl, der Geist von Gil Grissom würde in dem Zimmer spuken.

»Ja«, sagte Warrick, »und wenn wir ihn nicht sofort untersuchen, wären mögliche Beweise für immer verloren.«

»Sollte es sich allerdings um natürliche Todesfälle handeln«, konterte Catherine, »dann vergiss die Zeit nicht, die wir hier vergeuden, während sich draußen die Mordfälle häufen.«

»Ich wünschte, ich könnte Ihnen schon jetzt mehr bieten«, sagte David. »Aber bis zur Autopsie können wir nicht sicher sein.«

Catherine dachte ein paar Sekunden lang nach, ehe sie entschied. »Wir werden das hier wie einen Tatort behandeln. Und falls wir falsch liegen, dann liegen wir eben falsch.«

»Wäre nicht das erste Mal«, kommentierte Warrick.

»Ich werde Whiting befragen«, verkündete Vega. »Sollte die Elliot ermordet worden sein, dann ist das ganze Personal verdächtig.«

»Nicht nur das Personal«, warnte ihn Catherine. »Jeder halbwegs mobile Bewohner käme infrage. Aber mit dem Personal sollten wir anfangen.«

»Kann ich irgendwie helfen?«, warf David ein.

Catherine schenkte ihm ein aufmunterndes Lächeln. »Sie können draußen warten. Wenn Sie Recht haben – und Sie eine Mordserie aufgedeckt haben – dann stehen Sie mitten in unserem Tatort.«

Als Catherine und Warrick mit ihren Koffern zurückkehrten, hatte sich im Korridor vor der geschlossenen Tür bereits eine kleine Gruppe Neugieriger versammelt. Ein paar trugen Bade-

47

mäntel und Hausschuhe, zwei benutzten Gehhilfen, aber die meisten waren voll bekleidet und wirkten für diese Station verdächtig munter. Einige hatten bereits angefangen, David auszuhorchen und mit Fragen zu bedrängen, was David mit einer extrem unbehaglichen Miene quittierte.

Als er die Szenerie sah, sagte Warrick: »Mann, die gehen aber schwer zur Sache.«

»Sie haben David schon früher hier gesehen«, entgegnete Catherine. »Immer wenn ein Mitpatient im Leichenwagen abtransportiert worden ist, war er hier.«

»Ja. Ich verstehe, was du meinst. Man hat nicht oft die Gelegenheit einem Todesengel nahe zu kommen.«

Catherine stolzierte mitten in die Seniorengruppe hinein, die überwiegend aus Frauen bestand, und sagte: »Es tut mir sehr Leid, aber dies ist eine offizielle Untersuchung, und wir können Ihnen bisher noch nichts erzählen.«

»Es ist Vivian, nicht wahr?«, fragte eine Frau auf der rechten Seite.

Gut einsfünfzig groß, kurzes graues Haar, aufrechte Haltung und in ein voluminöses graues Sweatshirt gehüllt – aber hier war es im Gegensatz zu draußen auch tatsächlich kalt.

»Vivian ist heute Morgen gestorben«, sagte Catherine. »Richtig.«

»Eine Schande«, verkündete eine andere, kräftigere Frau. »Sie war so ein süßer Schatz.«

»Sie kannten sie?«, fragte Catherine. »Soweit ich verstanden habe, hat Mrs Elliot nicht hier gelebt.«

»Das hat sie auch nicht«, gab die erste Frau zu. »Es ist nur … wir sind der *Club der Tratschbasen*, wissen Sie? Wir kennen jeden. Und alles.«

»Das könnte noch hilfreich sein«, murmelte Warrick leise.

»Tratschbasen?«, wiederholte Catherine.

»Wir besuchen die Kranken und die Sterbenden«, erklärte die stämmigere Frau nüchtern. »Eigentlich dachten wir an *Besucherclub*, aber das klingt so uncharmant.«

»Ich finde, *Club der Tratschbasen* ist perfekt«, meldete sich einer der wenigen Männer aus dem Hintergrund zu Wort.

»Du bist still, Clarence«, konterte die stämmige Frau gutmütig, was mit allgemeinem Gelächter belohnt wurde.

Catherine konzentrierte sich auf die Frau, die anscheinend die Anführerin war. »Und Sie sind?«

»Alice Deams – ich bin die Präsidentin des Clubs, und das ist meine Vizepräsidentin, Willestra McFee.« Mit einem Nicken deutete sie auf die stämmige Frau. »Und das ist unsere Schatzmeisterin, Lucille …«

Catherine unterbrach die Vorstellung. »Verstehe ich richtig, dass Sie alle hier wohnen?«

Alice nickte. »Die meisten von uns wohnen in dem Tagespflegehaus nebenan. Dora und Helen …« Zwei Frauen, die gleich neben David standen, winkten. »… leben in den Apartmenthäusern auf der anderen Seite.«

»Und Sie kommen jeden Tag hierher?«

»Die meisten von uns«, erklärte Willestra. »Es sei denn, wir haben einen Arzttermin oder Margies Arthritis wird wieder schlimmer, dann verbringt sie den ganzen Tag in ihrem Zimmer und sieht fern.«

»Dann haben Sie es also auf sich genommen, die Kranken zu besuchen?«

»Oh, aber ja. Das ist eine christliche Tat, und außerdem werden wir eines Tages alle auf dieser Station landen, nicht wahr? Und dann werden *wir* uns Gesellschaft wünschen. Diese Leute sind unsere Freunde und Nachbarn, wissen Sie?«

Lauter fragte Catherine: »Hat jemand von Ihnen Vivian Elliot gut gekannt?«

»Ich habe vermutlich die meiste Zeit mit ihr verbracht«, antwortete Alice. »Sie war wirklich ein tolles Mädchen.«

»Hatte Vivian irgendwelche Angehörigen?«, fragte Warrick.

Alice schüttelte den Kopf. »Nein, und das ist eine Tragödie. Ihr Mann ist erst vor einem Jahr gestorben, und sie hatten nur ein Kind, eine Tochter, die mit siebzehn bei einem Autounfall

49

ums Leben gekommen ist. Der Fahrer ist einfach davongefahren. Viv hat immer noch um das Mädchen getrauert.«

»Keine Brüder oder Schwestern?«, hakte Catherine nach.

»Nein.«

»Sie scheinen sich sehr sicher zu sein«, stellte Warrick fest. »Aber eigentlich kennen Sie sie doch erst seit kurzer Zeit. Wie …«

»Oh, sie war wie ich, verstehen sie, ein Einzelkind. Damals gab es so etwas nur selten, Einzelkinder, meine ich. Große Familien waren üblich – jeder hatte Brüder und Schwestern. Aber Viv und ich waren Einzelkinder und haben deshalb beschlossen, dass wir Schwestern sein könnten. Es ist nie zu spät, haben wir uns gesagt!«

»Also hatte sie Ihres Wissens keine Verwandten?«, bohrte Catherine sicherheitshalber nach.

»Keine Seele – nicht einmal viele Freunde. Ich habe in der ganzen Zeit, in der sie hier war, nie erlebt, dass sie Besuch hatte, außer von einer Frau.«

»Diese Frau – kennen Sie ihren Namen?«, fragte Warrick.

»Nein. Nein, tut mir Leid. Ich bin ihr im Grunde nie direkt begegnet, wissen Sie? Wenn Patienten Besuch haben, wollen wir sie nicht stören. Die Arbeit des Clubs besteht darin, sie zu unterstützen, wenn keine Familienangehörigen und keine Freunde da sind.«

»Müssen sich Besucher hier eintragen?«

Wieder schüttelte Alice den Kopf. »Nein. In diesem Punkt geht es auf dieser Station zu wie in einem normalen Krankenhaus. Während der Besuchszeiten können die Leute kommen und gehen, wie sie wollen.«

Catherine vermerkte in Gedanken, dass sie Vega sagen musste, er solle die Mitarbeiter anweisen, auf die nicht identifizierte Frau zu achten. Viellleicht würde sie in den nächsten vierundzwanzig Stunden noch einmal herkommen, um Vivian Elliot zu besuchen. Danach hätten sie nur geringe Chancen, diese Frau noch ausfindig zu machen. Es sei denn, sie tauchte zu Vivians

Beerdigung auf oder war einem der Krankenhausmitarbeiter bekannt.

»Wann haben Sie die Frau zum letzten Mal gesehen?«, fragte Catherine.

»Erst heute Morgen«, sagte Alice. »Sie ist ein paar Minuten bevor wir den Alarm aus Vivians Zimmer gehört haben gegangen.«

»Können Sie sie beschreiben?«

»Ziemlich jung.«

»Wie jung?«, hakte Warrick nach.

»Oh, sechzig oder so.«

Das brachte Warrick für einen Moment zum Schweigen. Dann fragte er: »Beschreibung …?«

»Sie hat graue Haare und trägt eine Brille.«

Catherine und Warrick sahen sich unter den Frauen im Korridor um, ehe sie einen Blick wechselten, der ihnen gegenseitig bestätigte, dass sie den gleichen Gedanken hegten: Alice hatte soeben jede einzelne der anwesenden Frauen beschrieben.

»Normalerweise gibt es hier nicht so einen Wirbel, wenn eine von uns stirbt«, stellte Alice fest. Ihre Augen waren nunmehr schmale Schlitze. »Warum dann jetzt? Wurde sie etwa ermordet?«

Bemüht, Tonlage und Gesichtsausdruck neutral zu halten, fragte Catherine die Frau: »Wie kommen Sie darauf, Alice?«

Die stämmigere Frau, Willie, maß Alice finsteren Blickes, ehe sie sich Catherine widmete. »Hören Sie nicht auf sie – sie sieht zu viel fern.«

»Tue ich nicht«, widersprach Alice. »Ich schwöre, es gab einen Fall wie diesen bei *Mord ist ihr Hobby*.«

Jede einzelne Person im Korridor erstarrte und fixierte Alice für einen Moment.

Hinter ihren Brillengläsern weiteten sich Alices Augen, und ihr Kinn ruckte trotzig nach vorn. »Na ja, da war … natürlich könnte es auch *Barnaby Jones* gewesen sein … oder vielleicht *Detektiv Rockford*. Ist dieser James Garner nicht wundervoll?«

Während die Frau weiter über das Fernsehen schwatzte, sah Catherine, wie allmählich Leben in die Mitglieder des *Clubs der Tratschbasen* kam und einer nach dem anderen plötzlich einen dringenden Besuch in einem nahe gelegenen Krankenzimmer zu machen hatte.

Dem Fingerzeig folgend, schlüpften Catherine und Warrick zurück in Vivian Elliots Zimmer und ließen den armen David allein im Korridor zurück, wo Alice weitere Theorien darüber aufstellte, was einer alten Frau in irgendeiner Krimiserie widerfahren war, die sie entweder letzte Woche oder vielleicht auch vor fünfundzwanzig Jahren gesehen hatte.

»Wonach suchen wir genau?«, fragte Warrick, als sie ihre Ausrüstung auspackten.

Catherines Augen wanderten durch den Raum, verweilten für einen Moment auf der Leiche und suchten dann weiter. Sie war stolz auf ihre Fähigkeit, wichtige Merkmale eines Tatorts schon auf den ersten Blick zu erkennen, doch hier konnte sie nur den Kopf schütteln. »Ich habe keine Ahnung.«

»Ich hasse es, wenn so etwas passiert.«

Seufzend sagte Catherine: »Wir sollten einfach alles einsammeln, was wir finden. Vor allem jetzt, da wir wissen, dass es hier um Mord geht.«

Warricks Kopf ruckte zurück. »Wissen wir das?«

»Natürlich«, entgegnete Catherine, »es kam bei *Barnaby Jones!* Oder war es doch *Quincy* ...?«

Kopfschüttelnd und mit schiefem Lächeln zog Warrick seine Kamera hervor, nahm die Schutzkappe ab und fing an, Fotos zu schießen. Catherine kümmerte sich um die elektrostatische Abdruckerfassung am Fliesenboden. Die traurige Wahrheit lautete, dass das halbe Krankenhaus bereits in dem Zimmer gewesen war, nachdem Vivian Elliot gestorben war. Aber sollte es einen Mörder geben, dann mussten sich auch *seine* Schuhabdrücke hier befinden, und Catherine hoffte, sie – und der Computer – würden den des Täters identifizieren.

Als er mit den Aufnahmen von der Leiche fertig war, fotografierte Warrick jedes einzelne Stück der Einrichtung, jedes medizinische Gerät und jedes Möbelstück. Catherine beugte sich über den Plastikeimer für biologische Abfälle, nahm den Beutel heraus und kennzeichnete ihn als Beweismittel. Als sie fertig waren, hatte Catherine einen Berg von ungefähr fünfzehn Beweismittelbeuteln gesammelt, während Warrick mindestens sechs Filme zu je vierundzwanzig Bildern verknipst hatte.

Und doch hatte sie nicht ein einziges Detail angesprungen und gewispert: Es ist ein Verbrechen ... ich bin wichtig ...

David und seine Mitarbeiter brachten die Leiche weg, während Catherine und Warrick alles Übrige fortschafften. Als sie das Zimmer verließen, war das Bett inklusive Kissen abgezogen, und der Metallständer, an dem zwei verschiedene Beutel mit Infusionslösungen gehangen hatten, war ebenfalls leer. Das Gleiche galt für den Eimer mit den biologischen Abfällen und den Kleiderschrank. Außerdem hatte Catherine in verschiedenen Beuteln die Überreste von Vivian Elliots letztem Frühstück gesammelt, die auf einem Tablett zurückgelassen und offenbar ins Badezimmer geschafft worden waren, als die Frau ihren Herzstillstand erlitten hatte.

Alice Deams lugte aus einer Tür heraus, als Catehrine mit ihrer gruseligen Beute den Korridor hinunterschritt.

»Hatte ich Recht?«, fragte Alice, deren Augen hinter den dicken Gläsern geweitet waren. »War es Mord?«

»Wir wissen es nicht«, antwortete Catherine mit einem freundlichen Lächeln. »Wie kommen Sie überhaupt darauf?«

»Oh! Nach all diesem Tumult!«, sagte Alice, als sie auf den Gang trat, um mehr Nähe, mehr Vertraulichkeit herzustellen. »Außerdem ... es ist ja nicht so, dass uns nicht aufgefallen wäre, dass neuerdings mehr von uns sterben als sonst.«

Catherines Ton blieb ungezwungen. »Meinen Sie?«

»Oh, aber ja. In diesem Laden sterben sie wie die Fliegen!«

Etwas verblüfft angesichts der zweifellos vom Fernsehen angeregten Formulierungskunst ihrer Gesprächspartnerin, fragte Catherine nach: »Wie lange leben Sie schon hier?«

Alice zuckte mit den Schultern. Unter ihrem ausgeleierten Sweatshirt hatte sie die Arme vor der Brust verschränkt. »Bald zehn Jahre.«

»Bekommen Sie Besuch von Verwandten?«

Die Frau nickte strahlend, zog ein paar Schnappschüsse aus der Tasche ihres Sweatshirts und hielt sie so, dass Catherine sie sehen konnte.

»Die trage ich immer mit mir herum«, verkündete Alice. »Mein Sohn, meine Schwiegertochter, ihr Junge und ihr Mädchen.«

»Besuchen sie Sie oft?«

»Ein- oder zweimal in der Woche. Sie fahren mit mir zum Einkaufen, und manchmal gehen sie mit mir ins Kino.«

Catherine nickte. »Es ist gut, Kinder zu haben. Und Sie sagen, in zehn Jahren haben sich die Todesfälle noch nie so gehäuft?«

»Eigentlich nicht. Der Club schickt bei jeder Beerdigung Blumen. Wir sammeln Geld, wissen Sie, und wir sorgen dafür, dass jeder auf einer Karte unterschreibt. Unser Blumenbudget für diesen Monat ist schon jetzt doppelt so hoch wie sonst, und der Monat hat noch eineinhalb Wochen! Die letzten Monate waren schwer.«

»Wie das?«

»An Orten wie diesem gewöhnt man sich daran, dass Menschen sterben – irgendwie. Trotzdem … darf ich Ihnen was erzählen, was sich … na ja … schrecklich anhört?«

»Sicher. Nur zu.«

Alice trat noch näher; sie roch nach Krankenhaus. »Wenn man in einem Pflegeheim lebt … und machen Sie sich nichts vor, junge Frau, das hier ist ein Pflegeheim … und man sieht, wie ein oder zwei Leute sterben, dann seufzt man erleichtert und denkt: puh. Aller Wahrscheinlichkeit wird es mich in diesem Monat nicht mehr erwischen.«

»Aber neuerdings …«

»Neuerdings? Nichts ist mehr sicher.«

Catherine atmete tief durch und sagte: »Alice, wir werden uns diese Sache genau ansehen, aber ich bin überzeugt, es gibt nichts, um das Sie sich sorgen müssten.«

Alice Deams sah keineswegs überzeugt aus. Dann drehte sie sich um und trottete den Korridor entlang. Wahrscheinlich sah sie David und seinen amtlichen Leichenwagen ein bisschen zu häufig.

Catherine sagte sich wieder und wieder, dass es nicht ungewöhnlich war, wenn vier ältere Menschen in einer Einrichtung wie dieser innerhalb eines Monats starben. Die Hitze war nicht ungefährlich für den Kreislauf alter Menschen, und das mochte durchaus eine Rolle spielen, auch wenn das *Sunny Day* vollständig klimatisiert war.

Später, als Catherine mit ihrer Ausrüstung den Gang hinunterging, kam Vega aus Whitings Büro heraus auf sie zu. Er sah nicht sonderlich glücklich aus.

»War die Diagnose vom Doktor nicht richtig?«

»Der Bursche ist ein totales Wrack«, meinte Vega kopfschüttelnd. »Er könnte beinahe selbst ein Patient sein.«

»Was hat er für ein Problem?«

»Das Übliche. Er sieht nur noch Prozesse, die Kunstfehlerversicherung und einen Haufen anderer möglicher schlechter Nachrichten, die ihn während seines Dienstes heimsuchen könnten.«

»Wird er noch eine Frage überstehen?«

Sie klopften an Whitings Bürotür und wurden auch dieses Mal hereingebeten. Drinnen fanden sie den zerstörten Arzt hinter seinem Schreibtisch, den Kopf auf beide Hände gestützt. Er blickte kaum auf, als sie eintraten.

»Doktor Whiting«, sagte Catherine und stützte sich mit einer Hand auf dem Schreibtisch ab, statt einfach Platz zu nehmen. »Mrs Elliot hatte öfter Besuch von einer Frau, die auch heute Morgen da war, und zwar direkt bevor Mrs Elliot gestorben ist. Gibt es irgendeine Möglichkeit, die Identität dieser Besucherin zu ermitteln?«

Whiting schüttelte den Kopf. »Wir haben keine Besucherlisten und keine Videoüberwachung, nur unseren Wachmann am

55

Tor. Das Geld, das wir einnehmen, geben wir für unsere Bewohner und den Erhalt unserer Einrichtung und unseres guten Rufes aus.«

»Gehört Sicherheit nicht auch dazu?«

»Wir haben Sicherheitsschlösser an den Türen, aber das ist alles. Wenn Mrs Elliot den Türöffner betätigt oder einer der anderen Bewohner die Frau hereingelassen hat, erfahren wir davon gar nichts.«

»Ist das nicht ein bisschen riskant, Doktor?«

»Ich wüsste nicht, warum.«

»Wenn Ihre Patienten ermordet werden, dann wissen Sie warum. Danke für Ihre Unterstützung.«

Whiting starrte ins Nichts, als Catherine und Vega sein Büro verließen.

Wieder auf dem Korridor, fragte Catherine den Detective: »Was meinen Sie?«

»Ich meine, David sollte sich besser beeilen und diese verdammte Autopsie erledigen.« Vega sah Catherine direkt in die Augen. »Die anderen drei Bewohner, die in diesem Monat gestorben sind, hatten auch keine Angehörigen.«

»Alle?«

»Nicht einmal einen verschollenen Cousin.«

»Das beweist noch nicht, dass ein Verbrechen vorliegt, Sam.«

»Hoffentlich helfen uns Vivian Elliots Überreste dabei, das herauszufinden, denn von den anderen drei werden wir bestimmt nichts mehr erfahren.«

»Warum nicht?«

»Im Zuge der Kostendämpfungsmaßnahmen im *Sunny Day* wurden sie alle eingeäschert. Keine Familie, die dagegen sein konnte.«

»Vier Leute in einem Monat. So viel ist das nicht.«

»Catherine, Sie haben eine Weile für die Untersuchung des Zimmers gebraucht. Das hat Dr. Whiting und mir Zeit gegeben, die Akten durchzusehen. Vier in diesem Monat, drei im letzten Monat, drei im vorletzten Monat, je zwei im Mai, April und März, drei im Februar, drei im Januar – David ist nicht der einzige Leichenbeschauer, der sich um die Todesfälle in diesem Haus kümmert. Und damit kommen wir auf zweiundzwanzig Todesfälle in weniger als acht Monaten.«

Vega öffnete die Tür und hielt sie für Catherine auf. Nach der klimatisierten Luft im Gebäude wirkte die Hitze wie ein Schock, und Catherine bereitete sich schon auf den nächsten vor.

Mit einem Blick auf den Detective fragte sie: »Ist das eine hohe Zahl für einen Ort wie diesen?«

»Beinahe doppelt so hoch wie die Anzahl der Todesfälle im gesamten Vorjahr.«

»Ooooh ... und Sie denken, dass da jemand ›nachhilft‹?«

Vega zuckte mit den Schultern. »Ich hatte gehofft, Sie würden das für mich herausfinden.«

»Dann fangen wir am besten mit Vivian Elliot an. Sprechen Sie mit dem Wachmann und fragen sie, ob der Name unserer Besucherin vielleicht doch festgehalten wurde.«

»Das mache ich.«

Catherine lud die Last der Beweise in den Tahoe, während Warrick noch im Gebäude war, um den Rest seiner Ausrüstung einzusammeln.

Die Kriminalistin drehte sich wieder zu dem Detective um und sah ihm direkt in die Augen. »Was halten Sie *jetzt* von Davids Ahnung?«

Vega rieb sich die Stirn, als wolle er seine Gedanken wegkratzen. »Er hat das Richtige getan – aber ich hoffe immer noch, dass er sich geirrt hat. Die Anzahl der Todesfälle ist verdächtig, aber ist Ihnen klar, was das für die Mordstatistik bedeutet, die unserem Sheriff momentan so gut gefällt?«

Catherine beschloss, diese Frage als rhetorisch einzustufen; und sollte sie es nicht sein, dann war die Antwort doch zu schmerzhaft.

Als Vega in seinem eigenen Wagen verschwunden war, tauchte Warrick plötzlich neben ihr auf.

»Glaubst du, wir haben es mit einem Mord zu tun, Cath? Eine Vermutung reicht – ich werde es Grissom nicht verraten.«

»Tja, Warrick, falls das ein Mord war, dann könnten wir es mit einem Serienmörder zu tun haben und vielleicht mit … na ja, sagen wir zwei Dutzend Opfern? Von denen die meisten eingeäschert wurden.«

Warricks Augen wurden glasig. »Tut mir Leid, dass ich gefragt habe … Behalte deine verdammten Vermutungen für dich, Cath.«

Leise lachend kletterte sie auf der Fahrerseite in den Tahoe, aber ihr blieb das Lachen im Halse stecken.

Etwas sehr Böses hatte seinen Schatten über das *Sunny Day* geworfen, und Catherine wusste, jetzt kam eine Menge Arbeit auf sie zu.

3

Der Sarg war auf drei Böcken in der Garage des CSI aufgebahrt worden. Wie bei einem bizarren Begräbnisritual beugte sich Nick über den Sarg und stierte auf die Frau herab, die friedlich in seinem Innern ruhte.

Diese jugendliche Leiche hatte unmöglich mit der über fünfzigjährigen Rita Bennett verwechselt werden können. Nick war Rita Bennett nie begegnet, aber er hatte – wie die meisten Bewohner von Las Vegas – oft gesehen, wie sie ihre Fahrzeuge in Werbefilmchen angepriesen hatte. Mit ihrem verblassenden Showgirlglamour hatte Rita zur örtlichen Prominenz gezählt und sogar eine Spur von Ruhm genossen, wenn man bedachte, wie viele Leute Vegas besuchten und irgendwann den Fernseher einschalteten.

Diese Frau jedoch – dieses Mädchen, um genau zu sein – war gerade Anfang zwanzig, wenn überhaupt. Selbst nach drei Monaten im Sarg waren ihre hübschen Züge unverkennbar. Der luftdichte Betonkasten hatte dafür gesorgt, dass sich selbst dort, wo die Haut entblößt war, sich nur eine minimale Patina aus weißen Schimmelspuren abgesetzt hatte. Für einen Moment hatte Nick ein seltsames, unheimliches Gefühl – es war, als sähe er die Züge der Frau in einem Traum durch einen halb durchsichtigen Schleier.

Auch wenn menschliche Überreste in der Wüstenluft nicht so schnell zerfielen wie in einem eher feuchten Klima, reichte manchmal auch die Feuchtigkeit aus, die aus dem Leichnam selbst aufstieg, um die Verstorbenen mit diesem charakteristischen weißen Schleier zu überziehen. Die Frau, schlank, mit kastanienbraunem Haar, wies keine sichtbaren Verletzungen auf. Bis jetzt deutete nur das kleine Rinnsal aus Blutstropfen auf einen Gewaltakt hin.

Jane Doe – so wurden die noch nicht identifizierten weiblichen Leichen genannt – hatte eine gerade, wohlgeformte Nase und einen Pony, der beinahe ihre geschlossenen Augen über den hohen Wangen bedeckte. Grunzend setzte Nick ein eisiges Lächeln auf. Die Klimabedingungen der Wüste hatten noch nicht einmal angefangen, die Leiche zu mumifizieren, wie es im Südwesten so häufig der Fall war.

Nick griff zu seiner 35mm Kamera und hielt Sarg und Leiche aus den verschiedensten Winkeln so detailliert fest, wie es nur noch ein Modefotograf der *Vogue* getan hätte. Als er fertig war, trat Sara näher, um die lackierten Fingernägel der Frau auf Spuren zu untersuchen, die vielleicht von einem möglichen Angreifer stammen konnten.

Als sie fertig war, zuckte sie mit den Schultern. »Nichts«, stellte sie fest.

»Fingerabdrücke als Nächstes?«

»Fingerabdrücke als Nächstes.«

Während Sara die Finger der rechten Hand mit Tinte bearbeitete, untersuchte Nick mit seiner Maglite sorgsam den Bereich um den Kopf herum. Die Blutstropfen waren klein, gleichmäßig und von dunkler, bräunlicher Farbe.

»Sieht aus, als hätte sie getropft«, kommentierte Nick, »als der Mörder sie in den Sarg gelegt hat.«

»Bisher wissen wir nicht, ob es einen Mörder gibt«, ermahnte ihn Sara, auch wenn ihr Ton nicht sonderlich überzeugt klang. »Ist etwas unter dem Kopf?«

»Kann ich nicht sicher sagen … sieht aber nicht so aus.«

»Sonst noch was auf dem Kissen?«

Nick beschrieb einen Bogen mit der Lampe. »Nein … nein … doch! Ja, genau hier, ein kurzes schwarzes Haar.« Er schoss ein Foto von dem Haar, ehe er es mit einer Pinzette von dem Kissen nahm.

»Unserem Opfer gehört es nicht«, stellte Sara fest.

»Hoffen wir, dass es vom Mörder stammt.«

»Falls es einen Mörder gibt.«

»Falls es einen Mörder gibt. Du hast auch so ein Gefühl, was?«
Sara runzelte die Stirn. »Was für ein Gefühl?«

Nick grinste. »Dass Grissom dir über die Schulter guckt.«

Spöttisch verzog sie die Lippen. »Falls es einen Mörder gibt, könnte das Haar immer noch einer anderen Person gehören.«

»Möglich. Und ich weiß nicht genug über Beerdigungsinstitute, um einzuschätzen, wie viele Leute mit so einem Sarg zu tun haben.«

Sara legte die Hand der Leiche vorsichtig zurück in den Sarg, nachdem sie die Fingerspitzen sorgfältig von der Tinte gereinigt hatte. »Ich sollte diese Abdrücke mit denen der AFIS Datenbank überprüfen.«

»Mach nur – ich habe noch zu tun, und wenn du zurück bist, werde ich so weit sein, dass wir sie rausnehmen können.«

Sara nickte. »Ich bin gleich zurück. Lauft nicht weg, ihr zwei.«

Nick bedachte sie mit einem schiefen Lächeln. »Wir werden auf dich warten.«

Während Brass am Steuer des Taurus auf dem Weg zum Friedhof war, saß der Leiter der Nachtschicht, Gil Grissom, schweigend auf dem Beifahrersitz, konzentriert auf seine eigenen Gedanken. Seine Sonnenbrille hielt weit mehr fern als nur das gleißende Licht der Morgensonne.

Abgesehen von der Möglichkeit, dass sie schlicht die falsche Leiche exhumiert hatten, konnte die Leiche in diesem Sarg nur an einer sehr begrenzten Anzahl von Orten ausgetauscht worden sein: im Leichenwagen, während des Transports, was vermutlich die beste Gelegenheit war, im Beerdigungsinstitut oder auf dem Friedhof.

»Aaaalso«, sagte Brass mit etwas zu lauter Stimme, »verstehe ich richtig, dass Sie glauben, der Austausch hat im Beerdigungsinstitut stattgefunden?«

»Wie?«, fragte Grissom und blinzelte Brass an, der ihn mit einem langen Blick maß, den Kopf schüttelte und sich wieder auf die Straße konzentrierte.

»Ich habe gefragt«, sagte er, »ob Sie glauben, dass die Leichen auf dem Friedhof ausgetauscht worden sind. Als Sie nicht geantwortet haben, habe ich angenommen …«

»Tut mir Leid, Jim. Ich habe nachgedacht.«

»Und welche brillanten Einsichten können Sie mir liefern?«

Nun schüttelte Grissom den Kopf. »Keine. Zu früh.«

Der angespannte Zug um Brass' Augen verriet, dass er ähnlichen Überlegungen gefolgt war. »Wäre es nicht ziemlich schwer, die Leichen auf dem Friedhof auszutauschen? Während der Beerdigung?«

»Die Gräber werden erst aufgefüllt, wenn die Trauergäste längst gegangen sind.«

Brass dachte darüber nach. »Aber der Sarg liegt dann schon in der Erde.«

»Was hineingeht«, murmelte Grissom, »kann auch wieder hinaus geholt werden.«

Der Detective steuerte den Taurus durch das Tor und bog gleich rechts auf den mit Kies ausgelegten Parkplatz vor dem kleinen Büro des *Desert Palm Memorial Cemetery* ab. Es sah aus wie ein in Heimarbeit gefertigtes Landhaus, das zufällig von einem Gräberfeld umgeben war. Brass stellte den Wagen ab und stieg zusammen mit Grissom aus dem Fahrzeug. Kaum draußen waren sie auch schon der Wirkung der heißen Luft ausgesetzt. Als Brass die Tür öffnete, ertönte ein leises Klingeln.

Der Raum war klein und quadratisch, hatte ein Fenster gleich neben der Tür und ein zweites in der gegenüberliegenden Wand. Durch beide war der Friedhof zu sehen. Ein sehr alter Schreibtisch – man könnte sagen antik – stand zur Rechten, und dahinter saß eine Frau von etwa sechzig Jahren in einem kurzärmeligen, rostroten Kleid mit weißem Blümchendruck.

Aufgrund der beengten Verhältnisse stand der Schreibtisch nah an der Wand, und die Frau schien, obwohl nicht besonders groß, hinter ihm eingequetscht zu sein. Ein Telefon, ein großer Terminkalender und ein Walkie-Talkie lagen auf der Schreibtischplatte, aber nirgends waren persönliche Gegenstände zu sehen. In einem Ständer am vorderen Ende des Schreibtischs sammelten sich einige kostenlose eselsohrige Pamphlete – *Trauer ist Gottes Art, Abschied zu nehmen; Ewige Ruhe für Ihre Angehörigen.* Gleich daneben befand sich ein Namensschild aus Messing mit der Aufschrift: »Glenda Nelson – Trauerberaterin«. Zwischen ihr und einem weiteren, derzeit unbesetzten Schreibtisch standen Aktenschränke. Der Rest des Raumes diente als Verkaufsraum, in dem Trauergäste noch im letzten Moment ein paar Kunstblumen erwerben konnten.

»Willkommen bei *Desert Palm Memorial*, meine Herren«, sagte die Frau in einem milden Tonfall mit geübtem Lächeln und vollends unberührten Augen. »Ich bin Glenda. Wie kann ich Ihnen helfen?«

Brass ließ seine Marke aufblitzen. »Das ist Doktor Grissom von der kriminalistischen Abteilung, ich bin Captain Brass. Wir waren heute Morgen schon einmal hier. Wegen dieser Exhumierung.«

»Ja, natürlich! Mr Crosby hat mir davon erzählt.«

»Das ist genau der, den wir suchen – Mr Crosby. Ist er so früh schon hier?«

Ihr Lächeln verschwand, dafür kehrte Leben in ihre Augen ein. »Es tut mir Leid, Captain, aber er hat heute keinen Dienst.«

Hatte sich Crosby freigenommen, überlegte Grissom, weil der Friedhofsmanager gewusst hatte, dass sie zurückkommen würden?

»Kann ich Ihnen vielleicht irgendwie helfen?«, fragte die Frau.

»Es geht um die Exhumierung. Es gibt da ein Problem.«

Sie runzelte die Stirn und kam Grissom recht aufgeschreckt vor. Probleme dürften an diesem Ort recht selten auftreten – es war unwahrscheinlich, dass sich die Kunden hier allzu häufig beklagten.

»Na ja, Joe und Bob haben nichts von irgendwelchen Schwierigkeiten gesagt ...«, begann die Frau.

»Das Problem … Mrs Nelson, richtig?«

Grissom war überzeugt, dass Brass' Vermutung auf Beweisen beruhte. Die Frau trug einen Hochzeitsring mit einem Diamanten.

»Ja, Mrs Nelson ist richtig. Aber Glenda ist auch in Ordnung.«

»Mrs Nelson, wir haben den Sarg im Hauptquartier geöffnet und darin die falsche Leiche gefunden.«

Die Frau blinzelte, dachte über seine Worte nach und blinzelte noch einmal. »Wie in Gottes Namen ist das möglich?«

»Genau das ist auch unsere Frage«, sagte Grissom.

Der Blick der Frau wanderte zu dem Telefon auf ihrem Schreibtisch, und Grissom sah ihr an, dass sie nach dem Hörer greifen wollte, vermutlich um Crosby anzurufen, aber sie tat es nicht. *Sie* war die verantwortliche Person, und sie würde ihrer Verantwortung gerecht werden.

Endlich meldete Glenda sich wieder: »Sie müssen entschuldigen, ich war zu dem Zeitpunkt nicht hier. Können Sie mir den Namen der Person nennen, die Sie exhumieren wollten?«

»Rita Bennett«, sagte Brass.

»Oh, ja. Die aus dem Fernsehen.« Glenda erhob sich und ging zu dem Aktenschrank neben dem Schreibtisch. Computer waren noch nicht bis zum *Desert Palm* vorgedrungen, was für Einrichtungen dieser Art nicht unüblich war.

»Rita Bennett«, wiederholte sie leise, zog die zweite Schublade von oben auf und blätterte in den wenigen Aktendeckeln, bis sie die richtige Akte gefunden hatte. »Sektion B, Reihe 3, Grabstelle 117.«

Grissom unterdrückte ein Lächeln. Unter dem Grün rundherum, unter den Grabsteinen, den ewigen Lichtern und den Blumengestecken ruhten geliebte Verstorbene in feierlicher Würde, aber hier im Büro reichte ein Aktenordner als letzte Ruhestätte.

Brass warf einen Blick auf seine Notizen. »Das ist die Position, die auch Crosby mir angegeben hat – Sektion B, Reihe 3, Grabstelle 117. Mrs Nelson, würde es Ihnen etwas ausmachen, mich dorthin zu führen?«

Glenda runzelte die Stirn. »Ich kann meinen Posten nicht verlassen«, sagte sie, als wäre ihr Schreibtisch ein Schlachtschiff. »Was passiert, wenn jemand hereinkommt?«

Grissom und Brass wechselten einen raschen Blick. Beide hegten den gleichen Gedanken: Im LVPD war kein Fall eines Gauners bekannt, der dazu neigte, Kunstblumen aus Friedhofsbüros zu entwenden.

»Ich sage Ihnen was«, verkündete sie, »ich könnte Bob über das Walkie-Talkie rufen und ihn bitten, Sie hinzuführen.«

»Nur zu«, sagte Brass geduldig.

Und Glenda rief Bob.

Während sie auf Bob warteten, stellte Brass noch einige weitere Fragen, angefangen mit: »Mrs Nelson, ist es irgendwie möglich, dass die Leiche gegen eine … andere … ausgetauscht worden ist?«

Glenda starrte Brass an, als hätte er gerade einen ganzen Haufen übelster Beschimpfungen ausgestoßen. »Captain Brass! Das hier ist kein Gebrauchtwarenhandel. In den modernen Mythen über Organdiebe werden immer solche kleinen Details wie die Einbalsamierung übersehen.«

»Ich hatte nicht die Absicht, anzudeuten …«

»Wir nehmen unsere Aufgabe sehr ernst!«

Grissom bedachte sie mit einem charmanten Lächeln, als er sagte: »Das verstehen wir natürlich, Mrs Nelson – aber unmöglich ist das doch nicht, oder?«

Grissoms milder Tonfall besänftigte sie, und sie dachte endlich über die Frage nach. »Wir würden die Bodenveränderung bemerken. Mit unserer Landschaftsgärtnerei nehmen wir es sehr genau. Wir sind stolz auf den Service, den wir bieten können.«

»Das sollten Sie auch«, entgegnete Grissom und nickte ihr lächelnd zu.

»Aber was wäre«, wandte Brass ein, »wenn das Grab noch gar nicht aufgefüllt gewesen wäre?«

Glenda schüttelte den Kopf. »Zum einen sind die Särge geschlossen. Zum anderen ist unser Personal vor Ort ...«

»Immer?«

»Normalerweise schon. Außerdem ist der Versenkkasten versiegelt, und danach mit Erde zugeschüttet. Die einzigen Leute, die Gelegenheit hätten, so etwas zu tun, sind Bob und Joe, und die sind beide gute Männer.«

»Können Sie uns ihre vollen Namen geben?«

»Roberto Dean und Joseph Fenway«, sagte sie. »Aber Sie täuschen sich.«

Wieder lächelte Grissom. »Wir haben uns gar keine Meinung über sie gebildet, Mrs Nelson.«

Brass schrieb gerade die Namen in sein Notizblock, als Bob mit einem fahrbaren Rasenmäher erschien. Sie dankten Mrs Nelson noch einmal, und sie nickte ein wenig unterkühlt. Dann gingen sie hinaus zu ihrem alten Freund Bob, der durch das Walkie-Talkie-Gespräch mit Mrs Nelson bereits wusste, was sie von ihm wollten.

In dem Taurus folgten Grissom und Brass dem Rasenmäher über den Friedhof zu Sektion B, Reihe 3, Grabstelle 117 – und dort fanden sie das offene Grab, aus dem sie an diesem Morgen den Betonkasten mit dem Sarg entnommen hatten.

»Bob«, rief Brass durch das offene Wagenfenster, »sind Sie sicher, dass das die Grabstelle 117 ist? Sektion B, Reihe 3?«

Hoch oben auf seinem Rasenmäher verzog Bob das Gesicht, was ihn nicht intelligenter erscheinen ließ. »Glauben Sie, ich würde so einen Fehler machen?«

»Natürlich nicht«, entgegnete Grissom. »Aber Sie haben doch eine Karte, oder ...?«

Bob hatte zwei, eine von dem ganzen Friedhof, und eine Detailkarte für die Sektion B. Er zog sie aus der Tasche seiner schmutzigen Jeans, faltete sie auseinander und sprang vom Rasenmäher, um sie dem Detective und dem Kriminalisten zu zeigen. Grissom studierte die zerknitterten Bögen. »Bob«, sagte er, »das ist das richtige Grab, stimmts?«

Bob nickte. »Hier muss man schon aufpassen, in welches Loch man tritt«, verkündete er voller Stolz.

»Weise Worte.«

Sie winkten Bob noch einmal zu und fuhren zurück zum Büro, wo Glenda nervös hinter ihrem Schreibtisch herumfuchtelte, offenbar nicht sonderlich erfreut, sie wiederzusehen.

»Sind Sie jetzt zufrieden?«, fragte sie. »Es war das richtige Grab, oder etwa nicht?«

Brass schüttelte den Kopf. »Richtiges Grab – falsche Leiche.«

Glendas Stimme klang plötzlich erstaunlich schwach. »Das ist furchtbar … das ist entsetzlich … unser guter Ruf …«

»Denken Sie nicht, die Angehörigen der Verstorbenen haben mehr verdient als Ihre Sorge um Ihren guten Ruf?«, fragte Grissom.

Glenda schluckte und starrte ins Nichts. »Sie haben Recht. Ich sollte mich schämen.« Dann blickte sie aus leuchtenden, panischen Augen auf und deutete auf sich selbst. »Aber Sie denken doch sicher nicht, wir hätten etwas damit …«

Brass zögerte, und Grissom übernahm. »Wir denken nicht, dass einer Ihrer Angestellten es getan hat.«

Erleichterung entspannte ihre Züge.

»Aber«, fügte Grissom hinzu, »das bedeutet nicht, dass sie es nicht getan haben könnten. Wir haben nur keine Beweise, die für diese Annahme sprechen. Also werden wir an anderen Orten suchen.«

Brass ging dazwischen. »In dem Beerdigungsinstitut beispielsweise, das die Trauerfeier für Rita Bennets Beerdigung ausgerichtet hat.«

»Welches war das?«, fragte Glenda.

Brass Stimme blieb bemerkenswert ruhig und frei von Sarkasmus. »Wir hatten gewissermaßen gehofft, Sie könnten uns das verraten.«

»Sicher.« Die Akte lag noch immer auf Glendas Schreibtisch, und sie blätterte eine Weile darin herum. »Mr Blacks Institut«, sagte sie dann mit einem schiefen Lächeln. »Ich hätte es mir

67

denken können. Das ist das größte Beerdigungsinstitut in Las Vegas. Bei Leuten mit Geld richten sie die meisten Beerdigungen aus. Und diese Rita Bennett war eine goldene Gans.«

»Das wissen wir«, sagte Brass.

»Wird das Institut dadurch verdächtiger?«, fragte Glenda.

»Wissen Sie«, entgegnete Grissom, »ich denke, eine falsche Leiche im Sarg ist verdächtig genug.«

Glenda dachte noch darüber nach, als die beiden Männer hinausgingen.

Neben zwei weiteren kurzen schwarzen Haaren sicherte Nick auch eine dünne weiße Faser. Dann untersuchte er die bräunlichen Tropfen, nur um sicherzugehen, dass es sich tatsächlich um Blut handelte, ehe Sara schließlich in die Garage zurückkehrte.

»Was hat AVIS gesagt?«

Sara schüttelte den Kopf. »Bisher ist es nicht sehr gesprächig. Jacqui hat die Fingerabdrücke auch in der Datenbank der Vermissten suchen lassen.«

»Was gefunden?«

»Bisher nicht … aber der Suchlauf hat gerade erst angefangen.«

Nick seufzte und deutete auf das Mädchen im Sarg. »Tja … wie wäre es mit einem Ausflug?«

»Warum nicht?«

Sara zog eine Bahre heran und sicherte die Räder mit der Bremse. Während sie das tat, schob Nick seine Hände, die in Latexhandschuhen steckten, unter die Schultern der Leiche und hob sie an. Er musste einen leichten Widerstand überwinden, bis sich der Kopf endlich vom Kissen gelöst hatte, auf dem ein Fleck getrockneten Bluts und einige Haare zurückblieben.

Als er den Hinterkopf der Frau betrachtete, sah Nick, wo das Blut hergekommen war: ein kleines schwarzes Loch, nicht größer als ein Bleistift.

»Eintrittswunde«, verkündete er.

Sara schnappte sich die Kamera und schoss vier Fotos von dem kleinen Loch. »Keine Austrittswunde?«

»Sieht nicht so aus.«

Sie zog eine Braue hoch. »Ziemlich kleines Kaliber, was?«

Ihr Kollege nickte. »Zweiundzwanziger, vielleicht.«

»Oder eine Fünfundzwanziger? Keine Anzeichen von Gegenwehr.«

Nick verzog das Gesicht. »Sie hat nicht damit gerechnet.«

»Das ist vielleicht gar nicht so schlecht. Der Mörder – wir gehen doch jetzt von einem Mörder aus, richtig?«

»Wir gehen von einem Mörder aus, richtig.«

»Er oder sie hat sich einen Haufen Mühe gemacht, um die Leiche loszuwerden. Das war kein Zufall.«

»Kaum.« Nick richtete die angespannten Augen auf Sara. »Sollte der Mörder sie nicht gekannt haben, dann ging es ihm um den Kick, jemanden umzubringen oder so … aber warum lässt er sie dann nicht an Ort und Stelle liegen?«

Sara legte die Kamera ab. »Gute Frage. Der Mörder muss sie gekannt haben.«

»Klingt logisch, aber Grissom wird das nicht reichen.«

»Damit ist er nicht allein.«

»So?«

Sara deutete mit einem Nicken auf das tote Mädchen. »Ihr würde das auch nicht reichen.«

Die beiden hoben das Mädchen aus dem Sarg und legten sie vorsichtig auf die Bahre. Die junge Frau fühlte sich nach Nicks Eindruck federleicht an. Es hieß, wenn ein Mensch stirbt, würde sein Körpergewicht um einundzwanzig Gramm abnehmen; aber dieses Opfer schien deutlich mehr Gewicht verloren zu haben.

Sara löste die Bremse und machte sich bereit, die Leiche zu Doc Robbins zu bringen, damit der Pathologe eine Autopsie durchführen konnte. »Kommst du, Nick?«, fragte sie.

»Noch nicht. Ich möchte mir erst noch den Sarg ansehen.«

»Gute Idee. Soll ich zurückkommen und dir helfen?«

»Nein, nicht nötig. Ich komme schon klar. Außerdem ist hier für zwei Leute sowieso nicht genug Platz. Finde heraus, was die Autopsie verrät. Ich stoße dann später zu dir.«

69

»Alles klar«, sagte sie. Dann schob sie die Bahre durch die Garage und die Tür in einen Korridor.

Allein mit Sarg und Versenkkasten, machte sich Nick an die Arbeit. Mit dem Sarg fing er an. Sie hatten sorgsam darauf geachtet, ihn während ihrer Arbeit nicht unnötig zu berühren, und folglich nahm er als Erstes die Fingerabdrücke. Ihre eigenen Abdrücke würden sich sowohl auf dem Kasten als auch auf dem Sarg befinden, aber damit musste er leben. Sie hatten erst nachdem sie die andere Frau in Rita Bennetts Sarg entdeckt hatten, ihre stets griffbereiten Latexhandschuhe übergestreift.

Er verteilte den Puder über den ganzen Rand des Sargdeckels, über die Handgriffe und die Schlösser. Normalerweise müsste er lediglich seine und Saras Abdrücke finden, aber angesichts des versiegelten Betongehäuses, das auch die Fingerabdrücke vor der trockenen Wüstenluft geschützt haben musste, hoffte er, Glück zu haben und mehr zu entdecken. Die Arbeit war zeitaufwändig. Wann immer er etwas fand, übertrug er es auf die Folie und suchte weiter. Am Ende hatte er mehr als zwei Dutzend Abdrücke gesammelt. Wie viele davon zu ihm oder Sara gehörten, würde er noch herausfinden.

Als er mit der Außenseite des Sargs fertig war, widmete sich Nick dem Inneren. Mit seiner Maglite suchte er das Satinfutter nach Hinweisen ab, die ihn zur Identität des Opfers oder des Mörders führen konnten. Nachdem das Kopfende des Sarges – noch während die Leiche darin gelegen hatte – bereits sorgfältig untersucht worden war, fing er nun am Fußende an. Mehrere Fragmente einer schwarzen Substanz – Schmutz, wie er feststellte – waren dort vorhanden, vermutlich von den Schuhsohlen des Mädchens. Aber der Schmutz konnte natürlich auch von Rita Bennetts Schuhen stammen. Doch es war anzunehmen, dass die Bennett mit sauberen, wenn nicht gar neuen Schuhen in den Sarg gelegt worden war, wohingegen das ermordete Mädchen bestimmt nicht für die Beerdigung vorbereitet worden war. Wie dem auch sei, er fotografierte den Schmutz und tütete ihn ein.

70

Dann untersuchte Nick weiter in Richtung Kniehöhe und Hüfte, bis er am Rücken hinauf wieder am Kissen angelangt war. Als er ein letztes Mal um den Sarg herumging, sah er eine Faser, die sich in einer kleinen schadhaften Stelle im Holz verfangen hatte. Mit der Pinzette ergriff er die Faser und registrierte sie sorgfältig – weiß, keine zweieinhalb Zentimeter lang. In Nicks Augen sah sie aus wie ein gewöhnlicher, altmodischer weißer Faden, aber er wusste, dass David Hodges, der Spurenexperte des CSI, daraus genug Informationen ziehen konnte, um eine Website für altmodische weiße Fäden zusammenzustellen. Er tütete den Faden ein und überprüfte den Sarg noch einmal, dieses Mal mit einer anderen Lichtquelle.

Das Blut war unter dem UV-Licht gut zu sehen, aber darüber hinaus fand er nichts. Auch Luminol auf dem Kissen brachte ihn nicht weiter: das Blut, das er gesehen hatte – die Tropfen und der kleine Fleck unter dem Kopf der Frau – war alles, was es dort zu entdecken gab.

Als er endlich mit dem Sarg fertig war, starrte Nick den leeren Kasten an, als wartete er darauf, dass sich ihm etwas offenbarte. So unwahrscheinlich der Gedanke war, er hätte zweifellos ein bisschen Hilfe brauchen können.

Nick hatte reichlich wenig, mit dem er arbeiten konnte, also wandte er sich dem Betonkasten zu, doch der hatte noch weniger zu bieten. Der Kasten dürfte auf dem Friedhof bereitgestanden haben. Erst dort war vermutlich der Sarg hineingestellt und versiegelt worden. Gewiss war es möglich, dass der Austausch der Leiche direkt vor der Versiegelung des Sargs stattgefunden hatte. Die Betonhülle war dem Wüstenklima viel stärker ausgesetzt gewesen als der geschützte Sarg in ihrem Innern, und Nick war nicht überzeugt, dass er hier noch irgendwelche Spuren finden würde.

Trotzdem untersuchte er den Kasten Zentimeter für Zentimeter. Mit Puder suchte er nach Fingerabdrücken. Er kontrollierte die Außenseite, speziell die Ecken, auf Blutspuren und überprüfte das Innere sowohl mit der Maglite als auch mit der UV-Lampe.

Und fand nichts.

Er räumte auf, verstaute die Beweise und machte sich auf den Weg zu Sara in den Autopsiesaal. Trotz der Klimaanlage in der Garage war Nick bei der Arbeit ins Schwitzen geraten, und als er nun den Autopsiesaal betrat, jagte ihm die Kälte des Raums einen Schauer über den Rücken.

Sara stand Dr. Al Robbins gegenüber, die Leiche lag auf dem Stahltisch zwischen ihnen. Das unbekannte Mädchen war jetzt nackt, ihre Kleider lagen sicher verstaut in Beweismittelbeuteln auf einem Arbeitstisch, auf dem Sara sie abgelegt hatte.

Sara hatte einen hellblauen Laborkittel und Latexhandschuhe angezogen, um Robbins bei seinen Bemühungen zu assistieren. Nick folgte ihrem Beispiel, nahm einen blauen Laborkittel vom Haken und schlüpfte hinein. Als er zum Tisch ging, streifte er auch ein frisches Paar Latexhandschuhe über.

Robbins, recht groß, beginnende Glatze, schwarz-grauer Bart, fehlten keine zwölf Monate mehr bis zu seinem zehnjährigen Jubiläum im Dienst des LVPD. Ein Mann, der zu gleichen Teilen aus kühler Professionalität und mitfühlender Wärme zu bestehen schien, und der sich beim Gehen stets auf einen stählernen Krückstock abstützte, den er während seiner Arbeit in der Nähe des Tisches bereithielt. Der Arzt war ein hingebungsvoller Familienvater, der drei Kinder hatte, unter anderem eine Tochter, die in etwa so alt sein mochte wie das namenlose Opfer vor ihm auf dem Tisch.

Nick stellte sich neben Sara.

»Was gefunden?«, fragte diese.

Er zuckte mit den Schultern. »Ein paar Nadeln im Heuhaufen. Wir werden sehen.« Als sein Blick auf die Leiche fiel, erkannte Nick, dass das Opfer nicht nur entkleidet, sondern auch gesäubert worden war. Sie war noch hübscher, als er ursprünglich gedacht hatte. »Wie sieht es bei dir aus, Sara?«

»Ich sehe mir nachher ihre Kleider genauer an«, sagte Sara.

Nick sah Robbins an. »Wie steht es mit Ihnen, Doc? Hat sie Ihnen schon irgendwas Interessantes erzählt?«

Robbins blickte zu Nick auf, ehe er sich wieder auf die Frau auf dem Tisch konzentrierte. »Todesursache ist eine einzelne Schusswunde im Hinterkopf. Kleines Kaliber, vermutlich ein Zweiundzwanziger. Aber das wissen Sie ja bereits.

Jetzt kommt etwas, das Sie noch nicht wissen«, fuhr Robbins fort. »Die junge Frau hier ist … war … schwanger.«

Nicks Augen weiteten sich, und er presste ein einziges Wort zwischen den Zähnen hervor: »Wirklich?«

Der Leichenbeschauer nickte. »Etwa in der neunten Woche.«

»Dann könnten wir es hier also mit einem Vater zu tun haben«, überlegte Nick laut, »der kein Vater sein wollte.«

»Wir könnten es hier mit einer Schwangerschaftsunterbrechung zu tun haben«, konstatierte Sara.

Das *Desert Haven Mortuary* lag am Valle Verde Drive in Henderson und damit so weit vom *Desert Palm Memorial Cemetery* entfernt, wie es innerhalb der Stadtgrenzen möglich war. Im Stoßverkehr der Mittagszeit hatten Grissom und Brass beinahe eine Stunde gebraucht, um den Weg quer durch die Stadt hinter sich zu bringen. Als sie eintrafen, war der Parkplatz so gut wie voll, und Brass musste den Taurus auf die andere Seite des Gebäudes fahren.

Die beiden Männer gingen um das Gebäude herum zur Vorderseite. Die geschmackvolle Fassade aus Ziegelsteinen, weiß gestrichenen Mauerabsätzen und Pfeilern gehörte zu einem einstöckigen Gebäude, das sich endlos auszubreiten schien. Grissom wusste, dass es in dem Haus mindestens sechs, möglicherweise mehr Aufbahrungsräume gab, außerdem eine Reihe Büros, einen Waschraum, in dem die hygienische Versorgung der Leichen stattfand, und das Krematorium.

Wie in so vielen anderen Branchen fraßen auch im Beerdigungsgewerbe die Großen die Kleinen auf. Viele Beerdigungsinstitute hatten als Familienunternehmen angefangen, waren von einer Generation zur anderen weitervererbt worden, doch mit dem Auftauchen der großen Ketten war diese Tradition beendet worden. Die Großunternehmen hatten nach und nach damit angefangen, die kleinen Familienbetriebe aufzukaufen. Dustin Blacks *Desert Haven Mortuary* bildete die Ausnahme von der Regel.

Noch immer in Familienbesitz, war das *Desert Haven* schlicht zu groß und zu erfolgreich, um es für einen Preis zu kaufen, der für die großen Ketten annehmbar gewesen wäre. Die Familie Black war bereits seit Daniel Black, Dustins Großvater, Ende der dreißiger Jahre einen der ersten Einbalsamierungsautomaten erworben hatte, in diesem Geschäft. Obwohl Las Vegas zu jener Zeit kaum mehr als eine weite Ebene in der Wüste gewesen war, hatte sich Daniel als Leichenbestatter selbstständig gemacht.

Inzwischen war das *Desert Haven* das größte Bestattungsinstitut zwischen Kalifornien und Arizona, ein Pfeiler der Gesellschaft und das Institut der Wahl all jener, die es sich leisten konnten.

Der volle Parkplatz verriet den Besucherandrang, obwohl es kaum Mittag war. Elegante Flügeltüren mit geschliffenem Glas führten in eine große Lobby, in der der Kriminalist und der Detective von einem stillen, jungen Mitarbeiter in grauem Anzug empfangen wurden. Der hübsche Knabe war gerade Anfang zwanzig.

Grissom war ein wenig überrascht, einen so jungen Mann an der Rezeption eines Beerdigungsinstituts zu sehen – oftmals beschäftigten solche Gewerbe eher ältere Menschen mit einem seriösen Auftreten. Dieser Bursche hingegen wirkte ziemlich eifrig.

»Welche Familie, bitte?«, fragte der Empfangsmitarbeiter.

»Die Familie Black«, sagte Brass.

»Ich … ich verstehe nicht …«

Diskret zeigte Brass ihm seine Marke. »Wir müssen mit Mr Black sprechen.«

»Wir sind wirklich sehr beschäftigt.« Brass' Anliegen schien den Empfangsmitarbeiter aus dem Konzept gebracht zu haben. »Ich bin nicht sicher …«

Brass lächelte. »Sie stehen hier nicht sonderlich weit oben in der Nahrungskette, was, Junge?«

»Äh …«

»Warum holen Sie nicht einfach Ihren Boss und überlassen ihm die Entscheidung?«

Anspannung schlich sich in die dunklen Augen, dann nickte der Junge gestikulierend. »Würde es Ihnen etwas ausmachen, dort zu warten?«

»Keineswegs.«

Sie zogen sich auf eine Seite des Raums zurück. Der Junge verschwand in einem Korridor, und ein älterer Mann, dessen Haar so grau war wie sein Anzug, übernahm seinen Posten: empfing die Besucher und geleitete sie in die jeweiligen Aufbahrungsräume.

Drei weitere Empfangsmitarbeiter tauchten auf und sorgten dafür, dass die Maschinerie des Beerdigungsinstitutes störungsfrei weiterlief. Menschen kamen und gingen, und die drei Männer – alle in einem gewissen Alter und einer seriösen Haltung – zeigten sich freundlich, liebenswürdig und hilfsbereit. Einer kam sogar auf Brass und Grissom zu, um sich zu vergewissern, dass diese bereits bedient worden waren.

Grissom war beeindruckt – er hatte Kasinos mit weniger Kundschaft erlebt. Ihm waren Studien bekannt, die von vier Millionen Besuchern pro Jahr und fünftausend neuen Bewohnern pro Monat sprachen … wie viele Todesfälle gab es eigentlich im Monat? Und wie viele Beerdigungen? Und Einäscherungen? Natürlich war Grissom mehr als den meisten Menschen bewusst, dass jeder einmal sterben musste. Aber dass ein Beerdigungsinstitut dermaßen gut laufen konnte, war selbst ihm nicht bekannt gewesen. Das Geschäft der Blacks jedenfalls brummte.

Bald kehrte der junge Empfangsmitarbeiter mit einem großen Mann zurück. Black war, wie Grissom vermutete, in den Vierzigern, hatte ein ovales, freundliches Gesicht und eine mönchsartige Glatze.

Er war fast einsfünfundneunzig groß und fast schon zu stämmig. Dennoch präsentierte er sich würdevoll in einem grauen Anzug mit blau-weiß gestreifter Krawatte und bewegte sich mit einem Selbstvertrauen und einer Grazie, die vielen Männern dieser Größe fehlten. Er trug einen kräftigen, aber sauber gestutzten Schnurrbart unter der leicht gekrümmten Nase und weit auseinander stehende, teilnahmsvolle dunklen Augen.

Automatisch streckte ihnen der große Mann die Hand entgegen. Seine Stimme war weich, und er sprach mit einem sanftem Tonfall, beinahe flüsternd. »Dustin Black – die Herren sind von der Polizei?«

Brass schüttelte Black die Hand, aber er machte es kurz. »Ich bin Captain Brass, und das ist Doktor Gil Grissom, unser bester Kriminalist.«

»Das klingt beeindruckend«, verkündete Black mit einstudiertem Lächeln. »Nett, Sie kennen zu lernen, meine Herren.« Der Bestatter wandte sich an Grissom und gab auch ihm die Hand. »Ich bin ein großer Bewunderer Ihrer Arbeit. Ich gehöre sogar der Hilfstruppe des Sheriffs an.«

»Großartig«, entgegnete Grissom mit gezwungenem Lächeln, während er sich im Stillen fragte, warum ihn Bestatter immer an Geistliche – oder Politiker – erinnerten. Dieser allerdings erinnerte ihn gleich an beide Berufsgruppen.

»Ich hoffe, Jimmy hat sich nicht zu unbeholfen angestellt, meine Herren.«

»Jimmy ist der Empfangsmitarbeiter?«, fragte Brass. Der Knabe war inzwischen längst wieder verschwunden.

»Ja. Er ist dort zum ersten Mal im Einsatz, und wir haben derzeit vier Aufbahrungen. Die Leute geben sich heute die Klinke in die Hand.«

»Wie heißt Jimmy mit Nachnamen?«, fragte Grissom.

»Sein Name ist James Doyle. Warum?«

Der Kriminalist zuckte mit den Schultern. »Ich bin von Natur aus neugierig, Mr Black.«

»Ach so. Nun, Jimmy ist schon seit Jahren bei mir.«

»Seit Jahren?«

»Am Anfang ging er noch zur High School, dann hat er während der schulischen Ausbildung zum Bestatter ein Praktikum bei mir gemacht. Ich habe viel Personal, Mr Grissom, mehr als ein Dutzend Angestellte ... Wie kann ich Ihnen behilflich sein, meine Herren?«

Brass sah sich unter den Leuten um, die durch das Foyer irrten, manche auf dem Weg hinaus, andere auf dem Weg herein. »Können wir uns irgendwo ungestört unterhalten?«

»Über?«

»Über«, sagte Brass, »etwas, das Sie sicher nicht in ihrem Empfangsbereich hören wollen.«

Black führte sie in ein geräumiges Büro.

Wie Grissom erwartet hatte, war die persönliche Zuflucht des Bestatters ebenso geschmackvoll und seriös eingerichtet wie der Rest des *Desert Haven*: Sie sahen einen großen, glänzenden Mahagonischreibtisch, eine Regalwand mit schön gebundenen und vermutlich nie gelesenen Büchern und Grafiken winterlicher Szenen aus New England. Hinter Blacks Schreibtisch prangten drei gerahmte Diplome an der Wand neben einem Fenster, dessen hölzerne Läden geschlossen waren. Eine Tischlampe verbreitete einen warmen gelben Lichtschein.

Die zwei Besucherstühle vor dem Schreibtisch sahen aus wie frisch geliefert, dem ganzen Büro haftete ein Hauch von Patchouli an. Black bedeutete Brass und Grissom, Platz zu nehmen, als er seinen Schreibtisch umrundete und sich auf seinen hochlehnigen schwarzen Ledersessel fallen ließ.

Dies, so überlegte Grissom, war nur die Vortäuschung eines Büros; dieser sterile, unpersönliche Raum aus einem Werbespot für Möbel war ein Ort, an dem Black die Trauernden empfing, um ihnen Rat und Unterstützung anzubieten. Irgendwo in diesem Gebäude musste es jedoch noch ein anderes Büro geben, in dem eine andere, wirklichere Arbeitsatmosphäre herrschte.

»Wie kann ich dem LVPD helfen?«, fragte Black, nachdem er die Fingerspitzen unter das Kinn gelegt und die Ellbogen auf die Tischplatte gestützt hatte.

»Haben Sie die Beerdigung von Rita Bennett durchgeführt?«

Selbstsicheres Nicken. »Ja, ihr Mann – Peter Thompson – ist ein enger Freund von mir.«

Grissom neigte zu der Überzeugung, dass Menschen, die allzu gern von ihren »engen Freunden« sprachen, damit meist nicht mehr als ein paar Bekannte meinten.

»Rita zu verlieren«, erzählte der Bestatter, »war eine Tragödie – so eine lebendige Frau. Sie ist zweimal zur Vorsitzenden der Handelskammer ernannt worden, wussten Sie das?«

»Wer«, fragte Brass, »von ihrem umfangreichen Personal war für diese Beerdigung zuständig?«

Verwirrung schlug sich in Blacks Zügen nieder. »Warum sind Sie so sehr an dieser speziellen Beerdigung interessiert?«

»Sie ist Bestandteil einer Ermittlung. Wir würden gern erfahren, wer dafür verantwortlich war.«

Er schüttelte den Kopf, die Augen geweitet, teils gedankenverloren, teils verwundert. »Ich kann mir nicht vorstellen, für welche Art Ermittlung die Beerdigung von Rita Bennett interessant sein könnte.«

»Haben Sie Geduld mit uns«, sagte der Detective. »Wer war verantwortlich?«

»Ich war das«, entgegnete Black. »Ich habe mich persönlich um die Arrangements gekümmert. Wie ich schon sagte, Peter ist ein enger, persönlicher Freund, und Rita ebenso.«

»Muss schmerzhaft sein«, bemerkte Grissom.

Black blinzelte. »Was?«

»Wir selbst vermeiden es, in Fällen zu ermitteln, von denen Freunde oder Familienangehörige betroffen sind. Es muss schmerzhaft sein, die Beerdigung eines engen Freundes zu organisieren.«

»Das, Doktor, äh ... Grissom? Doktor Grissom. Das setzt eine negative Einstellung zu unserer Arbeit voraus.«

Grissoms Kopf neigte sich zur Seite. »Ganz und gar nicht. Ein Arzt operiert schließlich auch keine Familienmitglieder.«

»Sie haben Recht«, entgegnete Black, aber der abwehrende

78

Ton in seiner Stimme war unüberhörbar. »Dennoch betrachte ich es als Ehre, als ein Privileg, meine Kunst auch meinen Freunden zur Verfügung zu stellen. Bei meiner Familie würde ich mich allerdings zurückhalten, soweit stimme ich Ihnen zu.«

»Die Bennett-Beerdigung«, versuchte Brass, den Faden wieder aufzunehmen. »Lief da alles nach Plan?«

Black hatte sichtlich Schwierigkeiten, seinen Ärger unter Kontrolle zu halten. »Es tut mir Leid, Captain. Solange Sie mir keinen Anhaltspunkt für die Gründe Ihres Besuchs liefern, werde ich keine weiteren Fragen mehr beantworten.«

»Dann werde ich Ihnen einen Anhaltspunkt liefern, Mr Black – der Sarg von Rita Bennett wurde auf Bitten ihrer Tochter heute Morgen exhumiert.«

Der Bestatter runzelte die Stirn. »Warum war das nötig?«

»Dieser Punkt gehört eigentlich nicht zur Sache«, sagte Grissom.

Black gab ein humorloses, grunzendes Lachen von sich. »Wieso soll denn der Grund für eine Exhumierung nicht zur Sache gehören?«

»Weil eine falsche Leiche im Sarg lag.«

Black blinzelte verwirrt. »Was?«

»Die Leiche im Sarg war nicht Rita Bennett«, erwiderte Brass.

Black erstarrte, hatte sich aber schnell wieder im Griff. »Meine Herren, ich bin überzeugt, Sie meinen es gut, aber hier ist offensichtlich etwas schief gelaufen. Das ist einfach unmöglich …«

»Da haben Sie Recht …«, unterbrach ihn Grissom.

Der Bestatter gestikulierte aufgeregt und bedachte Brass mit einem Blick, der besagte: Sehen Sie?

»… *etwas* ist schief gelaufen.«

»Das war dann aber nicht unser Fehler«, gab der Bestatter zurück, verschränkte die Arme vor der Brust und wippte auf seinem Stuhl hin und her.

Brass beugte sich ein wenig vor. »Rita Bennett war wie alt?«

»Ende fünfzig. Aber sie hat jünger ausgesehen.«

»Hat sie ausgesehen wie zwanzig?«

Blacks Unterkiefer klappte herab, aber kein Laut drang über seine Lippen.

»Die Frau im Sarg«, sagte Grissom, »war mindestens dreißig Jahre jünger als die Frau, deren Name auf dem Grabstein steht. Können Sie sich das erklären?«

»Es ist nicht ...« Plötzlich blitzte Panik in Blacks Augen auf. »Und Sie denken, ich ... *wir* ... hätten etwas damit zu tun? Mit diesem ... Leichentausch?«

»Wir beschuldigen niemanden, Mr Black«, stellte Brass fest.

»Wir sammeln nur Beweise«, fügte Grissom hinzu.

»Welche Beweise haben Sie?«

»Eine Leiche in einem Sarg. Der Sarg gehört zu Rita Bennett. Die Leiche nicht.«

»Wer zum Teufel hat in dem Sarg gelegen?«

»Das wissen wir bisher nicht. Wir arbeiten gerade daran, die Identität festzustellen. Sie werden uns zustimmen, dass es sehr schwer wäre, die Leiche auszutauschen, nachdem der Versenkkasten versiegelt und das Grab wieder aufgefüllt wurde?«

Black griff nach Strohhalmen. »Aber es wäre nicht unmöglich.«

»Das Grab ist nicht angerührt worden«, sagte Grissom. »Und der Versenkkasten war immer noch versiegelt, als wir die Exhumierung vorgenommen haben. Die Beweise deuten darauf hin, dass der Austausch vorgenommen wurde, *bevor* der Kasten versiegelt worden ist.«

»Ich verstehe, dass Sie hergekommen sind«, räumte Black ein. »Diese Umstände haben Sie auf den Gedanken gebracht, dass wir hier im *Desert Haven* irgendwie mit dieser Sache zu tun haben.«

Brass beugte sich weiter vor. »Wenn Sie an unserer Stelle wären, was würden Sie denken?«

»Ich verstehe Ihr Dilemma, aber ich kann Ihnen nur versichern, dass so etwas in diesem Institut nicht passieren kann, meine Herren.«

»Sie scheinen sich Ihrer Sache ziemlich sicher zu sein«, stellte Brass fest.

Black richtete sich hoch auf. »Natürlich bin ich das. Ich vertraue meinen Mitarbeitern. Wir sind wie eine Familie. Und keiner von ihnen könnte so etwas tun. Außerdem ist es einfach nicht möglich. Dafür sind hier immer viel zu viele Leute im Haus.«

»Können Sie uns eine andere Erklärung für die falsche Leiche liefern?«, fragte Grissom.

Der Bestatter dachte angestrengt nach. »Nein, offen gestanden kann ich das nicht. Und die Wahrheit lautet, dass ich noch nie von so etwas gehört habe. Für mich ergibt das keinen Sinn. Warum sollte jemand eine Leiche gegen eine andere Leiche austauschen?«

»Möglicherweise«, sagte Grissom, »war es jemand, der etwas zu verbergen hatte.«

»Zum Beispiel?«

»Oh, ich weiß nicht, eine Leiche vielleicht?«

4

Warrick war hundemüde. Die lange Nacht, die er gerade hinter sich gebracht hatte, drohte, von einem nicht minder langen Vor- und Nachmittag abgelöst zu werden. Der Grund dafür war der Ausfall von zwei Mitarbeitern der Tagschicht, die krank waren, und drei weiteren, die eine Schießerei unter Bandenmitgliedern untersuchten. Das hieß Überstunden für alle, was wiederum mehr Geld bedeutete, von dem man andererseits nicht wusste, ob man jemals die Zeit hatte, es auszugeben.

Während die Kriminalisten der Nachtschicht bereit waren jedem Fall, zu dem sie gerufen wurden, nachzugehen, ermittelten sie weiter in dem vermuteten Mordfall des Leichenbeschauers Davis Phillips – in der *Sunny Day Continuing Care Facility*.

Warrick gab nie weniger als sein Bestes. Hinter seinem trockenen Sarkasmus, den man leicht als Desinteresse auslegen konnte, verbarg sich ein aufmerksamer und brillanter Kriminalist.

Der Ermittler nahm seine Arbeit überaus ernst, auch wenn das bedeutete, dass er Fingerabdrücke von Bettpfannen nehmen und Gehhilfen fotografieren musste. Einen Todesfall im *Sunny Day* Pflegeheim zu untersuchen, mochte nicht so verlockend sein wie die Untersuchungen an einem Bandenkrieg, aber auch dieser Aufgabe widmete er seine volle Aufmerksamkeit und Konzentration. Sollte jemand Vivian Elliot übel mitgespielt haben, dann war es Warricks Job, in ihrem Namen tätig zu werden.

»Wir können Ihnen ihr Leben nicht zurückgeben, also müssen wir den Grund für ihren Tod aufdecken«, hatte Grissom mehr als einmal gesagt.

Damit wollte Grissom auf seine Art ausdrücken, dass ein jeder Anspruch auf Gerechtigkeit hatte und das Einzige, was sie noch für Vivian Elliot tun konnten, war, ihren Mörder zu finden und seiner gerechten Strafe zuzuführen.

Falls Vivian Elliot ermordet worden war …

Aber trotz dieser Einstellung ging selbst Warrick irgendwann mal der Sprit aus. Derzeit lief er definitiv auf Reserve. Catherine hatte sich in ihrem Büro vergraben, um „Beweise zu katalogisieren", doch auf dem Weg zum Pausenraum hatte Warrick keinen Lichtschein unter ihrer Tür erspähen können.

Cath war ebenso erledigt wie er, aber sie besaß eine bemerkenswerte Art, sich zu erholen. Sie konnte fünfzehn Minuten schlafen und danach wieder für weitere acht Stunden einsatzbereit sein. Warrick hingegen pumpte Kaffee in seinen Körper. Er hoffte, das Koffein könne ihm helfen, die Trägheit abzuschütteln, die sich wie eine Decke über ihn gelegt hatte, seit sie aus dem *Sunny Day* zurückgekehrt waren.

Er erhob sich von dem Stuhl im Pausenraum, streckte sich, trottete zur Kaffeemaschine und schenkte sich noch eine Tasse der Flüssigkeit ein, die vorgab, Kaffee zu sein. Dann drehte er sich um, beäugte den Stuhl, den er gerade erst verlassen hatte, und überlegte, ob er sich wieder setzen und die Augen schließen sollte … doch er besaß nicht Catherines Fähigkeit, mit einem Kurzschlaf die Energien wieder aufzuladen.

Also beschloss er, stattdessen David aufzusuchen und sich nach dem Stand der Autopsie zu erkundigen.

Der stellvertretende Leichenbeschauer arbeitete oft mit Dr. Robbins zusammen im Autopsiesaal, aber als Warrick den Kopf zur Tür hereinstreckte, sah er nur Robbins, der von Nick und Sara assistiert eine Autopsie durchführte. Keine Spur von David. Und Warrick konnte gerade noch genug vom Gesicht der Toten auf dem Tisch erkennen, um zu wissen, dass sie nicht die Frau aus dem *Sunny Day* war. Diese Leiche war jung, falls man bei einer Toten überhaupt von ihrem Alter sprechen konnte.

Warrick setzte seine Suche fort, was nicht viel Zeit erforderte – der stellvertretende Leichenbeschauer war zwei Türen weiter im Röntgenlabor.

Als Warrick eintrat, justierte David gerade das Röntgengerät über Vivian Elliots Überresten. Mit dem Röntgenapparat wurden Kugeln oder andere körperfremde Gegenstände aufgespürt. Deshalb wusste der Kriminalist nicht so recht, was David mit dem Ding bei der verstorbenen Vivian Elliot erreichen wollte.

»Hey«, grüßte Warrick.

»Hey.« David lächelte, offenbar erfreut über die lebendige Gesellschaft, und winkte ihn zu sich. »Nur herein in die gute Stube.«

»Sagte die Spinne zur Fliege?«

»Oder auch nicht. Keine Sorge: Diese Gerüchte über Glühen im Dunkeln sind ein Haufen Mist.«

David führte Warrick in den Kontrollraum und drückte einen Schalter. Bald darauf schaltete er wieder aus und ging zurück in den Untersuchungsraum, um die belichtete Platte unter Vivians Leiche zu entfernen und eine neue etwas weiter unten hinzulegen.

»Ich könnte Hilfe gebrauchen.«

»Applaus reicht wohl nicht, oder?«, antwortete Warrick, als er zu ihm kam.

»Nein«, entgegnete David mit einem nervösen Lächeln.

Warrick drehte Vivian ein wenig zur Seite, sodass David die Platte unter dem Körper platzieren konnte. »Was haben Sie vor, David?«, fragte er. »Wieder eine Ahnung?«

»Nicht ganz. Eigentlich möchte ich eine Theorie bekräftigen.«

»Die lautet?«

»Dass jemand im *Sunny Day* Mrs Elliot Luft injiziert und so eine Embolie ausgelöst hat, die zum Herzstillstand führte … woran Vivian schließlich gestorben ist.«

Warrick nickte stirnrunzelnd. »Sie glauben, der Mörder hat es getan, damit der Tod wie ein Herzanfall aussieht?«

»Das nehme ich an. Und das ist eine Methode, mit der ein böser Junge davonkommen könnte … wenn die guten Jungs nicht so genau hinschauen würden.«

Warrick zog eine Braue hoch und bedachte David mit einem leicht spöttischen Grinsen. »Erst denken Sie, die Frau wurde ermordet, weil es zu viele Todesfälle im *Sunny Day* gibt …«

»Ja … aber auch, weil keine der letzten vier Personen, die im *Sunny Day* gestorben sind, Familienangehörige hatte. Niemand musste benachrichtigt werden, erinnern Sie sich?«

»Ich erinnere mich … und jetzt erzählen Sie mir, die Mordwaffe war Luft?«

»Tja, ich habe hier noch eine Tatsache für Sie …«

»Tatsachen sind immer gut. Tatsachen mögen wir lieber als Ahnungen.«

»Das weiß ich. Die anderen hatten auch alle einen Herzanfall.«

Warrick fühlte, wie seine Skepsis sich in Luft auflöste und sein Interesse zunahm. Die Fakten fingen an, sich zu stapeln wie die Jetons eines vom Glück begünstigten Spielers. Außerdem weckte Davids Ernsthaftigkeit in Warrick den Wunsch, den Instinkten des stellvertretenden Leichenbeschauers zu trauen.

Immerhin konnten die »Ahnung« und der »Instinkt« eines Experten ebenso bedeutend sein wie die Diagnose eines Arztes.

»Die Methode ist relativ einfach«, erklärte David. »Der Mörder injiziert eine ziemlich große Spritze mit Luft. In Mrs Elliots Fall hat das IV-Katheder dem Mörder eine Injektionsstelle geboten, die nicht einmal auffiel. Die Luftembolie erreicht das Herz, und der Muskel krampft sich zusammen. Äußerlich weisen die Symptome auf einen Herzanfall hin, aber die Wahrheit ist … sie wurde ermordet.«

»Lass die Nadel verschwinden«, kommentierte Warrick, »und es ist, als wärest du nie dort gewesen.«

»Das perfekte Verbrechen, von dem man so oft hört.«

»So perfekt ist das nicht.«

David runzelte die Stirn. »Wo liegt der Fehler?«

Warrick grinste. »Jemand, der so klug ist wie Sie, David, könnte dahinter kommen.«

David strahlte, aber Warrick gab ihm keine Gelegenheit, sich in dem Lob zu sonnen. »Was hoffen Sie, mit den Röntgenaufnahmen zu beweisen?«

Mit einem Wink in Richtung Röntgengerät sagte David: »Das

kardiovaskuläre System ist ein geschlossenes System. Trotz der Tatsache, dass Arterien, Venen und Kapillare eine Gesamtlänge von um die 100.000 Kilometer ergeben, wird die Luftblase auf dem Röntgenbild sichtbar. Falls es eine Luftblase gibt, wurde Vivian Elliot ermordet. Falls nicht … habe ich einen Haufen wertvoller Zeit vergeudet, und die arme Frau ist immer noch tot.«

»Tot, aber nicht ermordet.«

»Tot, aber nicht ermordet … Aber steht es der Frau nicht zu, dass wir uns ernsthaft bemühen, den Grund für ihren Tod herauszufinden?«

Warrick lieferte David die Antwort, die der stellvertretende Leichenbeschauer erhofft hatte: »Doch.«

Sie bewegten die Leiche und machten weitere Röntgenaufnahmen. Sie arbeiteten eine Weile schweigend weiter, bis sie kurze Zeit später damit fertig waren.

Das letzte noch nicht entwickelte Röntgenbild in den Händen fragte Warrick: »Ist das die einzige Möglichkeit herauszufinden, ob sie durch eine Luftinjektion ermordet worden ist?«

»Es gibt noch eine andere Möglichkeit«, entgegnete David mit einem angedeuteten Schulterzucken. »Aber ich weiß nicht, ob Doktor Robbins darauf steht.«

»Versuchen Sie es mit mir.«

David riss die Augen weit auf. »Na ja, man bricht den Brustkorb auf und füllt den Hohlraum mit Wasser. Wenn eine durch Luft verursachte Embolie vorliegt, wird die Luft austreten und durch Blasen im Wasser sichtbar werden.«

»Ist ja widerlich.«

»Mord doch auch.«

»Gutes Argument.«

»Ich habe von dieser Vorgehensweise gehört, aber noch nie gesehen, dass jemand tatsächlich so verfahren ist. Die Röntgenaufnahmen sind immer noch die beste Lösung.«

»Tja«, sagte Warrick, »dann sollten wir unsere Urlaubsfotos in ein Labor mit Schnell-Dienst bringen und sehen, ob wir den Mörder auf unserer nächsten Reise zu fassen kriegen.«

Catherine streckte die Arme weit aus und gähnte herzhaft. Das fensterlose Büro war stockdunkel, das einzige Licht drang durch den Spalt unter der Tür herein. Sie warf einen Blick auf das Zifferblatt ihrer Armbanduhr und erkannte, dass sie fünf Minuten mehr als die geplanten zwanzig verschlafen hatte. Ausgestattet mit einer inneren Uhr, brauchte Catherine selten einen Wecker, und die Armbanduhr diente nur als Bestätigung dessen, was ihr Körper ihr bereits mitgeteilt hatte.

Sie streckte die Hand nach dem Schalter der Tischlampe aus. Als sich ihre Augen an die Helligkeit gewöhnt hatten, fiel ihr Blick auf das gerahmte Foto ihrer Tochter Lindsey. Das blonde Mädchen mit den blauen Augen lächelte sie an, und Catherine lächelte zurück. Es war noch nicht lange her, da hätte sie sich schuldig gefühlt, das Kind so viele Stunden allein zu lassen.

Aber inzwischen hatte sie sich mit ihrem Status als Alleinerziehende arrangiert, und ihre Arbeit war etwas, auf das sie stolz war und nicht etwas, für das sie sich schämen wollte. Catherines Nachtarbeit ermöglichte es ihr, mehr Zeit mit ihrer Tochter zu verbringen als die meisten anderen berufstätigen Mütter ... auch wenn ein Doppelschicht-Marathon wie dieser eine solche Behauptung auf eine schwere Probe stellte.

Wahllos griff Catherine nach einem der braunen Beweismittelbeutel aus Vivian Elliots Zimmer. Nachdem das Siegel entfernt war, erkannte sie, dass sie den Beutel mit den Laken erwischt hatte, und legte ihn wieder hin, um ihn später im Besprechungsraum zu untersuchen, wo mehr Platz zur Verfügung stand. Stattdessen wählte sie den Beutel mit Vivian Elliots persönlicher Habe, in dem sich auch ein kleinerer Beutel mit Wertsachen befand. Diese hatte sie sich im Büro des *Sunny Day* aushändigen lassen.

Vorsichtig leerte sie den Inhalt des kleineren Beutels auf der Arbeitsfläche aus: drei Ringe, eine Uhr, eine goldene Kette mit einem Kreuz, eine Brieftasche und ein Mobiltelefon. Vor ein paar Jahren hätte sie das Mobiltelefon im Besitz einer Frau in Vivians Alter in Erstaunen versetzt; aber heute schien die ganze

Welt eins zu haben, und viele Senioren trugen Mobiltelefone bei sich, um, sollten sie stürzen und nicht wieder aufstehen können, den Notruf anwählen zu können.

Bei den Ringen handelte es sich um einen goldenen Ehering, der mit einem diamantbesetzten Verlobungsring verbunden war, vermutlich ein Karat und ein recht schönes Stück mit einer Rubinrose, in deren Mitte ein Diamant prangte. Die Ringe waren gewiss nicht billig, aber sie waren wohl auch nicht bei Tiffany's gekauft worden.

Auch Vivians Goldkette war ein hübsches Stück aus dem mittleren Preissegment, das aussah, als wäre es zwar schon eine ganze Weile in ihrem Besitz gewesen, aber sorgsam gepflegt worden, genau wie die Ringe. Bei der Uhr handelte es sich um eine Bulova, die dem Aussehen nach etwa zehn Jahre alt war. Sie machte einen ebenso gepflegten Eindruck wie die anderen Stücke. Das Armband war erst vor kurzer Zeit ausgetauscht worden.

Nichts wirklich Auffälliges – eine Frau mit genug Geld, um sich nette, wenngleich nicht gerade fürstliche Dinge leisten zu können, die sie pflegte und lange behielt.

Das Mobiltelefon war der Gegenstand, der Catherine vorwiegend interessierte – Mobiltelefone waren oft eine stark sprudelnde Informationenquelle.

Sie notierte die Nummern der Schnellwahltasten – es waren nur drei, aber eine könnte der mysteriösen Frau gehören, die Vivian direkt vor deren Tod besucht hatte. Danach überprüfte Catherine die Anruflisten, in denen sie die letzten zehn Nummern fand, die Vivian gewählt hatte, die letzten zehn, von denen sie angerufen worden war und die Anrufe, die sie verpasst hatte. Dann rief sie den Befehl für die eingegangenen Kurznachrichten auf, doch da war nichts gespeichert. Einige Nummern wiederholten sich, vermutlich die von Vivians engsten Freunden. Im Telefonieren standen Frauen in Vivians Alter den jungen Mädchen oft in nichts nach.

Tatsächlich tauchte eine der Nummern von den Schnellwahltasten auch bei den verpassten Anrufen, den entgegengenommenen Anrufen (dreimal) und den gewählten Nummern (viermal) auf. Mit dieser Nummer wollte Catherine beginnen. Sie vermutete, dass diese Nummer Vivians bester Freundin gehörte.

Catherine war noch mit den Ruflisten des Mobiltelefons beschäftigt, als ihr auffiel, dass weder sie noch Warrick sich ein Anrufprotokoll der Gespräche besorgt hatten, die von oder zu Vivians Krankenzimmer im *Sunny Day* geführt worden waren. Sie nahm sich vor, Warrick darauf anzusprechen, ehe sie ihr eigenes Mobiltelefon zur Hand nahm und Vega anrief.

»Catherine hier, Sam – haben Sie Zeit für eine Frage?«

»Für Sie immer.«

»Haben Sie und Doktor Whiting über das Telefon in Mrs Elliots Zimmer gesprochen?«

Sie konnte Vega förmlich lächeln hören, als er entgegnete: »Ich hatte mich schon gefragt, wann die gewissenhafteste Kriminalistin in Vegas mir diese Frage stellen würde.«

Selbst mit einem Lächeln auf dem Gesicht entgegnete Catherine: »Oh-kay, Sie kluger Junge, keine Häme. Irgendwann müssen auch Sie eine Doppelschicht durchstehen.«

»Das war erst letzte Woche! Wie auch immer, auf der Liste stehen nur zwei Nummern, aber ich hatte bisher offen gesagt keine Zeit, sie zu überprüfen.«

»Haben Sie einen Stift?«

»Schießen Sie los.«

Catherine gab ihm die Nummer, von der sie annahm, dass sie Vivians bester Freundin gehörte.

»Können Sie hellsehen? Das ist eine der beiden Nummern.«

»Die Nummer taucht immer wieder im Datenspeicher ihres Mobiltelefons auf. Würden Sie mir die andere Nummer geben, Sam?«

Er tat ihr den Gefallen und sagte: »Sollten wir auf eine beste Freundin stoßen, dann haben wir vielleicht auch die mysteriöse Besucherin gefunden.«

»Hat sich diese geheimnisvolle Dame eingetragen? Beim Wachmann am Tor?«

Als Vega antwortete, klang seine Stimme leicht verlegen. »Als ich hingegangen bin, um das zu überprüfen, hatte die Schicht schon gewechselt. Ich muss noch mal hin und mit dem Wachmann reden, der zu der Zeit Dienst hatte, tut mir Leid.«

»Hey, auch der gewissenhafteste Detective ist mal überarbeitet und müde …«

Vega lachte. »Okay, Cath. Wir sind quitt.«

Und damit beendeten sie das Gespräch.

Catherine legte die Liste der Telefonnummern zur Seite. Sie würde das später weiter untersuchen. Es hatte keinen Sinn, zu tief in eine Sache vorzudringen, solange sie nicht wusste, worum es ging, *falls* es um etwas ging – und das würde sie erst erfahren, wenn die Autopsie abgeschlossen war.

Der letzte Gegenstand auf dem Tisch war Vivians Geldbörse.

Die Börse war aus Nylon, dreifach gefaltet und hatte eine kleine, mit einem Reißverschluss versehene Tasche an der Außenseite. Catherine öffnete sie, fand aber nichts. Dann klappte sie die Geldbörse auf und legte sie auf den Tisch. Catherine fand ein Münzfach mit einem Ersatzschlüssel und eineinhalb Dollar Wechselgeld darin. Die Vorderseite des Münzfachs bestand aus einem viergeteilten Kreditkartenfach, das eine Rabattkarte aus Pappe enthielt, die eine Buchhandelskette für Kunden aus pädagogischen Berufen ausstellte, eine Versicherungskarte, eine Visakarte und die Rabattkarte eines Supermarkts.

Keine große Hilfe.

Dann fand sich noch Vivians Führerschein und ein durchsichtiges Plastikkreditkartenetui mit vier weiteren Kreditkarten – je eine von einem Warenhaus, einem Gartencenter, einem Damenbekleidungsgeschäft und eine Mastercard. Hinter den Fächern befand sich ein weiteres, das zweiundsiebzig Dollar Bargeld enthielt. Geistesabwesend überlegte Catherine, wo Vivian Elliots Scheckbuch sein mochte. Davon abgesehen schien alles ziemlich normal zu sein – äußerst normal.

Während der nächsten zwei Stunden katalogisierte Catherine die Beweismittel und schickte die biologischen Materialien ins

Labor. Nun hatte sie bereits den größten Teil des Tages mit Vivian Elliot zugebracht und wusste immer noch nicht, ob ein Verbrechen vorlag.

Es war Zeit, die Gerichtsmedizin aufzusuchen.

Dort stöberte sie David, Warrick und Dr. Al Robbins bei der Arbeit auf. Robbins führte mit Davids Hilfe die Autopsie an Vivian Elliot durch, und Warrick sah zu.

Sie schlüpfte in einen Laborkittel, zog Handschuhe an und passte damit äußerlich perfekt zu den anderen. Sie hätten ein OP-Team sein können, das Leben rettete, doch sie waren Ermittler, die Tote untersuchten.

Catherine stellte sich neben Warrick, David und Robbins gegenüber. »Was gefunden?«

»Wie wäre es mit der Todesursache?«, gab Robbins zurück.

»Was ist damit?«

»Myokardialer Infarkt.«

»Ein Herzanfall.« Catherine legte nachdenklich die Stirn in Falten und fixierte das fragliche Organ. »Verursacht durch was?«

»Ich vermute«, sagte Robbins und zuckte mit den Brauen, »dass David mit seiner Luftembolie Recht hat.«

»Die Theorie kennt wohl jeder, was?«, fragte Warrick.

Catherine hörte zum ersten Mal davon.

Robbins nickte, ohne den Blick von seiner Arbeit abzuwenden. »Ich war mit der Autopsie mehr oder weniger fertig und konnte keinen vernünftigen Grund für den Tod dieser Frau finden. Ihr Herz hat gekrampft ... aber davon abgesehen war keine wirkliche Schädigung feststellbar. Sie hatte kein Übergewicht, keinen erhöhten Cholesterinspiegel und unbedeutende Arterienverkalkung – das ist im Grunde nichts für eine gesunde Frau ihres Alters.«

»Eine Frau ihres Alters kann natürlich einen Herzanfall erleiden«, stellte Robbins fest, »... aber das passiert nicht gerade häufig. Etwas ist dem Herzen dieser Frau zugestoßen, und ich konnte keinen Grund dafür finden.«

92

David trat vor. »Doc, ich, äh … ich habe Röntgenaufnahmen gemacht, als wir sie reingebracht haben.«

Robbins wirkte überrascht. »Haben Sie?«

David schluckte. »Ich dachte, wissen Sie, ich dachte, Sie würden sie vielleicht brauchen.«

Der Leichenbeschauer bedachte David mit einem schiefen Blick. »Gute Idee.«

Davids Erleichterung war spürbar.

»David«, sagte Robbins geduldig, den Blick auf seinen Assistenten gerichtet. »Wie heißt es in Missouri?«

David dachte angestrengt nach, ehe er vorsichtig fragte: »Zeigen Sie sie mir?«

»Richtig. Wie wäre es, wenn Sie das täten?«

Beschwingten Schrittes verließ David den Raum und kehrte im Handumdrehen mit einem großen Umschlag aus Manilapapier zurück und überreichte ihn Robbins. Dieser schnappte sich seine Krücke und ging mit dem Umschlag zu dem Filmbetrachter an der Wand.

Warrick legte den Lichtschalter um, und Robbins hängte die Aufnahme ein. Augenblicke später schüttelte er den Kopf, nahm das Röntgenbild ab und ersetzte es durch ein neues. Auf dem zweiten Bild fand er, wonach er gesucht hatte.

»Da.« Er deutete auf einen dunklen Fleck, beinahe in der Mitte der Aufnahme.

»Was sehen wir da, Doc?«, fragte Warrick.

»Der dunkle Fleck in der Pulmonalarterie, Warrick. Das ist eine Luftblase.«

Catherine atmete tief durch und fragte: »Und wie ist diese Luftblase dahin gekommen?«

Robbins bedachte sie mit einem todernsten Blick. »Ich habe keine Einstiche gefunden, abgesehen von dem für das IV-Katheter. Ich vermute, dort ist sie reingekommen.«

»Leichter Zugang«, kommentierte Warrick.

Aber Catherine kämpfte ihren Wunsch, der Theorie spontan zuzustimmen, mit der von Grissom antrainierten Gewissenhaftigkeit nieder, und forderte, auch andere Möglichkeiten in Betracht zu ziehen. »Könnte die Luftblase von dem Trauma des Unfalls zurückgeblieben sein?«

Robbins schüttelte den Kopf. »Das bezweifle ich.«

»Ist es möglich?«

»Alles ist möglich. Aber mein Urteil lautet, dass sich die Blase in diesem Fall bereits früher bemerkbar gemacht hätte, falls überhaupt. Ich denke, David hat Recht.«

Warricks Miene war ernst. »Denken Sie, wir könnten es mit einer Art barmherzigem Engel zu tun haben?«

»Gott weiß, das wäre nicht das erste Mal, dass jemand Leute umbringt, die er eigentlich hätte pflegen sollen.«

Catherine wandte sich an Warrick: »Ruf Vega auf dem Mobiltelefon an. Sag ihm, es sieht nach Mord aus, und wir werden ermitteln wie in einem Mordfall. Es sei denn, wir entdecken einen Beweis dafür, dass dieser Fall kein Mordfall ist.«

»Ich bin zwar ganz deiner Ansicht, Cath. Aber was soll ich Vega sagen, was wir als Nächstes tun?«

Catherine dachte einen Moment nach und sagte: »Die Laboruntersuchung wird noch eine Weile dauern, und im *Sunny Day* waren wir bereits …«

»Vivians Haus?«

»Vivians Haus.«

Eine Stunde später sahen Catherine und Warrick Vegas Taurus vorfahren, während sie bereits aus ihrem Tahoe ausstiegen, den sie vor Vivian Elliots verputztem Eigenheim in Twilight Springs in Green Valley geparkt hatten.

Das Haus mit dem Schindeldach fiel nicht aus dem Rahmen; in diesem Viertel waren sich die Häuser alle ziemlich ähnlich. Das Heim von Vivian stand auf einem frisch gemähten grünen Rasen, und die Eingangstür wurde von zwei ordentlich gestutzten kleinen Sträuchern bewacht.

Catherine hatte Vivians Schlüssel der Handtasche der Verstorbenen entnommen. Das fehlende Scheckbuch hatte sich auch dort nicht gefunden, und Catherine überlegte, ob sich irgendjemand damit aus dem Staub gemacht hatte. Nun aber schloss sie die Tür auf und trat mit ihren zwei Kollegen ins Haus.

Der Eingangsbereich war beengt, war eigentlich nur ein Korridor, der direkt zur Rückseite des Hauses führte. Trotzdem stand links von Catherine ein kleiner Kirschholztisch im Raum, auf dem blühendes Einblatt die Besucher willkommen hieß.

»Der Rasen sieht aus wie frisch gemäht«, stellte Warrick fest und sah sich um. »Und dieses Einblatt wirkt auch noch ziemlich gesund.«

»Es blüht sogar«, kommentierte Catherine.

»Die Elliot war doch wochenlang im Krankenhaus, ehe sie in das Pflegeheim verlegt wurde. Jemand scheint sich um ihr Haus gekümmert zu haben.«

Catherine schüttelte mit einem vagen Lächeln den Kopf. »Irgendwie unheimlich, findest du nicht? Die Klimaanlage ist in Betrieb, alles sieht vollkommen normal aus – als könnte Vivian jeden Moment zur Tür reinkommen.«

»Das wäre aber nun aber wirklich nicht normal«, gab Warrick zurück.

Catherine glaubte fast, die Kühle des mexikanischen Fliesenbodens zu spüren. Sie wandte sich nach rechts und fand sich in einem kleinen, aber makellosen Wohnzimmer wieder. Ein geblümtes Sofa war zu sehen und zwei Stühle, die neben einem großen Fenster platziert waren, das den Blick in den Vorgarten freigab.

Die gegenüberliegende Wand wurde von einem 70-Zentimeter großen Fernsehgerät dominiert, neben dem Regale mit Büchern standen. Die Zimmerecke zierte eine Topfpflanze, und an den übrigen freien Wänden hingen eine Reihe Fotos in unterschiedlicher Größe und unterschiedlichen Rahmen – Familienfotos, überwiegend vor dem Tod der damals siebzehnjährigen Tochter aufgenommen.

Das Mädchen sah Lindsey ähnlich – die gleichen großen blauen Augen, das breite, ungezwungene Grinsen. Ihr Haar war dunkler als Lindseys, aber das war schon der einzige auffallende Unterschied. Als sie sich an das Schicksal des Mädchens erinnerte, wurde Catherine von einem Schaudern ergriffen ... einer Furcht, die nur Mütter und Väter, die schon einmal über den möglichen Tod ihres Kindes nachgedacht hatten, verstehen konnten.

Hinter dem Wohnzimmer befand sich ein kleines Arbeitszimmer, an dessen piniengetäfelten Wänden Naturdrucke hingen. In eingebauten Bücherregalen drängten sich Bücher über die Jagd, das Fischen, Baseball und Football. Auf einem Schreibtisch stand ein Computer, der vermutlich aus dem Jahr 1995 stammte.

»Des Gatten Heimbüro«, kommentierte Catherine.

»Klinisch sauber«, bemerkte Warrick. »Schon seit einiger Zeit nicht mehr benutzt, schätze ich.«

Wieder im Wohnzimmer, gingen sie ihre Notizen durch.

»Nette Bude«, sagte Warrick.

»Sauber«, fügte Vega hinzu.

»Denkt ihr, jemand hat hier aufgeräumt?«, fragte Warrick.

»Das ist kein Tatort, Warrick«, stellte Catherine fest. »Eine Reinigungsfrau hat hier geputzt.«

»Oder ihre Freundin?«

»Oder ihre Freundin. Lass uns die Wohnung ganz untersuchen, ehe wir zu sehr abschweifen.«

»Du bist der Boss«, sagte Warrick.

Catherine musterte ihn.

»Was?«, fragte er.

»Es ist nur ...«, entgegnete Catherine mit einem schiefen Grinsen, »jedes Mal, wenn du das sagst, suche ich nach Anzeichen für Sarkasmus, finde aber keine.«

Er grinste. »Vielleicht bist du dafür als Ermittlerin nicht gut genug.«

Das Haus war einstöckig, und die Besichtigung dauerte nicht lang. Catherine ging zurück in den Korridor bis zum Eingang der Küche mit Essbereich, an der ein weiterer Korridor nach links abbog. Diesem folgte Catherine, und die beiden Männer waren ihr direkt auf den Fersen.

Die erste Tür auf der rechten Seite führte zu einem Schlafzimmer – einem kleinen, sauberen Raum mit einer Nähmaschine, einem Bett und einer Frisierkommode. Ein tragbares Stereogerät aus den Siebzigern stand auf einem Tischchen unter einer Pinnwand. Daran hingen Bilder von David Cassidy, die aus Fanmagazinen für Teenager ausgeschnitten worden waren. Auf der pinkfarbenen Tagesdecke drängten sich Stofftiere mit großen Augen, die die Ermittler anklagend anzustarren schienen.

»Das Zimmer der Tochter«, stellte Catherine fest.

»Sieht aus, als wäre seit dem Tod des Mädchens nicht viel verändert worden«, sagte Warrick.

»Die Nähmaschine gehört vermutlich der Mutter.«

»Ich weiß nicht, Cath. Kinder nähen auch manchmal.«

»Meins nicht.«

Warrick zog die Brauen hoch. »Dieses auch nicht mehr.«

Auch hier fanden sie Grünpflanzen – gleich drei standen auf einem Brett, das an der Fensterbank befestigt war, und auch sie sahen sehr gesund aus.

Auf der anderen Seite des Korridors kam man in das Badezimmer. Dahinter lag ein weiterer Wohnraum, in dem sich ein Computer und ein voller Aktenständer befanden. Dieses Zimmer machte einen eher unpersönlichen Eindruck. Auf einem kleinen Tisch neben dem Schreibtisch stand ein Radio, ihm gegenüber ein kleines Fernsehgerät auf einem Ständer. Und wieder blühende Topfpflanzen.

Nun folgte ein Schlafzimmer, das offensichtlich von Vivian benutzt worden war. Zwei Bilder auf dem Nachttischchen zeigten ihren Ehemann und ihre Tochter. Ein weiteres Fernsehgerät thronte auf dem Tisch gegenüber dem Bett. Ein gewaltiger Schrank und eine riesige, längliche Frisierkommode dominierten den Raum so sehr, dass kaum Platz blieb, das Bett zu umrunden. Catherine schaffte es trotzdem und entdeckte hinter dem Schrank eine Tür zu einem weiteren, kleineren Badezimmer.

Zahnbürste, Haarspray, Zahnpasta und andere Produkte, von denen Catherine in dem größeren Badezimmer keine Spur hatte entdecken können. Das legte den Schluss nahe, dass dieses hier Vivians Privat-Badezimmer war.

»So ein großes Haus«, sagte Warrick, »und so nett dazu, und sie benutzt für sich nur ein winziges Apartment und macht den Rest des Hauses zu einem Schrein für ihre verstorbenen Familienmitglieder. Traurig.«

»Viele ältere Leute richten sich so ein«, sagte Catherine. »Sie beschränken sich auf ein oder zwei Räume im Haus.«

»Vielleicht. Aber das hier fühlt sich anders an.«

Catherine war still, denn sie empfand genauso. Allein zu sein war nicht zwangsläufig eine gute Sache.

Sie fanden nicht ein Körnchen Staub.

»Irgendjemand hat sich offensichtlich um das Haus gekümmert, während Vivian bettlägerig war«, hielt Catherine fest.

»Wer?«, fragte Warrick.

»Sieht irgendwie nicht nach einer professionellen Hilfe aus. Ich wette, es war eine Freundin.«

Die drei Ermittler kehrten in das Wohnzimmer zurück, um ihre Gedanken auszutauschen. Vega fing damit an, den anderen zu berichten, was er bisher herausgefunden hatte.

Vega blickte auf seine Notizen und sagte: »Der Name des Ehemanns war Ted, ein Elektriker im Ruhestand, der im vergangenen Jahr mit fünfundsiebzig gestorben ist. Die Tochter hieß Amelia. Sie starb bei einem Verkehrsunfall, als ein Autofahrer, der zu viel Gras geraucht hatte, am Steuer eingeschlafen ist. Das war 1970 – sie hatte keine weiteren Kinder.«

Catherine schüttelte den Kopf. »Sie haben mehr als dreißig Jahre ohne ihr Kind überstanden. Ein Verlust, über den sie offenbar nie hinweggekommen sind. Dann stirbt Ted, und Vivian bleibt allein zurück. Wer sollte *ihr* etwas antun wollen?«

»Ich möchte die Dinge ja nicht verkomplizieren«, sagte Warrick. »Aber wie sicher sind wir, dass Vivians Autounfall wirklich ein Unfall war und nicht der erste Versuch, sie zu ermorden?«

»Ziemlich sicher«, entgegnete der Detective. »Sie wurde von einem Betrunkenen erwischt, der am *Tropicana* ein Rotlicht überfahren hat.«

»Sie sind also überzeugt, dass es ein Unfall war.«

»Wenn es ein Mordversuch war, dann war er miserabel.«

»Warum sagen Sie das?«

Wieder zuckte Vega mit den Schultern. »Der Fahrer ist dabei ums Leben gekommen.«

Warricks Brauen wanderten aufwärts. »Schätze, das kommt ›miserabel‹ sehr nahe.«

»Es kommt auch einer ziemlich verrückten Geschichte sehr nahe«, meinte Catherine.

Vega runzelte die Stirn. »Warum das?«

»Zwei Todesfälle in einer Familie? Beide verursacht durch Fahrer, deren Fahrtüchtigkeit beeinträchtigt war?«

»Ich habe schon seltsamere Dinge erlebt«, gab Vega zurück.

Das hatten sie alle, also ließen sie das Thema fallen. Jedenfalls für den Augenblick.

»Also, Vivian war nicht das Ziel eines fingierten Verkehrsunfalls«, hielt Warrick fest. »Könnte sie versucht haben, Selbstmord zu begehen, um so wie ihre Tochter zu sterben?«

»Das ist krank«, kommentierte Vega.

»Ich habe schon Schlimmeres erlebt«, konterte Warrick.

»Was stellst du dir vor?« Catherine fragte mit einem merkwürdigen Lächeln, während sie gleichzeitig den Kopf schüttelte. »Denkst du, Vivian hat gewartet, bis ein Betrunkener vorbeigekommen ist, um einen Unfall zu initiieren?«

Damit ließen sie auch dieses Thema fallen.

»Vielleicht war es einfach Pech.«

»Nur hat Vivians Pech katastrophale Folgen gehabt«, erinnerte Catherine.

»Allerdings.« Warrick nickte.

»Da sind wir einer Meinung«, schloss sich Vega an. »Was jetzt?«

»Jetzt«, entgegnete Catherine mit einem Blick auf Warrick, »legen wir richtig los.«

»Ich übernehme das Wohnzimmer«, sagte Warrick. »Willst du in Vivians Schlafzimmer anfangen?«

»Das scheint mir am besten zu sein, ja.«

»Ich spreche mit den Nachbarn und sehe, was da zu finden ist«, verkündete Vega.

»Vielleicht eine beste Freundin«, meinte Catherine.

»Vielleicht.«

Die beiden Kriminalisten luden ihre Ausrüstung aus und gingen zurück ins Haus, während Vega auf die Eingangstür der Nachbarn zusteuerte. Warrick übernahm das Wohnzimmer, Catherine machte sich mit ihren Gerätschaften auf den Weg ins Schlafzimmer.

Zunächst konzentrierte sich Catherine auf das Badezimmer der toten Frau und schaute in das Medizinschränkchen. Abgesehen von Paxil, einem Medikament gegen Angststörungen, fand sie nichts, was stärker gewesen wäre als Ibuprofen. Das Paxil erschien ihr angemessen für eine einundsiebzigjährige Frau, die allein in einem Haus lebt, das ein Schrein der Familie war, die sie verloren hatte, und deren einziges Kind in sehr jungen Jahren ums Leben gekommen war. Wer zum Teufel hätte da nicht mit Panikattacken zu kämpfen gehabt?

Im Schlafzimmer durchsuchte Catherine die Frisierkommode, fand jedoch nichts Besonderes, worauf sie sich dem Schrank widmete, in dem sie einige von Teds alten Kleidungsstücken entdeckte. Fernsehtischchen und Bett brachten sie auch nicht weiter, deshalb ging sie in das andere, größere Badezimmer, in dem sie ebenfalls nichts Sachdienliches aufspüren konnte. Im Nähzimmer, dem Zimmer der Tochter, war auch nichts zu entdecken, und so widmete sie sich schließlich dem Büro.

Auch wenn sie sich von dem Computer keine große Hilfe versprach, wusste man doch nie, was sich im Innern dieser heimtückischen kleinen Kisten verbarg. Sie fotografierte das Gerät mit sämtlichen Anschlüssen und rief Tomas Nunez an, einen Computerspezialisten, der zusammen mit ihr und Nick schon an mehreren Fällen gearbeitet hatte – kein Cop, aber ein Experte.

Als sie ihn erreicht hatte, sagte Tomas: »Hola, Catherine, schön, Ihre Stimme zu hören!«

»Das liegt daran, dass meine Stimme nach Geld klingt. Wo sind Sie überhaupt? Der Krach im Hintergrund hört sich nach Zirkus an!«

»Sportsbar im *Sphere*. Muss einem Freund einen Gefallen tun.«

»Wie lange werden Sie dort beschäftigt sein?«

»Haben Sie Arbeit für mich?«

»Ja.«

»Tja, Arbeit schlägt Gefallen. Worum geht es?«

Sie erklärte es ihm und nannte ihm die Adresse.

»Fünfundzwanzig Minuten«, sagte er.

Er brauchte zwanzig.

Sollten die Nachbarn Tomas Nunez gesehen haben, so waren sie nun damit beschäftigt, sich in ihren Häusern einzuschließen, weil sie fürchteten, die Hell's Angels hätten sich ihrer stillen, respektablen Nachbarschaft bemächtigt. Der beste Computer-spezialist von ganz Vegas war gut einsachtzig groß und breit-schultrig, hatte einen Schnurrbart, der aussah wie ein alter Schnürsenkel, und ein Gesicht, das in Farbe und Glanz mit je-dem guten braunen Lieblingsgürtel konkurrieren konnte. Er trug schwarze Motorradstiefel, schwarze Jeans, eine schwarze Lederweste und ein schwarzes T-Shirt mit dem Logo und dem Namen einer Band, die sich, was provozierend genug sein sollte, *Molotov* nannte.

Als sie ihn in das Büro führte, sah er sich neugierig um.

»Sie sagen, sie hat hier ganz allein gelebt?«, fragte Nunez.

»Ja. Ihr Mann ist vor fast einem Jahr abgetreten.«

Nunez warf einen Blick auf den Computer und schüttelte den Kopf. »Ich gebe Ihnen ein Spitzenessen im *Sphere* aus, wenn das alte Mädchen irgendein Geheimnis hat, was interessanter ist als ein Kuchenrezept.«

»Ist das nicht ein bisschen voreilig?«, gab Catherine zurück.

»Hey, ich bin Experte. Das ist eine Expertenmeinung.«

101

»Mit ›Meinungen‹ arbeitet das CSI nicht.«

Er bedachte sie mit einem schiefen Blick. »Sie sollten sich mal mit anderen Leuten als diesem Grissom abgeben, Cath, der infiziert Sie. Hey, Sie wissen, dass ich erstklassige Arbeit liefere.«

»Für einen erstklassigen Lohn.«

»Sie wollen doch den Besten, oder? Sind Sie bereit für mich?«

Sie nickte. »Ich habe alles fotografiert. Der Computer des verstorbenen Mannes ist in seinem Büro, aber da dürfte kaum etwas Interessantes zu finden sein.«

Er löste die Anschlusskabel von Monitor, Tastatur, Maus, den Lautsprechern und dem Modem. Dann klemmte er sich den Rechner unter den Arm und ging zur Tür. »Ich werde ihn in meinem Truck verstauen«, erklärte er.

Fünfzehn Minuten später wiederholte sich die Prozedur mit dem Computer im Büro. Auch diesen Rechner lud er in seinen Wagen, ehe er ins Wohnzimmer zurückkehrte, um mit Catherine zu sprechen. »Zwei Tage«, sagte er.

»Zwei Tage für *Kuchenrezepte*?«

»Zwei Tage für zwei Computer.«

Sie sah ihn nur an.

»Denken Sie, ich habe sonst nichts zu tun?«, fragte er. »Glauben Sie, es gibt in meinem Leben nichts und niemanden als Catherine Willows, die kleine Detektivin?«

Sie ließ sich nicht irritieren, starrte ihn weiter an, setzte ihr bestes spöttisches Lächeln auf und zog eine Braue hoch.

Und natürlich gab er klein bei. »Rufen Sie mich morgen an. Vielleicht habe ich dann schon etwas für Sie.«

Nun strahlte sie ihn an. »Ich wusste, Sie schaffen das. Adiós, Amigo.«

Grinsend wedelte er mit dem Zeigefinger. »Wenn Sie frech werden, werden Sie ja sehen, was Sie davon haben, Chica.«

Dann waren er und die beiden Computer verschwunden.

Nun, da die beiden Geräte unterwegs waren, kehrte Catherine zurück in das Büro und fing an, den Schreibtisch und die

Akten zu durchsuchen. Sie entdeckte Vivians Scheckbuch in einer Schublade. Das war immerhin etwas.

Ihr Guthaben betrug knapp tausend Dollar. Catherine fand Papiere von einem Anwalt und einem Finanzberater und einige im Juni verschickte Briefumschläge, die Vivian offensichtlich kurz vor ihrem Unfall geöffnet hatte.

Vivian besaß kurzfristige Anlagen und Rentenpapiere. Es war nicht viel, aber auch nicht gerade wenig. In Vegas wurden jeden Tag Menschen für weniger Geld ermordet. Und Catherine schätzte Vivians Vermögen auf etwa hunderttausend Dollar, das Haus nicht mitgerechnet.

Sie gesellte sich wieder zu Warrick ins Wohnzimmer. »Was gefunden?«, fragte sie.

Er schüttelte den Kopf. »Es sei denn, du meinst Hühnchen-auflauf im Gefrierfach oder Canada Dry im Kühlschrank. Wie sieht es bei dir aus?«

Sie erzählte ihm von dem Geld.

»Da sie ohne Familie ist«, fragte Warrick, »wer erbt?«

»Das weiß ich noch nicht«, entgegnete sie mit einem Schulterzucken. »Die mysteriöse Besucherin? Die beste Freundin? Die möglicherweise ein und dieselbe Person sind?«

»Das ergibt alles keinen Sinn«, stellte Warrick kopfschüttelnd fest. »Wer sollte sich all den Ärger aufhalsen, um diese Frau umzubringen?«

»Das Geld ist kein Pappenstiel – aber davon abgesehen fällt mir nicht ein Grund ein, so etwas zu tun.«

»Wo ist das Geld jetzt?«

»Immer noch investiert, nehme ich an. Ich werde den Finanzberater und den Anwalt anrufen, wenn wir wieder im Büro sind.«

Warrick sah sie einen Moment schweigend an, dann erklang seine Stimme voller Ernst: »Sag mir, dass wir keine Gespenster jagen.«

»Warum? Wäre nicht das erste Mal.«

»Ja, aber bei all der Arbeit, die wir derzeit haben, können wir es uns nicht leisten, irgendwelche verdammten Gespenster zu jagen.«

»Doc Robbins denkt, es handelt sich um Mord. Die Luftblase bestätigt das. Können wir es uns leisten, nicht zu jagen, wenn die Frau, die hier gelebt hat, möglicherweise ermordet wurde? Sie mag im Alter ein trauriges Leben geführt haben … aber es war *ihr* Leben. Und sie hat es verdient, dass man sie respektiert.«

Ernüchtert nickte Warrick. »Ja, und sie verdient es, dass wir uns nach Kräften bemühen.«

Vega kam zur Vordertür herein.

»Was haben Sie herausgefunden?«, fragte Catherine.

Vegas hatte diesen Gesichtsausdruck, den er stets zeigte, wenn er etwas erfahren hatte. »Die Nachbarin zur Linken sagt, Vivian wäre die netteste Person gewesen, die sie je getroffen hat. Sie ist übrigens auch Witwe. Ihr Name ist Mabel Hinton. *Sie* ist diejenige, die sich um das Haus gekümmert hat.«

Angetrieben von dieser Neuigkeit fragte Catherine: »Hat sie Vivian heute am frühen Morgen besucht?«

»Kurz bevor sie den Herzanfall hatte?«, fügte Warrick hinzu.

»Sie sagt nein«, entgegnete Vega. »Aber kaufen wir ihr das ab?«

Catherine streckte die Hände aus, beide Handflächen nach oben gerichtet. »Wer sonst könnte unsere mysteriöse Frau sein? Jetzt haben wir auch eine Verdächtige.«

»Ja, die haben wir«, stimmte Warrick zu.

»Immer langsam mit den jungen Pferden, Leute«, mahnte Vega. »Sie hatte noch nicht von Vivians Tod erfahren, bis ich ihr davon erzählt habe. Danach war sie völlig am Ende.«

»Das könnte sie vorgetäuscht haben«, wandte Warrick ein.

»Wenn sie das getan hat, könnte sie Merryl Streep ein paar Lektionen erteilen.«

Aber Warrick war nicht zufrieden. »Sollte diese Hinton was von dem Geld erben?«

»Nein! Das ist das Verrückte – niemand sollte erben. Mehrere Nachbarn haben mir erzählt, dass Vivian alles irgendeinem wohltätigen Verein hinterlassen wollte.«

»Das müssen wir überprüfen«, murmelte Warrick.

»Hat irgendjemand erzählt, *welcher* Verein erben soll?«, fragte Catherine knapp.

Vega schüttelte den Kopf. »Keiner wusste es so genau.«

»Noch ein Grund, den Anwalt anzurufen«, sagte Catherine zu sich selbst.

Vega warf die Hände in die Luft. »Jeder sagt, Vivian wäre die Großmutter der ganzen Nachbarschaft gewesen! Alle Kinder waren bei ihr willkommen, und sie war überall respektiert. Sie hat mehr Kekse gebacken als Mrs Fields.«

»Tooooll«, kommentierte Warrick.

»Tja, irgendjemand hat sie aber *nicht* respektiert«, warf Catherine ein, die Hände in die Hüften gestemmt. »Wo ein Mörder ist, da ist auch ein Motiv.«

»Die Beweise werden uns zum Motiv führen.«

»Stimmt.«

Die Skepsis von Vega und Warrick war Catherine verständlich. Alles sah nach einem Verbrechen aus – irgendjemand musste Vivian den tödlichen Schuss Luft verpasst haben … aber wer zum Teufel sollte schon die Oma des ganzen Viertels ermorden wollen?

Und warum?

5

Dustin Black war etwa so farblos wie seine Klienten vor dem Make-up. Im Gegensatz zu den Toten schwitzte er jedoch.

Augenblicklich führte der entgegenkommende Bestatter Grissom und Brass einen Korridor des *Desert Haven Mortuary* hinunter und versicherte immer wieder, er könne nicht verstehen, wie die Ermittler auf den Gedanken kämen, die Leichen wären im *Desert Haven* ausgetauscht worden.

»Meine Herren!«, sagte Black und hielt eine Tür für sie auf. »Das ist unser Waschraum.«

Sie betraten einen großen Raum, der an einen Autopsiesaal erinnerte – drei Stahltische in der Mitte, Arbeitstische, Regale und Einbalsamierungsgeräte an den Wänden. Außerdem gab es eine Flügeltür, die zur anderen Seite hinausführte.

»Wie genau läuft das ab?«, fragte Brass.

Black runzelte die Stirn. »Ich bin nicht sicher, ob ich Ihre Frage verstehe.«

»Die ganze Geschichte – die Bestattungsroutine.«

»Wir bezeichnen das nicht als ›Routine‹, Captain.«

Unangenehm berührt, versuchte Brass es noch einmal. »Was passiert, wenn, sagen wir, meine Ex-Frau stirbt?«

Grissom beäugte Brass kurz unter hochgezogenen Brauen, als wollte er fragen: Wunschdenken?

Der Bestatter legte die Fingerspitzen aneinander, seine Stimme erklang in einem ruhigen, besänftigenden Tonfall. »Natürlich würden Sie uns anrufen. Wir würden den Transport des Körpers der Verstorbenen organisieren, wo immer der Tod sie auch ereilt haben mag – zu Hause oder im Krankenhaus ...«

»Bitte weiter, Mr Black.«

»Gut. Wir würden Ihre Ex-Frau herbringen ... wollen Sie sich trotz der Scheidung persönlich um die Arrangements kümmern?«

»Nehmen wir an, wir wären *nicht* geschieden.«

Wieder legte Black die Stirn in Falten. »Aber Sie sagten doch, es ginge um Ihre Ex-Frau ...«

Brass kämpfte schwer gegen den aufkeimenden Groll an. »Hypothetisch gesprochen, Mr Black. Stellen Sie sich vor, es ginge um meine Frau.«

»Tut mir Leid ... in diesem Fall würden Sie und ich oder einer meiner Mitarbeiter gemeinsam die Entscheidung über die Verfahrensweise treffen.«

»Verfahrensweise? Bezüglich des Leichnams, meinen Sie?«

Ein feierliches Nicken. »Sie können zwischen einer Beerdigung oder einer Einäscherung wählen. Wir bieten beide Möglichkeiten an.«

»Immer gut, wenn man wählen kann«, sagte Grissom in freundlichem Ton.

Brass verzog das Gesicht. Seine Kopfschmerzen kehrten zurück. »Sagen wir, ich möchte sie hier beerdigen lassen«, brachte er mühsam hervor.

»Dann«, antwortete der Bestatter, »wäre der nächste Schritt die Einbalsamierung, die in diesem Raum stattfinden würde. Möchten Sie, dass ich Ihnen den Prozess im Einzelnen erkläre?«

Brass hielt eine Hand hoch. »Nein.«

Black nickte, atmete tief durch und deutete auf die Tische. »Nach der Einbalsamierung würden Ihrer Frau die Kleidungsstücke angelegt werden, die Sie oder andere Familienmitglieder ausgesucht haben. Dann bereitet unser Kosmetiker sie für die Aufbahrung vor, zumeist sind Fotos die Grundlage dafür. Darf ich davon ausgehen, dass die Verblichene für Besucher aufgebahrt werden soll?«

»Sie dürfen.«

»Die Besucher würden vermutlich am Nachmittag oder am Abend vor der Beerdigung empfangen werden. Die Trauerfeier fände dann am Morgen oder am Nachmittag statt. Danach würde Ihre Frau zur ewigen Ruhe gebettet werden.«

Das Einzige, was Brass mehr Schaudern machte als das Addams-Family-Gehabe des Bestatters war Grissoms sichtbares

108

Lächeln. Der Kriminalist stand einfach da, die Arme vor der Brust verschränkt, und sog die Informationen auf.

»Wie Sie sehen, meine Herren«, sagte Black, »es wäre ständig jemand in der Nähe der Verblichenen ... und offen gestanden kann ich mir nicht ansatzweise vorstellen, wie jemand in dieser kontrollierten Umgebung die Verblichenen austauschen sollte.«

Grissoms Lächeln erstarb. »Bei dem ganzen Prozess bleibt die Leiche auch nicht für einen kurzen Zeitraum allein?«

»Wir sprechen in dieser Einrichtung nicht von ›Leichen‹, Doktor Grissom. Das ist unhöflich.«

Grissoms Brauen sträubten sich. »So?«

»Würden Sie bitte Doktor Grissoms Frage beantworten, Mr Black?«, bat Brass.

»Gewiss. Ich kann keinen Zeitraum nennen, in dem sich ein solch abscheulicher Akt zugetragen haben könnte.«

»Während der Besuchszeit sehen also Freunde und Familienmitglieder den ... Verstorbenen im offenen Sarg? Demzufolge kann der Austausch erst danach stattgefunden haben?«, hakte Grissom nach.

»Ja, natürlich.«

»Also muss der Austausch danach erfolgt sein. Die Gäste von Rita Bennett waren am Abend vor der Beerdigung hier?«

»Ja.«

»Ist während der Nacht irgendjemand hier?«

Black wirkte verlegen. »Nein, aber das Institut ist während der Nacht verschlossen, und unsere Sicherheitsmaßnahmen sind auf dem neuesten Stand.«

»Beschäftigen Sie einen Sicherheitsdienst?«

»Ja. Wir haben einen Vertrag mit *Home Sure Security*. Sie fahren regelmäßig am Gebäude vorbei ... und alle Fenster und Türen sind vergittert. Ohne Geheimzahl kommt hier niemand rein.«

»Wer hat die Geheimzahl?«

»Ich und fünf meiner Mitarbeiter.«

»Womit uns mindestens sechs Verdächtige bleiben«, sagte Grissom wie im Selbstgespräch.

»Verdächtige?« Blacks Augen funkelten, und seine Nasenflügel bebten. »Ich unterstütze Sie nach Kräften, und Sie nennen mich und meine Leute Verdächtige?«

»Ja«, entgegnete Grissom unschuldig. »Gilt das in diesem Institut auch als unhöfliche Vokabel?«

»Sie haben kein Recht …«

»Wir haben jedes Recht, Mr Black«, fiel ihm Grissom ins Wort. Sein Ton war sanft, seine Worte weniger. »Jemand hat diese Leichen ausgetauscht, und die beste Gelegenheit dazu bestand hier in diesem Laden. Die Leiche, die durch diejenige von Rita Bennett ersetzt wurde, ist ein Mordopfer, und damit ist das hier eine Ermittlung in einem Mordfall. Folglich sind Sie und Ihre Leute alle verdächtig.«

Blacks Augen huschten hin und her, als wollte er sich vergewissern, dass niemand Grissoms Worte hatte anhören können.

»Können wir uns jetzt wieder der Frage widmen, wie und wann die Leichen hätten ausgetauscht werden können?«, fragte der Kriminalist.

»Ich … ich sehe immer noch keine …«

»Die Gäste kommen üblicherweise am Abend vor der Beerdigung, und so war es auch bei Rita Bennetts Begräbnis?«

»Ja.«

»Sind Sie sicher?«

»Absolut.«

»Das bedeutet, ihre Leiche hat die Nacht hier verbracht, ohne dass jemand auf sie aufgepasst hätte.«

Black zuckte abwehrend mit den Schultern. »Das ist eine Frage der Betrachtung. Niemand war im Gebäude, richtig, aber *Home Sure Security* war jederzeit verfügbar. Außerdem wurden in Ritas Fall noch eine Stunde vor der Trauerfeier Besucher empfangen.«

Nachdenklich runzelte Grissom die Stirn. »Der Sarg war offen?«

»Ja.«

»Schließen Sie den Sarg vor oder nach der Trauerfeier?«

»Im Allgemeinen vorher.«

»Und im Besonderen?«, hakte Grissom nach. »In Ritas Fall …
vorher oder nachher?«

Black hatte offenbar Mühe, sein Temperament im Zaum zu
halten. »Vorher.«

»Gut. Was passiert, nachdem Sie den Sarg geschlossen haben?«

»Ich werde ein wenig ausholen müssen.«

»Bitte.«

Der Bestatter faltete würdevoll die Hände über seinem leichten Bauchansatz. »Hinter dem Vorhang hat die Familie Gelegenheit, sich ein letztes Mal zu verabschieden, ehe der Sarg geschlossen wird. Dann werden die Angehörigen zu ihren
Sitzplätzen geleitet, und wir schließen und versiegeln den Sarg,
ehe wir den Vorhang öffnen und mit der Trauerfeier beginnen.«

»Waren Sie während dieser Zeit persönlich bei Ritas Leiche?«,
fragte Brass.

»Warum begleiten Sie mich nicht in die Kapelle?«, fragte der
Bestatter in einem scharfen, unduldsamen Tonfall. »Dort kann
ich Ihnen alles im Detail zeigen.«

Zu dritt durchquerten sie den Vorbereitungsraum, den sie
durch die Flügeltür verließen, die auf einen kurzen, dunklen
Korridor führte. Wenige Schritte brachten sie zu einer weiteren
Flügeltür. Black öffnete und bat Grissom und Brass, hindurchzu-
treten, was diese prompt taten.

Kurz darauf fand sich Brass vor den Sitzreihen der Kapelle
wieder, und zwar ganz in der Nähe der Stelle, an der der Sarg
aufgebahrt gewesen sein musste.

Grissom und Black standen rechts und links davon.

»Das«, erklärte der Bestatter, »ist meine Position während der
meisten Trauerfeiern. Und ich war auch bei Ritas Gedenkfeier
hier.«

»Konnten Sie Rita die ganze Zeit sehen, bis der Sarg geschlossen wurde?«, fragte Brass.

»Ja.«

»Wie geht es von hier aus weiter?«

»Die Familie verlässt die Kapelle nach der Trauerfeier, um sich für den Trauerzug bereitzuhalten. Inzwischen fahren wir den Sarg zur Hintertür hinaus, durch die Tür, durch die wir gerade gekommen sind, und bringen ihn zum Leichenwagen.«

Der Detective runzelte die Stirn. »Wer ist ›wir‹?«

»Ich, Jimmy Doyle … Sie sind ihm schon begegnet … und ein neuer Mitarbeiter, Mark Grunik.«

Brass notierte die Namen. »Und Sie haben den Sarg zu dritt in den Leichenwagen geladen?«

»Ja. Dann ist Jimmy mit dem Leichenwagen losgefahren, und ich habe die Familie mit der Limousine zum Friedhof gebracht.«

»Keine Zwischenstationen?«

Black schüttelte den Kopf. »Wenn nicht gerade ein Reifen platzt oder ein anderer Notfall eintritt, wird unterwegs nicht angehalten. Man unterbricht einen Trauerzug nicht, um sich ein Päckchen Kaugummi aus dem nächsten Supermarkt zu holen.«

»Und soweit Sie sich erinnern, ist alles reibungslos abgelaufen?«

»Ja.«

»Und doch war Rita Bennetts Leiche nicht in diesem Sarg.«

Black breitete die Hände aus, die Handflächen nach oben gerichtet. »Da ist immer noch der Friedhof. Alles, was ich sagen kann, ist, dass ich den ganzen Tag mit Rita verbracht habe. Sie lag in dem Sarg, seit wir sie hineingelegt haben.«

Brass wandte sich an Grissom. »Irgendeine Idee?«

Nach einem Moment des Nachdenkens entgegnete Grissom: »Nicht im Augenblick. Wir müssen weitere Informationen sammeln, die uns zu neuen Beweisen führen, dann werden wir auch Rita Bennett finden.«

»Sie verdient eine anständige Beerdigung«, sagte Black. »Auf dass sie in Frieden ruhen kann.«

»Mr Black«, sagte Grissom, »wir haben da auch noch eine ermordete Frau, die Ritas Platz in Ihrem Sarg eingenommen hat, und sie verdient es ebenfalls, in Frieden zu ruhen … nachdem ihr Mörder zur Strecke gebracht und seiner gerechten Strafe zugeführt wurde.«

Jegliche Spur möglichen Ärgers hinter die milde Fassade verbannt, entgegnete Black: »Ich wünsche Ihnen nichts als Glück bei Ihren Bemühungen. Ich bedaure nur, dass ich Ihnen nicht besser helfen konnte.«

Grissom lächelte. »Oh, das kommt noch.«

Als Brass und Grissom den Ausgang suchten, konnte der Detective den Blick aus den ruhelosen Augen des Bestatters auf seinem Rücken förmlich spüren.

Sara und Nick waren im Pausenraum und schauten zusammen in eine Aktenmappe, als Brass und Grissom übellaunig eintraten.

Nach dem üblichen Austausch von Begrüßungsfloskeln schenkte sich Brass eine Tasse Kaffee ein, und Grissom ging zum Kühlschrank, um sich eine Flasche Wasser zu holen.

»Ich fühle keine guten Schwingungen«, stellte Sara fest. »Hat Vegas heute Morgen keine Glückssträhne zu bieten?«

Grissom trank gerade einen tiefen Schluck aus der Flasche, und Brass rührte in seiner Tasse. »Nichts auf dem Friedhof und noch weniger im Beerdigungsinstitut«, berichtete er.

»Kommen Sie«, sagte Nick. »Jemand muss irgendwas wissen.«

Brass bedachte ihn mit einem verunglückten Lächeln. »Sie wissen alles Mögliche. An beiden Orten. Nur nichts, was uns nützen würde.«

»Wir haben nicht genug, um sicher zu sein«, gab Grissom zu. »Ein wichtiges Detail könnte direkt vor uns liegen, aber uns fehlt der Kontext, um einen Sinn darin zu erkennen.«

»Es wäre nett«, sagte Brass, »wenn wir wenigstens wüssten, wer das Mädchen im Sarg ist.«

»Dann kann ich Ihre Stimmung ein wenig aufhellen«, verkündete Sara und wedelte mit einem Foto. »Darf ich vorstellen, Kathy Dean. Bevor sie in Rita Bennetts Sarg gelandet ist.«

Grissom und Brass eilten zu ihr, um sich das Foto eines lächelnden, hübschen jungen Mädchens anzusehen.

»Ist vor ein paar Minuten gekommen«, sagte Sara.

»Fingerabdrücke auch?«, fragte Grissom.

»Nein«, sagte Nick. »AFIS hat uns nicht weitergebracht. Die Vermisstenstelle hat unser Foto aus dem Autopsiesaal diesem hier zugeordnet.«

»Und wer genau ist Kathy Dean?«, fragte Brass.

»Eine Neunzehnjährige, gerade fertig mit der High School und bereit für das College.«

»Ohne je dort anzukommen.«

»Richtig. Sie ist vor drei Monaten verschwunden.«

Grissoms Augen weiteten sich. »Zu der Zeit, als Rita Bennett beerdigt wurde?«

Sara nickte. »Exakt? Innerhalb von vierundzwanzig Stunden vor Rita Bennetts Beerdigung.«

»Von wo ist sie verschwunden?«, fragte Grissom.

Sara warf einen Blick auf den Bericht, ehe sie antwortete. »Sie ist vom Babysitten nach Hause gekommen, hat ein paar Minuten mit ihren Eltern geredet … beide haben gesagt, sie hätte sich ganz normal verhalten … dann ist sie nach oben ins Bett gegangen. Als ihre Eltern am nächsten Morgen aufgestanden sind, war ihr Bett leer. Die Kleidung, die sie getragen hat, lag im Wäschekorb und ihr Nachthemd im Bett, aber Kathy war verschwunden.«

»Als wir sie fanden«, sagte Grissom, »war sie voll bekleidet. Hat sie sich frische Sachen angezogen, um sich rauszuschleichen, oder wurde sie entführt, und man hat sie gezwungen, sich anzuziehen?«

Sara zog eine Braue hoch. »Die Eltern sagen, sie hätten während der Nacht nichts gehört.«

»Und was sagen die Beweise?«

»Wir haben gerade erst angefangen, den Bericht im Detail zu studieren, aber es sieht aus, als hätte sie sich rausgeschlichen. An den Fenstern in ihrem Zimmer waren keine Spuren eines

114

gewaltsamen Eindringens erkennbar. Und der einzige Hinweis auf die Anwesenheit eines Fremden im Haus war ein Spermafleck in ihrem Bett.«

Das fand Grissoms Interesse. »Frisch?«

»Nein, älter als ihr Verschwinden.«

»Also gibt es einen Freund«, konstatierte Brass.

»Schwer zu sagen«, entgegnete Nick mit einem Schulterzucken.

Brass' Brauen wanderten gen Haaransatz. »Es war Sperma in ihrem Bett, aber es ist schwer zu sagen, ob sie einen Freund hatte?«

»Die Eltern glauben nicht, dass sie einen richtigen Freund hatte. Sie denken sogar, ihre Tochter wäre noch Jungfrau.«

Sara griff den Faden auf. »Mom und Dad haben keine Ahnung, wen ihr Töchterlein traf und seit wann.«

Nick wog seinen Kopf. »Das ist die Sorte Eltern, die ihr Kind an der kurzen Leine halten.«

»Sie war neunzehn«, sagte Grissom.

»Und hatte gerade die High School hinter sich und war ein Einzelkind, das noch zu Hause gelebt hat. Gris, Eltern eines Mädchens in diesem Alter wissen nicht immer, was ihr *kleiner Schatz* so treibt.«

»Erzählen Sie mir mehr davon«, sagte Brass.

»Es wird schlimmer«, entgegnete Sara. »Während der Autopsie hat Doktor Robbins eine Schwangerschaft festgestellt. Sie war gerade im dritten Monat.«

»Nur, um das noch mal zu ordnen. Sie ist wann verschwunden? Etwa zum Zeitpunkt des Volkstrauertags?«

»Am neunundzwanzigsten Mai«, bestätigte Nick.

»Und sie wurde beerdigt …«

»Am gleichen Tag. Das ist ebenfalls der Tag, an dem Rita Bennett beerdigt worden ist.«

»Aber sie war schwanger seit …?«

»Etwa Ende März«, beendete Sara den Satz.

Brass schüttelte den Kopf. »Und ihre Eltern wussten nicht einmal, dass sie sich mit jemandem trifft?«

115

Nick bedachte ihn mit einem schiefen Lächeln. »Sie wissen doch, wie das ist.«

»Ja«, stimmte Brass finster zu. »Nur zu gut.«

»Ein neunzehnjähriges Mädchen, das so behütet aufwächst? Draußen herrscht das Leben, und sie wohnt noch zu Hause? Sie könnte ein Doppelleben führen. Sie könnte mehrere Freunde haben. Mehrere Männer. Sie könnte ausbrechen, alle Vorsicht über Bord werfen. Und die Verhütung gleich dazu«, sagte Sara.

»Hören wir auf zu spekulieren«, forderte Grissom. »Kümmern wir uns wieder um die Fakten – wie lauten die Namen der Eltern?«

Sara warf einen Blick auf den Bericht. »Jason und Crystal Dean. Er besitzt und managt ein halbes Dutzend Einkaufszentren. Sie sind ziemlich gut gestellt, aber nicht reich. Sie wohnen in der Serene Avenue in Enterprise.«

»Hat ihnen schon jemand gesagt, was mit ihrer Tochter passiert ist?«, wollte Brass wissen.

»Noch nicht«, sagte Nick. »Wir haben sie gerade erst identifiziert, als ihr aufgetaucht seid. Wir haben uns überlegt, es wäre besser, erst den Bericht zu lesen und uns mit dem Vermisstenfall vertraut zu machen.«

»Guter Gedanke«, lobte Grissom.

»Also schön.« Brass seufzte. »Verdammt. *Ich* sollte sie wohl aufsuchen.« Er drehte sich zu Grissom um. »Wollen Sie mich begleiten?«

»Ich passe«, sagte Grissom. »Man sagt mir nach, meine sozialen Fähigkeiten seien verkümmert, also überlasse ich das dem Meister.«

»Vielen Dank.«

»Außerdem muss ich versuchen, mehr über das *Desert Haven Mortuary* herauszufinden.«

»Hey«, wandte sich Sara an den Detective. »Ich gehe mit. Wenn Sie Begleitung wollen.«

»Hätte nichts dagegen«, gestand Brass.

Das Haar zu einem Pferdeschwanz gebunden, der unter einer

CSI-Baseballkappe hervorlugte, folgte Sara Brass auf den Parkplatz. Sie freute sich nicht gerade auf den Abstecher nach Enterprise, aber die Kriminalisten waren diejenigen, die Kathy Dean gefunden hatten, und Sara fühlte sich verpflichtet, dabei zu sein, wenn die Eltern des Opfers die schlimme Nachricht erhielten.

Die Klimaanlage des Taurus kämpfte gegen die Hitze, aber solange die Sonne am Himmel stand, blieb es im Innern des Wagens unerträglich. Wenigstens mussten sie vom CSI-Labor aus nur über die Charleston und den Rainbow Boulevard, um die Serene Avenue zu erreichen. Vorausgesetzt, sie überlebten den Verkehr und die Ampeln.

Als sie endlich auf die Serene abbogen, fühlte Sara, wie der Schweiß an ihrem Körper herunterlief.

Das Haus der Deans war ein imposantes zweistöckiges Gebäude mit einem Schindeldach und vielen Fenstern, deren Läden samt und sonders geschlossen waren. Die Doppelgarage auf der rechten Seite des Hauses schien fest verschlossen zu sein, und der Garten bestand hauptsächlich aus Erde und ein paar verkümmerten Sträuchern. Er erinnerte an die derzeit weit verbreiteten Xeriscape-Landschaften, obgleich diese Sträucher doch sehr verdorrt aussahen. Auch wenn es hieß, dass die Eigentümer des Hauses wohlhabend waren, wirkte das Gebäude irgendwie verloren, ja, verlassen.

Sara hoffte, dass jemand zu Hause war, anderenfalls müssten sie und Brass im Wagen warten und sich weiterrösten lassen.

Als der Detective und die Kriminalistin die Auffahrt hinaufgingen, überlegte Sara, ob der desolate Zustand von Haus und Garten eine Folge von Kathys Verschwinden sein mochte. Brass klingelte mehr als einmal, aber niemand öffnete.

»Sollen wir hinten nachsehen?«, fragte Sara.

Brass schüttelte mürrisch den Kopf und deutete in die entsprechende Richtung. »Umzäunt.«

»Mit den Nachbarn reden?« Sara hoffte, Brass würde zustimmen, sodass sie Gelegenheit bekämen, in die klimatisierte Luft eines Hauses zu flüchten.

Ehe Brass antworten konnte, bog ein weißer Geländewagen in die Auffahrt ein. Sie sahen zu, wie zwei Personen ausstiegen – der Fahrer, ein großer, breitschultriger Mann in einem grünen Hemd von Izod und einer Jeans, das dünne blonde Haar zurückgekämmt, ohne auch nur den Versuch zu unternehmen, die hohe Stirn zu kaschieren. Seine weibliche Begleitung trug khakifarbene Baumwollshorts und ein pfirsichfarbenes T-Shirt mit V-Ausschnitt. Als sie um den Wagen herum zu ihm ging, sah man, dass er sie mit seinen einsneunzig um beinahe zwanzig Zentimeter überragte und ihr gegenüber seinen hundert Kilo bestimmt fünfundvierzig fehlten. Ihr langes, lockiges Haar erinnerte mit seiner kastanienbraunen Farbe auf Anhieb an das von Kathy Dean.

Es konnte kaum Zweifel daran bestehen, dass dies Kathys Mutter Crystal war, deren große dunkle Augen wie ein Spiegel der Augen ihrer Tochter waren – auch wenn Sara Kathy nur auf dem Foto der Vermisstenabteilung mit offenen Augen gesehen hatte. Die beiden starrten Sara und Brass unverhohlen an, was kaum verwundern konnte, und ihr Blick war typisch für Eltern, deren tragisches Schicksal ihnen genug Kontakt zur Polizei beschert hatte, um zu wissen, dass dies ein offizieller Besuch war.

Brass trat näher und zeigte ihnen die Marke in seiner Brieftasche. »Captain Jim Brass, Sara Sidle vom CSI. Sie sind das Ehepaar Dean?«

»Ich bin Jason Dean«, entgegnete der Mann rasch und schüttelte Brass die Hand. »Das ist meine Frau – Crystal, Kathys Mutter. Darum sind Sie doch hier? Wegen Kathy?«

»Ja. Ja, so ist es.«

Crystal Dean musterte sie starren Blicks, und in ihrer Miene spiegelte sich eine unterdrückte, aber unverkennbare Furcht.

»Meinen Sie nicht, wir sollten uns besser drinnen unterhalten?«, fragte Brass.

Ehe irgendjemand auch nur einen Schritt tun konnte, rannen schon die Tränen über Crystal Deans Wangen. Ihr Ehemann legte den Arm um sie, und sie sagte mit zitternder Stimme: »Wir haben über drei Monate gewartet. Können Sie uns nicht einfach sagen, was los ist? Jetzt?«

»Liebling«, sagte Jason Dean, »lass uns reingehen und dort mit diesen netten Leuten reden.«

Sanft versuchte er, sie in Richtung Haus zu dirigieren, aber sie ließ sich nicht darauf ein.

Ihre Augen blinzelten nicht, waren in einer Emotion erstarrt, die nicht weit vom Zorn entfernt lag. »Sagen Sie es uns jetzt – bitte!«

»Wir haben ihre Tochter gefunden …«, fing Brass an.

Sara schob sich näher an Mrs Dean heran, ohne dass die Frau etwas davon merkte.

»Wenn es Kathy gut ginge«, sagte ihre Mutter, »dann hätten Sie uns das schon gesagt, nicht wahr? Sie würden lächeln! Sie würden nicht aussehen … als wollten Sie in Tränen ausbrechen.«

»Ihre Tochter ist tot«, sagte Sara. »Es tut mir Leid.«

»Was soll das heißen, es tut Ihnen Leid? Denken Sie, wir hätten nicht gewusst, dass sie tot ist? Nach all der Zeit? Sie denken … Sie denken …«

Crystal Dean stand kurz vor einem Zusammenbruch, aber ihr Ehemann und Sara waren vorbereitet. Sie ergriffen beide jeweils einen Arm der Frau und führten sie zum Haus. Mr Dean warf Brass seine Schlüssel zu, und Brass fing sie einhändig auf. Der Detective schob sich an der kleinen Prozession vorbei und schaffte es, auf Anhieb den richtigen Schlüssel zu finden. Er riss die Tür weit auf und ging aus dem Weg, als Sara und der Ehemann die am Boden zerstörte Crystal Dean ins Haus geleiteten.

Hinter der Haustür lag das Wohnzimmer, und Sara half Dean, seine Frau zu einer Couch zu führen und sich neben ihr auf die Polster fallen zu lassen.

»Danke«, sagte er zu Sara. Er wirkte schrecklich gefasst, als er den Arm um die Schultern seiner Frau legte und die weinende Crystal an sich zog. Dann brach auch er in Tränen aus, und Sara

119

fühlte, wie auch ihr die Tränen in die Augen stiegen, obwohl sie diese Leute gerade erst kennen gelernt hatte. Hastig wandte sie sich ab.

Zusammen mit Brass zog sie sich auf die entgegengesetzte Seite des großzügigen Wohnzimmers zurück, das mit weißen Ledersitzmöbeln eingerichtet war, während die Tische und die Stereomöbel aus dunklem, poliertem Kirschholz bestanden. Familienfotos schmückten die Wände oder waren auf einem Beistelltischchen platziert. Es waren Fotos zu sehen, die Kathy in dem Kleid zeigten, das sie zum Abschlussball der High School getragen hatte. In Saras Augen erzählte der ganze Raum die Geschichte einer vom Glück beseelten Familie, erfolgreich, wohlhabend, gesegnet mit allem, was sich eine amerikanische Familie nur wünschen konnte – abgesehen von einem Happy End.

»Sind sie der Sache gewachsen?«, fragte Sara Brass im Flüsterton.

»Geben wir ihnen ein paar Sekunden. Wir folgen ihrem Tempo.«

Vielleicht zwei Minuten später bat Jason Dean seine Gäste näher zu treten. Wie zwei Angeklagte, die auf die Entscheidung der Geschworenen warteten, standen sie dort.

Während seine Frau ihr Gesicht noch immer an seiner Schulter vergrub, fragte Jason Dean: »Wo ist sie?«

»In der Obhut des Gerichtsmediziners«, antwortet Brass.

Sara kam nicht umhin, das Taktgefühl zu bewundern, das aus der Wortwahl des Detectives sprach. Von einem Leichenbeschauer hätten diese Leute sicher nichts hören wollen.

Mrs Dean löste sich mit tränenüberströmten Gesicht ein wenig von ihrem Ehemann. »Können wir sie sehen?«

»Natürlich«, beruhigte sie Brass. »Aber es wäre hilfreich, wenn wir uns erst ein wenig unterhalten könnten. Hier und jetzt.«

Beide Elternteile schüttelten die Köpfe.

»Wir möchten unsere Tochter sehen«, sagte Dean mit fester Stimme. »Sofort. Diese Tortur dauert nun schon drei Monate – alles andere … wirklich alles … kann warten.«

120

Brass sah sich zu Sara um, die mit den Schultern zuckte.

»Möchten Sie, dass wir sie hinfahren?«, fragte Brass.

Grissom saß an dem Computer in seinem Büro und ging sämtliche Meldungen aus Clark County durch, die sich mit Dustin Black und dem *Desert Haven Mortuary* befassten. Er wusste nicht recht, wonach er überhaupt suchte, aber er war ziemlich überzeugt, er würde es erkennen, wenn er es gefunden hätte. Als Nächstes wollte er sich den Geschäftsberichten widmen. Als Beweise zählten nicht nur der Fingerabdruck auf der Mordwaffe oder die Reifenspuren auf dem Seitenstreifen einer Straße. Manchmal waren Beweise, wie Grissom nur zu gut wusste, weitaus subtiler, und nicht immer offensichtlich.

Ein Pochen an der Tür riss ihn aus seinen Erwägungen.

Sheriff Rory Atwater lehnte am Türrahmen und präsentierte sich in einer Zwanglosigkeit, die ebenso einstudiert war wie sein mildes Lächeln.

»Ich hoffe, ich unterbreche keine wichtigen Fortschritte Ihrer Ermittlungen im Fall Bennett«, sagte er in freundlichem Ton.

»Eigentlich, Sheriff, handelt es sich um den Fall Dean.«

»Das ist die junge Frau im Sarg?«

»Richtig. Kathy Dean.«

»Haben Sie eine Sekunde Zeit?«

»Nein«, antwortete Grissom.

Atwater kicherte, als hätte Grissom einen Witz gerissen, schlenderte herein und schloss die Tür hinter sich, was bewies, wie wenig zwanglos sein Besuch tatsächlich war. Er ließ sich auf einen Stuhl fallen, lehnte sich zurück und legte die Spitzen seiner langen Finger aneinander.

»Haben Sie Rita Bennett inzwischen gefunden?«

»Noch nicht.«

»Wie weit sind Sie in dieser Sache?«

»Sie genießt nicht die Priorität, Sheriff.«

»Ihre Leiche wird vermisst, und sie hat keine Priorität?«

»Ich habe nicht gesagt, sie hätte keine Priorität, ich sagte, sie hat nicht *die* Priorität. Die steht dem ermordeten Mädchen zu, das wir im Sarg gefunden haben.«

Atwater nickte verständnisinnig und sagte: »Rebecca ist ziemlich beunruhigt wegen all dem.«

»So? Ich dachte, sie und ihre Mutter hätten sich nicht nahe gestanden.«

»Wie nahe muss jemand seiner Mutter stehen, um beunruhigt zu reagieren, wenn ihre Leiche vermisst wird, Gil?«

»Das dürfte verschieden sein.«

Atwater seufzte. »Hören sie, ich will Ihnen nicht erzählen, wie Sie Ihren Job zu machen haben …«

»Gut.«

»Aber ich weiß nicht, wie lange wir diese Geschichte vor Peter geheim halten können.«

»Peter Thompson? Rita Bennetts Ehemann?«

»Richtig.«

Grissom war immer wieder von dem Verhalten der Gattung Mensch verblüfft. »Sie haben Mr Thompson noch nicht erzählt, dass seine verstorbene Frau vermisst wird?«

Atwater saß einen Moment regungslos da, ehe er den Kopf schüttelte. »Als Brass mir berichtet hat, dass Rita verschwunden ist, hatte ich gehofft, Sie und Ihre Leute würden die Sache schnell aufklären, und wir müssten Peter gar nichts davon erzählen … jedenfalls nicht, bevor wir Ritas Leiche gefunden hätten. Ich meine, warum sollten wir ihm unnötig Ärger oder Kummer bereiten?«

»Da er ja schließlich zu Ihren Förderern zählt, meinen Sie?«, platzte Grissom heraus, nur um sich sogleich zu wünschen, er könnte die Worte zurücknehmen.

Erstaunlicherweise reagierte Atwater gar nicht gekränkt. Sein Lächeln war fort, aber er wirkte lediglich erschöpft. »Politik ist in Ihren Augen ein schmutziges Geschäft, Gil – das ist mir bekannt. Und mein Vorgänger war für Ihren Geschmack viel zu sehr in die Politik verstrickt.«

»Wir haben ordentlich zusammengearbeitet. Sie kennen unsere Zahlen über die Ermittlungserfolge und Verurteilungen.«

»Ja. Aber Ihre Zusammenstöße mit Sheriff Mobley sind, offen gesagt, legendär. Lassen Sie mich Ihnen etwas erklären – auf die klinische, ja, wissenschaftliche Art, die Sie verstehen. Sehen Sie sich um – sehen Sie sich all die technologischen Wunderdinge in ihrer Reichweite an, sehen Sie sich das Labor an, eine Einrichtung, die zu den besten der Nation zählt.«

»Das betrachte ich durchaus nicht als selbstverständlich.«

»Mit allem gebotenen Respekt, Gil – ich denke, das tun Sie. Sie verabscheuen Politik, aber wo, denken Sie, kommen Institute wie dieses her? In einem Staat, der keine verdammte Einkommenssteuer erhebt? Überlegen Sie sich das, Mann.«

Leise verärgert sagte Grissom: »Ein Punkt für Sie, Rory. Ich kann leicht Kritik üben, solange Sie im Schützengraben liegen und meine Spielzeuge verteidigen.«

»Danke. Nun gut, es mag Ihnen nicht gefallen, aber dieser Fall hat auch politische Dimensionen.«

»Was wollen Sie von mir, Rory?«

»Nur Ihr Bestes.«

»Kein Problem«, sagte Grissom.

Atwater nickte, doch dann kniff er die Augen zusammen. »Denken Sie, Peter Thompson könnte Rita umgebracht und dann irgendwie die Leichen ausgetauscht haben, um die Exhumierung und Autopsie an Rita zu verhindern?«

»Sie meinen: Ist er ein Verdächtiger?«

»Ja.«

»Jeder, der mit diesem Fall in Verbindung steht, ist verdächtig. Aber ich halte das für zweifelhaft.«

Der Sheriff war nervös. Wie groß war die Unterstützung durch die Familie Bennett-Thompson wohl ausgefallen.

»Bringen Sie mich auf den neuesten Stand«, bat Atwater.

»Nun … ohne Sie mit Details über das Beerdigungsinstitut, seine Architektur und seine Arbeitsweise zu langweilen … Thompson hätte die Leiche seiner Frau herausschmuggeln und gleichzeitig an der Trauerfeier teilnehmen müssen. Das erscheint absurd.«

123

Atwater nickte. »Ich wollte mich nur vergewissern, dass wir uns nicht, nun ja …«

»Auf gefährliches Terrain wagen?«

»Richtig. Gil, könnte es ein Versehen gewesen sein? Sie wissen schon, eine Verwechslung, entweder im Beerdigungsinstitut oder auf dem Friedhof?«

»Wir haben in Vegas an jedem beliebigen Tag vielleicht zwei Dutzend Beerdigungen, die sich auf über ein Dutzend oder mehr Beerdigungsinstitute verteilen. Zwei Leichen, die exakt zur gleichen Zeit in exakt gleichen Särgen liegen, sind nicht das Resultat einer Verwechselung.«

»Wer ist Kathy Dean?«

»Eine junge Frau, die ermordet wurde – von wem und warum versuchen wir gerade herauszufinden. Aber jemand hat sie dorthin geschafft, um zu verhindern, dass sie gefunden wird. Wo könnte man eine Leiche besser verstecken?«

»Aber was ist mit der verdammten Leiche, die dafür entfernt werden musste? Was hilft es, eine Leiche loszuwerden und dafür eine andere am Hals zu haben?«

»Das ist die Frage, nicht wahr? Aber die Antwort liegt bei einer Person, die hofft, ungeschoren davonzukommen … was nicht passieren wird.«

»Und diese Person ist nicht Peter Thompson?«

»Vermutlich nicht. Aber wenn er es ist – und selbst wenn er ihr größter Förderer ist, Sheriff – dann wird er dafür büßen.«

Atwater schlug sich auf die Knie und erhob sich. »Nichts anderes hätte ich gewollt.« Und damit war der Sheriff fort.

Zu viert kletterten sie in den Taurus, Brass auf den Fahrersitz, Sara auf den Beifahrersitz, die Deans ins Heck. Als sie das verloren wirkende Haus hinter sich ließen, wusste Brass, dass er die Unterhaltung ebenso steuern musste wie den Wagen. Sara würde das von ihm erwarten und einfach still dasitzen und seiner Führung folgen. Sie waren noch keinen Block weit gefahren, als er anfing zu improvisieren.

»Wie war Kathy in der Schule?«, fragte er.

»Gut. Beste Noten seit der Junior High«, antwortet Mrs Dean. »Und davor war ihre schlechteste Note ein B.«

»Hat sie viel unternommen?«

»Sie war in einer Musikkapelle, im Chor, im Theaterclub, im Spanischclub … im Frühjahr hat sie mit ihrer Mannschaft an einem Querfeldeinlauf teilgenommen.«

Ein Blick in den Rückspiegel bestätigte Brass, dass er seine Sache gut machte. Crystal Dean dachte nicht mehr an ihr Fahrziel … die Gerichtsmedizin … oder daran, was sie sehen würde, wenn sie dort wäre.

»Mochte sie Querfeldeinlauf?«

Im Rückspiegel sah er Mrs Dean tatsächlich vage lächeln. »Sie hat gesagt, sie liebt die Stille, wenn sie ganz allein läuft.«

»Begeistert bei der Sache, was?«

Endlich meldete sich auch der Vater zu Wort. »Das war sie, aber sie hat auch immer auf ihre Noten geachtet. Das hatte bei ihr oberste Priorität.«

»Wie steht es mit dem College?«

Mrs Dean schluchzte leise. »Sie wollte … Sie wollte in diesem Herbst an der UNLV anfangen.«

»Sie hatte zwei große Talente: Laufen und Lernen«, fügte Dean hinzu.

»Wow. Sieht man nicht oft. Hatte sie viele Freunde, die die UNLV besuchen wollen?«

»Eigentlich nicht«, antwortete Mrs Dean. »Kathy hatte nicht viele Freunde. Das dürfen Sie nicht falsch verstehen. Sie war kein Mauerblümchen, sie war auf ihre Weise sehr beliebt.«

Sara sah sich lächelnd über die Schulter um. »Ein nettes Mädchen.«

»Kathy kannte viele Leute«, fuhr ihre Mutter fort, »hatte viele Bekannte, sie hat nur den meisten nicht … nahe gestanden. Sie war eher eine Einzelgängerin und hat sich auf ihre Schule konzentriert.«

»Hatte sie einen Freund?«, fragte Sara ungezwungen.

»Nein!«, erwiderte Dean.

Die Antwort war laut – und überraschend – genug, dass Sara ein wenig zusammenzuckte.

Brass fragte sich, warum die Reaktion so heftig ausgefallen war, beschloss aber, nicht darauf herumzuhacken. Er sah Sara an und gab ihr mit einem Blick zu verstehen, sie solle weitermachen.

»Ich weiß, wie das ist«, sagte Sara. »Ich habe mich selbst so sehr auf das Lernen konzentriert, dass ich gar keine Zeit für Jungs hatte.«

»Genauso war es auch mit Kathy«, sagte Dean. »Sie hatte ihre Schule und ihr Training, worauf sie sich konzentrieren musste. Außerdem muss ich Ihnen sicher nicht sagen, worauf die Jungs aus sind. Denen geht es nur um eines. Immer nur um das Eine.«

In diesem Moment beschloss Brass, dass heute nicht der richtige Tag war, diese Eltern darüber aufzuklären, dass ihre Tochter schwanger gewesen war.

Stille senkte sich über den Wagen, und Brass fragte sich, ob sie bereits zu weit gegangen waren. Die beiden schienen sich wieder zu verschließen, und das würde keinem nützen, auch nicht der verstorbenen Kathy. Als er erneut einen Blick in den Rückspiegel warf, sah er, dass Mrs Dean ihrem Mann das Knie tätschelte. Die Tränen flossen wieder, und Brass nahm an, dass er es vermasselt hatte.

Er hätte auf der Fahrt so viel wie möglich aus ihnen herausholen müssen. Wenn sie ihre Tochter erst im Leichenschauhaus gesehen hatten, wären sie nicht mehr in der Verfassung oder in der Stimmung, Brass die Informationen zu liefern, die er brauchte.

Dann, aus dem Nichts heraus, sagte Mrs Dean: »Neben der Schule und dem Laufen hat Kathy auch noch mehrere Jobs gehabt.«

»Jobs?«, fragte Brass. »Tatsächlich. Obwohl sie so viel zu tun hatte?«

»Ja! Sie hat in *Habinero's Cantina* gekellnert, und sie war Babysitter für mehrere Leute. Sie hat sich sogar als Freiwillige bei der Blutbank gemeldet.«

»*Habinero's Cantina?*«, hakte Brass nach. »Ist das …«

»Am Sunset«, sagte Dean. »In Henderson.«

Kurz darauf rollte der Taurus auf den Parkplatz des CSI-Hauptquartiers, und während Brass den Deans beim Aussteigen half, ging Sara schnell hinein, um Dr. Robbins Bescheid zu geben.

Brass führte die trauernden Eltern in einen kleinen, gefliesten Raum, ein wenig abseits der Gerichtsmedizin. Die obere Hälfte der Wand bestand aus einem großen Fenster, das hinter einem Vorhang verborgen war. Das Mobiliar bestand lediglich aus zwei Stühlen und einem Metalltisch, auf dem eine Schachtel mit Taschentüchern bereitstand.

Die Deans drängten sich vor dem Vorhang zusammen, sein Arm über ihren Schultern, ihr Arm um seine Taille geschlungen. Brass hatte ihnen bereits erklärt, was passieren würde, wenn er den Vorhang öffnete. Sara würde das Gesicht der Toten entblößen, um eine Bestätigung zu erhalten, dass es sich wirklich um ihre Tochter handelte.

Große Zweifel konnte es in diesem Fall nicht geben, aber dieser Formalität durften sie sich dennoch nicht entziehen.

»Bereit?«, fragte Brass so sanft er konnte.

Dean atmete hörbar aus und spannte den Griff um die Schultern seiner Frau an. Dann nickte er.

Brass zog an der Vorhangschnur, und der Stoff glitt zur Seite. Auf der anderen Seite der Glasscheibe wartete Sara. Die Baseballkappe hatte sie abgesetzt, und ihr Gesicht wirkte ernst. Zwischen Sara und der Sichtscheibe lag eine Leiche zugedeckt auf einer Rollbahre.

Als Brass ihr zunickte, zog Sara das Laken zurück, um den Blick auf Kathy Dean vom Hals aufwärts freizugeben.

Jason Dean stöhnte, und seine Frau sackte in seinen Armen zusammen. Dann tat die Mutter einen hastigen Schritt vorwärts und legte die Hand vor dem Gesicht der Tochter flach an die Scheibe, sodass ihr Atem sich auf dem Glas niederschlug. Nun weinten beide. Mrs Dean wimmerte, und die Lippen ihres Mannes bebten, aber keiner sprach ein Wort.

Brass hatte die Arbeit als Detective der Mordkommission abgehärtet, aber er war auch ein Vater. Und gerade jetzt hasste er seinen Job beinahe so sehr, wie er ihn lieben würde, wenn Kathy Deans Mörder erst hinter Schloss und Riegel war.

Als Brass erneut nickte – sein Signal an Sara, die Leiche wieder zuzudecken – winkte ihr Dean zu, innezuhalten.

Den Blick unverwandt auf das ruhige Gesicht seiner Tochter gerichtet, sagte Dean: »Sie sieht so … so schön aus … so natürlich, beinahe, als könnte sie jeden Moment aufstehen.«

»Mein Baby«, sagte die Mutter.

»Was hat sie umgebracht«, fragte der Vater mit einer unüberhörbaren Schärfe in der Stimme.

»Ein Schuss in den Hinterkopf«, sagte Brass.

»Ooooh«, machte Mrs Dean.

»Sie hat keine Schmerzen durchlitten«, fügte der Detective hinzu.

Beide Eltern starrten ihn an, aber Mrs Deans Hand lag noch immer an der Glasscheibe.

»Ist das … ist das wahr?«, fragte sie.

»Das ist wahr«, bekräftigte Brass. »Sie hat gar nicht gemerkt, was passiert ist. Und als Vater eines Mädchens, das kaum älter ist als ihre Tochter, versichere ich Ihnen, das ist ein Segen.«

»Wo haben Sie sie gefunden?«, fragte Dean.

»Warum setzen wir uns nicht, und ich gebe Ihnen alle Informationen, die Sie brauchen?«, schlug Brass vor.

Dean drehte sich wieder zum Fenster um, ebenso wie seine Frau. Einen endlosen Moment lang fixierten sie ihr kleines Mädchen, bis Sara Kathy Deans Gesicht endlich wieder mit dem Laken zudeckte und Brass – nachdem Mrs Dean sich widerstrebend von der Glasfläche gelöst – den Vorhang zuzog und den Anblick verdeckte, den beide Eltern nie vergessen würden.

128

»Bitte, setzten Sie sich«, sagte Brass und deutete auf den Tisch und die Taschentücher.

Beide Deans schüttelten standhaft den Kopf und verharrten an Ort und Stelle, obgleich klar war, dass sie eigentlich keine Energie mehr hatten.

Und Brass blieb keine andere Wahl, als ihnen zu geben, was sie wollten. »Was den Verbleib ihrer Tochter betrifft: Wir haben sie in einem Grab auf dem *Desert Palm Memorial Cemetery* gefunden.«

Dean reagierte ungläubig, verständlicherweise. »Auf dem Friedhof ... wie zum Teufel ...?«

Brass informierte sie schnell und in groben Zügen über die absurde Situation.

»Wir tun, was wir können, um herauszufinden, wie es dazu kommen konnte«, erklärte Brass den entsetzen Eltern. »Natürlich nehmen wir an, dass die Person, die ihr das Leben genommen hat, auch für diese Farce verantwortlich ist.«

Dann führte Brass die fassungslosen Eltern auf den Korridor hinaus.

»Sicher verstehen Sie«, sagte er, »warum wir mit Ihnen über Kathys Aktivitäten in der Zeit ihres Verschwindens sprechen möchten.«

Ehe die Tür ins Schloss fiel, blieb Mrs Dean stehen und sah sich zu der Sichtscheibe um. »Wann können wir sie von diesem furchtbaren Ort wegbringen?«

»Es dauert nicht mehr lange«, sagte Brass. »Aber jetzt, da feststeht, dass Kathy ermordet wurde, müssen wir dafür sorgen, dass wir alle Beweise gesichert haben, ehe wir ihren Leichnam freigeben können.«

Mrs Dean zuckte zurück. »Ich will sie hier raushaben. Sofort!«

»Mrs Dean, bitte, ich kann Ihre Gefühle verstehen, aber der Leichnam Ihrer Tochter ist die einzige Verbindung zu ihrem Mörder.«

»Das ist mir egal! Ich will sie hier raushaben!«

Jason Dean hielt seine Frau fest im Arm. Mit wirrem Blick versuchte Mrs Dean, in das Zimmer zurückzugehen, dann sah sie Brass flehentlich an.

Mit leiser, ruhiger Stimme sagte Brass: »Unsere Kriminalisten sind die Besten. Ms Sidle haben Sie bereits kennen gelernt, und ich kann Ihnen versprechen, dieser Fall hat sie tief berührt.«

»Welche Art Beweise hoffen Sie, nach so langer Zeit noch zu finden?«, fragte Dean. »Wir müssen mit all dem fertig werden und wir müssen uns um die Beisetzung kümmern. Wir wollen unsere Tochter, Captain Brass.«

»Schon ein mikroskopisch kleiner Hinweis könnte uns zum Mörder führen, Sir. Und diesen Beweis zu finden, könnte unsere einzige Möglichkeit sein, den Mörder davon abzuhalten, so etwas noch einmal zu tun, und die Tochter von jemand anderem zu ermorden.«

Mrs Dean drehte sich zu ihm um und sah so wach und aufmerksam aus, als hätte Brass ihr gerade eine Ohrfeige versetzt. »Denken Sie wirklich, Sie können die Person schnappen, die das getan hat?«

»Versprechen kann ich es nicht. Aber unsere Tatortspezialisten sind die Besten weit und breit. Und ich verspreche Ihnen, dass auch ich mein Bestes tun werde. Wenn ich Ihre Tochter ansehe, dann sehe ich offen gesagt ...«

Dann passierte etwas mit Brass, das ihm in seinem Job schon seit sehr, sehr langer Zeit nicht mehr widerfahren war: Er fühlte, wie sich seine Augen mit Tränen füllten.

Er schluckte und fuhr fort: »Wenn ich Ihre Tochter sehe, sehe ich auch meine Tochter. Muss ich noch mehr dazu sagen?«

Mrs Dean musterte ihn für einen Moment, dann berührte sie sacht seine Wange und ließ sich von ihrem Ehemann fortführen.

Sie waren noch unterwegs zum Ausgang, als Sara aus dem Kühlraum kam und sich der traurigen Parade anschloss.

Gemeinsam stiegen sie in den Taurus und machten sich auf den langen Weg zurück zum Haus der Deans. Der Verkehr hatte

130

zugenommen, sodass sie nur langsam vorankamen. Brass beobachtete im Rückspiegel, wie die Deans sich auf der Rückbank zusammengekauert hatten. Inzwischen schien sich Mr Dean ganz in sich selbst zurückgezogen zu haben, während seine Frau aus dem Fenster starrte.

Endlich drehte sich Mrs Dean um und sah Brass im Rückspiegel an. »Ich weiß nicht, was wir Ihnen erzählen könnten, das wir nicht bereits den anderen Beamten erzählt haben, als Kathy vermisst wurde.«

Brass lächelte milde. »Gehen wir es einfach noch einmal durch und sehen, was dabei herauskommt.«

Mrs Dean nickte vage. »Was wollen Sie wissen?«

»Wie steht es mit ihrem Job in *Habinero's Cantina?* Wie ist sie zur Arbeit gekommen?«

»Sie hatte einen eigenen Wagen.«

»Einen 2003er Corolla«, fügte ihr Mann hinzu. »Ihre Tatortspezialisten haben ihn nach ihrem Verschwinden beschlagnahmt.«

Sara fing Brass' Blick ein und formte mit den Lippen das Wort »Tagschicht«.

»Kathys Corolla wurde verlassen auf einem Parkplatz am Maryland Parkway gefunden«, fuhr Dean fort. »Wir haben ihn noch immer nicht zurückbekommen.«

Brass ging nicht auf die kleine Spitze ein. »Wie hat Kathy der Job gefallen? War sie schon lange dort?«

Mrs Dean dachte kurz nach und sagte: »Sie hat dort etwa zwei Jahre gearbeitet. Kurz vor ihrem siebzehnten Geburtstag hat sie angefangen.«

»Hat es ihr dort gefallen?«

»Meistens.«

»Aber nicht immer?«

Im Spiegel sah Brass, dass sich Mrs Dean die Nase mit einem Taschentuch abwischte. »Sie hatte ein bisschen Ärger … mit einem Jungen, mit dem sie eine Weile ausgegangen ist.«

»Welche Art Ärger?«

»Ich sagte doch, es ging um einen Jungen.«

Mr Dean ging dazwischen. »Er hat einfach nicht kapieren wollen, dass sie andere Prioritäten im Leben hatte als Ausgehen.«

Das war ganz bestimmt nicht der richtige Tag, um den Deans zu erzählen, dass sie beinahe Großeltern geworden wären.

»Welche Art Ärger genau?«, hakte Brass nach.

»Er hat sie ständig angerufen«, sagte Mrs Dean. »Das war kurz nachdem sie in dem Restaurant angefangen hatte. Sie war nur etwa einen Monat dort, als sie angefangen haben, miteinander auszugehen, und das Ganze hat nicht länger gedauert als ... hm ... zwei Monate?«

»Haben Sie den Beamten der Vermisstenstelle davon erzählt?«

Mrs Dean überlegte kurz. »Vielleicht habe ich es erwähnt, aber vielleicht auch nicht – das war so eine alte Geschichte.«

An einer roten Ampel musste Brass halten, und er drehte sich um, um Mrs Dean anzusehen. »Wissen Sie, ob die Detectives in dieser Richtung ermittelt haben?«

»Gesagt haben sie nichts.«

»Der Name des Jungen?«

Die Ampel schaltete auf Grün, und Brass fuhr weiter.

»Gerardo Ortiz.«

»Hat sich der Ärger mit dem Jungen irgendwann in irgendeiner Weise zugespitzt?«

Mr Dean antwortete mit einem aufgebrachten Schnauben. »Der Knabe muss es wohl irgendwann doch begriffen haben. Jedenfalls hat er nicht mehr angerufen. Ich war schon so weit, dass ich ihn mir schnappen und ihm die Scheiße aus dem Leib prügeln wollte.«

Brass sah in den Spiegel und erkannte, dass Dean die Zornesröte ins Gesicht gestiegen war. »Aber darüber sind Sie weg, oder ...?«

Dean rieb sich die Stirn und zwang sich, sich zu beruhigen. »Ja, ja, darüber bin ich weg. Jedenfalls hat der Knabe in dem Restaurant gekündigt und ist, soweit ich weiß, verschwunden.«

»Sie haben keine Ahnung wohin?«

»Nein! Hauptsache, er ist weg!«

Brass steuerte den Wagen in die Auffahrt der Deans, und sie stiegen aus.

Als sie den Gehweg zur Tür hinaufgingen, blieb Brass neben Dean, der seine Frau im Arm hielt, stehen. »Denken Sie, dieser Ortiz wäre im Stande gewesen, Ihrer Tochter etwas anzutun?«

Dean hielt inne und maß Brass mit einem harten Blick aus funkelnden Augen. »Um seinetwillen hoffe ich bei Gott, dass er das nicht ist.«

Sie gingen ins Haus und setzten sich ins Wohnzimmer. Die Deans nahmen wieder auf dem Sofa Platz, während sich Brass und Sara auf zwei Schwingsessel setzten, die in einem schrägen Winkel vor der Couch standen. Die Anordnung war hervorragend, wollte man gemeinsam fernsehen, aber sie war weniger geeignet, um während eines Gesprächs Augenkontakt zu halten, umso weniger eignete sie sich für eine polizeiliche Befragung.

»Wir werden diesen Gerardo Ortiz überprüfen«, versprach Brass. »Aber jetzt würde ich gern mehr über die anderen Jobs erfahren. Hatte sie bei der Blutbank irgendwelche Probleme?«

Beide Eltern schüttelten den Kopf.

»Sie hat Kekse und Getränke an die Leute verteilt, die Blut gespendet haben«, erklärte Mrs Brass. »Alle haben sie gemocht.«

Irgendjemand hat sie *nicht* gemocht, dachte Brass. Oder jemand hat sie zu gern gemocht.

»Was ist mit den Babysitter-Jobs?«, fragte Sara. »Ist das nicht eher eine Arbeit für jüngere Mädchen?«

»Vielleicht«, entgegnete der Vater. »Kathy war auch jünger, als sie angefangen hat, sie hat nur einigen ihrer ›Kunden‹ die Treue gehalten. Größtenteils Leute aus unserem Freundeskreis, die Kathy kannte und mit denen sie gut zurechtgekommen ist. Sie hat Kinder geliebt, also war sie auch ein guter Babysitter.«

»Haben Sie etwas dagegen, wenn ich mich in ihrem Zimmer umsehe?«, erkundigte sich Sara.

»Das haben die anderen Beamten bereits getan«, sagte Dean durchaus nicht abweisend.

»Ich verstehe. Aber ein neues Augenpaar fördert vielleicht trotzdem noch etwas zu Tage.«

»Fühlen Sie sich wie zu Hause«, sagte Mrs Dean. »Ihr Zimmer ist oben. Letzte Tür auf der linken Seite.«

»Danke. Jim, kann ich die Schlüssel haben? Ich brauche meinen Koffer.«

Brass reichte ihr die Wagenschlüssel.

»Koffer?«, fragte Dean.

»Tatortkoffer«, sagte Brass. »Sara will vermeiden, irgendwelche Beweise zu kontaminieren, sollte sie etwas finden.«

»Ich verstehe. Aber das Zimmer unserer Tochter ist kein Tatort.«

Falls sie entführt wurde, könnte es einer sein, dachte Brass. Laut sagte er: »Nur Routine.«

Sara ging zur Haustür hinaus.

»Kommen wir zurück auf ihren Job als Babysitter«, bat Brass.

»Nun, wie gesagt«, antwortete Mrs Dean, »sie hatte nicht mehr so viele Aufträge – es waren vielleicht noch ein oder zwei Abende in der Woche. Meistens hat sie ausgeholfen, damit ein Elternpaar zum Essen oder ins Kino gehen konnte, und sie war meistens vor Mitternacht wieder zu Hause.«

Sara kehrte mit ihrem silberfarbenen Koffer zurück und stieg die Treppe hinauf.

»Hatte sie nicht auch in der Nacht ihres Verschwindens einen Auftrag gehabt?«, fragte Brass.

»Ja«, sagte Dean. »Aber sie war gegen zwölf zu Hause und um halb eins in ihrem Zimmer. Sie hat erzählt, es wäre alles wunderbar gelaufen. David und Diana hat sie wirklich sehr gemocht.«

»David und Diana«, erklärte Mrs Dean, »sind die Kinder, auf die sie an dem Abend aufgepasst hat.«

»Sie ist nach Hause gekommen, und alles schien vollkommen in Ordnung zu sein?«

»Ja, sie hat, wie mein Mann schon sagte, ihre Tür noch vor halb eins geschlossen. Sie hatte einen langen Tag hinter sich und war wirklich müde. Jason war schon gegen elf ins Bett gegangen, aber ich bin wach geblieben, bis Kathy zu Hause war – einer von uns hat immer auf sie gewartet. Jedenfalls ist sie ins Bett gegangen, und ich bin zehn Minuten später auch raufgegangen.«

»Und das war das letzte Mal, dass Sie sie gesehen haben?«

Mrs Dean schluckte, ihre Augen waren stark gerötet. »Bis heute … ja. Kathy hat mir gesagt, sie wäre müde, und dass der Tag lang gewesen sei. Das waren die letzten Worte, die sie mit mir gesprochen hat.«

Sie starrte in ihren Schoß. Keine Tränen, das hatte sie, zumindest für den Augenblick, hinter sich. Der Arm ihres Mannes lag noch immer tröstlich um ihre Schultern.

»Tja, dann werden wir mit ihrem Zimmer und diesem letzten Tag anfangen«, sagte Brass mit einem Blick auf seine Notizen. »Oh, eine Sache noch – wie ist der Name der Familie, bei der sie an diesem Abend war?«

»Black«, sagte Dean.

Brass' Innereien taten einen Satz. »Entschuldigung …? Black?«

»Ja, warum?«

»*Dustin* Black?«

»Dustin Black«, sagte Jason nickend. »Kennen Sie Dustin? Er und seine Frau Cassie sind die Besitzer des *Desert Haven Mortuary*. Ich werde Dustin wohl bald wegen Kathy anrufen müssen.«

Ich auch, dachte Brass. Ich auch.

6

Die Hitzewelle hatte nicht nachgelassen, trotzdem fühlte sich Catherine ausgeruht. Gestern hatte sie etwas Zeit mit ihrer Tochter verbringen können, was ihr sehr gut getan hatte.

Grissom hatte sowohl Catherine als auch Warrick während der Nachtschicht freigegeben, damit sie sich ein wenig ausruhen und den Fall Vivian Elliot am Tag bearbeiten konnten.

Catherine war leger mit einem ärmellosen braunen T-Shirt und einer braunen Nadelstreifenhose bekleidet, während Warrick, der am Steuer des Tahoe saß, in seinem leichten grünen T-Shirt und der Jeans im doppelten Sinne des Wortes cool aussah.

Noch war es früh am Tag. Die Hitze des Tages war noch nicht auf ihrem Höchststand. Noch nicht …

Sie fuhren zum Tor der *Sunny Day Continuing Care Facility.* Detective Sam Vega hatte sich ihnen angeschlossen, saß auf dem Rücksitz und beugte sich vor wie ein Kind, das wissen wollte, wie weit der Weg noch war. Der bereits bekannte grauhaarige Wachmann hatte Dienst und winkte sie durch.

»Warten Sie, Warrick«, sagte Vega und legte dem Kriminalisten die Hand auf die Schulter. »Wir müssen noch mit ihm reden. Bisher hatte ich keine Gelegenheit dazu.«

Der Wachmann trat aus seinem klimatisierten Häuschen, die Stirn in sorgenvolle Falten gelegt. Einen Aufruhr wie diesen hatte er anscheinend schon seit langer Zeit nicht mehr gesehen.

»Hey!«, sagte er zu Warrick, der die Seitenscheibe herabgelassen hatte. »Haben Sie nicht gesehen, dass ich Sie durchgewunken habe?«

Warrick nickte. »Doch. Wir kommen von der kriminalistischen Abteilung, wissen Sie noch?«

Der Wachmann lugte in das Fahrzeug hinein, und seine Augen blieben an Vega hängen. »Ja, ich erinnere mich an euch,

Leute. Wie geht es Ihnen, Detective? Brauchen Sie Unterstützung?«

Catherine konnte sich ein Grinsen nicht verkneifen, aber Vega öffnete nur mit ernster Miene den Sicherheitsgurt, um sich noch etwas weiter vorbeugen zu können.

»Wir müssen Ihnen ein paar Fragen stellen, Sir. Fangen wir mit Ihrem Namen an.«

»Fred Mason. Ich war Deputy in Summerlin. Bin vor zehn Jahren in den Ruhestand gegangen.«

»Ich wollte eigentlich gestern schon mit Ihnen sprechen, Fred, aber da war Ihre Schicht schon zu Ende. Ihr Kollege sagte, jeder von Ihnen würde seine eigenen Listen führen. Ist das richtig?«

»Wir haben getrennte Verantwortungsbereiche, ja.«

»Könnten Sie Ihre Eintragungen von gestern überprüfen und mir sagen, ob sich irgendjemand zu einem Besuch bei Mrs Elliot angemeldet hat?«

»Mrs Elliot ist gestern Morgen verstorben. Sie sollten das doch wissen.«

»Bevor sie gestorben ist, Fred. Könnten Sie bitte nachsehen?«

»Klar.«

Der Deputy im Ruhestand, der Catherine an den tollpatschigen Bullen Barney Fife aus der *Andy Griffith Show* erinnerte, ging zurück in sein Häuschen, schnappte sich sein Klemmbrett und kam blätternd wieder heraus. »Ja, ja, hier ist sie … Mabel Hinton.«

Warrick und Catherine wechselten einen Blick, und Catherines Lippen formten die Worte »die Nachbarin«.

»Fred«, sagte Vega, »Ich brauche diese Liste.«

»Na ja, ich müsste eine Fotokopie machen, bevor ich Sie Ihnen geben kann.«

»Kein Problem, Fred. Hinterlegen Sie das Original einfach bei dem Wachmann, der Sie ablöst, falls Sie nach Hause gehen. Ich werde ihm den Empfang quittieren.«

Der Wachmann nickte.

Hinter ihnen ertönte eine Autohupe.

»Sonst noch was?«, fragte der Wachmann. »Allmählich staut es sich hier.«

Ein Fahrzeug musste warten.

»Danke, Fred«, sagte Vega. »Ich weiß Ihre professionelle Haltung zu schätzen.«

Das hörte Fred sichtlich gern.

Warrick fuhr weiter. »Mabel Hinton also? Das ist die beste Freundin, nicht wahr? Aber sie hat gesagt, sie hätte Vivian nicht besucht, richtig?«

»Sie hat behauptet, Vivian schon einen ganzen Tag oder so nicht gesehen zu haben«, bestätigte Vega.

»Könnte sie vielleicht nur verwirrt gewesen sein?«, fragte Warrick.

»Möglich.« Vega zuckte mit den Schultern. »Sie hat sich ziemlich aufgeregt, als sie vom Tod ihrer Freundin erfahren hat. Das könnte sie schon ein bisschen durcheinander gebracht haben.«

»Auf jeden Fall«, stellte Catherine fest, »müssen Sie wohl noch einmal mit der guten Nachbarin reden.«

»Ja …« Gedankenverloren kniff Vega die Augen zusammen. »Aber jetzt sind wir hier. Kümmern wir uns also um das, was vor uns liegt.«

»Einverstanden«, stimmte Warrick zu.

Catherine nickte, und ihr Pferdeschwanz hüpfte auf und ab.

Binnen fünf Minuten saßen der Detective und die beiden Kriminalisten wieder im Büro von Dr. Larry Whiting.

Der Arzt sah nicht erfreut aus, sie wiederzusehen, gab sich aber weiterhin professionell und höflich. Auch heute trug er einen Laborkittel, und seine braun-weiß gestreifte Krawatte war ordentlich geknotet. Vega und Catherine saßen Whiting gegenüber auf den Stühlen vor dem Schreibtisch. Warrick hatte sich dieses Mal gegen die Couch entschieden und lehnte sich an die Tür.

Der Detective vergeudete keine Zeit. »Unser kriminaltechnisches Labor hat eine Autopsie durchgeführt. Die Beweise deuten darauf hin, dass Vivian Elliot ermordet wurde.«

»Das ist furchtbar«, sagte Whiting sichtlich überrascht.

Catherine fragte sich, ob er meinte, es sei furchtbar für Vivian, dass sie ermordet wurde, oder ob es furchtbar für *Sunny Days* Ruf war.

Der Arzt beugte sich vor. »Wissen wir, wie das passiert ist?«

Das »wir« des Arztes erinnerte Catherine an Ärzte, die ihre Patienten bei der Visite mit »Wie fühlen wir uns denn heute?« begrüßen.

»Darüber kann ich zu diesem Zeitpunkt nichts sagen, Doktor«, entgegnete Vega. »Aber die Kriminalisten und ich werden die Akten aller Angestellten mit sämtlichen Hintergrundinformationen benötigen.«

Whiting seufzte, sagte aber nur: »Ich verstehe.«

Vega zog seinen Notizblock hervor. »Ich brauche die Namen von Vivians Pflegern.«

»Da muss ich die Akten befragen. Wann brauchen Sie die Namen?«

»Sofort wäre gut«, entgegnete Catherine.

Whiting griff nach einer Akte auf seinem Schreibtisch. Seine Worte hatten den Eindruck erweckt, es würde eine Weile dauern, die Akte zu holen. Stattdessen lag sie direkt vor seiner Nase – offenbar hatte er bereits damit gerechnet, dass er sie brauchen würde.

»Kenisha Jones …«, las er vor. »Rene Fairmont … und Meredith Scott.« Er legte die Akte ab. »Das waren die zuständigen Personen, aber dazu kommen diverse Schwestern, die sich um irgendwelche Kleinigkeiten gekümmert haben.«

Vega notierte die Namen. »In welcher Schicht arbeiten die drei?«

»Kenisha arbeitet tagsüber, Rene hat die zweite Schicht und Meredith arbeitet in der Nachtschicht.«

»Was können Sie uns über sie erzählen?«

»Nichts, außer dass sie ordentliche Arbeit leisten«, sagte Whiting und breitete die Hände aus. »Offen gestanden weiß ich nicht, welche Art Information Sie interessieren könnte. Halte ich es für möglich, dass eine von ihnen Vivian oder irgendeine andere Patientin getötet hat? Nein, natürlich nicht.«

»Können Sie uns Genaueres über ihre individuelle Arbeitsleistung erzählen?«

»Ich arbeite selten mit Meredith zusammen, wie Sie sich vielleicht vorstellen können – ich bin nachts nicht oft hier. Was die anderen beiden betrifft: Kenisha ist eine hervorragende Schwester. Ich arbeite mit ihr zusammen, seit ich hier bin. Rene, die Schwester aus der zweiten Schicht, kümmert sich nach meinem Eindruck auch hingebungsvoll um ihre Patienten. Ich hatte mit keiner der beiden je ein Problem.«

Vega blickte von seinen Notizen auf und fragte: »Seit wann sind Sie hier tätig, Doktor?«

»Im letzten April waren es zwei Jahre.«

»Gibt es einen besonderen Grund, warum Sie im *Sunny Day* arbeiten und nicht in einem größeren Krankenhaus?«

»Oder in einer privaten Praxis?«, ergänzte Catherine.

Whiting klappte die Akte auf seinem Schreibtisch zu und schob sie zur Seite. »Ich betrachte die Medizin als meine Berufung«, sagte er, sorgsam auf seine Wortwahl bedacht. »Ich brauche ein langsames Tempo. Das Tempo der großen Krankenhäuser oder Privatpraxen tut meinem Temperament nicht gut. Ich bevorzuge das Tempo im *Sunny Day*. Vielleicht sollte ich besser sagen, ich habe es bis vor acht Monaten bevorzugt.«

»Wie das?«

»*Sie* sind hier, oder? Die Dinge gerieten mehr und mehr außer Kontrolle, und bis Ihr stellvertretender Leichenbeschauer Verdacht geschöpft hat, haben wir diese Todesfälle wohl alle ganz schlicht auf eine Pechsträhne geschoben.«

»Menschen sterben und Sie nennen das eine Pechsträhne?«, fragte Catherine

»Ich wollte nicht respektlos erscheinen«, sagte Whiting. »Alles andere als das. Es ist nur so, dass dies nicht die erste Pflegeeinrichtung ist, in der ich arbeite, und über die Jahre stellt man fest, dass sich Todesfälle tatsächlich manchmal auffallend häufen.«

»Leben und Tod«, kommentierte Catherine. »Nur ein neues Spiel in Vegas.«

»Ich sagte schon, dass ich alles andere als leichtfertig bin. Aber manchmal vergehen Monate ohne einen einzigen Todesfall, und dann, plötzlich ...« Er schnippte mit den Fingern, einmal, zweimal, dreimal. »... sterben drei Leute in einem einzigen Monat. Dann passiert wieder einen Monat nichts, und danach sterben wieder ein oder zwei. Sie müssen das verstehen – in den verschiedenen Trakten von *Sunny Day* leben über fünfhundert Personen. Zweiundzwanzig Todesfälle scheinen sehr viel zu sein, aber nicht unbedingt.«

Catherine zog eine Braue hoch. »Warum?«

»Im *Sunny Day* gibt es keinen durchgehenden ärztlichen Nachtdienst. In der Versorgung klafft eine Lücke von vier Stunden, in der nur eine Notbelegschaft vor Ort ist. Bei jeder Krise, die nach Mitternacht eintritt, müssen die Schwestern den Notarzt rufen, genau wie Sie es zu Hause täten. Ich und die Ärzte Todd Barclay, Claire Dayton und John Miller ... wir sind die einzigen Vollzeitärzte im Stammpersonal.«

»Wie sind Ihre Schichten aufgeteilt?«, erkundigte sich Warrick.

»Wir haben zwei Schichten an sieben Tagen pro Woche«, erklärte Whiting. »Claire und ich sind ein Team, ebenso wie Todd und John. Wir machen drei Zehn-Stunden-Schichten und haben dann zwei Tage frei. Ein paar unserer Patienten werden von ihren eigenen Ärzten betreut ... aber nicht viele.«

Vega runzelte die Stirn. »Sie arbeiten fünfzig Stunden in der Woche?«

»Plus Überstunden«, entgegnete Whiting. »Und davon gibt es mehr als genug.«

»Klingt brutal«, stellte Warrick fest.

»Das ist es«, stimmte Whiting zu.

»Wie war das mit dem langsameren Tempo, an dem Ihnen so viel liegt?«, fragte Catherine.

Ein Grinsen erblühte auf seinen Lippen – das erste Zeichen für Spontaneität dieses stets so kontrollierten Mannes. »Ver-

142

glichen mit einer Privatpraxis, in der Tag für Tag dreißig oder vierzig Patienten abgefertigt werden müssen und mehrere hundert in der Woche? Da ziehe ich es vor, nur fünfzig Patienten zu behandeln, dieselben fünfzig Patienten, die ich gestern auch behandelt habe, und dieselben fünfzig Patienten, die ich auch morgen behandeln werde. Während ein Arzt mit einer Privatpraxis eine Kartei von über tausend Patienten führt, habe ich fünfzig, und darum kann ich auch beträchtlich mehr Zeit mit jedem einzelnen verbringen.«

»Und besser auf sie eingehen«, ergänzte Warrick.

»Viel besser«, stimmte Whiting zu. »Das Tempo hier ist ganz anders als das in einer Privatpraxis. Die große Mehrheit dieser Patienten verlässt *Sunny Day* nie, das dürfen Sie nicht vergessen. Wir bemühen uns, alles zu tun, um ihnen den Aufenthalt so angenehm wie möglich zu machen, bis sie, unverblümt gesagt, hinausgerollt werden.«

Vega klappte den Notizblock zu. »Wir melden uns später wieder bei Ihnen, Doktor.«

»Lassen Sie es mich wissen, falls ich Ihnen helfen kann«, sagte Whiting.

Die drei Ermittler gingen durch den Verwaltungsbereich und wieder durch einen der Korridore, die zu beiden Seiten von Krankenzimmern gesäumt wurden. Eine hübsche Afroamerikanerin in weißer Hose und geblümtem Kittel kam aus einem der Zimmer und studierte mit gesenktem Kopf ein Schriftstück, als sie geradewegs in Warrick hineinlief und das Schriftstück ihren Händen entglitt.

Warrick fing es auf.

»Oh, das tut mir Leid«, sagte sie. »Ich habe Sie gar nicht gesehen.« Ein anziehendes Lächeln kam zum Vorschein. »Gut gefangen.«

Catherine las das Namensschild der Frau. Kenisha Jones. Da Warrick direkt vor der Schwester stand, wartete Catherine darauf, dass er etwas sagen würde. Er tat es nicht. Stattdessen starrte er die Frau mit dem glasigen Blick eines Freiwilligen

143

an, der sich von einem Hypnotiseur auf die Bühne hatte locken lassen.

Die Macht einer schönen Frau über einen Mann hatte Catherine von jeher amüsiert, und eine Weile hatte sie recht gut davon gelebt, sich diese männliche Schwäche zu Nutze zu machen. Da diese Frau wirklich schön war, konnte man Warricks Verhalten verstehen.

Der lange Hals – an dem ein Stethoskop baumelte – war graziös, und das anziehende Gesicht besaß volle Lippen, eine gerade Nase und große braune Augen. Aus dem hochgesteckten Schopf schwarzer Haare stachen kleine Löckchen hervor, die ihre Erscheinung noch reizvoller machten. Diese Medusa hatte Warrick augenblicklich in Stein verwandelt.

»Hey, kein Problem«, brachte Warrick endlich mühsam über die Lippen und gab ihr den Bogen Papier zurück, als überreiche er ihr eine Auszeichnung.

Vega trat vor und ließ seine Marke aufblitzen. »Kenisha Jones?«

Ihr Kopf ruckte zurück, und sie deutete auf ihr Namensschild. »Äh … ja.« Ihr Gesichtsausdruck deutete an, dass sie den Detective für leicht begriffsstutzig hielt.

»Ich bin Detective Vega, und das ist Catherine Willows von der kriminalistischen Abteilung. Warrick Brown haben Sie ja schon kennen gelernt – er gehört ebenfalls dazu.«

Die Schwester nickte weise. »Ach so. Sie sind bestimmt wegen Vivian hier.«

»Richtig«, sagte Warrick.

Sie lächelten einander zu, und Vega – der offenbar keinerlei romantische Ader besaß – sagte: »Können wir uns irgendwo unterhalten?«

»Hören Sie«, sagte sie, und ihre Augen suchten an Warrick vorbei nach denen von Vega. »Ich habe kein Problem damit, Fragen über Vivian zu beantworten, aber ich fürchte, das ist kein guter Zeitpunkt. Ich bin um diese Zeit die einzige Schwester in diesem Flügel.«

144

»Wenn Sie gerufen werden«, sagte Warrick, »dann warten wir solange auf Sie.«

»Na ja …« Sie lächelte, zuckte mit den Schultern und konzentrierte sich nur auf Warrick. »Also gut.«

Sie führte die Ermittler in einen kleinen Pausenraum, in dem gerade genug Platz war für drei runde Tische, einen Küchentresen, einen Kühlschrank und die vier anwesenden Personen.

»Nehmen Sie sich einen Kaffee«, lud die Schwester sie ein. »Im Kühlschrank sind auch Wasser und Soda.«

Kenisha holte sich eine Flasche Wasser aus dem Kühlschrank. »Man muss immer genug Wasser trinken«, predigte sie.

Sie nahmen an einem der Tische Platz.

»Was soll ich Ihnen über Vivian erzählen?«, fragte die Schwester.

»Zuerst sollten Sie wissen«, sagte der Detective, »dass Vivian ermordet wurde.«

Kenisha Jones zuckte mit den Schultern. »Und?«

Warrick und Catherine blickten einander mit hochgezogenen Brauen an. Vega starrte die Frau nur an, ohne mit der Wimper zu zucken.

»Das scheint sie nicht besonders zu überraschen«, stellte Catherine fest.

»Ich habe mir schon so was gedacht.«

Die Frau hatte gewusst, dass sie gekommen waren, um über Vivian zu sprechen, und da die Kriminalisten und Vega schon gestern hier gewesen waren, um sich die Tote anzusehen, schien diese Schlussfolgerung durchaus logisch zu sein. Aber von einem Mord auszugehen …?

»Sie haben es sich gedacht?«, hakte Vega nach.

»Klingt das kaltherzig?«

»Ein bisschen«, meinte Warrick.

»Das wollte ich nicht. Aber in diesem Flügel finden die wenigsten Dinge ein glückliches Ende, nicht wahr? Die Leute kommen hierher, um schmerzfrei zu sterben.«

»Zugegeben«, sagte Warrick, »aber mit Mord haben Sie hier nicht jeden Tag zu tun.«

»Nein, das stimmt. Aber wenn eine gesunde Frau plötzlich einen Herzanfall hat und stirbt, kann einen das auf solche Gedanken bringen. Mit Mrs Elliot war verdammt noch mal alles in Ordnung – zum Teufel, sie war in besserer Verfassung als ich. Und stirbt einfach so? Das habe ich nie geglaubt. Und ich glaube es immer noch nicht. Und da Sie sagen, sie wurde ermordet, glauben *Sie* es offenbar auch nicht.«

Catherine beobachtete Warrick, als die junge Frau ihm mit ihrer schlagfertigen Art ein Lächeln entlockte. Mit einem kaum wahrnehmbaren Nicken erregte sie seine Aufmerksamkeit.

Warrick reagierte sofort. »Sie haben Recht, Ms Jones«, sagte er. »Wir ermitteln in dieser Sache. Und darum brauchen wir Ihre Hilfe. Sie hatten Dienst, als sie gestorben ist?«

»Ja«, sagte Kenisha und nickte mehrfach bekräftigend. »Ich habe nach ihr gesehen. Dann bin ich den Korridor hinuntergegangen, um bei Mrs Jackson reinzuschauen. Vivian ging es gut, als ich sie verlassen habe. Und dann, zehn Minuten später … verdammt. Ihr Herz ist stehen geblieben. Auf einmal.«

Catherine und Vega hielten sich zurück und überließen es Warrick, mit der jungen Frau zu sprechen, die sich in seiner Gegenwart offenbar wohler fühlte als in der der anderen beiden.

»Was haben Sie dann getan, Ms Jones?«

»›Kenisha‹. Wie ist noch Ihr Name?«

»Warrick.«

»Warrick. Die ganze verdammte Truppe war da. Mannschaft und Ersatzspieler – Doktor Whiting und ich und die zwei aus dem anderen Flügel, Schwester Sandy Cayman und Doktor Miller.«

Vega warf einen Blick auf seine Notizen und fragte: »Doktor Miller?«

»Ja.«

Warrick nahm den Faden wieder auf. »Gut, Kenisha. Was ist dann passiert?«

»Na ja, also ich war zuerst bei ihr. Nur … da war sie schon gestorben, das arme Ding. Obwohl ›armes Ding‹ nicht so ganz stimmt. Warrick, die Frau war stinkreich. Und sie hätte nicht sterben dürfen. Alle lebenswichtigen Funktionen waren zehn Minuten vorher noch völlig in Ordnung. Sie war eine der ganz wenigen, wissen Sie?«

»Der wenigen?«

»Der wenigen, die eine Zukunft hatten. Der wenigen, die hier rausspazieren sollten, um richtig zu leben. Keine Gehhilfe, kein Rollstuhl – alles ganz aus eigener Kraft. Wir genießen so etwas. Das … das … hätte nicht so enden dürfen.«

»Passiert so etwas an Orten wie diesem nicht ziemlich oft?«, fragte Catherine.

Kenishas Brauen ruckten hoch. »Hier passiert das ein bisschen zu oft, wenn Sie mich fragen.«

»Wir fragen Sie, Kenisha«, gab Catherine zurück. »Und ich bin Catherine.«

»In Ordnung, Catherine. Ich sage nur, dass ich schon lange vor dieser Sache misstrauisch geworden bin.«

Wieder übernahm Warrick die Gesprächsführung. »Warum haben Sie uns dann nicht gerufen, Kenisha? Oder den stellvertretenden Leichenbeschauer informiert, der regelmäßig hier auftaucht.«

»Und was hätte ich sagen sollen?«, fragte Kenisha nun mit lauterer Stimme, ehe sie in spöttischem Ton fortfuhr: »›Hier im *Sunny Day* sterben so viele alte Leute. Kommen Sie schnell‹?«

»Ja«, murmelte Warrick verlegen. »Ich verstehe, was Sie meinen.«

»In einer Welt, in der Desinteresse weit verbreitet ist, lernt man, ruhig zu sein, solange man seiner Sache nicht verdammt sicher ist.« Sie schüttelte den Kopf. »Zeigen Sie mit dem Finger drauf, fragen alle ›Wo ist der Beweis?‹ Und was hatte ich schon zu bieten, abgesehen von einem unguten Gefühl im Bauch?«

»Und was erzählt Ihnen Ihr Bauch, Kenisha?«, fragte Warrick sanft.

»Er sagt, dass hier etwas nicht stimmt, aber niemand scheint zu wissen, was, oder wie man dem ein Ende machen kann.«

Warricks Miene war ernst. »Kenisha, falls hier tatsächlich irgendwas nicht stimmt, dann verspreche ich Ihnen, dass wir es beenden werden.«

Sie sah ihn aus feuchten Augen an. »Wissen Sie, es ist so einfach, einen Mord an einem Ort wie diesem zu vertuschen. Wieder ein alter Knacker tot, wen zum Teufel kümmert das schon? Na ja, mich kümmert es.«

»Glauben Sie mir, Kenisha«, sagte Catherine, »uns kümmert es auch.«

In Kenishas Gesicht war deutlich zu sehen, dass sie ihr glauben wollte.

Bevor sie gingen, gab Kenisha Warrick die Nummer ihres Mobiltelefons. »Falls Sie noch einmal mit mir sprechen wollen … wegen dieses Falls.«

Und Warrick gab der Schwester seine Nummer.

Auf dem Weg hinaus sagte Catherine: »Wow, das nenne ich gründlich. Diesen Austausch der Telefonnummern. Du gibst dir wirklich Mühe.«

Warrick bedachte sie mit einem für einen selbstsicheren Mann wie ihn ungewöhnlich schüchternen Grinsen. »Lass es sein, Cath.«

Ihre Lippen verzogen sich zu einem Ausdruck des Amüsements, aber sie hob beschwichtigend die Hände, als sie aus dem *Sunny Day* in den sonnigen Tag hinausmarschierten.

Im Hauptquartier trennten sich ihre Wege.

Vega machte sich gleich wieder auf den Weg, dieses Mal um Mabel Hinton nach ihrem Besuch bei Vivian Elliot zu fragen. Warrick und Catherine verfolgten, während die Labortechniker die Beweise untersuchten, ihre eigene Spur und widmeten sich der Überprüfung der Ärzte und Schwestern, die für das *Sunny Day* arbeiteten.

Catherine war bereits seit Stunden damit beschäftigt, als Greg Sanders ihre Nachforschung endlich unterbrach. Greg war jung, ambitioniert, wenn auch manchmal ein wenig zerstreut, und sah mit seinem zerzausten blonden Haar aus wie jemand, der gerade eine wilde Fahrt auf einem Karussell hinter sich hatte.

»Hey, Catherine«, sagte er und stellte sich vor ihrem Schreibtisch auf, die Hände hinter dem Rücken.

Catherine schob ihren Stuhl zurück und blickte zu ihm auf. »Spuck's aus, Greg.«

»Ich … habe … eure … Mordwaffe … gefunden.«

Sie grinste. »Wirklich?«

Ein kurzes Nicken, dann erklärte Greg: »Wir haben die Klinikabfälle, die ihr uns gebracht habt, genau untersucht.«

»Wir?«

Er deutete mit dem Daumen über seine Schulter. »Ich habe Unterstützung von ein paar Praktikanten bekommen. Kleiner Tipp gefällig? Wann immer du einen Beutel mit Klinikabfällen untersuchen musst – ruf einen Praktikanten.«

»Ist notiert.«

»Als dein Opfer den Herzanfall hatte, hat man ihr ein thrombolytisches Mittel verabreicht.«

Catherine nickte zum Zeichen ihres Verständnisses. »Um das Gerinnsel zu lösen, falls eines vorhanden ist.«

»Exakt. In diesem Fall Streptokinase. Außerdem hat man ihr Dopamin und Nesiritid gegeben, Natrecor heißt das Zeug.«

»Natrecor?«

»Das ist ein Vasodilatator, eine synthetische Version von BNP, ein Hormon, das im Herzen produziert wird.«

Eine Weile hatte sie ihm folgen können, aber nun war sie verloren. Sie war Kriminalistin, keine Medizinerin.

»Oooh-kaaayyy«, sagte sie schließlich. »Und die Mordwaffe ist …?«

»Als wir all diese verschiedenen Spritzen untersucht haben«, sagte er, »habe ich dieses heimatlose Ding gefunden.« Er zauberte einen Beweismittelbeutel hinter dem Rücken hervor.

Catherine nahm ihm den Beutel ab. Darin lag eine große, bösartig aussehende Spritze, die so sauber war, als wäre sie gerade erst aus der Schutzhülle genommen worden.

»Woher weißt du, dass es diese spezielle Nadel war?«, fragte sie.

Greg reckte einen Finger hoch. »Aha! Das ist der Grund, warum du einen Experten um Rat fragen solltest.«

»Greeeggg …?«

»Es gab sowohl Blutspuren … übrigens von Vivian Elliot … als auch Salzspuren an der Nadel. Das Salz kann nur aus dem IV-Katheter stammen.«

»Und auf der Innenseite?«

»Nicht ein Staubmolekül. Nicht ein Partikel.«

Catherine runzelte die Stirn. »Aber dort hätten Spuren von irgendwas sein müssen, richtig?«

»In allen anderen gab es die«, sagte Greg mit einem bekräftigenden Schulterzucken. »Und in jeder Spritze, die ich untersucht habe. Aber die? Die hat nie irgendwas anderes enthalten als … Luft.«

»Fingerabdrücke?«

»Nicht einmal ein Teilabdruck. Nicht auf der Spritze, nicht auf der Nadel. Nichts.«

»In Ordnung«, sagte Catherine. »Vielleicht können wir das auf andere Weise zurückverfolgen.«

»Lass es mich wissen, falls du irgendwas brauchst«, sagte Greg. »Ich freue mich immer, wenn ich einen Fall für dich lösen kann.«

»Willst du, dass ich es sage?«

»Ich wünschte, du würdest.«

»Greg – du bist der Beste.«

Er war noch keine Minute fort, da tauchte Warrick auf, während Catherine noch immer den Beweismittelbeutel fixierte.

»Und was haben wir hier?«, fragte er.

»Kennst du diesen alten Spruch? Alles, was wir in dem Fall haben, ist heiße Luft?«

»Habe ich schon gehört.«

»Luft haben wir hier auch, aber wir freuen uns darüber.«

Sie hielt den Beutel hoch und erzählte ihm, was Greg gesagt hatte.

»Mordwaffe«, sagte Warrick. »Immer schön, sie zu finden.«

»Trotzdem bleibt es eine Sackgasse.«

»Wir haben genug andere Spuren.«

Catherine nickte. »Wie weit bist du mit der Überprüfung des Personals?«

»Kenisha Jones ist sauber.«

Catherine lachte. »Und Warrick Browns Herz tat einen Sprung.«

»Cath … ich hatte dich gebeten, das zu lassen … Was Kenisha betrifft, sie war an der UNLV und hat sich dort durchgeboxt. Sie arbeitet hart und hat noch nicht einmal einen Strafzettel wegen falschen Parkens bekommen. Wie sieht es bei dir aus?«

»Meredith Scott«, sagte Catherine.

»Die Schwester aus der dritten Schicht?«

»Richtig. Die hatte weniger Glück.«

Warrick zog sich einen Stuhl heran. »Tatsächlich?«

»Tatsächlich. Gleich nach der High School wurde sie wegen Ladendiebstahls verhaftet. Dann, während sie im College war, hatte sie wegen eines kleinen Diebstahls Ärger mit dem Boss des Restaurants, in dem sie gearbeitet hat. Er hat behauptet, sie hätte Geld aus der Kasse genommen.«

»Wie ist es ausgegangen?«

»Scott hat auf ein minderes Delikt plädiert und das Geld zurückgezahlt. Damals hat sie gesagt, sie hätte immer vorgehabt, das Geld zurückzugeben. Es war eine Jugendsünde. Sie hat die Dinge falsch eingeschätzt. Davon abgesehen ist sie sauber. Seit dem College ist sie eine brave Bürgerin.«

»Was ist mit Rene Fairmont?«, fragte Warrick.

»Die überlasse ich dir. Die Ärzte musst du auch noch überprüfen, richtig?«

»Ja, aber nachdem wir nun wissen, dass ich genug zu tun habe, könntest du mal erzählen, was du vorhast.«

Catherine lehnte sich auf ihrem Stuhl zurück. »Ich werde Vivian Elliots Finanzen unter die Lupe nehmen. Wenn unser Mörder sich seine Opfer aussucht, weil sie keine Familie haben, weist das auf ein finanzielles Motiv hin.«

Warrick nickte. »Keine Einwände. Was ist mit den anderen Opfern?«

Catherine seufzte schwer. »Die Leichen sind längst verschwunden und die Tatorte gereinigt, sodass nicht die kleinste Spur mehr zu finden ist. Das Einzige, was uns bleibt, sind die Akten der Personen, die in den letzten acht Monaten gestorben sind. Vega ist gerade unterwegs, um sie zu holen. Wenn ich mit Vivians Finanzen fertig bin, werde ich mich mit ihnen beschäftigen.«

»Tja, hier mangelt es nie an interessanten Aufgaben«, kommentierte Warrick und legte die Füße auf die Schreibtischkante. »Wie gefällt dir die Tagschicht?«

»In dieser Hitze? Das ist keine gute Grundlage für eine objektive Beurteilung.«

Warrick starrte an die Decke. »Du kennst die Sicherheitsmaßnahmen im *Sunny Day*.«

»Ja – Deputy Dawg persönlich. Mit dem Tresorraum im *Mandalay Bay* ist das nicht gerade vergleichbar.«

Nun sah Warrick Catherine an. »Was, wenn unser Mörder nicht zum Personal gehört?«

Catherine schüttelte den Kopf. »Dann macht er hoffentlich bald einen Fehler, oder wir werden es schwer haben, ihn hinter Gitter zu bringen. Aber falls es nicht um Geld geht, wie wählt der Mörder dann seine Opfer aus? Aber falls es um Geld geht und der Mörder nicht zum Personal gehört, dann muss er oder sie einen Komplizen im Krankenhaus haben.«

»Bist du sicher? Ein Außenstehender mit medizinischen Kenntnissen könnte doch genauso die Luft in den IV-Zugang gespritzt haben, oder?«

»Das glaube ich nicht. Die Spritze sieht genauso aus wie die, die im *Sunny Day* benutzt werden. Vielleicht mag jemand keine alten Leute. Vielleicht ist es sein Hobby, dann und wann einen von ihnen auszuwählen, aber nicht, um ihn zum Essen einzuladen.«

»Cath, du kannst nicht ...«

»Ich kann. Die Möglichkeit besteht doch immer, oder?«

»Welche Möglichkeit?«

»Dass wir es mit einem Mörder zu tun haben, der jenseits von Gut und Böse ist.«

Darauf hatte Warrick keine Antwort.

Als er wieder fort war, fing Catherine an, Vivian Elliots persönliche Papiere durchzusehen.

Die Kriminalistin hatte alles mitgenommen, was sie im Haus der Elliot gefunden hatte. Das Scheckbuch mit mehr als tausend Dollar war seit dem Morgen vor Vivians Autounfall nicht mehr benutzt worden. Ein Blick ins Register verriet ihr, dass Vivian mit dem Schecknummer 9842 für eine Überholung ihrer Bremsen, das Auffüllen von Kühlwasser und einen Ölwechsel bezahlt hatte. Empfänger war der Händler, der ihr ihren 99er Chrysler Concorde auch verkauft hatte.

Am nächsten Tag, als Vivian in südlicher Richtung auf dem Nellis Boulevard unterwegs war, übersah ein betrunkener Fahrer eine rote Ampel und verursachte den Unfall. Seither hatte die Frau keinen Scheck mehr ausgestellt, also müsste der oberste freie Scheck die Nummer 9843 tragen. Catherine blätterte weiter und sah, dass der richtige Scheck obenauf lag.

Sie fragte sich, warum Vivian ihr Scheckbuch am Tag des Unfalls nicht bei sich gehabt hatte. Nach einer eingehenderen Betrachtung der Umstände glaubte sie, die Lösung dafür gefunden zu haben. Viele ältere Leute, besonders solche, die zur Zeit der Wirtschaftskrise groß geworden waren, zahlten lieber bar. Dreihundert Dollar, der Preis für die Autoreparatur, war vermutlich mehr Geld, als die Frau gern mit sich herumtragen wollte, daher der Scheck.

Vivians Finanzberater war Christian Northcutt, dessen Büro in einem Neubau an der Robindale in der Nähe des Las Vegas Boulevard untergebracht war, im selben Büropark wie die *Newcombe-Gold,* eine Werbeagentur, in der Catherine erst im vergangenen Jahr Ermittlungen durchgeführt hatte.

Als sie die Schriftstücke von Northcutt durchsah, erkannte Catherine, dass Mrs Elliot Geldmarktpapiere im Wert von etwa dreitausend Dollar besessen hatte, außerdem ein Guthaben von über fünfzigtausend Dollar in einem Investmentfond und Rentenpapiere im Wert von etwa fünfundvierzigtausend Dollar. Man konnte Vivian Elliot keinesfalls als reich bezeichnen, aber auf die Wohlfahrt war sie auch nicht gerade angewiesen.

Wenn jemand Vivians Vermögen hatte stehlen wollen, wie hatte er dann vorgehen müssen? Hatte sie ein Testament gemacht? Es gab nur einen Weg, das herauszufinden: Sie würde mit Vivians Anwältin reden müssen.

Ehe Catherine diesen Gedanken weiterverfolgen konnte, schleppte Vega plötzlich einen monströsen Karton in ihr Büro. Die Ärmel bändigten kaum seinen Bizeps, als er das Ding hereintrug und unsanft auf ihrem Schreibtisch abstellte.

»Die Krankenhausakten«, sagte er. So fit er auch war, trieb die Hitze ihm doch den Schweiß aus den Poren, und er keuchte ein bisschen.

»Was hat Sie so lange aufgehalten?«

Er bedachte sie mit einem scheelen Blick. »Gerichtsbeschluss, Cath – Sie wissen doch, wie das ist.«

»Allerdings. Hat Doktor Whiting irgendwelche Schwierigkeiten gemacht?«

»Nein. Als er die Papiere gesehen hat, hat er sich beinahe überschlagen bei dem Versuch, mir zu helfen. Persönlich hätte er sogar auf einen Gerichtsbeschluss verzichtet, meinte er, aber das *Sunny Day* ist nun einmal ein Geschäftsbetrieb wie jeder andere auch.«

»Ich denke«, sagte Catherine und deutete auf die Finanzunterlagen, die den anderen Teil ihres Schreibtischs einnahmen, »wir werden mit Vivians Anwältin sprechen müssen.«

»Wissen wir, wer ihre Anwältin ist?«

»Ja. Pauline Dearden.« Sie reichte Vega eine Rechnung, die die Anwältin Vivian geschickt hatte. »Kennen Sie sie?«

»Nein.«

»Ich auch nicht.«

»Dann werden wir sie eben kennen lernen«, sagte Vega.

Kurz darauf fand sich Catherine in Vegas nicht gekennzeichnetem Taurus wieder, auf dem Boulder Highway in Richtung Süden. Unterwegs berichtete sie Vega von den Neuigkeiten über die Mordwaffe, und er zeigte sich erfreut, aber auch enttäuscht, da die Mordwaffe sie anscheinend nicht weiterbrachte.

Nördlich vom *Flamingo* wartete Vega auf eine Lücke im Verkehr und bog dann nach links ab auf den Parkplatz eines Einkaufszentrums. Das Einkaufszentrum, ein zweistöckiges verputztes Gebäude, beherbergte eine Vielzahl verschiedener Büros. Im Erdgeschoss residierte eine Versicherungsgesellschaft, ein Kreditunternehmen, ein gewerblicher Kautionssteller und ein Pfandhaus, im Obergeschoss gab es eine weitere Versicherungsgesellschaft, einen Laden, der mit Baseballkarten und Comics handelte, ein leer stehendes Geschäft und, ganz am Ende, die Kanzlei von Pauline Dearden.

Sie stiegen die Treppe hinauf und betraten das Büro. Im Stillen rechnete Catherine damit, in einem tristen Loch mit fragwürdigem Ambiente zu landen. Zu ihrer Überraschung erwies sich das Büro jedoch als geräumig und die Ausstattung als hell und freundlich: ein Wartebereich mit einem kleinen Sofa, drei Stühlen und einen Kaffeetisch, auf dem zahlreiche Hochglanzmagazine lagen. Hinter dem Wartebereich stand ein recht großer Schreibtisch mit zwei Besucherstühlen davor und einem großen Ledersessel dahinter. Die Anwältin aber schien nicht hier zu sein. Auf einem kleineren Schreibtisch neben dem großen stand ein Computer, und dahinter sahen sie eine geschlossene Tür, durch die das Geräusch einer WC-Spülung drang.

Die Tür öffnete sich, und heraus kam eine große, breitschultrige Frau in einer hochgeschlossenen marineblauen Jacke und einem passenden Rock. Sie tastete noch nach ihren Haaren, als wolle sie prüfen, ob ihre Frisur durcheinander geraten sei. Letzteres war jedoch, wie Catherine bemerkte, unwahrscheinlich, da die Frau genug Haarspray benutzt und ihr offensichtlich rot gefärbtes Haar mit einer dicken Lackschicht überzogen hatte. Ihre Lippen waren überdies mit einem blutroten Lippenstift stark geschminkt. Als die Anwältin auf ihre Besucher aufmerksam wurde, blickte sie auf und lächelte mit strahlend weißen Zähnen – schließlich war sie Rechtsanwältin.

»Kann ich Ihnen helfen?«, fragte sie durchaus freundlich.

Vega zeigte ihr seine Marke und stellte sich und Catherine vor. Die Frau studierte ihre Dienstausweise sorgfältig, ehe sie sie ihnen zurückgab. Dann gab sie jedem die Hand und deutete auf die Besucherstühle.

»Ich bin, wie Sie inzwischen sicher erkannt haben, Pauline Dearden. Worum geht es hier, Sam?«

Catherine beäugte Vega, wollte sehen, wie dieser kühle, sachliche Profi darauf reagierte, dass diese Frau ihn einfach beim Vornamen nannte.

Vega ging ohne das geringste Zucken in seiner teilnahmslosen Miene darüber hinweg. »Wir würden gern mit Ihnen über eine Ihrer Mandantinnen sprechen – Vivian Elliot.«

Pauline Dearden beugte sich leicht vor. »Soweit die Vertraulichkeit zwischen Anwalt und Mandant nicht verletzt wird, bin ich natürlich gern bereit, der Polizei zu helfen. Aber warum Vivian?«

»Haben Sie es noch nicht gehört, Pauline?«, fragte Vega. »Sie wurde ermordet.«

Die Anwältin riss die Augen weit auf und sackte ein wenig tiefer in den Sitz. »Zum Teufel ... nein. Nein, ich habe nicht das Geringste gehört. Ich lese selten Zeitung und sehe fast überhaupt nicht fern.« Dann saß sie für einen endlosen Moment schweigend und in verdrießlicher Haltung da.

»Ms Dearden?«

»Tut mir Leid. Vivian war eine angenehme Mandantin und eine nette Frau.«

»Können Sie uns ein bisschen über sie erzählen?«, fragte Catherine.

Die Anwältin öffnete eine Schublade, zog ein Taschentuch hervor und betupfte ihre Augen. »Was ... was würden Sie gern wissen?«

»Was haben Sie in letzter Zeit für sie getan? Mir ist eine Rechnung ihrer Kanzlei in ihren Finanzunterlagen aufgefallen.«

Dearden hustete. »Normalerweise müsste ich jetzt ständig die Verschwiegenheitsklausel zitieren, aber da sie ermordet wurde …«

Catherine wartete.

Gefasst fuhr die Anwältin fort: »Sie trug sich mit dem Gedanken, gegen Doktor Larry Whiting Klage wegen eines Kunstfehlers einzureichen.«

Catherine blinzelte verwundert. »Doktor Whiting? Davon hören wir zum ersten Mal.«

»Tja, aber es stimmt.«

Vega versuchte immer noch, geistig zu erfassen, was er soeben gehört hatte. »Doktor Whiting aus dem *Sunny Day?*«

»Genau der.«

Catherine beugte sich vor. »Warum war Vivian bei ihm in Behandlung, wenn sie gleichzeitig überlegt hat, ihn wegen eines Kunstfehlers zu belangen?«

Ein Lachen ging der Antwort der Anwältin voran. »Sie dachte, dass alle anderen Ärzte im *Sunny Day* deutlich schlimmer wären als Doktor Whiting!«

»Sie hätte sich doch in eine andere Pflegeeinrichtung verlegen lassen können«, wandte Catherine ein. »Das *Sunny Day* ist schließlich nicht die einzige Einrichtung dieser Art in Vegas.«

»Sie war eine alte Frau«, entgegnete die Anwältin sachlich. »Sie hat an ihren Gewohnheiten festgehalten und nicht auf mich gehört.«

»Sie wollen aber nicht sagen, dass sie senil war oder Alzheimer hatte …«

»Oh, nein, ganz und gar nicht.« Die Anwältin seufzte. »Aber Vivian konnte furchtbar stur sein. Starrköpfig trifft es besser. Sie mochte die *Leute* im *Sunny Day*, die Schwestern, die anderen Bewohner, diesen Tratschclub. In ihren Augen waren das ihre Freunde. Sie mochte sogar Doktor Whiting. Sie war nur der Ansicht, dass er und die anderen Ärzte im *Sunny Day*, um

157

es mit ihren Worten zu sagen, ›überbewertete Quacksalber‹ sind.«

»Bei Patienten, die einen langen Krankenhausaufenthalt über sich ergehen lassen, ist es nicht unüblich, dass sie sich von den Ärzten enttäuscht fühlen.«

»Von mir hören Sie keinen Widerspruch, aber Sie hätten mal versuchen sollen, das Vivian zu erzählen.«

Catherine fiel keine Möglichkeit ein, die nächste Frage taktvoll zu verpacken. »Tut mir Leid, dass ich das fragen muss, und die Frage ist auch absolut inoffiziell, aber war Vivian prozesssüchtig?«

Die Anwältin lehnte sich zurück, möglicherweise musste sie überlegen, ob sie gekränkt sein sollte oder nicht. »Das denke ich nicht, sonst hätte ich ihren Fall nicht übernommen. Sie hatte nach ihrem Unfall Rückenschmerzen, und der Rücken ist ein sehr sensibler Bereich. Sie hat gesagt, Whiting hätte ihre Schmerzen und ihr Leiden noch schlimmer gemacht, weil er ihr nicht zugehört habe, als sie ihm von ihrem Zustand berichtete.«

»Wusste er, dass sie Klage einreichen wollte?«

»Natürlich«, sagte Pauline. »Er war überzeugt, alles für sie getan zu haben. Sie sind ein paarmal aneinander geraten.«

Catherine fragte sich, warum Whiting dieses Detail nicht für erwähnenswert gehalten hatte. Wollte er etwas verheimlichen, oder hatte er lediglich versäumt, davon zu erzählen?

»Also schön«, sagte Vega. »Weiter im Text. Hat sie ein Testament gemacht?«

Die Anwältin machte einen leicht erschrockenen Eindruck. »Denken Sie, man hätte Vivian ihres Geldes wegen umgebracht?«

Vega zuckte mit den Schultern. »Wir können nichts ausschließen.«

Ein ärgerliches Funkeln vertrieb die Traurigkeit aus den Augen der Anwältin, zumindest für den Augenblick. »Sie war in einer Ganztagspflegestelle untergebracht. Dort hätte sie sicher aufgehoben sein müssen. Was zum Teufel ist passiert?«

158

»Sie wurde ermordet«, sagte Vega.

»Das sagten Sie schon, Sam. Wie?«

Catherine lieferte ihr die Fakten. »Jemand hat ihr eine Spritze mit Luft verabreicht und so …«

»Eine Embolie ausgelöst.« Der kontrollierte Zorn der Anwältin schlug sich in ihrem Atem nieder. »Ja, ich verstehe, dass sich jemand eingebildet haben könnte, er könne damit durchkommen. Und Sie denken, Doktor Whiting hat sie umgebracht?«

»Bitte!«, sagte Catherine und hob mahnend eine Hand. »Wir haben den Mörder noch nicht gefunden. Bisher konnten wir nicht einmal das Motiv ermitteln.«

Die Theorie, sie könnten es mit einem Serienmörder zu tun haben, vertrauten sie der Anwältin besser nicht an.

»Aber das potenzielle Motiv, das Sie in Erwägung ziehen, könnte Geld sein?«, fragte die Anwältin.

Cahterine zuckte mit den Schultern. »Wenn Menschen ermordet werden, dann gibt es, vorausgesetzt, der Mörder ist nicht geisteskrank, vier Hauptmotive: Geld, Liebe, Sex oder Drogen. Passt davon etwas zu Vivian?«

»Ich verstehe, worauf Sie hinauswollen«, sagte Pauline Dearden. Dann bückte sie sich, um eine Aktenmappe aus der rechten unteren Schublade ihres Schreibtischs zu nehmen. Rasch überflog sie die Papiere. »Vivian hat ein Testament gemacht und vor kurzem geändert.«

Catherine und Vega wechselten einen viel sagenden Blick.

»Sie hat einen neuen Begünstigten eingesetzt?«, fragte die Kriminalistin.

Die Anwältin nickte. »Ursprünglich wollte sie alles verschiedenen wohltätigen Vereinen hinterlassen, aber am Ende hat sie alles einer Organisation namens *D.S. Ward Worldwide* vererbt.«

»Nie gehört«, gab Catherine zu, und Vega nickte zustimmend.

»So ging es mir auch«, sagte Pauline. »Laut Vivian handelt es sich um eine Organisation, die den Hunger von Kindern in

Übersee bekämpft. Ich habe trotzdem ein bisschen nachge-
forscht.«

»Was haben Sie herausgefunden?«, fragte Catherine.

»Nichts.«

»Nichts?«

»Gar nichts, und wenn ich mir eine Sache ansehe, dann sehe
ich genau hin, Catherine. *D.S. Ward Worldwide* hat nicht einmal
eine eigene Website.«

»Sogar betrügerische Wohltätigkeitsorganisationen haben
normalerweise eine Website«, sagte Vega.

»Genau«, entgegnete Pauline. »Das hat mein Misstrauen auf
die Spitze getrieben.«

»Haben Sie mit Vivian darüber gesprochen?«, fragte Catherine.

»Bis ich blau angelaufen bin. Sie wollte einfach keine Vernunft annehmen. Wie ich schon sagte – eine nette Frau, aber
stur.«

»Hat sie ihnen erzählt, wie sie von diesem *D.S. Ward Worldwide* erfahren hat?«

»Nein. Und ich habe sie mehrfach danach gefragt.«

»Sie hat nie von einer Kontaktaufnahme seitens der Organisation berichtet?«

»Nun, sie hat mir erzählt, eine Freundin hätte sie auf die Organisation aufmerksam gemacht, aber mehr wolle sie nicht sagen. Offenbar hat jemand sie darauf vorbereitet, dass sie es
schwer mit mir haben würde. Sie hat immer wieder gesagt, sie
hätte das Recht, mit ihrem Besitz zu tun, was immer sie tun
wolle. Was natürlich richtig ist. Und da sie keine lebenden Verwandten hatte, na ja …«

»Diese Freundin, kannte sie die aus dem *Sunny Day*?«

»Das nehme ich an, genau weiß ich es allerdings nicht. Aber
ich weiß, dass all dieses Gerede über diese fragwürdige Organisation erst angefangen hat, als sie in dieser Einrichtung gelandet
ist.«

»Wie soll mit dem Besitz verfahren werden?«

Pauline nahm die Akte wieder zur Hand, überflog rasch die erste Seite, blätterte weiter und las die nächste Seite. »Wenn das Haus verkauft ist, soll ich den ganzen restlichen Besitz zu Geld machen – grob geschätzt eine Viertelmillion. Dann, nach Abzug meiner Spesen und Gebühren, soll ich den Rest in Form eines Schecks an *D.S. Ward Worldwide* weiterleiten.«

»Wie sollen Sie den Scheck weiterleiten?«, fragte Catherine.

»Der bestätigte Scheck soll an ein Postfach in Des Moines, Iowa geschickt werden.«

»Können Sie mir die Adresse geben?«

Pauline Dearden schrieb die Adresse für sie auf. »Denken Sie, Sie werden Informationen über diese Leute einholen können?«

»Die Chancen stehen gut«, sagte Catherine. »Ich habe einen Kollegen beim CSI in Des Moines. Können Sie die Vorkehrungen bezüglich des Vermögens hinauszögern, zumindest, bis wir uns einen Gerichtsbeschluss besorgt haben, um die ganze Sache zu stoppen?«

Der rote Mund der Anwältin verzog sich zu einem verschlagenen Lächeln. »Ich habe es nicht eilig.«

7

Die Tür zu Kathy Deans Zimmer war geschlossen. Obwohl sie wusste, dass dies kein unberührter Tatort mehr war, zog Sara Sidle Latexhandschuhe an, ehe sie vorsichtig die Tür öffnete. Die dahinter liegende Finsternis wurde von dem Licht der Nachmittagssonne, das gedämpft durch die fahlblauen Vorhänge drang, nur geringfügig erhellt.

Sie trat ein und schaltete das Licht ein. In dem Raum dominierten die Farben Blau und Weiß, und augenblicklich erinnerte sich Sara an Freundinnen aus Kindertagen, deren Zimmer die gleiche feminine Ausstrahlung widergespiegelt hatten. Der Raum war mit einem Doppelbett eingerichtet, das mit einer geblümten Tagesdecke bezogen war, in deren Mitte ein großer brauner Teddybär saß. Darüber hing ein Poster von Justin Timberlake während eines Konzerts. Neben dem Bett stand ein kleines weißes Nachttischchen, auf dem ein halbes Dutzend Horrorromane lagen, außerdem ein Wecker und eine Fernbedienung für den 32cm-Fernseher. Das Gerät selbst befand sich auf einer Kommode an der gegenüberliegenden Wand.

Über Fernseher und Kommode hing der Wimpel der UNLV. Denn Schreibtisch des Mädchens, einen Ecktisch, sah Sara direkt daneben. Links auf dem Schreibtisch stand ein Dokumentenordner aus Plastik und ein Wörterbuch, rechts ein Monitor samt Tastatur und Lautsprecher. Während sich der Subwoofer auf dem Boden befand, hatte der Drucker auf einem höher angebrachten dreieckigen Regalbrett seinen Platz. Über dem Schreibtisch zeigte ein Poster die Langstreckenläuferin Mary Decker Slaney. Neben dem Fenster an der gleichen Wand stand ein Bücherregal, das voll gestopft war mit Büchern jeglicher Art, zum größten Teil aber Taschenbüchern.

Der Raum war makellos sauber, und man erkannte die Lücken, die auf jene Gegenstände hinwiesen, die von den Ermittlern der

Tagesschicht bereits konfisziert und noch nicht wieder zurückgebracht worden waren. Der Computertower war einer dieser Gegenstände.

So wie die Dinge auf dem Tisch standen, lag die Vermutung nahe, dass sich dort ein weiteres Buch befunden haben musste. Das war gewiss nicht alles, was fehlte, denn Conrad Ecklies Leute, die zur Tagschicht des CSI gehörten, waren gründlich gewesen, und bestimmt lagerten bereits neunundneunzigeinhalb Prozent aller verwertbaren Dinge im Beweismittelarchiv.

Saras Arbeit war es, das fehlende halbe Prozent zu finden. Aber zunächst musste sie Nick im Büro anrufen. Sie zog ihr Mobiltelefon hervor.

»Stokes«, sagte Nick schon beim zweiten Klingeln.

»Ich bin's. Hör mal, ich bin in Kathys Zimmer.«

»Und suchst, was Ecklies Leute übersehen haben.«

Ganz gegen ihren Willen musste sie grinsen, weil Nick damit andeutete, dass die Nachtschicht immer noch etwas an einem Tatort entdeckte, was der Tagschicht entgangen war.

»Nein«, widersprach Sara. »Eigentlich dachte ich, wir sollten uns die Beweismittel ansehen, die sie mitgenommen haben … und alles noch mal durchgehen.«

»Und wieder einmal bin ich dir einen Schritt voraus. Die Kiste steht schon vor mir.«

Wieder konnte sie ein Grinsen nicht unterdrücken und sagte kopfschüttelnd: »Okay, du Klugscheißer, was hast du herausgefunden?«

»Bisher noch nichts. Wunder brauchen eben etwas Zeit.«

»Aber du hast dir das Zeug angesehen?«

»Nur flüchtig. Ich habe mich lediglich vergewissert, dass alles da ist.«

»Ist dir dabei vielleicht etwas Interessantes aufgefallen?«

»Nein, ich habe nur die Liste verifiziert.«

»Alles vollständig?«

»Ja«, sagte Nick. »Kein Puzzleteilchen fehlt. Es sei denn, du findest es.«

»Hey, äh, ist da ein Tagebuch oder so etwas dabei?«

»Ist mir nicht aufgefallen.«

Sara schnalzte frustriert mit der Zunge. »Auf ihrem Schreibtisch fehlt was, direkt neben ihrem Wörterbuch. Ich hatte gehofft, es wäre noch ein Buch, vielleicht ein Tagebuch.«

»Ein Adressbuch ist dabei. Ms Sidle, Sie verraten Ihr wahres Alter.«

»So?«

»Tagebücher sind ein Relikt des vergangenen Jahrhunderts. Wärest du heute auf der High School und würdest Tagebuch führen, wo würdest du es verstecken?«

Ihr Blick wanderte zu der freien Stelle, an der der Computer gestanden hatte, und sie nickte. »Ja, klar, du hast Recht. Elektronisch. Steht was Interessantes in dem Adressbuch?«

»Hab noch nicht reingesehen. Ich dachte, wir schauen es uns an, wenn du zurück bist.«

»Aha. Nick Stokes, wo wärest du nur ohne mich?« Sara unterbrach die Verbindung, bevor Nick antworten konnte, und ihr Lächeln verblasste langsam, als sie sich wieder der Durchsuchung des Zimmers widmete.

Mit dem Schrank fing sie an. Sie öffnete alle Schubladen, fand aber nur Kleidungsstücke von Kathy: Unterwäsche, T-Shirts, Jeans, Socken. Als Nächstes warf sie einen Blick unter das Fernsehgerät. Danach blätterte sie in den Seiten des Wörterbuchs. Der Dokumentenordner hatte nichts zu bieten und die einzige Schublade des Schreibtischs offenbarte auch nichts von Wert. Ebenso wenig fand Sie nichts in oder unter dem Bett.

Sara blätterte die Romane auf dem Nachttischchen durch, fand aber auch keinerlei Hinweise. Jetzt waren nur noch das Bücherregal und der große Wandschrank übrig. Als Brass hereinkam, verriet ein wachsames Funkeln in seinen Augen, dass irgendwas im Busch war.

Irgendetwas Großes.

»Raten Sie mal, bei wem Kathy Dean in der Nacht vor ihrem Verschwinden Kinder gehütet hat? Dustin und Cassie Black.«

Sara warf den Kopf zurück. »Puh. Der Bestatter, mit dem Grissom und Sie gesprochen haben?«

»Ein und derselbe.«

Ihre Brauen wanderten aufwärts, und sie atmete hörbar aus. »Das ist interessant. Dann schätze ich, Sie wollen ihn noch einmal besuchen, um ein weiteres Gespräch mit ihm zu führen ...?«

»So sieht es aus.«

Sara nickte und machte eine Geste, die den ganzen Raum umschloss. »Kann das noch warten, bis ich hier fertig bin?«

»Nicht nötig. Sie können allein weitermachen. Grissom ist schon unterwegs, um mich hier abzuholen.«

»Warum das?«

»Er war dabei, als ich zum letzten Mal mit Black gesprochen habe. Darum will er jetzt auch dabei sein. Er fährt bei mir mit und lässt Ihnen den Tahoe da.«

»Das ist ein guter Plan.« Sie ging zum Schrank.

»Ich warte unten«, sagte Brass. »Ich lasse Sie wissen, wenn Gil hier ist.«

»In Ordnung.«

Sara setzte ihre Untersuchung fort. Der Schrank hatte nichts Interessantes zu bieten, und so widmete sie sich endlich dem monströsen Bücherregal in der Ecke: fünf Regalbretter vollgestopft mit Büchern. Die Kriminalisten, die vor ihr hier gewesen waren, hatten zweifellos jedes Buch durchgesehen, dennoch würde sie es ebenfalls tun. Eine ermüdende Arbeit. Nach drei Fächern ohne Ergebnis nahm sie an, dass diese Übung mit einer Enttäuschung enden würde.

Dann fiel aus dem Buch, in dem sie gerade blätterte, ein kleines Stück Papier heraus. Wie eine Feder schwebte es langsam zum Boden.

Mit einer Pinzette hob sie das Papier an einer Ecke hoch. Es sah aus wie eine zusammengefaltete Quittung aus einem Restaurant. Sara legte es auf den Schreibtisch und faltete es mithilfe einer zweiten Pinzette – um eventuell vorhandene Fingerabdrücke nicht zu beschädigen – auseinander.

166

Am oberen Rand standen die aufgedruckten Worte: *Habinero's Cantina*. Die Botschaft, hastig mit rosaroter Tinte auf das hellgrüne Blatt gekritzelt, war so simpel wie kryptisch: *FB, bei dir, 0100, A.*

Sara hatte keine Ahnung, was das bedeuten konnte. Doch irgendeine Bedeutung musste diese Nachricht gehabt haben, denn sonst hätte Kathy sie bestimmt nicht zusammengefaltet in einem Buch versteckt. Die Frage war nur: welche Bedeutung?

Und wann hatte Kathy sie erhalten? Es könnte an dem Tag gewesen sein, an dem sie verschwunden war, oder – bedachte man, wie lange sie im *Habinero's* gearbeitet hatte – irgendwann in den vergangenen beiden Jahren.

Sie wog das Buch, in dem sich die Botschaft versteckt hatte, in der Hand und las den Titel – *Lady Chatterleys Liebhaber* von D. H. Lawrence.

Ein spöttisches Lächeln umspielte ihre Lippen. Ein Klassiker der Erotikliteratur, der vermutlich nicht auf der Liste der Lieblingsbücher von Mr und Mrs Dean stand.

Sie legte das Buch in einen Beweismittelbeutel, ehe sie auch den Zettel vorsichtig verstaute.

Grissom tauchte im Türrahmen auf, gefolgt von Brass, der jedoch im Flur stehen blieb.

»Irgendwas Bedeutsames?«, fragte Grissom.

»Bedeutsam? Allerdings.« Sie hielt die eingetüteten Beweise hoch.

Grissom warf einen Blick auf den Beutel mit dem Zettel und las ihn durch die Folie, ehe er ihn an Brass weiterreichte.

»Kann man damit was anfangen?«, fragte der Detective Sara.

Die schüttelte den Kopf. »Ich werde die Eltern danach fragen, bevor ich gehe.«

Grissom sah sich in dem Zimmer um. »Wie lange brauchst du noch?«

Sara zuckte mit den Schultern. »Halbe Stunde?«

»Gute Arbeit«, sagte Grissom, und dann waren er und Brass auch schon fort.

Fünfundzwanzig Minuten später lasen Jason und Crystal Dean im Erdgeschoss – beim Kaffee in der Küche – die Notiz und blickten einander verständnislos an.

»Weiß jemand von Ihnen, wer FB sein könnte?«, fragte Sara.

»Nein«, entgegnete Dean.

»Oder A?«

Dieses Mal verneinten beide gleichzeitig.

»Sind Sie sicher? Wie sieht es mit den Jungs aus, mit denen sie sich getroffen hat oder mit denen sie einfach nur befreundet war?«

Dean bedachte sie mit einem bitterbösen Blick. »Junge Frau, ich habe Ihnen, Ihnen allen, bereits hundertmal gesagt, dass unsere Tochter andere Prioritäten hatte. Sie hat sich mit niemandem getroffen. Sie ist mit niemandem ausgegangen.«

Plötzlich wurde Sara klar, dass es an der Zeit war, die Samthandschuhe auszuziehen, um dem Fall Kathy Dean die Ermittlungsarbeit zukommen zu lassen, die er verdiente.

»Mr und Mrs Dean, Ihre Tochter war schwanger, als sie starb.«

Mrs Deans Gesicht war eine weiße Maske mit riesigen Augen. Das Gesicht ihres Gatten war hingegen stark gerötet.

»Das ist eine verdammte Lüge«, schrie er. »Das ist unmöglich!«

»Unmöglich …«, ächzte die Mutter.

»Nein«, widersprach Sara. »Das ist es nicht. Der Bericht des Leichenbeschauers hat diesen Umstand bestätigt. Ihre Schwangerschaft könnte durchaus etwas mit ihrer Ermordung zu tun haben, und darum ist es unbedingt erforderlich, dass Sie versuchen, sich an jeden jungen Mann zu erinnern, der möglicherweise mit Kathy befreundet war.«

Die Lippen des Vaters bildeten eine harte, gerade Linie, seine Augen glitzerten feucht. »Sie haben nicht das Recht, sie beim Vornamen zu nennen.«

»Mr Dean, ich …«

»Gehen Sie. Sofort. Lassen Sie uns in Ruhe.« Und gleichzeitig legte er den Arm um die Schultern seiner Frau.

So war es noch, als Sara das Haus verließ.

Brass hatte den Wagen auf dem Parkplatz des *Desert Haven Mortuary* abgestellt und war, zusammen mit Grissom, gerade dabei, auszusteigen, als ein Cadillac Escalade neuester Baureihe vorüberfuhr und die erste reservierte Parkbucht ansteuerte.

Dustin Black stieg, in einem gut sitzenden grauen Anzug mit Krawatte, aus dem glänzenden neuen Wagen. Er bemerkte sie gar nicht, als er zum Eingang eilte. Der Detective und der Kriminalist betraten das Beerdigungsinstitut vielleicht dreißig Sekunden nach dem Bestatter mit der ausgeprägten Stirnglatze.

Heute hielten sich weniger Leute im Eingangsbereich auf, und Dustin Black persönlich, nicht einer seiner Lakaien, streckte die Hand zur Begrüßung aus, als sie eintraten.

Als der Bestatter aber erkannte, dass er die Repräsentanten des LVPD vor sich hatte, klappte sein Unterkiefer herunter. Doch Brass ergriff seine Hand und lächelte: »Wir sind zu einem persönlichen Besuch gekommen, Mr Black ... bei Ihnen.«

Sein Schnurrbart zuckte, als Black sich verstohlen unter den Trauernden umblickte, die durch die Türen strömten. »Bitte hier entlang, meine Herren«, bat er.

Er führte sie durch die Tür, die sie bereits beim letzten Besuch passiert hatten, und den Korridor hinunter. Der junge Mann, der sie beim ersten Mal begrüßt hatte, saß an einem Schreibtisch in dem Büro gegenüber von Blacks eigenem Raum. Er aß ein Sandwich, las eine Zeitschrift und – danach zu urteilen, wie sein Kopf sich bewegte – hörte Musik über einen Kopfhörer. Der Junge hatte seine graue Anzugjacke über die Stuhllehne gehängt und war, während er aß, so entrückt, dass ihm ihre Anwesenheit völlig entging.

»Einen Moment«, sagte Black mit einem Stirnrunzeln.

Der Bestatter ging zu dem Büroraum und pochte laut an die offene Tür, worauf der junge Mann sich erschrocken aufsetzte und den Kopfhörer abnahm.

»Was gibt es, Mr Black?«, fragte der Junge.

»Jimmy, wenn du dein Pausenbrot isst, dann mach bitte die Tür zu.«

»Oh. Tut mir Leid.«

»Ich hätte mit Kunden hereinkommen können, und Musik und Fastfood passen nicht zur Stimmung unserer Kunden.«

Black machte kehrt und öffnete die Tür zu seinem Büro. Brass und Grissom traten ein, während Black tadelnden Blickes zusah, wie der Junge den Raum durchquerte und die Tür ins Schloss zog.

»Was soll man machen?«, fragte er und schloss seinerseits die Tür. Mit einem Wink deutete er auf die Stühle vor seinem Schreibtisch. »Sie wissen ja selbst, wie die Kinder heutzutage sind.«

Brass und Grissom nahmen Platz.

»Ja«, sagte Brass. »Sie vermutlich auch – Sie haben selbst zwei, nicht wahr?«

Sichtlich verwirrt ob dieser Bemerkung, warf Black einen Blick auf das gerahmte Familienfoto auf seinem Schreibtisch, ehe er sich wieder Brass widmete. »Ja, so ist es.«

Brass konsultierte seine Notizen. »David und Diana, richtig?«

Der Bestatter rutschte nervös auf seinem Stuhl hin und her. »Woher ... Warum kennen Sie die Namen meiner Kinder? Und was um alles in der Welt könnten sie mit dieser Geschichte zu tun haben?«

Brass verschränkte die Arme vor der Brust. »Sie erinnern sich doch, dass wir Ihnen erzählt haben, dass die Leiche im Sarg nicht Rita Bennett gewesen ist?«

»Ja, aber so Leid es mir tut, ich kann Ihnen nicht folgen. Ich verstehe nicht, was meine Kinder ...«

Grissom legte das Foto der Vermisstenabteilung, das die verstorbene Kathy Dean zeigte, direkt vor Blacks Nase auf den Schreibtisch.

Der Mann war schon bleich, schaffte es aber, noch mehr zu erbleichen. Sein Mund öffnete sich, und er sah aus, als hätte er einen kleinen Schlaganfall erlitten. »Oh ... mein Gott ... Sie wollen doch nicht ... Das ist ...?«

»Ihr Babysitter, Kathy Dean«, sagte Brass. »Sie war die Frau in Rita Bennetts Sarg.«

170

»Oh Gott, was für eine schreckliche … Ihre armen Eltern …
Ich wusste, dass sie vermisst wird, aber ich …«

»Als das Mädchen vermisst wurde, haben Sie mit der Polizei
gesprochen, richtig?«

Black nickte wie betäubt. Er starrte das Foto von Kathy Dean
auf seinem Tisch an, als wäre sie eines seiner eigenen Kinder,
aber er berührte das Bild nicht.

»Sie haben sie nach Hause gefahren«, sagte Brass. »Nachdem
sie auf Ihre Kinder aufgepasst hatte. In der Nacht, in der sie verschwunden ist.«

»Ja«, antwortete er und riss sich von dem Foto los. Dann
zuckte er mit den Schultern und versuchte erfolglos, die ganze
Geschichte durch einen neutralen Tonfall herunterzuspielen.
»Die Deans wohnen nicht weit von uns entfernt, aber draußen
war es dunkel. Für ein Mädchen in ihrem Alter ist es gefährlich,
im Dunkeln allein nach Hause zu gehen.«

»Allerdings«, stimmte Brass zu.

»Sie haben sie aber nicht abgeholt?«, fragte Grissom.

»Nein«, entgegnete der Bestatter. »Nein. Kathy ist zu Fuß zu
uns gekommen, aber da war es noch hell.«

»War es normal, dass Sie sie nach Hause gefahren haben?«, erkundigte sich Brass.

»Ja. Sie ist nicht gern mitten in der Nacht nach Hause gelaufen. Diese Stadt kann gefährlich sein.«

»Davon habe ich gehört«, kommentierte Brass trocken. »Um
welche Zeit haben Sie sie zu Hause abgeliefert?«

Black zuckte mit den Schultern. »Ungefähr um Mitternacht.«

Brass nickte. »Haben Sie gesehen, wie sie ins Haus gegangen
ist?«

»Ja«, sagte der Bestatter mit einem entschiedenen Nicken.
»Wenn ich sie abgesetzt habe, habe ich immer gewartet, bis sie
sicher im Haus ihrer Eltern war.«

»Und danach sind Sie direkt wieder zurückgefahren?«

»Ja, natürlich.« Black schluckte. »Darf ich fragen … Wie ist sie
gestorben?«

171

»Sie wurde erschossen«, sagte Brass. »Ein Schuss in den Hinterkopf.«

Der Mann bedeckte die Augen mit der Hand. »Oh ... oh Gott.«

»Besitzen Sie eine Waffe, Mr Black?«

Die Hand des Bestatters fiel zurück auf den Schreibtisch, und seine Überraschung wich einem Schock. »Sie denken doch nicht etwa ... ich hätte sie getötet?«

Brass zuckte vage mit der Schulter. »Sie haben ausgesagt, sie hätten Rita Bennett die ganze Zeit im Blick gehabt.«

Der Bestatter lehnte sich auf seinem Stuhl zurück. Seine Miene hätte nicht gequälter aussehen können, wenn Brass ihm einen Fausthieb versetzt hätte.

»Ich frage Sie noch einmal«, wiederholte Brass geduldig. »Haben Sie eine Waffe?«

»Nein, ich habe keine Waffe. Ich habe noch nie eine Waffe besessen.«

»Sie wussten, dass Kathy Dean vierundzwanzig Stunden vor Rita Bennetts Beerdigung verschwunden ist, habe ich Recht?«

Entrüstung spiegelte sich in Blacks geweiteten Augen. »Wie hätte ich darauf kommen sollen, diese beiden Ereignisse miteinander in Verbindung zu bringen?«

»Und es kommt Ihnen nicht seltsam vor, dass Sie eine Frau, die Sie kannten, an demselben Tag beerdigen, an dem eine andere verschwindet?«

»Ich bitte Sie, ich kenne eine Menge Leute – das ist ein markantes Gewerbe, und ich genieße selbst einen gewissen Bekanntheitsgrad in dieser Stadt. Ich habe es beinahe regelmäßig mit Verstorbenen zu tun, die zu meinem Bekanntenkreis zählten. Das gehört, wie man sagt, gewissermaßen zum Geschäft.«

»Aber Sie verstehen, dass wir uns mit dieser Frage befassen müssen, weil Kathy Dean in einem Sarg, der aus Ihrem Beerdigungsinstitut stammt, entdeckt wurde«, sagte Grissom.

Black seufzte frustriert. »Diese beiden Ereignisse sind nicht zeitgleich passiert. Rita ist am Donnerstag gestorben. Ich habe

172

mit ihrem Ehemann, Peter, besprochen, sie am Freitag in unserem Institut aufzubahren. Kathy hingegen hat am Samstagabend auf unsere Kinder aufgepasst und ist dann irgendwann nach Mitternacht verschwunden. Aber von ihrem Verschwinden habe ich erst am Sonntagabend erfahren, als die Polizei zu uns gekommen ist und mit meiner Frau Cassie und mir über Kathy gesprochen hat. Rita ist dann am Dienstagmorgen beerdigt worden. Wie hätte ich da eine Verbindung zwischen beiden Ereignissen herstellen sollen?«

»War Ihre Frau bei Ihnen, als Sie Kathy nach Hause gebracht haben?«

»Nein, schließlich wollten wir unsere Kinder nicht allein lassen. Als wir nach Hause kamen, haben die Kinder auf der Couch geschlafen. Cassie hat sie geweckt und ist mit ihnen nach oben gegangen, als ich mit Kathy losgefahren bin. Und als ich wieder zu Hause war, hat Cassie schon geschlafen. Die Polizei hat Cassie nur allgemeine Fragen über Kathy gestellt.«

»Was haben die Beamten Sie gefragt?«

»Ihre Fragen richteten sich vorwiegend an mich – immerhin hatte ich das Mädchen heimgefahren. Haben Sie die Beamten nicht danach gefragt?«

Tatsächlich hatte Brass Sergeant O'Riley mit dieser Aufgabe betraut, aber noch keinen Bericht erhalten.

»Das soll nicht Ihre Sorge sein, Mr Black«, erwiderte Brass. »Wenn Rita Bennett schon am Donnerstag gestorben ist, warum haben Sie dann bis zum folgenden Dienstag mit der Beerdigung gewartet? Ist das nicht ein ungewöhnlich langer Zeitraum?«

»Das ist unterschiedlich. In diesem Fall wollte der Ehemann Peter es seiner Schwester aus Atlanta ermöglichen, an der Beerdigung teilzunehmen. Doch die hätte es nicht vor Montagabend geschafft.«

Brass' Innereien rumorten. Irgendwas stimmte nicht. Für den Augenblick behielt der Detective sein ungutes Gefühl für sich, ganz für sich, wo er es in Ruhe hegen und pflegen konnte.

»Eine letzte Frage noch«, sagte Brass.

»Bitte.«

»Wussten Sie, dass Kathy Dean schwanger war?«

Für einen kurzen Augenblick versteifte sich der Mann, und ein harter Glanz trat in seine Augen. Die Reaktion war nicht sonderlich auffallend, aber Brass entging sie nicht.

Der Bestatter hatte sich schnell wieder im Griff. »Wie traurig … aber woher hätte ich das wissen sollen? Und warum sollte ich das gewusst haben?«

»Die Eltern der jungen Frau glauben, sie hätte nicht einmal einen Freund gehabt. Vielleicht hätte sie sich mit einem Problem wie der Schwangerschaft gern an einen Erwachsenen gewendet, dem sie vertrauen konnte. An eine Vaterfigur vielleicht.«

»Wir kamen gut miteinander aus, aber ich kann nicht behaupten, sie hätte sich mir anvertraut.«

»In Ordnung. Hätte ja sein können.«

Auf dem Parkplatz, unterwegs zum Auto, sagte Brass zu Grissom: »Sie waren da drin nicht besonders gesprächig.«

»Sie sind doch gut zurechtgekommen.«

»Bin ich?«

»Er weiß etwas, das er uns nicht verraten will.«

Brass blieb stehen und drehte sich zu Grissom um. »Dann ist es Ihnen also auch aufgefallen. In irgendeiner Form hat er Schuld auf sich geladen.«

Grissom ließ ein Lächeln aufblitzen. »Haben wir das nicht alle? Die Frage in Blacks Fall lautet: Schuld, woran? Sammeln wir Beweise, Jim, denn das Woran sollten wir geklärt haben, ehe Sie ihm seine Miranda-Rechte vorlesen.«

Als Sara das Labor betrat, beugte sich Nick gerade über eine Kiste, von der sie annahm, dass Sie aus dem Beweismittelarchiv stammte und Kathy Deans Besitztümer barg. Diverse kleinere Gegenstände lagen auf dem Tisch, aber der größte Teil ruhte noch immer in der Kiste.

»Was gefunden?«, fragte sie.

Nick antwortete mit einem schiefen Lächeln. »Wie wäre es damit? Kathy Dean hatte Sex in der Nacht, in der sie verschwunden ist.«

»Hatte sie?«

»Das jedenfalls sagt der Laborbericht über ihre Kleidung.«

Sara runzelte die Stirn. »Die Autopsie hat nichts dergleichen ergeben?«

Eine Braue schob sich auf Nicks Stirn empor. »Sie ist nach Hause gegangen und hat sich umgezogen. Vielleicht hat sie auch geduscht, und nur Gott allein weiß, was mit ihr passiert ist, bevor sie in dem Sarg gelandet ist.«

Sara holte die eingetütete Notiz aus ihrem Koffer.

»Was ist das?«, fragte Nick.

»Sag du es mir.«

Nick untersuchte den Zettel, ohne ihn aus seiner Kunststoffbehausung zu nehmen. »Die Eltern wissen nicht, wer »FB« ist?«

»Nein«, entgegnete Sara. »Die glauben, ihre Tochter sei noch Jungfrau gewesen. Und wer »A« ist, wissen sie auch nicht.«

»In welcher Wundertüte hast du das denn gefunden?«

»In ihrem Zimmer«, erklärte sie und zeigte ihm den Beutel mit dem Buch.

»*Lady Chatterley* ... Jungfrauenlektüre ist das nicht gerade.«

»Vielleicht hat sie ein bisschen geforscht. Jedenfalls werde ich diese Notiz der Handschriftenexpertin vorlegen. Vielleicht kann sie etwas damit anfangen. Was hast du sonst noch entdeckt?«

»Tomas Nunez hat Kathy Deans Computer untersucht, als Ecklies Leute ihn hergebracht hatten.«

»Was hat Tomas herausgefunden? So, wie ich ihn kenne, hat er irgendwas gefunden. Vielleicht das elektronische Tagebuch.«

»Nein – nichts, das uns weiterhelfen würde. Vor allem eine Menge Musiktitel. Sie hat digitale Stücke runtergeladen, als gäbe es kein Morgen mehr.«

»Legal?«

»Fünfundneunzig Prozent davon.«

»Sonst noch irgendwas aus dem Internet?«

»Da waren ein paar E-Mails von verschiedenen Leuten, aber die waren fast in demselben Code geschrieben wie der Zettel.«

Sara überlegte kurz und fragte: »Hat Tomas die eingegangenen E-Mails zurückverfolgt?«

»Ja, nur ein paar Absender stammten aus dieser Gegend, und die halfen nicht weiter. Wir haben die E-Mails ausgewertet, aber das hat ebenfalls nichts gebracht. Freundinnen aus High-School-Tagen. Das Zeug ist noch gespeichert, falls du sie lesen willst.«

»Irgendjemand, der sich ›A‹ nennt?«

»Nein, nicht einmal ein Pseudonym, das mit A anfängt.«

Sara kratzte sich an der Stirn. »Sie lädt sich Musik herunter, aber es gibt keine Stereoanlage in ihrem Zimmer.«

»Nein, aber sie hatte einen Computer.«

»Stimmt. Hatte sie eine Musikanlage im Auto?«

Nick griff nach einem Bericht und las vor: »AM/FM, CD-Player. Und einen CD-Brenner im Computer.«

»Aber wenn ihr die Musik so viel bedeutet hat, meinst du nicht, sie müsste dann nicht auch eine Möglichkeit gehabt haben, sie zu hören?«

»Abgesehen von den CDs?«

Sara dachte an das Zimmer der Toten zurück. »Ich habe keine CDs gesehen. Hast du welche in der Kiste?«

»Nein.«

Sara zuckte mit den Schultern. »Dann sind sie entweder verschwunden, oder sie haben nie existiert.«

»Also hat sie die Stücke nur auf ihrer Festplatte gespeichert?«

Sara schüttelte den Kopf. »Ich denke immer noch, sie muss irgendwas gehabt haben, womit sie sie abspielen konnte.«

»iPod? Rio-Player?«

»So was in der Art. Und ein Telefon hat es in ihrem Zimmer auch nicht gegeben.«

»Was bedeutet?«

»Das bedeutet, dass die Deans gute Eltern mit genug Geld waren, und trotzdem kein Telefon im Zimmer ihrer Tochter stand.«

»Sie hatte ein Mobiltelefon«, sagte Nick nach einem Blick auf die Vermisstenakte. »Das muss dann wohl ihr einziges Telefon gewesen sein.«

»Ist es hier?«

Nick breitete die Hände aus. »Nein. Wir haben nur eine Liste der Telefonate, aus deren Existenz sich schließen lässt, dass sie eines hatte.«

»Also? Wo ist das Ding?«

»Da, wo auch ihr MP3-Player ist.«

Sara deutete mit dem Finger auf Nick. »Falls jemand das Mobiltelefon benutzt hat, könnten uns die Akten des Netzbetreibers weiterbringen.«

»Sara, das Telefon ist seit dem Tag ihres Verschwindens tot.«

Sara verzog das Gesicht, gab aber nicht auf. »Haben Ecklies Leute in den Telefonunterlagen irgendwas Interessantes entdeckt?«

»Nur die Namen einiger ihrer Freunde, von denen ihre Eltern nichts wussten. Überwiegend Mädchen, mit denen sie in diesem mexikanischen Restaurant oder in der Blutbank zusammengearbeitet hat ... die wussten nichts über Kathys Verschwinden.«

»Irgendwelche Namen mit A oder FB unter den Freunden?«

Nick schüttelte den Kopf.

»Was ist mit Gerardo Ortiz?«

Nick lächelte vage und fragte: »Was wird das? Ziehst du diese Namen einfach aus dem Hut?«

»Nein, das ist ein Junge, mit dem sie sich mal getroffen hat.«

»Sein Name ist drin, aber er wurde mit einem schwarzen Stift durchgestrichen. Und hier haben wir eine Notiz von einem der Detectives, auf der neben dem Namen auch die Adresse von dem Kerl steht.«

»Ich schätze, da lebt er nicht mehr.«

Nick runzelte die Stirn. »Und wie kommst du darauf?«

»Du hast die Vermisstenakte doch gelesen, nicht wahr?«

»Ja.«

Sara grinste. »Aber du wusstest nicht, wer er ist. Wäre er in der Akte aufgetaucht, hättest du den Namen schon einmal gelesen ... und hättest ihn wiedererkannt. Eine einfache Schlussfolgerung.«

Einen Moment lang starrte Nick sie wortlos an. Dann: »Das ist beängstigend. Du hörst dich allmählich ein bisschen nach Gris an.«

»Na ja, im Moment könnte ich ein bisschen von seiner Denkfähigkeit gut gebrauchen, dann wüsste ich vielleicht, was wir als Nächstes tun sollten.«

»Ich weiß nicht, wie es mit dir steht«, sagte Nick, »aber ich werde zur Spurenauswertung gehen, um die Fasern und Haare zu untersuchen, die ich aus Kathy Deans Kleidern und dem Sarg geborgen habe.«

Sara warf einen Blick auf die Uhr. »Ich werde eine Kleinigkeit essen.«

»Essen. Ja, daran erinnere ich mich. So etwas habe ich auch dann und wann getan. Hast du was Bestimmtes im Sinn? Vielleicht könntest du mir etwas mitbringen.«

»Etwas sehr Bestimmtes«, sagte Sara lächelnd. »Ich dachte, ich könnte ja mal dieses mexikanische Restaurant ausprobieren, von dem ich so viel gehört habe – das *Habinero's!*«

Brass fuhr die Serene Avenue entlang und bog nach rechts auf die Redwood ab. Er fuhr an mehreren Häusern vorbei, ehe er und Grissom ein massives, zweistöckiges Ziegelgebäude erblickten, dessen Garten von einem einsachtzig großen Holzzaun umgeben war, der gerade noch einen Blick auf das obere Ende der Swimmingpool-Rutsche gestattete.

Der Detective hielt vor Dustin Blacks Burg, die eher nach Georgetown oder auf ein ländliches Anwesen in Connecticut gepasst hätte, aber sicher nicht in die Wüste von Clark County. An einem Mast im Vorgarten, ganz in der Nähe der Dreifachgarage, flatterte die amerikanische Flagge. Auf einem kleinen, rotweiß-blauen Schild nahe dem Pfosten stand zu lesen: »Wir befürworten das Treuegelöbnis«. Unter einem Vordach, das von

178

vier weißen Säulen getragen wurde, lud eine weiße Vordertür
die Besucher ein näher zu treten.

»Ein ganz typischer amerikanischer Bungalow«, kommentierte Brass.

Grissom zuckte mit den Schultern. »Bestatter sind genauso
wie wir, Jim.«

»So?«

»Solange Menschen sterben, sind wir im Geschäft.«

»Und Sie behaupten, *ich* wäre zynisch.«

Grissom schenkte ihm ein Lächeln. »Das sind Sie, Jim. Ich
gebe nur die Fakten wieder.«

Der Weg schlängelte sich über einen grünen Rasen, der aussah, als hätte ihn jemand mit der Nagelschere geschnitten. Zwei
perfekt gestutzte Büsche bewachten den Eingang. Auch die anderen Häuser in diesem Viertel waren von gesunden Rasenflä-
chen und Sträuchern umgeben. Vielleicht hatten die Leute in
dieser Gegend noch gar nicht erfahren, dass in Clark County
derzeit eine schlimme Dürre herrschte.

Brass betätigte den großen Türklopfer aus Messing, der in der
Mitte der weißen Tür hing. Ungefähr dreißig Sekunden später
wurde die Tür geöffnet, und eine große brünette Frau blickte
ihnen anklagend entgegen.

Die würdevolle Schönheit trug hochhackige schwarze Schuhe,
eine braune Hose und eine ärmellose schwarze Bluse mit einem
V-Ausschnitt. Ihre allzu großen braunen Augen hätten an eine
Comicfigur erinnern können, hätten sie nicht dieses intelligente
Funkeln besessen. Ihr lockiges Haar fiel wie eine Welle über
ihre Schultern. Die angedeutete Hakennase deutete eine unbe-
sonnene plastische Operation an, und ihre collagenvollen Lippen schimmerten in tiefem Rot.

An dieser Dame in den Vierzigern war mehr Arbeit verrichtet
worden als an einer durchschnittlichen Leiche ihres Mannes.
Nichtsdestotrotz war das Ergebnis beeindruckend, und sie sah,
wie Brass dachte, vermutlich recht hübsch aus – in gedämpftem
Licht.

»Kann ich Ihnen helfen?«, fragte sie mit ihrer vollen Altstimme.

Brass zeigte ihr seine Marke. »Mrs Black?«

»Ja.«

»Ich bin Captain Brass und das ist Gil Grissom vom CSI. Dürfen wir einen Augenblick Ihrer Zeit in Anspruch nehmen?«

»Momentan bin ich sehr beschäftigt. Aber wenn es wichtig ist, kann ich sicher ein paar Minuten für Sie erübrigen.«

»Wäre es nicht wichtig, Ma'am, dann wären wir nicht hier.«

Besorgt legte sie die Stirn in Falten. »Worum geht es?«

»Wir untersuchen den Mord an Kathy Dean.«

Ihre Hand fuhr an ihre Lippen. Die übergroßen Augen wurden noch größer. »Sie haben das arme Mädchen gefunden? Sie wurde … ermordet?«

»Ich fürchte, so ist es, Mrs Black.«

»Wenn so ein hübsches Mädchen verschwindet, muss man mit dem Schlimmsten rechnen. In dieser Welt gibt es so viele böse Menschen. Das ist nun einmal so.«

»Das ist wahr. Können wir reinkommen?«

»Wo wurde sie gefunden?«

»Auf dem *Desert Palm Cemetery*.«

»Oh mein Gott …«

Sie öffnete die Tür etwas weiter und ging ein Stück beiseite, sodass die beiden Ermittler eintreten konnten.

In Grissoms Augen sah das Wohnzimmer eher aus wie ein Bild aus einer Zeitschrift für Innenarchitektur und weniger wie ein Raum, in dem tatsächlich Menschen lebten. Alles war perfekt, Magazine lagen aufgefächert auf einem Kaffeetisch und die Möbel dienten offenbar mehr der Ästhetik als der Bequemlichkeit. Nur Mrs Blacks braunes Jacket auf der Sofalehne und die schwarze Handtasche gleich daneben passten nicht zu dem Farbschema, das sich auf Dunkelgrün und Beige beschränkte … Farben, die ein Dekorateur der gehobenen Klasse als »Tanne« und »Champagne« bezeichnet hätte, wie Grissom im Stillen vermutete.

180

»Sie sagen, das arme Ding wurde auf dem Friedhof gefunden?«, fragte Mrs Black und bat sie, auf den Sesseln Platz zu nehmen, die weit bequemer aussahen als sie tatsächlich waren. Sie selbst setzte sich auf die Sofakante, als fürchtete sie, das Material übermäßig zu beanspruchen, würde sie sich weiter zurücksetzen.

»Ja, und zwar unter recht bizarren Umständen«, erklärte Brass. »Sie lag in einem Sarg, den wir vor einigen Tagen exhumiert haben.«

»Sie war begraben?«, fragte Mrs Black sichtlich verwirrt. »In einem Sarg?«

»Ja, in dem Sarg einer anderen Person. Rita Bennetts Sarg, um genau zu sein.«

Wieder sauste die Hand an Mrs Blacks Lippen. »Oh mein Gott … ausgerechnet Rita!«

»Hat Ihnen Ihr Mann nichts davon erzählt?«, fragte Grissom.

»Nein. Nein, als ich vor einigen Jahren einen Bestatter geehelicht habe, gab es eine unumstößliche Regel: Dustin musste seine Arbeit am Arbeitsplatz lassen. Ich denke, diesen Wunsch muss ich nicht rechtfertigen.«

»Nein.« Grissom zuckte mit den Schultern. »Aber andererseits … es ist nicht gerade alltäglich, wenn zwei Leichen die Plätze tauschen.«

»Der Grund unseres Besuchs ist«, begann Brass, »dass wir mit Ihnen über diesen letzten Abend sprechen möchten … den Abend, an dem das Mädchen auf Ihre Kinder aufgepasst hat.«

»Nun … über diese Nacht habe ich bereits mit der Polizei gesprochen. Ad nauseam.«

Brass nickte. »Das war eine recht umfassende Konversation, davon bin ich überzeugt. Um Ihnen die Wahrheit zu sagen, Mrs Black, ich habe die Befragungen der zuständigen Beamten noch nicht durchsehen können, weil wir in diesem Mordfall schnell ermitteln müssen. Darum würden wir gern   selbst detailliert über besagten Abend mit Ihnen reden.«

»Nun, ich bin natürlich gern bereit, alles in meiner Macht

Stehende zu tun, um Ihnen zu helfen. Diese Tiere, die junge Mädchen umbringen, sollten alle die Todesspritze bekommen, wenn Sie mich fragen.«

»Keine Einwände«, sagte Brass und lächelte.

»Also schön, Captain … Bass, richtig?«

»Brass.«

»Captain Brass.« Sie legte die Hände in den Schoß wie eine katholische Musterschülerin vor dem Gebet. »Was würden Sie gern wissen?«

»Wie wäre es, wenn Sie uns einfach von Anfang an alles über den Abend erzählen?«

Sie dachte eine Weile nach und fing an: »Ich hatte Dustin überredet, an diesem Tag früher nach Hause zu kommen – es war ein Samstag.«

»Ja, Ma'am.«

»Samstags möchte Dustin, wenn keine Beerdigung stattfindet, zusammen mit seinen Mitarbeitern das Institut für die nächste Woche auf Vordermann bringen.«

»Auf Vordermann bringen?«

»Der Leichenwagen und die Limousine müssen gewaschen und gewachst werden, und das Institut wird von oben bis unten geputzt.«

»Dafür, dass Sie darauf bestehen, dass Ihr Mann seine Arbeit nicht mit nach Hause bringt, kennen Sie sich gut in seinem Geschäft aus«, bemerkte Grissom.

»Mir gehört die Hälfte des Geschäfts, Mr Grisham.«

»Grissom.«

»Grissom. Als Miteigentümerin muss ich über vieles informiert sein. Das bedeutet aber nicht, dass ich über die steigenden Kosten für Leichenwagen oder Särge diskutieren möchte. Oder über die neueste Entwicklung der Einbalsamierung.«

»Verständlich.«

»Also«, nahm Brass den Faden wieder auf, »Sie haben Ihren Mann dazu gebracht, früher Feierabend zu machen.«

»Ja. Wir wollten früh essen gehen und uns danach einen Film

ansehen. Uns bleibt so wenig Zeit für uns. Dustins Geschäft und meine Karriere fressen viele Stunden, und die Zeit, die uns dann noch bleibt, versuchen wir mit den Kindern zu verbringen.«

»Ihre Karriere?«, hakte Brass nach.

»Ich bin stellvertretende Direktorin bei der *InterOcean Bank*. Ich arbeite in der Filiale in Henderson.«

»Sie haben von Ihren Kindern gesprochen – wo sind sie jetzt?«

»Bei meiner Schwester. Patti passt auf sie auf – sie ist ›Nur‹-Hausfrau und Mutter und kümmert sich um David und Diana, wenn Dustin und ich länger arbeiten müssen.«

»Wie heute?«

»Wie heute. Ich habe mir etwas Arbeit mitgebracht.«

»Gut«, sagte Brass. »Dustin ist an diesem Samstag also früher nach Hause gekommen.«

»Ja. Kathy war kurz vorher hier. Dustin und ich sind dann zum Essen gefahren.«

»Wohin?«

»*Lux Café* im *Venetian*. Das war schon immer unser Lieblingslokal. Kurz vor sieben waren wir mit dem Essen fertig und sind ins Kino gegangen. Der Film fing um sieben Uhr dreißig an.«

»Was haben Sie sich angesehen?«

»Irgendeinen gewaltverherrlichenden, unverantwortlichen Actionfilm, zu dem Dustin mich überredet hat. Das hat mich regelrecht krank gemacht. Körperlich krank.«

»Danach sind Sie nach Hause gefahren«, sagte Brass. »Und dann?«

Mrs Black verlagerte ein wenig das Gewicht und strich über ihr Hosenbein, als wollte sie es tadeln, weil es so unverfroren war, Falten zu werfen. »Die Kinder haben auf der Couch geschlafen. Ich habe sie ins Bett gebracht und bin selbst auch ins Bett gegangen und beinahe auf der Stelle eingeschlafen. Das ist alles, was ich über diesen Abend weiß.«

»Nur noch ein paar Fragen, bitte. Um welche Zeit sind Sie nach dem Film nach Hause gekommen?«

183

»Kurz nach zehn.«

Grissom runzelte die Stirn. Die Rechnung ging nicht auf.

»Und wann sind Sie ins Bett gegangen?«, fragte Brass.

»Gleich, nachdem ich die Kinder ins Bett gebracht habe. Das muss vor elf gewesen sein.«

»Haben Sie schon geschlafen, als Mr Black nach Hause gekommen ist?«

»Ja, aber das ist so oder so nicht wichtig. Dustin ist nicht direkt nach Hause gekommen.«

Brass beugte sich vor. »Nicht?«

»Nein. Er hat gesagt, er hätte ja gewusst, dass es mir nicht gut ging – dieser widerliche Film hat mir tatsächlich den Magen umgedreht – und er hätte mich nicht stören wollen. Ich schlafe schlecht, und manchmal hält mich Dustin wach, ohne es zu wollen. Das ist nicht zitierfähig, aber er schnarcht.«

Brass nickte. »Und was hat er getan, damit Sie in Ruhe schlafen konnten?«

»Er ist ins Institut gefahren, um Papierkram zu erledigen. Kurz nach Mitternacht ist er nach Hause gekommen.«

Grissom sah Brass an und fragte: »Wenn Sie geschlafen haben, als er nach Hause kam, Mrs Black ... wie können Sie wissen, dass er kurz nach Mitternacht gekommen ist?«

Sie lächelte. »Weil er es mir erzählt hat, Mr Grissom. Gleich am nächsten Morgen. Ich habe die ganze Nacht durchgeschlafen. Aber jetzt habe ich wirklich zu tun, meine Herren. Darf ich Sie hinausbegleiten?«

Das tat sie. Am Wagen angekommen, sagte Brass: »›Das ist nicht zitierfähig, aber er schnarcht.‹ Ich werde versuchen, das aus der Akte rauszuhalten, aber ich verspreche nichts! Was halten Sie von ihr, Gil?«

»Sie ist eine starke, kluge Frau. Aber irgendetwas stimmt nicht.«

»Was?«

»Das sage ich Ihnen später.«

Bald darauf, als Brass den Wagen gerade auf die Serene Avenue steuerte, wusste es Grissom.

184

»Halten Sie an«, bat er. »Unterhalten wir uns.«

Brass fuhr an den Straßenrand und hielt direkt vor dem Haus der Deans.

»Die Deans und die Blacks behaupten übereinstimmend, dass Dustin Black Kathy nach Hause gebracht hat«, begann der Kriminalist.

»Richtig.«

»Und die Deans sagen, dass Dustin Black – und er selbst bestätigt das – Kathy gegen Mitternacht hier abgesetzt hat.«

»Ja. Mrs Dean war noch wach, als ihre Tochter nach Hause gekommen ist. Sie haben sich unterhalten.«

»Ja«, sagte Grissom und blickte Brass direkt in die Augen. »Wenn sich nun Mrs Dean in Bezug auf die Zeit nicht irrt, und Mrs Black uns die Wahrheit über den Zeitpunkt gesagt hat, zu dem sie und ihr Mann aus dem Kino nach Hause gekommen sind ...«

»Warum sollte sie lügen?«

Grissom zuckte mit den Schultern. »Nehmen wir an, sie hat die Wahrheit gesagt. Dann wären sie und ihr Mann kurz nach zehn nach Hause gekommen, und Dustin hätte Kathy sofort nach Hause gebracht.«

Brass ging ein Licht auf. »Aber das Mädchen war erst um *Mitternacht* dort.«

»Richtig. Das bedeutet, dass Dustin Black zwei Stunden gebraucht hätte, um zwei Blocks weit zu fahren.«

Brass' Augen leuchteten. »Erstaunlich, wie begierig ich darauf bin, dieses Beerdigungsinstitut noch einmal aufzusuchen.«

»Aber dieses Mal ohne mich«, bat Grissom. »Ich muss zurück ins Labor und sehen, was Sara und Nick inzwischen herausgefunden haben. Vielleicht fügt sich jetzt allmählich alles zusammen, und ich möchte sicher sein, dass wir handfeste Beweise vorlegen können.«

Als Grissom sein Büro betreten wollte, wartete Nick bereits vor der Tür auf ihn.

»Fortschritte, Nick?«

»Ja. Ich habe ein paar Fasern auf Kathy Deans Jeans gefunden.«

»Gut. Kennen wir die Herkunft?«

Nick grinste. »Würden wir sie nicht kennen, wäre ich nicht hier.«

Manchmal legte Nick ein Verhalten an den Tag, das Grissom ärgerte. Zwar besaß Nick ein beachtliches Talent für die forensische Arbeit, aber der junge Kriminalist neigte auch zu einer gewissen Großspurigkeit. Vielleicht litt sein Vorgesetzter aber auch unter dem beunruhigenden Verdacht, dass Nick ihn im Grunde nur an sich selbst erinnerte, vor langer, langer Zeit ...

»Die Fasern«, sagte Nick, »stammen aus einem Cadillac Escalade.«

Grissom dachte darüber nach. Es war nicht lange her, da war Dustin Black auf dem Parkplatz des *Desert Haven* aus einem Escalade gestiegen. Doch auch die Deans besaßen einen Geländewagen, er hatte sich nur nicht das Modell gemerkt. »Haben die Deans einen Escalade?«

»Ich habe mich bei der Zulassungsstelle erkundigt. Sie fahren einen Toyota Land Cruiser. Andere Innenausstattung, andere Fasern.«

»Aber Dustin Black besitzt einen Escalade«, wusste Grissom. »Ich habe ihn heute aus einem aussteigen sehen ... und er hat den Wagen benutzt, als er Kathy in der Nacht, in der sie verschwunden ist, nach Hause gefahren hat.«

»Die Fasern waren am Knie ihrer Jeans gefunden ... an beiden Knien. Abgesehen von einem Gebet kann ich mir nur einen Grund vorstellen, warum sie sich in einem Geländewagen hingekniet haben könnte.«

Was sie der Erklärung, warum Black zwei Stunden gebraucht hatte, um den Babysitter zwei Blocks weit nach Hause zu fahren, näher brachten. »Sonst noch was, Nick?«

»Immer, Gris. Ecklies Leute haben anhand der Unterwäsche, die sie in einem Wäschekorb im Haus der Deans entdeckt haben, herausgefunden, dass Kathy in der Nacht ihres Verschwindens Sex hatte.«

Nach einem kleinen Stelldichein mit Black war sie nach Hause gegangen, hatte ihre Kleider gewechselt und sich hinausgeschlichen, um jemanden zu treffen? Falls das der Fall war, dann war dieser Jemand vermutlich die Person, die sie umgebracht hatte.

Sollte Black tatsächlich zu der Zeit nach Hause gekommen sein, die er seiner Frau genannt hatte, dann schied er als Verdächtiger für Kathys Ermordung aus. Falls er aber Cassie belogen hatte …

Nun, nach dem, was Nick ihm erzählt hatte, wäre das nicht die erste Lüge. Brass sollte bald beim *Desert Haven* eintreffen, und da diese Information nützlich für ihn sein konnte, griff Grissom zu seinem Mobiltelefon und drückte die Schnellwahltaste.

Einen Moment später meldete sich der Detective.

»Brass.«

»Grissom hier. Es gibt Neuigkeiten.«

Er erzählte Brass, was er erfahren hatte, und berichtete von den Beweisen, die Black zwingen würden, die Wahrheit zu sagen.

»Oh, das haben Sie gut gemacht«, sagte Brass. »Das haben Sie wirklich gut gemacht.«

»Danke. Ich schicke Ihnen Nick rüber. Er wird Black um eine DNS-Probe bitten, und falls sich unser Bestatter weigert, dann sagen Sie ihm, dass Sie in weniger als einer Stunde einen Gerichtsbeschluss erwirken können.«

»Alles klar.«

Damit beendete Grissom das Gespräch und wandte sich an Nick. »Fahr zum *Desert Haven* und hol dir eine Speichelprobe von Mr Black. Oh, und nimm Sara mit.«

»Sara ist nicht hier.«

Grissom brauchte Sara jetzt, um die Puzzlestücke zusammenfügen zu können. »Wo ist sie?«

Nick grinste. »Essen gegangen … und nebenbei verfolgt sie eine Spur.«

8

Catherine Willows hatte den Kollegen aus Des Moines, William Woodward, bei einer Tagung der *International Association for Identification* in Vegas im Jahr 2002 kennen gelernt. Sie hatten in einem Gremium zusammengearbeitet, und Catherine hatte festgestellt, dass der hoch aufgeschossene, ruppige Mitvierziger – der wie sie selbst einen Scheidungskrieg überstanden hatte – ein kluger, humorvoller Mensch und, um der Wahrheit Genüge zu tun, ein netter Anblick war.

Sie hatten ein paar Drinks zusammen getrunken und einander versprochen, in Kontakt zu bleiben. Das hatten sie während der letzten beiden Jahre auch getan, wozu sogar ein gemeinsames Dinner zählte. Es hatte im Zuge einer regionalen *IAI*-Konferenz in Des Moines stattgefunden, zu dem Catherine eingeladen war, um über ihr Spezialgebiet, die Verteilung von Blutspritzern, zu berichten.

Er nahm den Hörer schon beim ersten Klingeln ab. »Bill Woodward.«

»Lieutenant Woodward«, sagte sie mit einem Lächeln in der Stimme.

»Catherine Willows«, entgegnete er wie aus der Pistole geschossen. Offensichtlich freute er sich, von ihr zu hören – so wie sie sich freute, dass er ihre Stimme erkannt hatte. »Wie gefällt es Ihnen in Ihrem Urlaubswunderland?«

»Sie haben wohl schon von unserer Hitzewelle gehört.«

»Immerhin besaß ich genug Anstand, Sie nicht zu fragen, ob es Ihnen *heiß* genug ist.«

Sie genoss es, Woodwards gelassenen Bariton zu hören. Er selbst hatte schon allzu viele Scherze über die »Bauerntrampel aus Iowa« seitens diverser Kollegen über sich ergehen lassen müssen, wobei die Vermutung nahe lag, dass daraus nur der Neid einiger Kollegen sprach. Woodwards kriminaltechnisches

Labor zählte nach L.A., Vegas, Miami und New York zu den fünf besten CSI-Laboren der Vereinigten Staaten.

»Ja, na ja, Bill, Sie wissen ja, was man in dieser Stadt zu sagen pflegt – das ist trockene Hitze.«

»Die während der letzten drei Tage laut CNN über fünfundvierzig Grad gestiegen ist. Zum Teufel mit der Luftfeuchtigkeit – bei diesen Temperaturen ist es einfach nur verdammt heiß.«

»Hey, als ich das letzte Mal in Ihrer Welt war, war es so feucht, dass ich dachte, ich würde Wasser atmen.«

Er lachte leise und sagte: »Ich würde mich ja freuen, wenn das nur ein Freundschaftsanruf wäre, Catherine, aber so sehr bin ich von meinem Charme nicht überzeugt. Was kann ich für Sie tun?«

Sie erzählte ihm von *D.S. Ward Worldwide*, von Vivian Elliots Testament und dem Postfach, an das die Anwältin Pauline Dearden demnächst einen dicken Scheck schicken sollte.

»Klingt nach einer Briefkastenfirma«, sagte er.

»Allerdings. Ich habe die Postfachnummer. Haben Sie was zum Schreiben?«

»Bin bereit. Geben Sie sie mir.«

Er gab ein grunzendes Lachen von sich. »Ist bestimmt so ein *Mister Mailbox*-Postfach. Mal sehen, ob ich den Mieter ermitteln kann. Sonst noch was?«

»Nein. Aber ich schulde Ihnen was.«

»Eigentlich sind wir quitt, Catherine. Erinnern Sie sich an die Ausreißergeschichte, bei der Sie mir vor ein paar Monaten geholfen haben?«

»Ja. Was ist daraus geworden?«

»Das Kind ist in der Reha. Macht sich gut. Hey, auch wenn wir quitt sind, werde ich Sie zum Essen einladen, wenn Sie das nächste Mal in Des Moines sind.«

»Wissen Sie, Bill, hier in Las Vegas gibt es auch einige nette Restaurants. Sie könnten sich eine Pause gönnen und uns besuchen.«

Er lachte. »Wir setzen die Verhandlungen fort, wenn ich die Information für Sie habe.«

Sie beendeten das Gespräch, und Catherine ging in Warricks Büro, um ihm zu erzählen, was sie herausgefunden hatte.

Warrick saß an seinem Computer. »Du hast mehr erreicht als ich, Cath«, sagte er. »Die Überprüfung der Personen dauert länger, als ich gedacht habe.«

Sie zog sich einen Stuhl heran. »Wie weit bist du gekommen?«

»Whiting ist sauber. Abgesehen von der Klage, die Vivian einreichen wollte. Und die anderen Ärzte, Barclay und Dayton, scheinen auch in Ordnung zu sein. Mit Miller bin ich noch nicht fertig, aber bisher scheidet der auch aus.«

»Was ist mit den Schwestern?«

»Nichts weiter bei Kenisha Jones. Sie scheint okay zu sein.«

»Oh, in deinen Augen ist sie wohl auch sonst okay, oder?«

Er lächelte. »Das ist die dritte Warnung, Cath.«

»Okay, okay.« Sie lachte. »Was sonst noch?«

»Tja, Meredith Scott war wegen Diebstahls in einem minderschweren Fall angeklagt. Aber daraus lässt sich nichts konstruieren.«

Catherine nickte. »Damit bleibt also nur noch Rene Fairmont.«

»Richtig. Und an der arbeite ich gerade. Bisher weiß ich nur, dass sie mit Derek Fairmont verheiratet war.«

»War?«

»Er ist vor elf Monaten überraschend gestorben. Das war dieser Theaterfritze von der *University of Western Nevada* – du hast bestimmt schon von ihm gelesen oder ein Stück gesehen, das er produziert hat. Hier in der Gegend ist er ziemlich bekannt gewesen.«

»Richtig, der Leiter der Theaterabteilung – war er nicht noch ziemlich jung?«

»Jünger als die Bewohner im *Sunny Day*. Warum?«

»Nichts. Nur … vergiss es.«

Warrick verzog die Lippen zu einem schiefen Lächeln. »Was ist los, Cath? Eine Ahnung? Ein Gefühl? Gris ist nicht hier, du kannst frei sprechen.«

Sie ignorierte seine Bemerkung und fragte: »Woran ist dieser Fairmont gestorben?«

»Herzanfall. Wahrscheinlich.«

»Wahrscheinlich?«

»Es hat keine Autopsie stattgefunden.«

»Wurde er zufällig eingeäschert?«

»Ja, das wurde er. Aber viele Leute erleiden einen Herzanfall, und Einäscherung ist auch nicht unüblich.«

Catherine nickte. »Was weißt du noch über Schwester Fairmont?«

»Vor ihrer Ehe mit Fairmont kann ich nicht viel finden. Der Name auf der amtlichen Eheerlaubnis lautete Rene Gondorff.«

»Gondorff?«

»Ja. Könnte aus *Herr der Ringe* stammen.«

Catherine gab ein Grunzen von sich. »Puh. Wissen wir etwas über ihren beruflichen Werdegang?«

»Das überprüfe ich noch. Aber sie hat schon, bevor sie Fairmont geheiratet hat, als Pflegekraft gearbeitet.«

»Wo? Bei wem?«

»In einer Arztpraxis. Bei einem Dermatologen namens Le-Blanc. Die Praxis ist an der Charleston in der Nähe der Universitätsklinik. Dort war sie etwa drei Monate, ehe sie Fairmont geheiratet hat.«

»Und davor?«

Warrick zuckte mit den Schultern. »Weiter bin ich nicht gekommen.«

»Verdammt. Wir brauchen mehr.«

»Richtig. Und darum wird Vega sie zu Hause besuchen, um mit ihr zu sprechen. In knapp einer Stunde ist er mit ihr verabredet. Er hat gesagt, wir könnten mitkommen. Sollen wir?«

Catherine nickte mit großen Augen. »Ooooh ja …«

Rene Fairmonts Haus lag in Spanish Hills jenseits der Tropicana Avenue. Das ausgedehnte, ranchähnliche Gebäude am Rustic Ridge Drive war mit den typischen Schindeln gedeckt und verfügte über eine Doppelgarage, vor der ein Pontiac Grand Prix neuester Bauart parkte. Der Rasen schien schon seit dem Frühjahr kein Wasser mehr gesehen zu haben, und die einzige Zierde, abgesehen von einem Obstbaum mit herabhängenden Zweigen, war ein rot-weiß-blaues *Zu-verkaufen*-Schild eines ortsansässigen Maklers.

Vega ging auf dem schmalen Gehweg zur Haustür voran.

Der Detective klingelte, und schon im nächsten Moment wurde die schwere spanische Tür von einer Blondine von fast einssiebzig aufgerissen, die sich für eine Mittvierzigerin erstaunlich gut gehalten hatte. Sie trug die typische weiße Hose und den geblümten Kittel der Schwestern des *Sunny Day*.

»Detective Vega«, sagte dieser und zeigte ihr seine Marke. »Sie sind Rene Fairmont?«

»Ja«, antwortete die Frau mit heiserer Stimme.

»Wir haben telefoniert. Ich fürchte, wir haben uns ein paar Minuten verspätet.«

»Der Verkehr in dieser Stadt«, wusste sie. »Aber ich muss zur Arbeit. Können wir es kurz machen?«

»Wir tun unser Bestes. Das sind Catherine Willows und Warrick Brown vom CSI.«

Mit einem freundlichen Lächeln gab sie allen die Hand, und bat sie einzutreten. »Aber vergessen Sie nicht, ich habe nur ein paar Minuten Zeit.«

»Es wird nicht lange dauern«, versicherte Vega.

Links von der Eingangstür befand sich ein weiträumiges, unpersönlich gestaltetes Wohnzimmer, das nicht so aussah, als würde tatsächlich jemand darin wohnen. Das Backstein-Ambiente wurde von einem Kamin aus Naturstein dominiert. Die Steine ergaben ein geometrisches Muster, das dem Raum einen sehr rustikalen Touch verlieh.

Warum, fragte sich Catherine, wollten Leute in Vegas, wo die Temperatur selten unter fünfzehn Grad fiel, unbedingt einen Kamin haben?

Ein gewaltiges Fenster gestattete einen großzügigen Blick auf den braunen Rasen, und die Möbel – zwei Sofas, drei Sessel und diverse Tische – kopierten entweder den Stil der Fünfziger oder waren gut erhaltene Originale ... wie Rene Fairmont selbst, dachte Catherine. An den Backsteinwänden hingen Gemälde im Stil der Modern Art. Überall im Raum waren sorgsam abstrakte Skulpturen platziert worden. Der verstorbene Mann war Schauspiellehrer gewesen, und ein Hauch seiner Kreativität lebte hier weiter.

Ein nettes Haus und in gutem Zustand, aber etwas an der mangelnden Pflege des Gartens und der immer noch präsente Geschmack des verstorbenen Hausherrn brachten Catherine auf den Gedanken, dass die Fairmont in gewisser Weise nur auf der Durchreise war. Und natürlich untermauerte das Schild des Maklers diese Theorie.

Rene Fairmont bat sie, Platz zu nehmen, und setzte sich selbst auf die vordere Kante des Sofas. Zwischen ihnen stand ein beschichteter Nierentisch aus Holz. Eine sehr schöne Frau, dachte Catherine, während sie die hohen Wangenknochen und das makellose Gesicht bewunderte. Die schulterlangen Haare, der Teint, die großen, dunkelblauen Augen mit den langen Wimpern und das Lächeln wirkten gleichzeitig schüchtern wie auch liebenswert.

Aber Catherine fiel noch etwas anderes auf: eine Art glatt polierte Härte, ähnlich der schimmernden Oberfläche des Kaffeetisches. Das konnte mit dem plötzlichen Tods ihres Ehemannes zusammenhängen. Catherine hatte schon früher so etwas bei jungen Witwen kennen gelernt. Die großen blauen Augen schienen trotz der Lachfältchen nichts mit der freundlichen Miene der Frau zu tun zu haben. Sie studierte ihre Gäste auf eine Art ... wie ein Cop einen potenziellen Verdächtigen zu studieren pflegt.

Ihre Gastgeberin machte den Anfang: »Am Telefon haben Sie gesagt, Sie wollten mich zu Vivian Elliot befragen. Ich kann nicht viel dazu sagen, aber bitte, fragen Sie, was immer Sie fragen wollen.«

»Fangen wir damit an, wie Sie reagiert haben, als sie von ihrem Tod erfahren haben«, schlug Vega vor.

»Na ja, es hat mir natürlich Leid getan, dass Vivian gestorben ist. Sie war eine liebe, nette alte Dame, sehr freundlich. Und sie hatte Rückgrat. Die Frau konnte man nicht herumschubsen oder manipulieren.«

»Wann haben Sie von ihrem Tod erfahren?«

»Das war Routine – wir bekommen jeden Tag zu Beginn unserer Schicht die neuesten Informationen mitgeteilt.«

»Ist im *Sunny Day* allgemein bekannt, dass Vivian ermordet wurde?«

Sollte Vega beabsichtigt haben, die Frau mit dieser Frage zu erschüttern, so war das Ergebnis gleich null.

»Natürlich«, sagte Rene Fairmont. »Für so etwas haben wir doch unseren Tratschclub.«

»Wie lange befand sich Vivian Elliot in Ihrer Obhut?«

»Na ja, seit sie ins *Sunny Day* gekommen ist … Ich bin in der zweiten Schicht für diesen Gebäudetrakt verantwortlich, also auch für alle Patienten, die dort liegen. Von dem Tag, an dem sie zu uns kommen, bis … bis sie uns wieder verlassen.«

»Wie es scheint, haben eine Menge Patienten die Station in jüngster Zeit *verlassen*«, warf Catherine ein. »Ist Ihnen in dem Zusammenhang irgendwas Ungewöhnliches aufgefallen?«

Rene zuckte mit den Schultern. »Ich arbeite schon seit beinahe fünfzehn Jahren mal in dieser, mal in jener Einrichtung für pflegebedürftige Patienten. Da gibt es immer wieder solche Pechsträhnen. Aber ich muss zugeben, dass das normalerweise nicht so lange anhält.«

»Wann ist Ihnen diese *Pechsträhne* aufgefallen?«

»Oh, vor zwei oder drei Monaten.«

»Wem haben Sie davon erzählt?«

»Ich? Niemandem. Wir alle wussten das. Das war Gesprächsthema unter den Angestellten, zumindest unter den Schwestern und Pflegern. Natürlich haben wir darüber geredet, aber, wie ich schon sagte, solche Dinge passieren manchmal.«

»Niemand von Ihnen hielt es für notwendig, die Behörden zu informieren?«, hakte Vega nach.

Ihr strahlendes Lächeln schien als spontane Reaktion auf diese Frage recht unpassend. »Warum? Das ist ein Heim für alte Leute. Die Menschen gehen dorthin, um zu sterben. Ich bin überzeugt, das klingt gefühllos, aber wenn man im Pflegebereich arbeitet, gewöhnt man sich langsam daran, dass die meisten Patienten, wenn sie uns verlassen, tot sind. In dieser Hinsicht ist es bei uns ähnlich wie auf einer Krebsstation. Außerdem kann ich mir gut vorstellen, dass der Durchschnittsbürger Sie auch als gefühllos einstufen würde, wüsste er, wie Sie über ihre Fälle reden.«

»Das ist wahr«, stimmte Warrick zu. »Aber sind Sie nicht verpflichtet, so eine Häufung von Todesfällen zu melden?«

»Ich bin Krankenschwester, Mr Brown. So etwas fällt in den Verantwortungs- und Arbeitsbereich der Ärzte. Und dann war da auch noch der Leichenbeschauer, der jedes Mal zu uns gekommen ist. Haben Sie noch viele Fragen dieser Art? Ich möchte nicht zu spät zur Arbeit kommen. Ich habe schließlich lebende Patienten, die meine Hilfe brauchen.«

Catherine ignorierte die Bemerkung und sagte: »Sie haben gesagt, Sie sind bereits seit fast fünfzehn Jahren im Pflegebereich.«

Sie seufzte, blieb aber ruhig. »Das ist richtig. Bis zu meiner Hochzeit vor drei Jahren.«

»Soweit wir wissen, ist Ihr Mann vor kurzer Zeit gestorben. Wir bedauern Ihren Verlust.«

Rene Fairmonts Blick wanderte zum Kamin, und sie deutete auf eine silberne Urne auf dem Sims. »Wir standen uns sehr nahe, Derek und ich. Es ist ein Trost für mich, dass er … mir immer noch über die Schulter schaut.«

»Ich habe vor kurzer Zeit ebenfalls meinen Mann verloren«, sagte Catherine.

Warrick bedachte sie mit einem kaum wahrnehmbaren Seitenblick. Eddie war Catherines *Ex*-Mann gewesen, und was ihn umgebracht hatte, war sein intriganter Lebensstil. Aber Catherine versuchte, eine Verbindung zu der Frau herzustellen und ihre glatte Oberfläche zu durchbrechen, indem sie sich ebenfalls als Witwe ausgab. Versuchte die Frau, sich zu schützen? Oder verbarg ihre Fassade ein Geheimnis?

»Nun, Ms Willows, dann wissen Sie, wie mein Leben jetzt ist. Sie wissen, dass das schwer für mich war. Derek war ein humorvoller, kluger, lebhafter Mann. Er hat mir alles bedeutet.«

»Sie haben aufgehört zu arbeiten, als sie geheiratet haben?«

»Das war eigentlich seine Idee. Ich habe damals für einen Dermatologen gearbeitet, Dr. LeBlanc – dort habe ich Derek kennen gelernt. Er wollte eine Biopsie an einem Leberfleck vornehmen lassen. Wir kamen ins Gespräch, und, na ja, dann hat es uns erwischt.«

»Dann haben Sie damals nicht in einer Pflegeeinrichtung gearbeitet?«, hakte Catherine nach.

»Nein. Ich war noch nicht lange in Vegas. Als ich jünger war, war ich ziemlich sprunghaft. Die späten Siebziger und frühen Achtziger sind mir, offen gestanden, nur lückenhaft in Erinnerung.« Ihr Lachen war anziehend, wenn auch ein wenig spröde. »Wir sind ungefähr im gleichen Alter, Ms Willows. Vielleicht verstehen Sie, was ich meine.«

»Vielleicht.«

»Jedenfalls ist Vegas der erste Ort, an dem ich wirklich Wurzeln geschlagen habe.«

Vielleicht, dachte Catherine. Aber die Wurzeln in deinem Vorgarten sterben …

»Ich habe versucht, Arbeit in einem Pflegeheim zu finden, als ich nach Vegas gekommen bin«, fuhr die Frau fort. »Aber Dr. LeBlanc hat als Erster zugesagt, und ich brauchte einen Job. Also habe ich für ihn gearbeitet. Die Arbeit bei ihm war viel leichter als die in der Pflegeeinrichtung.«

»Können Sie uns etwas mehr über Ihren verstorbenen Mann erzählen?«, bat Vega.

Sie warf einen Blick auf die Uhr, und als sie wieder aufsah, war ihr Lächeln weniger strahlend, als zuvor. »Es tut mir wirklich

Leid, aber es wird langsam spät, und ich muss los ... Wenn Sie Vivians Tod untersuchen wollen, warum vergeuden Sie dann Zeit mit Derek?«

Der Detective zuckte mit den Schultern. »Entschuldigen Sie, er war in dieser Stadt sehr bekannt. Ich war nur neugierig.«

Sie wirkte beunruhigt, sagte aber: »Das kann ich verstehen. Er war ein wunderbarer Mann. Ich vermisse ihn jeden Tag. Er war ein großzügiger Mensch, der einem noch das letzte Hemd überlassen hätte ... Haben Sie sonst noch Fragen?«

Warrick lächelte. Seine Körpersprache drückte Zwanglosigkeit aus, die Hände lagen locker gefaltet zwischen seinen langen Beinen. »Er war beinahe zwei Jahrzehnte an der UWN, soweit ich gehört habe. Und er war bei allen beliebt.«

»Ja. Im Schauspielbereich war er eine Legende. Er hat Schauspielunterricht gegeben, hat jedes Jahr zwei Stücke inszeniert – im Herbst ein Drama, im Frühling ein Musical. Und natürlich wird er diesen Herbst in *Hamlet* zu sehen sein.«

»Pardon?«, sagte Vega.

»Er spielt den Yorick«, erklärte Warrick und streckte die Hand aus, als hielte er einen imaginären Schädel. »›Ach, armer Yorick‹, nie gehört?«

»Sein Schädel spielt mit«, erklärte Catherine. »Das ging durch sämtliche Zeitungen.«

Die Witwe des Schauspielers lächelte tapfer und sagte: »Er wollte immer im Theater aktiv bleiben.« In ihrer Stimme lag ein leichtes Zittern.

Aber keine Tränen in den Augen, dachte Catherine.

Die Witwe fuhr fort: »Wie ich schon sagte, er war ein großzügiger Mensch. Obwohl er eingeäschert wurde, hatte er dafür gesorgt, dass bestimmte Organe der Universitätsklinik zugute kamen. Abgesehen von seinem Schädel, den er der Schauspielschule der UWN hinterließ.«

»Tut mir Leid, das zu fragen ... aber wie ist Derek gestorben?«, erkundigte sich Catherine, obwohl sie die Antwort bereits kannte.

Rene warf erneut einen Blick auf ihre Armbanduhr und erhob sich. »Er hatte einen Herzanfall. Es tut mir Leid, aber ich muss jetzt wirklich zur Arbeit.«

Die Ermittler erhoben sich ebenfalls und folgten ihr zur Tür. Als sie ihnen die Tür aufhielt, fragte Warrick: »Warum wurde keine Autopsie durchgeführt?«

»Bitte?«

»Es ist ein bisschen ungewöhnlich, wenn ein so junger, gesunder Mann stirbt.«

»Derek war jugendlich, aber nicht jung. Außerdem war er Kettenraucher und Trinker. Er hat sein Leben in vollen Zügen genossen.«

»Wo hat er es beendet?«

Ein Hauch von Zorn grub sich in ihre Mundwinkel, als sie die Tür aufhielt, um ihre Gäste hinauszulassen.

Aber Rene Fairmont nahm sich die Zeit, auch diese Frage zu beantworten: »Wir haben in Mexiko Urlaub gemacht, als Derek gestorben ist. Sein Leichnam wurde hierher zurückgebracht, wo sein Schädel seinem Wunsch gemäß abgetrennt wurde.«

»Sie sagten, er war Organspender?«, fragte Warrick.

»Ja. Das Krankenhaus in Mexiko hat die Organe entnommen und sich um den Transport zur Universitätsklinik gekümmert. Die verbliebenen Überreste meines Mannes wurden hier zu Hause eingeäschert, was ebenfalls sein Wunsch war.«

»Danke«, sagte Warrick, und sie verließen das Haus. Rene Fairmont folgte ihnen.

»Wenn sie mich nun entschuldigen würden«, sagte die inzwischen gereizte Gastgeberin, als sie die Tür hinter sich ins Schloss zog und den Schlüssel umdrehte.

Dann schob sie sich an den Ermittlern vorbei und ging zu ihrem Wagen. Sie hatte das Auto rückwärts aus der Einfahrt gesteuert und war schon beinahe außer Sicht, ehe Vega, Catherine und Warrick den Taurus überhaupt erreicht hatten.

Als sie sahen, wie sie um eine Ecke bog, meinte Warrick: »Ach, armer Derek.«

Catherine verzog die Lippen zu einem wissenden Lächeln. »Etwas ist faul im Staate Dänemark.«

»Was hat Dänemark damit zu tun?«, fragte Vega.

»Nichts«, sagte Catherine. »Aber diese Frau ist eiskalt, und ich denke, sie versteht sich besser auf die Schauspielerei als ihr verstorbener Mann das tat.«

»Gibt es einen Grund, sie zu verdächtigen?«, fragte Warrick.

»Sie ist lediglich auf dem Radar aufgetaucht«, sagte Catherine, »aber es piept und piept und piept …«

»Ich dagegen habe eine zu Recht verdächtige Person, mit der ich sprechen muss«, schob Vega ein. »Vivian Elliots Nachbarin Mabel Hinton. Wollen Sie mich begleiten?«

Mabel Hinton war nicht zu Hause, aber sie war auch nicht schwer zu finden. Die kleine, mollige, weißhaarige Frau in dem weißen Kätzchen-Top und der rosaroten Hose war in Vivian Elliots Haus und goss die Pflanzen.

Sie setzten sich an Vivians Küchentisch und sprachen mit der Frau, deren braune Augen wirklich schön gewesen wären, hätten sie die dicke Brille nicht auf groteske Weise gleichermaßen vergrößert wie verzerrt. Sie hatte darauf bestanden, den Kaffee, den sie sich bereitet hatte, während sie ihren Pflichten in Vivians Haus nachkam, mit ihnen zu teilen.

»Solange mir noch kein Anwalt oder wer auch dafür zuständig ist, gesagt hat, dass ich aufhören soll«, erklärte die Frau mit ihrer hohen, beinahe kindlichen Stimme, »werde ich Vivian weiter helfen. Ich habe es ihr versprochen.«

Catherine musterte die wohl ungewöhnlichste Verdächtige, die ihr je begegnet war. Sie war eine süße alte Dame – und sollte sie das doch nicht sein, dann hatte sie ein Schauspieltalent, mit dem weder Derek noch Rene Fairmont mithalten konnten.

»Wir müssen noch eine Sache aufklären, Mrs Hinton«, sagte Vega, der hartnäckig sein Ziel verfolgte, während sie mit Kaffee, Kaffeesahne und Zucker um ihn herumwirbelte.

»Ich tue alles, was ich kann, wenn es Vivian hilft.«

»Sie haben mir gestern erzählt, Sie hätten Vivian am Morgen ihres Todes nicht besucht.«

»Das ist richtig.«

»Ist es möglich, dass Sie sich geirrt haben?«

»Das glaube ich nicht.«

»Wann haben Sie Vivian zum letzten Mal gesehen?«, fragte Catherine.

»Am Tag vor ihrem Tod«, sagte Mabel ohne das geringste Zögern.

»Sind Sie sicher? Manchmal denkt man doch, es wäre Donnerstag, obwohl tatsächlich …«

»Junge Frau! Ich neige nicht zur Senilität. Ich war Lehrerin, und ich halte meinen Geist und mein Leben in Ordnung. Ich habe Vivian an diesem Tag nicht besucht.«

»Jemand hat sie besucht, und er hat mit Ihrem Namen unterschrieben«, sagte Vega.

»Haben Sie sie?«

»Bitte?«

»Diese Unterschrift von mir. Die angeblich von mir stammt.«

»Die haben wir noch nicht gesichert«, sagte Vega verlegen. »Der Wachmann im *Sunny Day* hat sie.«

»Nun, dann schlage ich vor, ich gebe Ihnen eine Schriftprobe. Dann können Sie die Unterschriften vergleichen und sehen, ob Sie oder Ihre Experten dann immer noch glauben, ich hätte mit meinem Namen unterzeichnet. Vielleicht ist der Wachmann auch nur durcheinander. Welcher ist es? Fred? Er ist ja so ein Wirrkopf.«

Catherine lächelte und nippte an ihrem Kaffee. Den sonst stets kompetenten Vega hatte sie nie so fassungslos erlebt.

»Was haben Sie gestern Morgen gemacht?«, fragte Warrick.

Sie bedachte ihn mit einem zuckersüßen Lächeln. »Sie wollen wissen, ob ich ein Alibi habe?«

»Äh …« Warrick schüttelte den Kopf und lachte. »Ja, Mrs Hinton. Haben Sie ein Alibi?«

»Um welche Zeit geht es?«

Vega sagte es ihr.

»Nun, da weiß ich genau, wo ich war: zu Hause.«

»Sie leben allein?«

»Ja, aber ich war nicht allein. Da bekam ich gerade meine Reflexzonenmassage.«

»Bitte?«, fragte Catherine verständnislos.

»Ich nehme einmal pro Woche eine Reflexzonenmassage. Das ist nicht nur gut für die Füße, müssen Sie wissen. Da werden nämlich die Nervenenden massiert, und das tut dem ganzen Körper gut. Hätte Vivian doch nur auf mich gehört ... sie konnte furchtbar stur sein, wissen Sie ... jedenfalls würde sie dann vielleicht noch leben. Meine Reflexzonentherapeutin wäre gern ins *Sunny Day* gegangen, um sie zu behandeln, und es kostet nur zehn Dollar ...«

Mit gerunzelter Stirn bemühte sich Warrick, ihr zu folgen. »Ist das eine Art ... Fußmassage?«

»Junger Mann, das ist eine wissenschaftliche Anwendung von Druckreizen. Meine Therapeutin benutzt eine Maschine. Ein Hammer mit einer Gummispitze pocht mit größter Effizienz auf meinen Füßchen herum. Und sehen Sie mich an! Ich sehe keinen Tag älter aus als achtundsechzig.«

»Allerdings«, stimmte ihr Warrick mit großen Augen zu.

»Ich sage Ihnen, was ich tun werde«, sagte die kleine Frau, erhob sich und stellte die leeren Tassen weg. »Ich werde Ihnen die Adresse und Telefonnummer meiner Therapeutin aufschreiben. Die E-Mail-Adresse habe ich auch, falls Sie die brauchen. Und ich gebe ihnen eine Unterschriftsprobe. Und dann können Sie ermitteln gehen, während ich meine Pflicht gegenüber Vivian erfülle.«

Minuten später, außerhalb des Hauses, sah Vega immer noch völlig verdattert aus. »Das war nicht unsere Mörderin«, sagte er.

»Meinen Sie?«, fragte Warrick.

»Ich hoffe, sie ist es nicht«, verkündete Catherine.

Warrick setzte ein schiefes Grinsen auf. »Wie kommt das nur?«

»Weil sie uns vermutlich überlisten würde.«

Sie fuhren zurück zum Hauptquartier, wo sich ihre Wege trennten. Vega fuhr weiter zum *Sunny Day*, um noch einmal mit Whiting zu sprechen und endlich diese Seite aus dem Anmeldebuch zu besorgen, auf der sich die Unterschrift befand, die vielleicht doch nicht von Mabel Hinton stammte.

Warrick arbeitete weiter an der Überprüfung von Rene Fairmont, und Catherine rief die Reflexzonentherapeutin an und ließ sich Mabels Geschichte bestätigen. Dann brütete sie über den Akten der Patienten, die in den vergangenen acht Monaten ihren Aufenthalt im *Sunny Day* eher unfreiwillig hatten beenden müssen.

Alle Leichen waren weg, alle Beweise ebenfalls – und die einzige Gemeinsamkeit, die sich bei den zweiundzwanzig Personen, die in den letzten acht Monaten im *Sunny Day* gestorben waren, feststellen ließ, war, dass vierzehn von ihnen keine Angehörigen hatten.

Von den übrigen acht waren zwei eingeäschert worden, nachdem keiner ihrer Angehörigen dagegen Einwände erhoben hatte. Bei weiteren vier Verstorbenen hatte eine Autopsie eine natürliche Todesursache bestätigt und die übrigen beiden hatten die letzten Lebensmonate in ihren Familien verbracht. Beide hatten einen langsamen, qualvollen Tod erlitten. Während der eine an Krebs gestorben war, ging der andere an einer durch Demenz ausgelösten Krankheit zu Grunde. Diese ganzen Informationen reichten aus, Catherines letzte Hoffnung, doch noch einen Beweis für die Existenz eines Serienmörders oder Erbschleichers zu entdecken, in Luft aufzulösen. Blieben noch vierzehn Leichen, die Catherine überprüfen konnte. Im Stillen fragte sie sich bereits, wie viele der Toten ihre Habe *D.S. Ward Worldwide* hinterlassen hatten.

Sie würde wohl ein wenig graben müssen.

An ihrem Schreibtisch, den Kopf auf die Hände gestützt, überlegte Catherine, ob es vielleicht einen einfacheren Weg geben könne, Vivian Elliots Mörder zu schnappen. Wenn Whiting es nicht getan hatte – und niemand hatte ihn auch nur in der Nähe von Vivians Zimmer gesehen, bevor sie den Herzstillstand erlitten hatte – war Vivian vielleicht von jemand anderem ermordet worden, der hier arbeitete.

Jeder hätte es tun können – es gab keine nennenswerten Beweise, um einen Verdächtigen als Mörder zu identifizieren. Sie musste so lange herumstochern, bis sich irgendetwas rührte. In den folgenden drei Stunden verließ sie ihr Büro nicht ein einziges Mal, sondern arbeitete sich Stück für Stück voran, doch eine Akte nach der anderen führte in eine neue Sackgasse.

Endlich betrat Vega ihr Büro und setzte sich auf die Schreibtischkante. »Whiting ist sauber.«

»Wie das?«

»Der gute Doktor war mit einem Patienten und einem anderen Angestellten des *Sunny Day* zusammen in einem Raum, als Vivian den Herzanfall hatte. Ein bombensicheres Alibi.«

»Das Gleiche gilt für Mabel Hinton. Ich habe mit ihrer Reflexzonentherapeutin gesprochen. Mabel hat sich tatsächlich die Füße bearbeiten lassen, als Vivian Besuch von einer Person hatte, die sich für Mabel ausgegeben hat.«

»Da wir gerade beim Thema sind, ich habe mir den Anmeldungsbogen besorgt. Er ist jetzt beim Handschriftenexperten, zusammen mit der Schriftprobe, die Mabel uns überlassen hat.«

»Und was sagen Sie als Laie dazu?«

»Die Unterschriften sehen gleich aus. Entweder lügt die Therapeutin, um Mabel zu decken, oder jemand hat sich wirklich Mühe gegeben, die Unterschrift zu fälschen.«

»Interessant. Dann fällt Mabel als Verdächtige also noch nicht aus.«

»Whiting schon.«

Catherines Brauen ruckten hoch. »Vielleicht, aber er hat nicht erwähnt, dass Vivian ihn verklagen wollte. Hatte er eine Erklärung dafür?«

Vega lächelte und sagte: »Er hat sich einfach nicht vorstellen können, dass diese kleine Information relevant sein könnte.«

Catherine konnte es kaum glauben. »Das ist seine Entschuldigung?«

»Doktor Whiting sagte, soweit es ihn beträfe, hätten er und Mrs Elliot ihre Differenzen beigelegt und seither keine Probleme mehr miteinander gehabt.«

»Vivian ist nur nicht dazu gekommen, auch ihre Anwältin darüber zu informieren.«

Vega zuckte mit den Schultern. »Ich weiß nur, dass Whiting den Eindruck hatte, sie würde keine rechtlichen Schritte mehr in Betracht ziehen.«

»Und das kaufen Sie ihm ab, Sam?«

»Macht das noch etwas aus, bei seinem Alibi? Und wir haben keine wirklichen Beweise gegen ihn.«

»Oder gegen irgendjemanden«, murrte Catherine.

»Wie steht es mit Ihnen, Catherine. Haben Sie irgendetwas herausgefunden?«

Sie seufzte. »Ich habe angefangen, die Akten der anderen Leute durchzuarbeiten, die im *Sunny Day* gestorben sind. Vierzehn hatten keine Familie, und von diesen vierzehn haben vier kein Testament hinterlassen. Damit bleiben noch zehn, und da wird es interessant und vielleicht auch ein bisschen unheimlich.«

»Erzählen Sie weiter.«

Sie beugte sich vor. »Soweit ich es bisher ermitteln konnte, hat jeder Einzelne von ihnen, wirklich jeder, einen Teil seines Besitzes einer Wohltätigkeitsorganisation hinterlassen.«

»*D.S. Ward Worldwide*?«

»So einfach ist das nicht, Sam. Tatsächlich taucht *D.S. Ward Worldwide* kein einziges Mal auf. Es geht nicht nur um *eine* Wohltätigkeitsorganisation.«

»Da ist jemand ziemlich vorsichtig, was?«

Catherine zuckte mit den Schultern. »Ich weiß nur, dass keine der Organisationen mehr als einmal genannt ist, und dass aber keine einzige sich ermitteln lässt.«

»In welcher Hinsicht?«

Sie warf die Hände über den Kopf. »In jeder. Sie sind nirgends registriert, sie stehen nicht im Internet, und im *Better Business Bureau* hat niemand je von ihnen gehört. Kurz gesagt, ich konnte keinen Hinweis darauf entdecken, dass auch nur eine dieser Organisationen überhaupt existiert.«

Vega zog sich einen Stuhl heran. »Dieses Geld muss irgendwo gelandet sein, Cath.«

»Tja, wir wissen, dass ein Scheck an ein Postfach in Des Moines gehen sollte. Mein Kollege vor Ort, Woodward, sieht sich die Sache an, und ich habe inzwischen angefangen, die Anwälte ausfindig zu machen, die den Nachlass geregelt haben. Die Adressen dieser mutmaßlich betrügerischen Organisationen stimmen jedenfalls nicht miteinander überein. Die einzige Spur, die ich habe, ist ein Anwalt namens Gary Masters – er hat sich in sechs Fällen um den Nachlass gekümmert.«

»Interessant«, gab Vega zu.

»Ich habe noch nicht mit ihm gesprochen – habe nur seinen Anrufbeantworter erreicht.«

Warrick streckte den Kopf zur Tür herein. »Hey. Seid ihr zwei inzwischen weitergekommen?«

Catherine erzählte ihm alles, dann fragte sie: »Gibt es was Neues über die Fairmont?«

Warrick, der inzwischen auf dem Stuhl neben Vega saß, schüttelte den Kopf. »Ein Irrgarten voller Sackgassen.«

»Also Fälschungen?«

»Kann ich nicht sagen, Cath. Die sieben Pflegeheime, in denen Rene Fairmont in fünfzehn Jahren gearbeitet haben will, hat es alle gegeben.«

»Hat es gegeben – gibt es nicht mehr?«

»Richtig. Sie existieren nicht mehr. Alle sieben.«

Spannung spiegelte sich in Catherines Augen wider. »Wie passend. Und die Empfehlungsschreiben?«

Warrick zuckte mit den Schultern. »Von Ärzten aus diesen Einrichtungen auf Briefpapier, geschrieben zu einer Zeit, in der diese Pflegeheime noch existiert haben. Aber die Verfasser konnte ich nicht aufspüren. Ich habe schon mit der Ärztevereinigung gesprochen. In einer Woche werde ich etwas erfahren.«

»Haben Sie denen erzählt, dass wir in einem Mordfall ermitteln?«, fragte Vega.

»Ja. Sonst hätte es einen Monat gedauert.«

»Wie sieht es mit den Akten der Schwesternschule aus?«, fragte Catherine.

»Keine Akte über Gondorff oder Fairmont. Ich habe überall gesucht – Adressverzeichnisse, sämtliche Computerdatenbanken, die mir eingefallen sind und auch im Programm der steckbrieflich gesuchten Personen des FBI. Ich habe sogar nach ihr gegoogelt, auch ohne Erfolg.«

Vegas Blick wanderte von Warrick zu Catherine. »Halten wir Rene Fairmont für unseren barmherzigen Engel?«

»Wir haben nicht genug, um eine gute Verdächtige aus ihr zu machen«, erklärte Warrick. »Wir haben keine Beweise, die darauf hindeuten, dass sie irgendjemanden im *Sunny Day* umgebracht hat, und sie war ganz sicher nicht die einzige Person, die Gelegenheit dazu hatte.«

»Vielleicht untersuchen wir den falschen Fall«, meinte Catherine nachdenklich.

»Was meinst du damit?«, fragte Warrick.

»Worauf sind wir während der Befragung von Rene Fairmont instinktiv gestoßen?«, fragte Catherine.

»Auf ihren Ehemann«, entgegnete Warrick.

»Richtig. Unser Gefühl hat uns alle drei direkt zu Derek Fairmont geführt. Und wie sieht es mit Derek Fairmont aus?«

»Noch mehr Sackgassen«, wusste Vega. »Es hat keine Autopsie stattgefunden.«

Warrick nickte verzagt. »Und er wurde ebenfalls eingeäschert.«

Catherine lächelte verschlagen. »Aber nicht vollständig. Er hat Organe gespendet, und sein Schädel tritt immer noch in *Hamlet* auf.«

»Wow, Cath«, sagte Warrick. »Worauf willst du hinaus?«

»Vielleicht Gift? Eine Menge Giftstoffe haben eine tödliche Wirkung und die Symptome ähneln denen eines Herzanfalls. Außerdem ist Derek Fairmont in einem fremden Land an einem Herzanfall gestorben.«

»Nehmen wir an, sie hat ihn vergiftet«, sagte Warrick. »Kommt mir zwar ziemlich dünn vor, aber nehmen wir es einfach mal an. Leider sprechen Schädel nicht.«

»Nicht?«

Warrick bekräftigte seine Worte mit einem Nicken. »Die DNS des Schädels bringt uns nicht weiter – wir wissen bereits, dass er Derek gehört. Und falls sie ihm so viel Gift verabreicht hat, dass es in den Knochen vorgedrungen ist, wäre das zum Zeitpunkt seines Todes nicht zu übersehen gewesen.«

»Zähne sind poröser als Knochen. Es ist einen Versuch wert. Und dann ist da noch die Universitätsklinik.«

»Die gespendeten Organe?« Warrick schüttelte den Kopf und lächelte müde. »Die sind längst weg, Cath.«

Sie nickte. »Vielleicht. Aber müssten sie nicht Gewebeproben archiviert haben?«

»Moment mal«, meldete sich Vega zu Wort. »Welcher Richter soll uns denn seine Zustimmung erteilen, diese Beweise zu sichern? Sie gehören nicht einmal zu dem Fall, den wir untersuchen.«

»*Das* ist nicht mal ein Fall«, stimmte ihm Warrick zu.

Catherine seufzte. »Vielleicht bin ich schon zu müde zum Denken. Was sollen wir noch tun?«

»Ich werde mit diesem Anwalt – Masters? – sprechen. Mir ist egal, ob er ans Telefon geht oder nicht«, entschied Vega. »Er hat schließlich den Nachlass der sechs toten Wohltäter geregelt.«

»Ich könnte auch ein bisschen frische Luft gebrauchen«, sagte Catherine. »Selbst wenn die frische Luft 45 Grad warm ist.«

»Nehmen wir den Tahoe?«, sagte Warrick.

Das Büro des Anwalts Gary Masters befand sich in einem Einkaufszentrum an der Jones, nicht weit vom Charleston Boulevard entfernt. Vorhänge verdeckten die Fenster, und die Rollos an den Glastüren waren tief herabgezogen. Vega versuchte sich an der Tür und fand sie unverschlossen.

Während Vega die Tür aufhielt, ging Catherine zuerst hinein und musste sogleich den Drang niederkämpfen, auf der Stelle umzukehren. Der Raum war dunkel wie ein Kerker und stank wie Fastfood, das zu lange in einem heißen Auto gelegen hatte. Der Geruch billigen Weins stach in die Nase.

Während es Pauline Dearden gelungen war, ihr kleines, schlichtes Büro in eine helle, einladende Kanzlei zu verwandeln, war Masters Büroräumen keine solche Verwandlung vergönnt gewesen.

Als sich Catherines Augen an die Dunkelheit gewöhnt hatten, erkannte sie einen Mann, der hinter einem Schreibtisch auf der anderen Seite saß und dessen Oberkörper auf den Tisch gefallen war. Regungslos, den Kopf auf den Armen, ruhte er auf einem Haufen Papier.

»Wir könnten es mit einem Tatort zu tun haben, Leute«, sagte sie über die Schulter, und als der Mann nicht auf ihre Worte reagierte, schien das ihre Befürchtungen zu bestätigen.

Sie würde sich der Leiche – wenn es denn eine war – nähern und zunächst den Puls fühlen. Fand sie einen, würde sie tun, was sie konnte, um den Mann zu retten. Fand sie keinen, musste sie aufpassen, den Tatort nicht weiter zu verunreinigen.

Catherine zog ihre Mini-Maglite und ihre Pistole heraus. Der Mann am Schreibtisch schien außer ihnen die einzige Person in dem schäbigen Raum zu sein, doch man konnte in dieser Dunkelheit nicht sicher sein. Vorsichtig trat sie näher, Waffe und Lampe vor sich haltend.

Im Schein der Taschenlampe präsentierte sich ein zerschlissenes Sofa, ein Kaffeetisch, auf dem sich Zeitschriften aus dem Vorjahr stapelten, und ein schmutzig-brauner Teppich, der zu zwei Besucherstühlen und einem billigen Metalltisch führte. Ein blinkender Anrufbeantworter stand neben zwei Weinflaschen, von denen die eine leer auf der Seite lag, während die andere noch ungeöffnet aufrecht stand. Die Wand hinter dem Schreibtisch verschwand hinter einem Regal voller juristischer Bücher, ebenso die Wand gegenüber.

Catherine sah, dass niemand sonst im Raum war, steckte die Waffe zurück ins Halfter und atmete einmal tief durch, ehe sie zu dem Mann ging und nach seinem Puls tastete. Als sie seinen Hals berührte, richtete sie die Taschenlampe auf sein Gesicht.

Blitzschnell richtete er sich auf und grollte: »Was zum Teufel ist hier los?«

Catherine atmete scharf ein. Wer von beiden den größeren Schreck bekommen hatte, wusste sie nicht. Der *tote* Mann hob eine Hand, um das Licht abzuwehren, und Catherine wich hastig einen Schritt zurück. Ein entsetzlicher Gedanke ging ihr durch den Kopf: Hätte sie vor Schreck womöglich auf den Mann geschossen, wenn sie die Waffe noch in der Hand gehalten hätte?

Catherine hatte bereits zweimal im Zuge ihrer Arbeit einen Menschen getötet, und sie hoffte sehr, nie wieder in so eine Situation zu geraten.

»Mr Masters?«, fragte sie mit erstaunlich ruhiger Stimme, bedachte man, wie heftig ihr Herz noch pochte.

»Was zum Teufel ...?«, jaulte er wieder. »Was zum Teufel machen Sie hier?« Sein Atem roch übelerregend süß – Weinfahne. In einem Wasserglas, das auf der Seite seines Schreibtisches lag, befanden sich Spuren einer rötlichen Flüssigkeit.

Sie hielt eine Hand hoch. »Bitte, Mr Masters, beruhigen Sie sich. Ich bin vom CSI. Wir dachten, Sie hätten vielleicht ein Problem.«

Er schluckte schwer und verdrehte die Augen. »Ich bin nicht tot. Tödlich besoffen, vielleicht ...«

Licht flammte auf. Warrick hatte den Schalter gedrückt, als er und Vega ins Büro kamen. Der Mann am Schreibtisch bedeckte die Augen mit dem Arm und stöhnte.

»Sind Sie Gary Masters?«, fragte Vega und zeigte dem Anwalt seine Marke.

»Ja. Habe ich das nicht schon gesagt? Sie gehören zum CSI? Was wollen Sie von mir?«

210

»Ich bin Detective Vega, LVPD. Das ist Warrick Brown vom CSI, und Catherine Willows haben Sie ja bereits kennen gelernt. Sie gehört ebenfalls zum CSI.«

»Weswegen werde ich verhaftet?«, fragte Masters und rieb sich die Stirn.

Vega lächelte selten, jetzt tat er es, wenn es auch mehr nach einem finsteren Grinsen aussah. »Werden Sie nicht. Sollten Sie?«

»Nein!«, protestierte Masters. »Nein, natürlich nicht ...«

Endlich schaffte er es, sich ein wenig zu strecken und erfolglos nach seiner verlorenen Würde zu suchen. Er war klein gewachsen, beinahe kahl, mit einem Büschel dünner brauner Haare auf dem Kopf und einem dichteren Streifen über den Ohren. Der Anwalt rang sich ein Lächeln ab und zeigte nun Zähne, die allesamt überkront waren. Sein zerknittertes braunes Hemd machte einen verschwitzten Eindruck, die Krawatte hing locker um seinem Hals, und der Hose war anzusehen, dass er in ihr geschlafen hatte.

»Sind Sie nüchtern?«, erkundigte sich Vega.

»Warum ... ist es neuerdings verboten, seinen Schreibtisch unter Alkoholeinfluss zu fahren?«

»Sie werden viel Zeit für witzige Bemerkungen haben«, belehrte ihn Vega, »wenn sie die nächsten vierundzwanzig Stunden in der Ausnüchterungszelle verbringen.«

Ergeben hielt Masters die Hände hoch. »Ich bin nüchtern, ich bin nüchtern. Ein bisschen verkatert vielleicht, aber nüchtern. Wie ein Amtsrichter.«

»Und bereit, uns ein paar Fragen zu beantworten?«, fragte Catherine.

»Worüber?«

»Eine Reihe von Mordfällen.«

Seine glasigen Augen weiteten sich. »Mordfälle?«

»Als Anwalt werden Sie uns doch sicher unterstützen wollen. Nehmen Sie Platz. Unterhalten wir uns ein bisschen.«

»Also, schießen Sie los.«

Catherine zog eine Liste aus der Tasche und reichte sie dem

211

Anwalt. Er studierte sie einen Moment lang und blickte Catherine dann erwartungsvoll an.

»Kennen Sie diese Namen?«, fragte Catherine.

Er nickte. »Klienten. Wo haben Sie das her?«

»Wir untersuchen die Umstände ihres Todes. Wissen Sie etwas darüber?«

Masters zuckte mit den Schultern. »Nur, dass sie tot sind. Aber sie wurden nicht ermordet. Sie haben sich einfach aus dem System verabschiedet.«

Catherine lächelte. »Fragt sich nur, aus welchem. Ist Ihnen je aufgefallen, dass sie alle am selben Ort gestorben sind?«

»Ja, im Pflegeheim.« Er zuckte mit den Schultern und verzog das Gesicht. »Da sterben dauernd Menschen.«

»Waren Sie je draußen im *Sunny Day*?«

»Ja, ein paar Mal.« Sein Blick wanderte von Catherine zu Vega und weiter zu Warrick. »Ich war nur dort, um meine Klienten zu besuchen, wenn sie Papiere unterschreiben mussten.«

»Wann waren sie zum letzten Mal dort?«, fragte Catherine.

Erneutes Schulterzucken. »Ich schätze, das ist schon ein paar Monate her.«

»Seither nicht mehr?«, fragte Vega in scharfem Ton.

Masters schüttelte den Kopf. »Augenblicklich habe ich dort keine Klienten. Warum?«

»Wie kam es, dass Sie so viele Klienten im *Sunny Day* hatten?«, erkundigte sich Catherine.

»Hey, die haben mich angerufen. Ein zufriedener Klient schleppt den nächsten an.«

»Empfehlungen anderer Klienten?«

»Meistens.«

»Könnte vielleicht jemand von den Angestellten bei der Suche nach neuen Klienten geholfen haben?«

»Ist das illegal?«

»Wir sind nicht von der Anwaltskammer, Mr Masters. Kennen Sie eine Rene Fairmont?«

»Sie arbeitet dort als Schwester, nicht wahr?«

»Hat sie Klienten für Sie angeworben, Mr Masters?«, fragte Warrick.

»Das nehme ich übel. Die haben mich angerufen, ich habe den Auftrag übernommen. Ende der Geschichte.«

»All diese Bewohner des *Sunny Day* sind also unabhängig voneinander zu Ihnen gekommen?«, hakte Catherine nach.

»Ja. Was dagegen?«

»Haben Sie sich die Zeit genommen, diese Wohltätigkeitsorganisationen zu überprüfen, denen ihre Klienten ihren Besitz vermacht haben?«

»Warum sollte ich?«

Vega beugte sich vor und lächelte diabolisch. »Weil sie alle nicht existieren, Mr Masters.«

»Nicht?«

Der sonst so beherrschte Vega geriet in Rage. »Und soweit es mich betrifft, stecken *Sie* hinter dieser Sache. Sie bescheißen Ihre Klienten, prellen sie um ihr Geld! Und vielleicht ermorden Sie sie auch.«

»Immer mit der Ruhe«, sagte Masters. »Ich bin Anwalt, und Sie stehen auf ziemlich wackeligem Boden, Detective. Wie dem auch sei, ich habe niemandem irgendwas gestohlen. Sehen Sie sich doch um! Sehe ich aus, als hätte ich meine Klienten ausgeplündert? Muss ich wohl, wenn ich so ein Luxusleben führen kann.«

»Wir sollen uns umsehen?«, fragte Catherine und erhob sich. »Dann tun wir das auch.«

Masters zuckte mit den Schultern. »Nur zu. Sehen Sie sich alles an. Ich erhebe keine Einwände. Ich habe nichts zu verbergen.«

»Danke«, sagte Vega angespannt.

»Aber schnell, denn ich will Feierabend machen, wenn Sie fertig sind. Haben Sie was dagegen, wenn ich mich ein bisschen entspanne?«

Der Anwalt deutete auf die ungeöffnete Weinflasche auf seinem Schreibtisch.

»Zum Wohl«, sagte Warrick und verdrehte die Augen.

Masters entkorkte die Flasche Beaujolais und fragte den Detective, ob er auch ein Glas wolle. Er könne seinen Gästen nur
Styroporbecher anbieten, aber …

»Ich möchte Ihnen nicht zu nahe treten, Mr Masters«, sti-
chelte Warrick, »aber trinken Sie nicht üblicherweise Wein aus
Schraubverschlussflaschen?«

»Üblicherweise«, sagte er lächelnd, während der Wein gluc-
kernd in das Wasserglas lief. »Aber das ist ein Geschenk von einem dankbaren Klienten. Nur zu, sehen Sie sich um, wie es Ihnen gefällt.«

Während der nächsten halben Stunde, die ihr Gastgeber damit
zubrachte, seine Benommenheit mit noch mehr Alkohol voran-
zutreiben, taten sie nichts anderes. Warrick und Catherine
durchsuchten Masters Büro von oben bis unten. Als sie fertig
waren, hatten sie immer noch nichts.

Sie wollten gerade gehen, als der Anwalt sich erhob. Zuerst
dachte Catherine, er wollte sich verabschieden, aber dann signa-
lisierte die unübersehbare Panik in der Mimik des Mannes etwas ganz anderes – seine Augen waren riesig, sein Gesicht geis-
terhaft blass.

»Kann … kann nicht atmen!«, keuchte er. Dann griff er sich an
die Brust und wischte einige Gegenstände von seinem Schreibtisch, bevor er schwer zu Boden stürzte. »Oh Gott … kann nicht
… kann nicht …«

Dann lag er regungslos da, Augen und Mund weit aufgerissen.

Warrick hastete zu dem gestürzten Anwalt und kauerte sich
über ihn. »Ich glaube, er atmet nicht mehr!«

Warrick versuchte es mit Herzmassage, erzielte aber keine
Wirkung. Dann wollte er den Anwalt von Mund zu Mund beat-
men, als Catherine sich am Schreibtisch über das letzte, das
wirklich allerletzte Glas Wein des Mannes beugte und sagte:
»Das würde ich nicht tun! Du könntest etwas von dem Gift ab-
bekommen.«

Warrick zuckte mit erschrockener Miene zurück, stand wieder auf und ging zu Catherine, die gerade die Nummer des Not-

rufs wählte. Als sie fertig war, sah sie Warrick und Vega an und konstatierte grimmig: »Ich hatte doch Recht. Das ist ein Tatort.«

In Warricks Zügen spiegelte sich purer Unglaube. »Vergiftet?«

Mit einem Nicken deutete sie auf die Weinflasche. »Es sei denn, das ist Beaujolais mit Bittermandelaroma.« Catherine streifte bereits ihre Latexhandschuhe über. »Sieh es von der guten Seite, Warrick – jetzt bekommen wir vielleicht doch noch die Möglichkeit, uns die Gewebeproben der Universitätsklinik anzusehen.«

»Ganz zu schweigen die von der Schauspielschule der UWN«, sagte Warrick mit großen Augen.

»Ja. Derek Fairmont wäre begeistert.«

»Wäre er?«

»Nicht jeder Schauspieler bekommt die Gelegenheit, eine Rolle für das Vaterland zu spielen.«

9

Das *Habinero's*, ein flacher Bau im Haziendastil gegenüber der Sunset Station, wurde von Gästen besucht, die in der nahe gelegenen Ladenstraße eingekauft oder in einem der Hotelcasinos ihr Glück versucht hatten.

Als Sara auf die Bedienung am Empfang zuging, erklärte die attraktive, wenn auch sichtlich erschöpfte Frau in der weißen Bauernbluse und dem tiefschwarzen Rock, sie müsse auf einen Platz im Nichtraucherbereich zwanzig Minuten warten. Was, so dachte sich Sara, als ihr Blick auf den Raucherbereich fiel, sind schon zwanzig Minuten Wartezeit? Denn die Raucher saßen hinter einer verglasten Trennwand und wurden ohne Unterbrechung mit Fernsehgeräten beschallt, die lautstark ein Baseballspiel übertrugen. Zudem erstickte der ganze Bereich in einem dichten Tabaknebel.

Wie dem auch sei, ein bisschen Zeit im Wartebereich würde der Kriminalistin die Gelegenheit bieten, den Betrieb zu beobachten und mit etwas Glück das mysteriöse A, mit dem der Zettel aus *Lady Chatterleys Liebhaber* unterschrieben war, auf einem der Namensschildchen zu entdecken. Natürlich nur, falls A kein Gast, sondern ein Mitarbeiter war, und die Notiz nicht älter als zwei Jahre war und A hier vielleicht längst nicht mehr arbeitete.

Ehe sie das Labor verlassen hatte, hatte Sara den Zettel zur Handschriftenexpertin gebracht, dennoch würde sie vermutlich erst morgen ein Ergebnis erhalten. Aus den zwanzig Minuten Wartezeit wurden beinahe dreißig, aber das störte Sara nicht sonderlich. Sie suchte nach wie vor nach Namensschildchen, die mit einem A begannen. Als sie schließlich, begleitet von Muzak, einer Hintergrundmusik im mexikanischen Stil, in einer Nische des großen Speiseraums Platz nahm, hatte sie bereits etliche Angestellte des *Habinero's* ausschließen können – sogar die Kellnerin am Empfang, die gar kein Namensschild trug. Sara

217

hatte gehört, wie sie von einer Kollegin mit Sherry angesprochen worden war.

Natürlich konnte A auch für ein Internetpseudonym oder einen Spitznamen stehen. Soweit Sara es überblicken konnte, arbeiteten hier vier Kellner und sechs Kellnerinnen an diesem Abend. Ausgeschlossen hatte sie bereits Tony, Kady, Sharon, Brandy, Maria, Barry und Juan. Damit blieben noch ein Kellner und drei Kellnerinnen, deren Namensschilder Sara bisher noch nicht hatte lesen können.

Später würde sie sich vom Manager eine vollständige Liste der Angestellten geben lassen. Aber jetzt zog sie es vor, sich ein Bild von dem Restaurant und seinen Mitarbeitern zu machen, ohne ihre Anwesenheit offiziell bekannt zu geben.

Als ihr ein Kellner namens Nick schwungvoll ein Wasser servierte – nett, sich von einem Nick umsorgen zu lassen –, quetschte sich eine der verbliebenen drei Kellnerinnen, Dani, an ihm vorbei und ging den Gang hinunter zu einem anderen Tisch.

Sara bestellte eine vegetarische Tostada mit Reis und gebackenen Bohnen. Das Essen wurde schnell serviert. Sie hatte bereits die Hälfte ihres Mahls verzehrt, als etwas in der nächsten Tischreihe ihre Aufmerksamkeit erregte. Die Kellnerin, deren Namensschildchen sie nicht erkennen konnte, benutzte einen rosafarbenen Stift, um eine Bestellung aufzunehmen. Während sie die nächsten Bissen ihrer Tostada genoss, sah Sara, wie die Kellnerin zur Bar ging, Drinks an den Tisch brachte, den sie gerade bedient hatte, und dann zum nächsten Tisch, an dem soeben ein Paar Platz genommen hatte. Die hübsche hispanische Kellnerin mit dem harten Zug in den Augen hatte ihr langes schwarzes Haar zu einem Pferdeschwanz gebunden. Wie ihre Kollegen trug sie ein weißes Hemd, eine schwarze Hose und eine Schürze mit zwei Taschen.

Nun ging die Kellnerin in Richtung Küche und gab so Sara Gelegenheit, einen Blick auf ihr Namensschildchen zu werfen – Shawna. Verdammt, dachte Sara, aber dann hielt eine Kollegin die Kellnerin auf.

»Die Leute, die an 12-C auf ihre Getränke warten, werden langsam ungeduldig«, mahnte die Kellnerin vom Empfang.

»Ich muss noch eine Bestellung rausbringen, Sherry.«

»Kümmer dich erst um die Getränke, Abeja. Sofort.«

Sara hatte endlich ein A gefunden – und irgendetwas an der hübschen, verhärteten Kellnerin brachte sie auf den Gedanken, dass dies genau das A war, nach dem sie gesucht hatte.

Sara legte einen Zwanziger auf den Tisch, um für ihr halb verzehrtes Essen zu bezahlen. Dann hielt die Kriminalistin die Kellnerin auf, deren Namensschildchen sie als Shawna auswies, die jedoch auch auf den Namen Abeja hörte.

»Nur eine Minute«, sagte Sara und zeigte der jungen Frau diskret ihren Dienstausweis.

Die hart glänzenden Augen gaben außer leichter Verärgerung nichts preis. »Ich habe gerade zu tun, aber ich habe in zwei Stunden Feierabend, wie wäre es dann?«

»Ich habe schon zwanzig Minuten auf einen Tisch warten müssen«, gab Sara zurück. »Wir unterhalten uns jetzt, Abeja.«

»Woher kennen Sie meinen Spitznamen?«

»Mir entgeht wenig«, antwortete Sara zufrieden. »Gehen wir irgendwohin, wo wir unter uns sind ... es sei denn, Sie ziehen es vor, in aller Öffentlichkeit über Kathy Dean zu sprechen.«

Diese Worte zogen blitzartig eine Reaktion der dunklen Augen nach sich. »Darüber wollen Sie mit mir reden? Woher wissen Sie, dass Kathy Dean und ich Freundinnen waren?«

»Ich wusste es nicht. Aber jetzt weiß ich es.«

»Ich muss noch eine Getränkebestellung an den Tisch dort drüben bringen, in Ordnung? Danach können wir uns unterhalten.«

Als die junge Frau zurückkam, deutete sie mit einem Nicken auf die Vordertür. Gemeinsam gingen sie an der Kellnerin vom Empfang vorbei zur Tür. Im Vorübergehen sagte Shawna knapp: »Fünf Minuten Rauchpause, Sher.«

Erfreut war ihre Kollegin über diese Neuigkeit nicht, aber Shawna achtete nicht auf den finsteren Blick der Frau, als sie Sara in die zunehmende Dunkelheit hinausführte.

Es war immer noch über dreißig Grad warm, aber wenigstens war etwas von dem Wind zu spüren, der von den Bergen kam. Die Kellnerin zog eine Packung Zigaretten aus der Schürzentasche, zündete sich eine an und bot Sara ebenfalls eine an. Diese lehnte jedoch ab.

»Also«, sagte Sara, »Sie kannten Kathy Dean?«

Sie standen gleich neben Saras Tahoe. Die Kellnerin lehnte sich an das Fahrzeug und sog an ihrer Zigarette. Als sie zu einer Antwort ansetzte, stieß sie eine Rauchwolke aus. »Alle kennen sie … na ja, kannten sie.«

»So?«

»Jeder weiß, dass sie tot ist.« Sie schluckte. Offenbar fiel es ihr nun schwer, die harte Fassade aufrechtzuerhalten. »Verdammt, es kam sogar im Fernsehen.«

Die Medien hatten lediglich die Entdeckung der Leiche auf dem Friedhof gemeldet. Die Umstände einschließlich des Austauschs der Leichen waren geheim gehalten worden.

»Dann hätte ich also jeden fragen können?«, sagte Sara. »Und jeder hätte mir gesagt, dass er Kathy kannte?«

»Ja. Und?«

»Und … warum, denken Sie, habe ich ausgerechnet Sie gefragt, Abeja?«

Die Kellnerin lachte. »Ihnen entgeht wirklich nicht viel, was? Ja, Sie haben Recht. Kathy und ich, was soll ich sagen? Da draußen gibt es eine Menge Schlampen, vielleicht ist Ihnen das auch schon aufgefallen? Aber Kathy war richtig lieb.«

»Dann können Sie mir vielleicht helfen. Ich suche nach einer Person, die mir sagen kann, wer Kathys Freunde waren.«

»Habe ich Ihnen doch schon gesagt. *Wir* waren Freundinnen.«

»Ich suche nach einem ganz bestimmten Freund.« Sara zog eine Fotokopie der Notiz aus ihrer Tasche und hielt sie der jungen Frau vor die Nase. »Haben Sie das geschrieben? Mit Ihrem Stift?«

Die junge Frau nahm einen letzten Zug von ihrer Zigarette und drückte sie mit der Fußspitze am Boden aus, ehe sie Sara die Notiz abnahm und mit starrem Blick fixierte. Eine Träne hinterließ eine glänzende Spur auf der Wange der Kellnerin, und die Notiz zitterte in ihrer Hand.

Mehr Tränen flossen. Abeja ließ den Kopf hängen, schlug die Hände vor das Gesicht und weinte ungehemmt.

Sara reichte dem Mädchen ein Taschentuch.

Abeja trocknete ihr Gesicht und verschmierte das Make-up um die Augen. Bald hatte sie sich wieder im Griff. »Ich habe das geschrieben, zufrieden? Ich war das.«

»A für Abeja. Ist das nicht das spanische Wort für Biene?«

»Das ist nur ein blöder Spitzname. Jeder nennt mich hier Abeja. Pablo, der Eigentümer des Ladens, hat ihn mir verpasst. Ich habe mein eigenes Tempo. Ich meine, die Sachen werden erledigt, aber ich lasse mich nicht hetzen. Der Spitzname ist eigentlich ein Scherzname – emsige Biene. Und ich lasse mich nicht verarschen, sondern steche auch, wissen Sie … wenn mir jemand blöd kommt.«

»Sind Spitznamen üblich im *Habinero's*?«

»Oh ja, wir haben alle einen. Kathy war Azucar, Zucker, wissen Sie? Weil sie immer jedem gegenüber so verdammt süß war …« Erneut musste Abeja mit den Tränen kämpfen. »Tut mir Leid, wirklich. Ich habe heute vor der Arbeit durch das Fernsehen erfahren, dass Kathy tot ist. Tut mir Leid …«

Sara reichte ihr noch ein Taschentuch, wartete, bis sich das Mädchen wieder beruhigt hatte, und stellte die Schlüsselfrage: »Shawna … Abeja … wer ist FB?«

Die junge Frau schüttelte den Kopf und zuckte mit den Schultern.

»FB? Keine Ahnung, sagt mir absolut nichts, ehrlich.«

»Aber Sie haben doch die Notiz geschrieben …«

Abeja gestikulierte mit offenen Händen. »Das habe ich, aber ich weiß es trotzdem nicht.«

Sara runzelte die Stirn. »Das sollten Sie mir besser erklären.«

Die Kellnerin zündete sich eine weitere Zigarette an, nahm einen tiefen Zug und pustete den Rauch seufzend aus ihrer Lunge. »Kathys Privatleben war … na ja, kompliziert.«

»Kompliziert? In welcher Hinsicht?«

»Na ja, vor allem ... Sind Sie ihren Eltern mal begegnet?«

»Ja.«

»Dann verstehen Sie es vielleicht. Sie sind ... alles andere als cool. Sie sind nicht böse oder so, sie sind nur ... ich weiß nicht, wie Eltern aus einem Werbespot. Einem verdammt miesen Werbespot.«

»Mir kamen sie streng vor«, bestätigte Sara nickend. »Ein bisschen altmodisch.«

»Ach, wirklich? Sie sind ja eine tolle Spürnase! Mann, ihre Eltern waren irre streng mit ihr. Ich meine, Gott, sie war neunzehn. Sie haben sie erst mit sechs zur Schule gehen lassen, wissen Sie, sie war eine behütete Chica. Und sogar als sie schon neunzehn war, wollten ihre Eltern nicht, dass sie einen Freund hat. Und sie wollten in jeder Sekunde wissen, wo sie war. Sie haben sie regelrecht verfolgt!«

»Warum hat sie sich nicht dagegen gewehrt?«

»*Ich* hätte es getan! Aber manchmal, wenn jemand so komisch erzogen wird, besonders, wenn derjenige die elterlichen Handschellen noch nicht abgeschüttelt hat, keine eigene Wohnung hat und so, dann gewöhnt er sich einfach daran. Als wäre es eine Art persönlicher Lebensstil.«

»Was für ein Lebensstil?«

»Na ja, sich dauernd wegschleichen zu müssen, um überhaupt ein bisschen Privatsphäre zu haben. Sie ... na ja, sie hatte es mit den Kerlen.«

»Haben wir das nicht alle?«, fragte Sara grinsend.

»Schon, aber Sie haben sich nicht mit dreizehn an Ihren Geschichtslehrer rangemacht, oder?«

»Äh ... nein.«

»Ich habe ihr gesagt, sie müsse sich selbst mehr respektieren, und sie sagte nur ... das wird Ihnen gefallen ... sie wäre bis vor kurzer Zeit zu zwei Dritteln Jungfrau gewesen.«

Sara runzelte die Stirn. »Was hat sie gemeint?«

»Ich glaube, sie meinte, dass sie sich hingelegt und die Jungs zur Hintertür reingelassen hat, aber ihre Jungfräulichkeit für den Richtigen aufbewahrt hatte.«

»Sie glauben nicht, dass sie ihn gefunden hat?«

Die Kellnerin antwortete mit einem spöttischen Lächeln. »Glauben Sie etwa, der ist da draußen und wartet darauf, gefunden zu werden?«

»Falls er da ist«, erwiderte Sara mit einem matten Lächeln, »dann will er nicht gefunden werden.«

»Das hat Kathy nicht davon abgehalten, ihn zu suchen. Ich meine, sie ging immer mit mehr als nur einem Typen aus, aber es ging nicht um Sex.«

»Es ging um Aufmerksamkeit?«

Die Kellnerin lachte kurz auf. »Hey, Sie sind nicht dumm, was?«

Auch Sara lachte. »Nicht sonderlich.«

»Ich meine, es war nicht so, dass Kathy eine Schlampe gewesen wäre oder so. Es ist nur, wenn man solche Probleme mit seinen Eltern hat, dann neigt man dazu, über die Stränge zu schlagen. Und wenn Kathy erst einmal losgelegt hat, dann …«

»Interessant. Ihre Eltern haben erzählt, sie hätte all ihre Zeit im Restaurant, in der Blutbank oder in der Schule verbracht.«

»Die haben keine Ahnung, was? Sie war eine gute Schülerin, aber noch besser war sie darin, sich wegzuschleichen. Sie hat sich bei der Blutbank für zwei Stunden in der Woche freiwillig gemeldet, aber ihren Eltern hat sie erzählt, sie würde dort drei oder vier Stunden an drei Abenden in der Woche arbeiten.«

»Hat sie ihre Arbeitszeit im *Habinero's* ihren Eltern gegenüber auch falsch angegeben?«

Die Kellnerin schüttelte den Kopf. »Nein. Sie hätte bestimmt gern, aber sie konnte nicht. Mami und Papi waren mindestens einmal in der Woche hier, immer an anderen Tagen. Sie haben gesagt, sie würden das Essen mögen, aber eigentlich waren sie nur hier, um ihre Tochter zu kontrollieren. Wissen Sie was? Ich habe sie nicht ein einziges Mal im Restaurant gesehen, nachdem sie verschwunden ist. So viel zu dem Essen.«

»Erzählen Sie mir mehr über Kathys kompliziertes Leben, Abeja.«

»Na ja, manchmal mussten Freunde ihr helfen, sich zu verabreden. Ihre Eltern waren wirklich verrückt. Sie konnte nicht einmal telefonieren, geschweige denn, sich mit Jungs treffen. Sie hat sich nicht einmal ein Telefon ins Zimmer legen lassen, sondern lieber ihr Mobiltelefon benutzt, und sogar da haben ihre Eltern ihr die Telefonzeit vorgeschrieben. Kathy hat mir erzählt, dass sie ihre E-Mails kontrolliert haben.«

»*Wie* haben ihre Freunde ihr geholfen?«

Die junge Frau zuckte mit den Schultern. »Sie haben an Kathys Stelle mit den Jungs gesprochen, haben Zeit und Ort vereinbart und Kathy die Info in einer Art Geheimcode zukommen lassen … und sie hat sich dann eine Möglichkeit ausgedacht, um sich wegzuschleichen und sich mit den Kerlen zu treffen.«

»Viele Kerle?«

»Na ja, wie ich schon sagte, sie zog gleichzeitig mit zwei oder drei Kerlen los, und sie waren immer älter, Vaterkomplex oder so. Bevor sie achtzehn geworden ist, haben sich die Kerle mit Kathy alle strafbar gemacht. Man mag gar nicht darüber nachdenken.«

»Kennen Sie den Namen ihres letzten Verehrers?«

»Nein, aber mit dem Burschen hatte sie wirklich viel Spaß.«

»Alt oder jung?«

»Ich glaube, das hat sie nie erzählt.«

»Kennen Sie seinen Namen?«

»Nur FB – wie in der Notiz.«

Frustriert legte Sara die Stirn in Falten. »Fällt Ihnen irgendjemand mit diesen Initialen ein, vielleicht jemand aus dem Restaurant?«

»Das würde Ihnen nicht helfen, weil sie nie die echten Namen benutzt hat. Sie hat sich verhalten wie James Bond. Kathy und die Person, die das Date für sie verabredet hat, haben immer einen Geheimnamen für den jeweiligen Typen benutzt.«

Sara seufzte. »Ich will Ihnen wirklich nicht auf die Nerven

224

fallen, Abeja, aber ich kann nicht verstehen, wie Sie eine Notiz über eine Person schreiben konnten, die Sie gar nicht kannten.«

Die junge Frau zuckte gekünstelt mit den Schultern und wedelte mit der Kopie der Notiz. »Hey, die stammt von dem Tag, an dem sie verschwunden ist! Na ja, eigentlich vom Tag davor. Ich habe das am Samstag geschrieben, und vermisst wurde sie erst am Sonntag.«

»Verstanden«, sagte Sara. »Also, was ist am Samstag passiert?«

»Janie, eine Freundin von Kathy, die ich auch ziemlich gut kenne, na ja, die kam her, um Kathy zu sehen, aber die hat die Mittagsschicht gehabt, weil sie am Abend diesen Job als Babysitter hatte. Jedenfalls hatten wir kaum geöffnet, als Janie schon da war, so um kurz nach elf. Sie hatte für Kathy ein Date für die Nacht vereinbart – das ist die ›0100‹ auf dem Zettel, ein Uhr morgens. ›Bei dir‹ bedeutet nicht, ›bei ihr‹ zu Hause, sondern an dem Ort, den sie sich vorher ausgesucht hat.«

»War das immer derselbe Ort?«

»Nein, Kathy hat die Orte immer gewechselt, Sie wissen schon, für den Fall, dass ihre Eltern ihr nachspionierten … aber sie haben nie etwas herausgefunden.«

»Gab es denn einen Ort, den sie bevorzugt hat?«, fragte Sara.

Abeja nickte. »Da ist dieser Lebensmittelladen draußen in Pahrump. Ich weiß, dass sie dort manchmal ihre Kerle getroffen hat. Da konnte sie ihren Wagen sicher abstellen und dann mit ihrem jeweiligen Freund in dessen Wagen weiterziehen.«

Sara nickte. »Alles klar. Also, diese Janie ist am Samstag ziemlich früh hergekommen. Hat sie einen Nachnamen?«

»Glover. Janie Glover. Sie arbeitet nicht im *Habinero's*, sie wusste nur, dass sie Kathy hier antreffen konnte.«

»Verstehe.«

»Ja, also, Janie kommt vorbei, und Kathy ist noch nicht da. Janie muss wieder weg, ich weiß nicht wieso, und sie gibt mir die Botschaft, und ich schreibe sie in meinen Notizblock, um sie an Kathy weiterzureichen, sobald sie da ist.«

»Was Sie getan haben.«

»Was ich getan habe.«

Ein großer, gut gebauter hispanischer Mann trat hinaus auf den Parkplatz, sah sich um und entdeckte Sara und die Kellnerin.

»Oh, Mist.« Die junge Frau drückte die zweite Zigarette aus. »Das ist Pablo – mein Boss! Der macht mir bestimmt gleich die Hölle heiß.« Sie drückte Sara die Kopie in die Hand.

Pablo, weißes, offenes Hemd, schwarze Hose, schwarzes Sportjackett, vermutlich dazu gedacht, sich optisch von seinen Angestellten abzusetzen, sah verärgert aus. Sein glattes schwarzes Haar war zurückgekämmt, und er trug einen kräftigen schwarzen Schnurrbart. Er mochte etwa vierzig sein.

»Shawna«, sagte er, und Sara fiel auf, dass er nicht den neckischen Spitznamen benutzte, »das ist eine außerplanmäßige Pause, und Sherry sagt, sie dauert jetzt schon länger als eine ordentliche Pause! Wenn du und deine Freundin …«

Sara trat vor und zeigte ihm ihren Dienstausweis. »CSI Las Vegas. Ich spreche gerade mit Shawna über das Verschwinden ihrer Angestellten, Kathy Dean.«

Pablo erstarrte, und sein ärgerlicher Gesichtsausdruck wich einem melancholischen Mienenspiel. Er bekreuzigte sich. »Kathy – so ein nettes Mädchen. Wenn wir irgendetwas tun können, um Ihnen zu helfen …«

»Ich will nur meine Neugier stillen«, sagte Sara. »Wie war Kathy so als Kellnerin?«

Shawna nahm die Gelegenheit wahr, sich aus der Affäre zu ziehen, und hastete zurück ins Restaurant.

Pablo schien den Tränen nahe zu sein. »Sie war die Beste. Klug, fleißig, nett …«

Sofort fragte sich Sara, ob sie gerade mit einem Vertreter aus der Serie der älteren Kerle sprach, mit denen Kathy ihren Vaterkomplex ausgelebt hatte.

»Kathy und die Kleine da«, sagte Pablo und deutete in die Richtung, in der Shawna verschwunden war, »das waren meine besten Mädchen. Detective Sidle …?«

226

»Ich gehöre zum CSI. Was wollten Sie sagen?«

»Werden Sie diese Bestie finden, die das getan hat?«

Sara nickte. »Wir werden ihn finden. Und wir werden ihn wegsperren.«

»Gut«, antwortete Pablo mit eisiger Stimme. »So viele schlechte Menschen dürfen sich über ein langes Leben freuen, und Azucar muss schon in so jungen Jahren sterben. Es gibt keine Gerechtigkeit auf Erden.«

»Manchmal schon«, widersprach Sara und fragte den Manager, ob sie sich in seinem Büro weiter unterhalten könnten.

Brass wartete, bis der junge Mitarbeiter vom Empfang, Jimmy Doyle, an die Bürotür seines Arbeitgebers gepocht hatte.

»Ja?«, ertönte eine Stimme von innen.

»Mr Black«, sagte der junge Mann und öffnete die Tür ein paar Zentimeter weit. »Dieser Detective ist wieder hier und möchte Sie sprechen …«

Brass schob sich an Doyle vorbei und sagte: »Danke, mein Junge.« Dann machte er die Tür vor der Nase des verblüfften Jungen zu.

Der Bestatter erhob sich hinter seinem großen ordentlichen Schreibtisch. Sein Gesicht war vor Zorn gerötet. »Captain Brass, ich betrachte das als reine Schikane!«

Brass setzte sich ungefragt auf einen der Besucherstühle und schlug milde lächelnd ein Bein über das andere. »So könnte man das sehen, hätten Sie sich irgendwann die Mühe gemacht, uns im Verlauf der Ermittlungen einmal die Wahrheit zu sagen.«

Der Bestatter stemmte die Hände auf den Schreibtisch. Er sah immer noch zornig aus, aber seine zitternde Stimme bewies, dass er Angst hatte. »In welchem Punkt soll ich Ihnen denn wohl die Unwahrheit erzählt haben!«

»Dem Anschein nach in jedem.«

»Ich habe mich wirklich bemüht, Sie in jeder Hinsicht zu unterstützen. Nennen Sie mir nur ein Beispiel, wann ich das nicht getan hätte …«

»Beispielsweise«, fiel ihm Brass in freundlichem Ton ins Wort, »hätten wir da die zwei Stunden, die Sie gebraucht haben, um Kathy Dean in der Nacht ihres Verschwindens nach Hause zu bringen.«

Black sackte auf seinem Stuhl in sich zusammen, und die Röte wich aus seinem Gesicht. »Wie kommen Sie darauf, dass ich Sie angelogen hätte?«

»Ihre Frau hat uns darauf gebracht.«

Panik flackerte in seinen Augen auf. »Cassie? Was hat sie Ihnen erzählt?«

»Dass Sie mit ihr zusammen nach dem Film schon um kurz nach zehn nach Hause gekommen sind und Sie sofort wieder losgefahren sind, um Kathy nach Hause zu bringen.«

Black gab ein abwehrendes Grunzen von sich. »Cassie ging es an diesem Abend nicht so gut. Vermutlich hat sie sich mit der Zeit geirrt. Es war eher Mitternacht.«

»Das glaube ich nicht.«

»Was Sie glauben, ist nicht von Bedeutung«, sagte er schulterzuckend. »Ich bin überzeugt, Cassie wird Ihnen höchstpersönlich erzählen, dass sie sich, als Sie zum ersten Mal mit ihr gesprochen haben, in der Zeit geirrt haben mag, weil sie krank war.«

»Muss nett sein, eine so devote Frau zu haben.«

Ein selbstgefälliger Zug offenbarte sich in der Mimik des Bestatters. »Das ist es allerdings.«

Brass strahlte den Mann an. »Und Sie denken, sie wird sich Ihnen gegenüber weiter so devot geben, wenn sie herausfindet, dass Sie es sich zur Gewohnheit gemacht haben, Ihren Babysitter erst nach einem langen Umweg zu Hause abzusetzen?«

»Das, was Sie hier andeuten, ist ...«

»Was, würden Sie sagen, deuten die Fasern aus Ihrem Escalade auf den Knien von Kathys Jeans an?«

Die letzte Spur einer gesunden Gesichtfarbe verschwand, stattdessen wurde Black leichenblass.

Brass fuhr fort: »Natürlich mag es irgendeine ganz unverfängliche Ursache haben, dass Fasern vom Teppich Ihres Wagens sich auf ihren Knien wiederfinden. Aber wir untersuchen gerade die Bekleidung, die sie an diesem Abend getragen hat – und auf der könnten sich noch andere Beweise befinden. Erinnern Sie sich an Bill und Monica? Die Unterwäsche des Mädchens haben wir auch. Und dann ist da noch ein sehr betrübliches Beweisstück – der ungeborene Fötus, den Kathy Dean unter dem Herzen trug. Drei kleine Buchstaben, Mr Black: DNS.«

Der Bestatter starrte auf seinen Schoß.

Was in Brass' Augen durchaus einen Sinn ergab, schließlich befand sich da der Ursprung all seiner Schuld.

»Die DNS-Untersuchung wird vermutlich nachweisen, dass nicht nur Sie eine Affäre mit Kathy hatten, aber *Sie* haben sie geschwängert«, erklärte Brass, »und damit hatten Sie ein Motiv. Vielleicht haben Sie die Gelegenheit einfach wahrgenommen.«

Black blickte auf und schüttelte mit flehentlichem Blick den Kopf. »Das habe ich nicht getan, das müssen Sie mir glauben.«

»Das fällt mir schwer, besonders, da Sie uns von Anfang an nur belogen haben.«

Ein Pochen an der Tür ließ Black zusammenfahren, aber Brass hatte bereits darauf gewartet.

»Kommen Sie rein«, sagte der Detective.

Nick betrat den Raum mit seinem Arbeitskoffer in der Hand.

»Das ist Nick Stokes vom CSI, Mr Black«, stellte Brass vor und winkte Nick zu, näher zu treten. »Nick, das ist Dustin Black.«

Misstrauisch beäugte Black den silbernen Koffer. »Wozu ist er hier?«

»Nick wird eine DNS-Probe von Ihnen nehmen.«

Der Bestatter schluckte und richtete sich in seinem Stuhl auf. »Was passiert, wenn ich die Mitarbeit verweigere? Was passiert, wenn ich erst mit meinem Anwalt sprechen will?«

Wieder mal zuckte Brass mit den Schultern. »Das Recht steht Ihnen zweifellos zu. Es gibt zwei Möglichkeiten für Sie, dieses Spiel zu spielen. Erstens: Sie reagieren empört und rufen Ihren Anwalt an, der Ihnen sagen wird, Sie sollen eine richterliche

Anordnung verlangen, die wir auf jeden Fall erhalten werden, und dann bekommen wir unsere DNS-Probe so oder so. Damit aber haben Sie lediglich ein bisschen Zeit gewonnen – zu welchem Zweck auch immer – uns aber gleichzeitig in der Ausübung unserer Arbeit behindert, sodass wir uns fragen müssen, ob Sie etwas zu verbergen haben.«

Black schluckte schwer. Brass' Worte waren eine bittere Medizin. »Diese DNS-Probe – die soll den Beweis für die von Ihnen behauptete Affäre einschließlich des ... Babys ... liefern. Aber das würde nicht gleichzeitig bedeuten, dass ich das arme Mädchen umgebracht habe.«

»Das würde es nicht, richtig. Und falls Sie es *wirklich* nicht getan haben, falls Sie uns Ihre Unschuld demonstrieren wollen, bleibt Ihnen noch die andere Möglichkeit: Akzeptieren Sie das Unausweichliche, und lassen Sie sich freiwillig einen Speichelabstrich abnehmen.«

Nick holte ein Plastikröhrchen, in dem ein Wattestäbchen lag, aus seinem Koffer und sagte: »Es wird nicht wehtun, Mr Black.«

Black, dessen Blick unentwegt zwischen Brass und Nick hin und her wanderte, dachte nur ein paar Sekunden über seine Möglichkeiten nach, ehe er fragte: »Was muss ich tun?«

Nick lächelte. »Öffnen Sie einfach den Mund, Sir. Sie müssen nicht einmal Ah sagen.«

Der Kriminalist brauchte nur eine Sekunde, um mit dem Wattestäbchen Speichel aus dem Mund des Bestatters zu entnehmen.

»Danke«, sagte Nick artig mit einem ungezwungenen Lächeln, in dem selbst Brass keine Spur von Sarkasmus entdecken konnte.

Und damit verschwand der Kriminalist.

Black wischte sich mit einer zitternden Hand über die Stirnglatze und fragte: »Muss Cassie von dieser Sache erfahren, Captain Brass?«

»Sie dürfte es wohl schon heute Abend erfahren.«

Wieder flackerte Panik in den Augen des Mannes auf. »Warum? Werden Sie ihr davon erzählen?«

»Wenn Sie kein dummer Mann sind, Mr Black, und ich halte Sie nicht für dumm, dann werden *Sie* ihr davon erzählen.«

»Werde ich?«

Brass nickte. »Wenn Sie herkommt, um Sie abzuholen. Es sei denn, Sie wollen mit dem Leichenwagen nach Hause fahren.«

»Was?«

Brass zog sein Mobiltelefon hervor. »Sehen Sie, ich bin gerade dabei, den Abschleppwagen zu rufen, weil ich Ihren Caddy beschlagnahmen werde.«

Nachdem der Detective das erledigt hatte, wandte er sich erneut dem zutiefst gedemütigten Bestatter zu. »Jetzt können Sie sich eine Geschichte ausdenken, was mit dem Auto passiert ist. Aber, Mr Black, und das sage ich Ihnen, ob Sie unschuldig sind oder nicht ...«

»Ich bin unschuldig!«

»... es ist an der Zeit, die Wahrheit zu sagen. Sie können Ihre Affäre mit Ihrem Babysitter nicht länger geheim halten. Und jeder Versuch, es doch zu tun, wird nur den Eindruck erwecken, Sie würden versuchen, die Ermordung des Mädchens zu vertuschen.«

Black erbleichte noch mehr. »Aber ich habe gar nichts getan!«

»Tatsächlich?«, grunzte Brass. »Sie hatten eine Affäre mit einem jungen Mädchen, das möglicherweise sogar ein Kind von Ihnen erwartet hat, als es ermordet wurde. Ich würde keine Energie darauf vergeuden, Ihrer Frau die Information vorzuenthalten, obwohl Sie sich eigentlich um andere Kleinigkeiten sorgen sollten ... beispielsweise um die Todesspritze.«

»Oh mein Gott ...«

»Mr Black, können Sie nachweisen, exakt nachweisen, was Sie in der Zeit getan haben, in der Kathy Dean verschwunden ist?«

Der Bestatter saß wie erstarrt da, so steif wie eine der Leichen, die in diesem Gebäude aufgebahrt wurden.

»Ich denke, das können Sie nicht«, sagte Brass.

»Was soll ich denn machen?«, fragte der Bestatter und beugte sich mit einer überraschenden Lebhaftigkeit vor. Sein hilfloser Gesichtsausdruck war in höchstem Maße untypisch für einen so erfolgreichen Geschäftsmann, der daran gewöhnt war, stets beherrscht aufzutreten und anderen Trost zu spenden.

Der Detective entwickelte ein Gefühl gegenüber dem Verdächtigen, das überraschend deutlich an Mitleid erinnerte. Vielleicht lag es an diesem Raum, in dem so viele Hinterbliebene Trost erfahren hatten, während sie ein Geschäft abschlossen, mit dem Dustin Black reich geworden war.

»Mr Black«, hörte Brass sich sagen, »Sie sollten wirklich Ihren Anwalt anrufen.«

Während sie auf die Ergebnisse der Untersuchung von Dustin Blacks DNS warteten, machte sich Nick in der Garage des CSI-Hauptquartiers an die Arbeit und nahm den Escalade unter die Lupe. Zwischendurch warf er einen Blick zur Uhr, in der Hoffnung, dass Sara bald zurückkäme. Einer von ihnen könnte dann die Proben von dem Teppich des Wagens mit Gaschromatograph und Spektrometer untersuchen, während der andere weiter im Fahrzeug nach Beweisen suchte.

Er fing im Fond an, dem Ort, an dem wahrscheinlich das Stelldichein zwischen Kathy und Black stattgefunden hatte. Der Teppich war marineblau, was die Suche nach Haaren und anderen Fasern erschweren würde. Trotzdem ging Nick gewissenhaft vor, eine Arbeitsweise, die sich gerade in Fällen wie diesem auszuzahlen pflegte. Bei einem Verdächtigen wie Dustin Black, der sich als notorischer Lügner erwiesen hatte, schien Grissoms Ermahnung, dem zu vertrauen, was nicht lügen kann – den Beweisen nämlich – ganz besonders angebracht.

Nick fing an der hinteren Stoßstange an und arbeitete sich langsam voran. Die Ladefläche hinter den beiden Sitzreihen war leer. Die meisten Familien benutzten diese Ladefläche als Stauraum, Black hingegen hatte sie als persönlichen Spielplatz für sich und die junge Kathy Dean genutzt. Hier fand Nick mehrere rötliche Haare, deren Farbe und Länge zu Kathy Deans Haar passten. In einem abgeteilten Fach fand Nick eine Decke, von der er annahm, dass Black sie vielleicht für das ein oder andere Picknick im Auto benutzt haben könnte. Das Licht einer UV-Lampe offenbarte auf der Decke diverse Flecken von Körperflüssigkeiten, aber Blut war nicht darunter. Also legte Nick die Decke wieder weg und verschob die Probenentnahme auf einen späteren Zeitpunkt.

Er war gerade mit dem Vordersitz fertig, als Brass, Grissom und Sara hereinkamen.

»Fortschritte?«, fragte Grissom.

»Unser wichtigstes Ergebnis«, kommentierte Nick lächelnd, ehe er seinem Boss erzählte, was er bisher entdeckt hatte: Haare auf dem Beifahrersitz und der Kopfstütze, von denen einige bestimmt auch dem Besitzer des Fahrzeugs, seiner Frau und seinen Kindern gehörten.

»Wir werden die Laborergebnisse abwarten müssen, um sicher zu sein«, sagte Nick, »aber es sieht so aus, als hätte Kathy Dean eine Menge Zeit im Fond von Blacks Geländewagen zugebracht.«

»Gute Arbeit«, lobte Grissom. »Wir haben auch noch was zu erzählen.«

Sie setzten sich an einen Arbeitstisch in der Garage.

Sara berichtete von der Notiz aus *Lady Chatterley* und davon, was sie von Shawna, der Kellnerin, erfahren hatte.

»Dieses Buch von D. H. Lawrence«, sagte Nick, »könnte ebenfalls eine Verbindung zu Black sein.«

Sara runzelte die Stirn. »Warum?«

Aber Grissom verstand ihn auf Anhieb. »Das ist genau die Art Buch, die ein älterer Mann seiner jungen Geliebten gerne schenkt.«

Sara bedachte Grissom mit einem skeptischen Blick, ehe sie sagte: »Immerhin schien sie im Allgemeinen eher Stephen King zu lesen. Diesen Laden in Pahrump, an dem Kathy gern ihren

Wagen stehen ließ … habe ich aufgesucht. Der Besitzer wechselt die Bänder der Überwachungskamera alle drei Wochen.«

»Kathy Dean ist vor drei Monaten verschwunden«, sagte Nick.

»Ja, aber ich habe trotzdem sämtliche Bänder mitgebracht. Archie soll sich Anfang und Ende jedes Bandes ansehen.«

Sara meinte Archie Johnson, den Computer- und Videospezialisten des CSI.

Nick stimmte ihr zu. »Einen Versuch ist es wert. Wenn wir Glück haben, sind Kathy und ihre mysteriöse Verabredung nicht gelöscht worden.«

Sara zog die Brauen hoch. »Ich habe versucht, diese Janie Glover zu finden, die wissen müsste, wer FB ist. Bisher ohne Erfolg, aber ich habe auch gerade erst angefangen.«

»Was jetzt?«, fragte Nick.

Grissom wedelte mit einem Bündel Papier. »Durchsuchungsbefehl. Während das Labor mit der Untersuchung von Fasern und Videos beschäftigt ist, werden wir erst das Haus der Blacks und dann das Bestattungsinstitut durchsuchen.«

»Na, wenn das nicht nach einem wahren Vergnügen klingt …«, kommentierte Nick mit einem gezwungenen Lächeln.

Es ging auf Mitternacht zu, als der Tahoe vor der Ziegelfestung der Blacks anhielt. Nur im Wohnzimmer brannte noch Licht. In der gesamten Nachbarschaft war es so still wie auf dem *Desert Palm Memorial Cemetery*. Grissom, Sara und Nick folgten Brass zur Tür, wo sich der Captain des übertrieben großen Messingklopfers bediente.

Wenige Augenblicke später öffnete ein gestresst wirkender Dustin Black die Tür, nun in einem grünen Poloshirt, ausgewaschenen Denim-Shorts und Sandalen ohne Socken, und Brass überreichte ihm die richterliche Anordnung.

»Ein Durchsuchungsbefehl?«, fragte der Bestatter. »Für mein Haus?«

»Und Ihr Geschäft«, ergänzte Brass.

»Haben Sie und Ihre Leute heute nicht schon genug getan, um mein Leben zu ruinieren?«

»Morduntersuchungen erfordern Eile«, gab Grissom ungerührt zurück.

»Ist Ihre Familie hier, Mr Black?«, erkundigte sich Brass.

»Nein«, sagte Black, und seine Stimme war voller Sarkasmus. »Danke der Nachfrage! Cassie hat sich die Kinder geschnappt und ist in ein Hotel gezogen, nachdem ich Ihren Rat befolgt und ihr alles erzählt habe. Ja, ich habe mir alles von der Seele geredet und war absolut aufrichtig … und sie hat mich verlassen. Sind Sie jetzt zufrieden?«

Brass ging nicht auf seine Worte ein. »Ich muss Sie bitten, das Haus zu verlassen, während unsere Ermittler die Durchsuchung vornehmen.«

»Ich helfe doch gern«, sagte Black höhnisch und folgte Brass' Anforderung. Er winkte die Ermittler mit großer Geste herein, als freue er sich über deren Besuch. »Oh, bevor ich es vergesse: Wenn das hier vorbei ist, gedenke ich, Ihre Ärsche vor Gericht zu schleifen, weil Sie mein Leben ruiniert haben. Immer vorausgesetzt, es gelingt ihnen irgendwann, den wahren Täter zu schnappen.«

Brass drehte sich zu dem Bestatter um. Sein Gesicht war zu eisiger Höflichkeit erstarrt. »Mr Black, es ist nicht unser Job, das Leben irgendwelcher Leute zu ruinieren, auch wenn das bei dem Bemühen, der Gerechtigkeit zu dienen, passieren kann. Aber in diesem Fall sollten Sie sich überlegen, ob Sie nicht selbst zu Ihrem Ruin beigetragen haben.«

»So?«

»Wir hatten keine Affäre mit einem jungen Mädchen. Wir waren nicht diejenigen, die sie geschwängert haben, und wir sind ganz sicher nicht diejenigen, die Lügen erzählen und damit die Zeit der Ermittlungsbehörden vergeuden.«

Der Bestatter erging sich in brütendem Schweigen.

Grissom, halb eingetreten, drehte sich um, lächelte beiden Männern zu und hob den Finger wie ein altkluger Schüler, der seinen Lehrer berichtigen will. »*Vielleicht* geschwängert. Bisher haben wir die Ergebnisse der DNS-Analyse nicht … Entschuldigen Sie.«

Dann, während sich Nick und Sara dem Rest des Hauses widmeten – Nick im hinteren Bereich, Sara im vorderen – ging Grissom nach oben, wo er sich als Erstes das Badezimmer vornahm, das sich an Blacks Herrenzimmer anschloss.

Das Badezimmer war eine moderne Nasszelle mit Spiegeln, viel Glas und einer mächtigen, von Glaswänden umschlossenen Dusche mit einer Duschsäule, deren Kopf aussah wie eine Waffe aus einem Science-Fiction-Film. Grissom brachte beinahe eine Stunde damit zu, Schubladen zu durchsuchen, Abflüsse zu kontrollieren und in den Spülkasten der Toilette zu schauen, stets in der Hoffnung, irgendwelche Beweise zu finden – aber vergeblich. Doch er hatte auch nicht erwartet, in dem Badezimmer fündig zu werden, und war darin mal wieder bestätigt worden – ein Gedanke, der wenig tröstlich war. Danach widmete er sich dem nicht minder opulenten Schlafzimmer.

Der in Hellgrün eingerichtete Raum wurde von einem an der Wand montierten Plasmafernseher und einem Bett beherrscht, das etwa so groß war wie Grissoms erste Wohnung. Über einer großen Kommode zierten geschmackvolle Werke moderner Kunst die Wände. Das Fernsehgerät stand auf dem Phonoschrank, dessen Regalfächer mit verschiedenen Familienfotos bestückt waren. Außerdem registrierte Grissom noch zwei begehbare Kleiderschränke für »sie« und »ihn«, die zusammen größer waren als seine zweite Wohnung.

Der Kriminalist verbrachte fast eine weitere Stunde damit, das Schlafzimmer zu durchsuchen, in dem sein Interesse vor allem den Kleiderschränken galt. Er durchsuchte die Taschen von Blacks Anzügen und Jacken, die Schubladen mit seiner Unterwäsche und den Socken und die Schuhkartons von Ehemann und Ehefrau. Aber er fand nichts.

Grissom widmete sich den Kinderzimmern mit dem gleichen frustrierenden Ergebnis.

Nick und Sara waren unten gerade fertig, als Grissom wieder zu ihnen stieß.

»Was entdeckt?«, fragte er.

Sara zuckte mit den Schultern. »Kathys Haare im Wohnzimmer, aber das war auch schon alles, was ich gefunden habe.«

»Keine Waffe im Haus, soweit ich sehen konnte«, sagte Nick, »und wir haben alles durchsucht.«

»Seid ihr bereit weiterzuziehen?«, fragte Grissom.

»Ins Bestattungsinstitut?« Nick grinste. »Bereit schon, begierig nicht. Oh, und wir sollten auch den Wagen von Blacks Frau untersuchen.«

Grissom nickte. »Mit dem ist sie sicher zum Hotel gefahren. Wir sollten also zunächst das Bestattungsinstitut in Angriff nehmen.«

Draußen, wo Brass an der Ziegelmauer lehnte, während Black niedergeschlagen auf der kleinen Veranda vor dem Haus saß, bedachte Grissom den Detective mit einem knappen Kopfschütteln, als er mit seinen Mitarbeitern das Haus verließ.

»Sie haben die Waffe nicht gefunden, was?«, höhnte Black. »Und wissen Sie, warum? Weil sie nicht hier ist. Ich habe Ihnen ja gesagt, dass ich das Mädchen nicht umgebracht habe.«

»Wären Sie so nett, uns zum Bestattungsinstitut zu begleiten, Mr Black?«, fragte Brass.

»Habe ich denn eine andere Wahl?«

»Geben Sie uns die Schlüssel, oder sollen wir das Schloss aufbrechen?«

Finsteren Blickes erhob sich der Bestatter. »Ich komme, ich komme …« Dann seufzte er schwer. »Ich, äh … ich habe keinen Wagen. Sie haben ihn beschlagnahmt, erinnern Sie sich?«

»Wir würden uns freuen, Sie mitnehmen zu dürfen.«

»Darauf wette ich.«

So stiegen sie alle in den Tahoe, Nick am Steuer, Black auf dem Beifahrersitz, Brass, Grissom und Sara auf der Rückbank. Während der Fahrt zum Bestattungsinstitut versuchte Grissom, die Wogen zu glätten. Es war unübersehbar, dass sich der Bestat-

237

ter Brass' Unmut zugezogen hatte, und die Spannung zwischen den beiden Männern drohte, ihre Arbeit zu stören.

»Ich weiß, dass Sie ohne uns glücklicher wären, Mr Black«, begann Grissom, »aber Sie sollten verstehen, dass Sie derzeit als Verdächtiger gelten, mit dem wir uns ernsthaft befassen müssen. Falls Sie unschuldig sind, wird ihre Mitarbeit uns helfen, Sie von dem Verdacht zu befreien.«

Eine Weile sagte Black nichts. Dann seufzte er und nickte langsam. »Ich … ich muss mich für mein Benehmen entschuldigen. Bitte verstehen Sie … ich habe lange und hart gearbeitet, um Cassie glücklich zu machen und ihr die Möglichkeit zu geben, so zu leben, wie sie es für angebracht hält. Aber die Wahrheit ist, ich liebe meine Frau schon seit Jahren nicht mehr. Und ich bin nicht sicher, ob sie mich jemals geliebt hat.«

Die Ermittler schwiegen. Die Dunkelheit im Wagen hatte das Fahrzeug in eine Art Beichtstuhl verwandelt.

»Mit dieser Erkenntnis wird man genauso schwer fertig wie damit, beim Ehebruch erwischt zu werden«, gestand der Bestatter. »Eigentlich sogar noch schwerer. Ich glaube, auf eine gewisse Weise wollte ich sogar, dass Cassie es herausfindet, aber nicht so … Kathy war ein wunderbares Mädchen. Ich habe ihr tiefe Gefühle entgegengebracht, und sie war eine extrem liebevolle junge Frau, die sich von ihren Eltern eingesperrt fühlte.«

»Hat sie Ihnen von ihrer Schwangerschaft erzählt, wenn ich fragen darf?«, erkundigte sich Grissom.

»Das hat sie. Sie wollte, dass ich meine Frau verlasse und sie heirate.«

Dieses offene, prompte Eingeständnis riss sogar Brass aus seiner sonst so unerschütterlichen Ruhe.

»Und was«, fragte Grissom, »hatten Sie vor?«

»Ich … ich hatte mich noch nicht entschieden. Ich war ehrlich zu Kathy, und ich habe ihr gesagt, dass ich auf jeden Fall für sie und das Kind sorgen würde, wie auch immer sie damit umgehen wollte. Das Wort Abtreibung hat keiner von uns auch nur ausgesprochen.«

»Ich verstehe«, sagte Grissom.

»Aber ich musste erst ernsthaft in mich gehen und mir überlegen, was auf mich zu käme ... immerhin habe ich eine gewisse
Position in der Gesellschaft, und sie war noch ein halbes Kind ...
Na ja, ich habe versucht, alles genau zu durchdenken, mental zu
verarbeiten.«

Nachdenkliche Anspannung offenbarte sich in Grissoms Augen. »Haben Sie deshalb in dieser Nacht zwei Stunden gebraucht, um Kathy nach Hause zu fahren, Mr Black?«

»Ja. Wir haben uns geliebt, das will ich nicht bestreiten. Diese
Erinnerung werde ich wohl bis zum Tag meines eigenen Todes
als kostbar empfinden. Aber wir haben auch geredet. Ich
wünschte ... ich wünschte ...«

»Was wünschen Sie sich, Mr Black?«

»Ich wünschte, ich hätte dem Mädchen gesagt, ich würde Cassie verlassen und sie heiraten, wie sie es gewollt hat. Ich weiß
nicht warum, aber ich habe das Gefühl, sie wäre noch am Leben,
hätte ich das getan.«

»Wie kommen Sie darauf?«

»Das ist ein Gefühl, Doktor Grissom. Ein Warum ist da fehl
am Platz.«

Grissom fragte sich, ob er sich mit einem unschuldigen Mann
unterhielt, oder ob er es mit einem Mörder zu tun hatte, der zugleich ein hervorragender Schauspieler war. In seiner langen
Laufbahn hatte er schon beides erlebt, und im Augenblick hätte
er auf keine der beiden Möglichkeiten setzen können. Immerhin
war es Dustin Blacks Beruf, dafür zu sorgen, dass sich Menschen
in der schlimmsten Zeit ihres Lebens wohl fühlten, und ihnen
genau das zu sagen, was sie in schweren Zeiten hören wollten.

Ob es den anderen womöglich ebenso erging?

Falls Black schuldig war, würde er sich im Zeugenstand ausge-
zeichnet machen.

Am Beerdigungsinstitut angekommen, stiegen sie aus, und
nachdem Black die Tür aufgeschlossen hatte, betraten sie gemeinsam den dunklen Empfangsbereich. Dort warteten sie,

während der Bestatter die Alarmanlage deaktivierte und das Licht einschaltete. Als das erledigt war, gingen Black und Brass wieder hinaus auf den Parkplatz. Die Spannung zwischen den beiden Männern hatte spürbar abgenommen.

Grissom besprach die Vorgehensweise mit Nick und Sara. »Wir werden uns Zeit nehmen. Hinten fangen wir an und arbeiteten uns nach vorne durch. Wir werden einen Raum nach dem anderen durchsuchen und mit der Garage anfangen.«

In der Garage schaltete Nick seine Maglite an. Im Licht der Taschenlampe sahen sie Stellplätze für drei Fahrzeuge. Der erste Platz war leer, den mittleren nahm die Limousine ein, und auf dem letzten stand der Leichenwagen. An der vorderen Wand befand sich eine Werkbank.

»Ich hätte nie gedacht, dass ich das mal sagen würde …«, kommentierte Nick, nachdem er das Licht der Garage eingeschaltet hatte.

Grissom griff das Stichwort auf. »Was, Nick?«

»Ich nehme den Leichenwagen.«

Grissom lächelte. »Und ich übernehme Werkbank und Werkstattbereich. Damit bleibt dir die Limousine, Sara.«

»Alles klar.«

Die Werkbank war offenbar im Nachhinein aus Sperrholz zusammengezimmert worden. Über der Werkbank war ein Brett mit Haken angeschraubt, an dem Dinge wie Zangen, Vierkantschlüssel oder Schraubenzieher hingen. Auf einem Regalbrett unter der Werkbank stand ein verschlossener Werkzeugkoffer aus Stahlblech. Außerdem stapelten sich auf einer Seite der Werkbank zahlreiche Kartons.

Grissom beschloss, Black danach zu fragen.

Er drückte auf den Schalter, der das elektrische Garagentor in Bewegung setzte, und ging um das Gebäude herum statt hindurch. An der vorderen Seite des Hauses stieß er auf Brass und Black. Der Bestatter sog nervös an seiner Zigarette.

Grissom deutete mit dem Daumen hinter sich. »Da ist ein Werkzeugkasten, könnten Sie ihn für uns aufschließen?«

240

»Der gehört Jimmy – er wartet die Fahrzeuge. Das gute Werkzeug hält er immer unter Verschluss«, sagte Black.

»Haben Sie einen Schlüssel?«

»Nein.«

»Dann werde ich den Werkzeugkoffer gewaltsam öffnen müssen.«

»Tun Sie, was Sie tun müssen«, murmelte der Bestatter in neutralem Ton.

Grissom ging zu dem Tahoe, holte seinen Bolzenschneider, kehrte in die Garage zurück und knackte das Schloss des Werkzeugkoffers, in dem er exakt das fand, was Dustin Black angekündigt hatte – Werkzeug, gutes Werkzeug.

Dann durchsuchte Grissom die Kartons auf der Werkbank. Einige enthielten Kleidungsstücke, andere Chemikalien, aber der Karton in der Mitte enthielt etliche 250g-Packungen mit kosmetischem Material und, ganz am Boden, noch etwas anderes …

»Waffe!«, rief Grissom über seine Schulter.

Binnen Sekunden standen seine Mitarbeiter neben ihm.

Nick schoss ein Foto, und Sara hielt Grissom einen Beweismittelbeutel hin, als dieser die .22er Smith & Wesson Automatik vorsichtig herausnahm und in den Beutel fallen ließ.

»Sollen wir weitersuchen?«, fragte Nick.

»Vorerst nicht«, sagte Grissom. »Wir kommen wieder. Aber nicht sofort.«

Sie packten ihre Sachen zusammen, schlossen das Garagentor und gingen zurück zu Brass und Black, die vor dem Gebäude warteten.

»Mr Black«, begann Grissom, »Sie sollten abschließen. Und Sie sollten Vorkehrungen treffen – Sie werden eine Weile nicht mehr herkommen können.«

Der Bestatter ließ seine Zigarette fallen. Panik schlug sich in seinen Zügen nieder. »Was? Sie haben doch nichts gefunden? Sie konnten doch gar nichts finden. Da war nichts zu …«

Grissom hielt ihm den Beweismittelbeutel unter die Nase, und Nick richtete die Taschenlampe auf die darin liegende

241

Pistole. Das Metall reflektierte das Licht, als wolle es Black zuzwinkern.

Als Brass Dustin Black die Miranda-Rechte vorlas, hielten sich die Kriminalisten ein wenig abseits. Während der Bestatter das Institut abschloss, weinte er. Brass legte ihm die Handschellen an und führte ihn zu dem Tahoe.

»Ich habe es nicht getan«, wiederholte er immer wieder. »Das ist nicht meine Waffe. Ich habe das Ding noch nie zuvor gesehen!«

»Das Lied höre ich nicht zum ersten Mal«, kommentierte Brass und verfrachtete ihn auf die Rückbank.

Nick musterte seinen Vorgesetzten. »Gris – du glaubst ihm doch nicht, oder?«

»Ich glaube niemandem, Nick. Ich glaube an Beweise, und ich bin habgierig.«

»Was meinst du damit?«

»Um es mit Oliver Twist zu sagen: Ich möchte noch etwas mehr.«

Und damit stiegen die drei Kriminalisten zu dem Detective und dem Verdächtigen in den Tahoe.

10

Der kleinste Arbeitsraum des CSI, das Handschriftenlabor, maß etwa drei Meter sechzig mal vier Meter fünfzig. Darin stand ein langer Tisch mit einer Kunststoffplatte, die von unten beleuchtet wurde. Jenny Northam, einstmals selbstständige Dienstleisterin und nun Vollzeitangestellte des Departments, rollte auf ihrem Bürostuhl schwungvoll von der Arbeit weg, um sich den Materialien aus dem Fall Vivian Elliot anzunehmen, die auf der anderen Seite des Tisches auf sie warteten.

Catherine Willow trat einen Schritt weiter in den Raum, fühlte sich aber bei dem Gedanken, Jenny möglicherweise in die Quere zu geraten, gar nicht wohl.

»Vega sagt, seiner Meinung nach stimmen die Schriftproben überein«, fing Catherine an.

»Dafür bin ich hier eingestellt und bekomme die mittelprächtige Kohle, Cath«, gab Jenny zurück. »Keine verdammte Übereinstimmung.«

Seit sie zu den städtischen Gehaltsempfängern zählte, hatte Jenny ihr Hafenarbeitervokabular bezähmt, aber manchmal konnte sie sich einfach nicht beherrschen. Sie hielt Mabel Hintons Unterschriftsmuster in der einen, die Liste aus dem *Sunny Day* in der anderen Hand, sodass Catherine beide sehen und sich eine Meinung bilden konnte.

Die Kriminalistin schüttelte den Kopf. »Ich sehe keinen Unterschied.«

»Eine Wachstraube und eine echte Traube sehen sich auch ziemlich ähnlich, wissen Sie? Jemand hat *versucht*, Mabels Unterschrift nachzuahmen, aber wenn es auf den ersten Blick auch ganz prima aussehen mag, muss man nur näher hinsehen, um die Unterschrift auf der Besucherliste als offensichtliche Fälschung zu entlarven. Kommen Sie, Cath, sehen Sie genauer hin.«

Catherine studierte die Unterschriften erneut. »Liegt es an den Schleifen?«

»Was ist mit denen?«

»Zu klein?«

Jenny lächelte. »Gut, Cath. Sonst noch etwas?«

»Da ist was … mit der Neigung?«

»Bingo«, rief die Handschriftenexpertin. »Die Neigung auf der Besucherliste ist gezwungen – man kann sehen, dass der Schreiber normalerweise die umgekehrte Neigung macht. Die Druckpunkte sind an den falschen Stellen.«

Catherine nickte. »Also ist ausgeschlossen, dass beide Unterschriften von derselben Person stammen?«

»Teufel, ja, absolut.«

Catherine lachte.

Wieder fixierten Catherines Augen die Besucherliste. Wenn nicht Vivians Freundin Mabel Hinton sich eingetragen hatte, wer dann? Catherines Blick sah rechts neben der Unterschrift ein Feld für die Eintragung der Fahrzeugkennzeichen.

»Jen – hat Vega dazu etwas gesagt?«

Mit gerunzelter Stirn musterte Jenny die Spalte, auf die Catherine gerade gezeigt hatte. »Nein. Nein, es ging nur um die Unterschrift. Warum lächeln Sie?«

»Wir hatten in diesem Fall nur wenige Spuren, da ist es schön, wenn man mal eine neue findet. Danke, Jen.«

»Immer gern, Cath.«

In ihrem Büro überprüfte Catherine die Nummer des Fahrzeugkennzeichens mithilfe der Datenbank der Zulassungsstelle und erhielt schnell ein Ergebnis. Sie schnappte sich den Ausdruck und keine zehn Minuten später hielt sie mit dem Tahoe vor dem heruntergekommenen Betonbunker der *Valley Taxi Company*. Dort wandte sie sich an den Leiter der Funkzentrale, einen kahlköpfigen Mann in den Sechzigern, dessen Brillengläser die Dicke von Flaschenböden hatten. In seinem Mundwinkel hing eine Zigarette, und auf seinem kurzärmeligen karierten Hemd waren Spuren seines Frühstücks zu sehen.

244

»Brauchen Sie ein Taxi, Lady?«, fragte er.

Catherine ließ außer ihrem Dienstausweis ein Lächeln aufblitzen und sagte: »Ja, aber ein ganz bestimmtes.«

Als sie ihm die Sachlage erklärt hatte und ihm dann die Zulassungsnummer des Taxis gab, das eine gewisse Mabel Hinton am Morgen von Vivian Elliots Ermordung zum *Sunny Day* gefahren hatte, setzte sich der Mann an sein Funkgerät.

Catherine wusste, dass sie von Rechts wegen eigentlich einen Detective hätte hinzuziehen müssen, doch um keine Zeit zu verlieren, ergriff sie selbst die Initiative.

Keine zwei Minuten später hatte sie die Adresse eines Cafés am Boulder Highway, in dem der Fahrer Gus Clein gerade eine Pause machte und auf sie warten wollte.

Catherine hielt vor dem Lokal, das im Stil der Fünfziger eingerichtet war, trat ein und nahm in einer Nische gegenüber einem fülligen Mann in mittleren Jahren Platz. Der Mann hatte grau meliertes Haar, plumpe Züge und den Mund voll mit Hamburgerfleisch. Er trug ein Wayne-Newton-T-Shirt – und so wie es aussah, bestimmt schon seit dessen erstem Auftritt in Vegas.

»Besteht eine Chance, dass Sie sich an die Fahrt erinnern, um die es mir geht?«, fragte Catherine.

Clein nickte und kaute weiter. »Ja, ich erinnere mich, weil das die einzige Fahrt war, die ich je zu diesem Pflegeheim gemacht habe … oder machen werde.«

»Aber erinnern Sie sich auch noch an den Fahrgast?«

Er hustete, nahm einen Schluck aus seinem Cola-Becher, in dem vermutlich der ganze Lake Mead Platz gefunden hätte, und sagte: »Klar. Alte Dame. Ich mache das schon eine ganze Weile, und ich bin einer der gesprächigeren Fahrer – die einzige Möglichkeit, nicht den Verstand zu verlieren. Und normalerweise gefällt das den älteren Fahrgästen. Die lieben jede Art von Aufmerksamkeit. Aber die? Sie war so still; ich dachte schon, sie wäre gestorben. Ich meine, ich habe dauernd versucht, mit ihr zu reden, aber sie hat nicht das geringste Interesse gezeigt.

245

»Wo haben Sie sie abgeholt?«

Er nahm einen weiteren Bissen von seinem Monsterburger und kaute, während er überlegte. Gleich darauf spülte er den Bissen mit dem nächsten Schluck Cola hinunter. »Irgendwo in Spanish Hills.«

Catherine fühlte einen Funken innerer Erregung erblühen. »Wo genau?«

Clein wischte sich die Hände ab, griff das Klemmbrett, das neben ihm auf der Sitzbank gelegen hatte, und fing an, in den Seiten zu blättern. »Hier ist es«, sagte er dann endlich. »Rustic Ridge Drive.«

Catherine hatte ihr Notizbuch längst in der Hand. »Haben Sie auch die Hausnummer?«

»Klar«, sagte er und gab ihr die Nummer.

Hal-lo! Rene Fairmonts Adresse.

»Danke, Mr Clein«, sagte Catherine lächelnd und zog ihr Mobiltelefon hervor.

»Hey, war mir ein Vergnügen. Sind beim CSI alle so niedlich wie Sie?«

Sie bedachte ihn mit einem schiefen Grinsen. »Womöglich mögen Sie mich weniger, als Sie denken, Mr Clein.«

»Warum denn, Süße?«

»Weil ich gleich Ihr Taxi beschlagnahmen lasse ... Süßer.«

»Ach zum Teufel ...«

»Tut mir Leid, aber der Wagen ist jetzt ein Beweisstück in einer Mordermittlung.«

»Verdammt.«

»Es tut mir wirklich Leid. Sie waren uns eine große Hilfe. Hier ...« Sie legte zwei Vierteldollarmünzen auf den Tisch. »Sie werden sicher Ihre Zentrale anrufen wollen, damit die jemanden schicken, der Sie abholt.«

»Ihre Almosen brauche ich nicht, Lady! Ich habe ein Funkgerät in meinem Taxi.«

»Hätten Sie, wenn Sie noch ein Taxi hätten.«

»Verdammt!«, entfuhr es Clein noch einmal. Dann seufzte er

schwer, nahm die Münzen an sich, ergab sich seinem schweren Los und widmete sich wieder dem Hamburger.

Catherine ging hinaus, um den Abschleppwagen zu rufen, aber als sie die erste Taste drückte, erwies sich der Akku als tot, so tot wie die meisten Spuren in diesem Fall. Sie wechselte den Akku und rief in der Garage des LVPD an. Danach tätigte sie einen weiteren Anruf, um einen Cop anzufordern, der den Wagen bewachen sollte, bis der Abschleppwagen eintraf. Danach sprach sie mit Warrick.

»In welche Ecke der Welt hat es dich denn verschlagen?«, fragte Warrick leicht verärgert.

»Tut mir Leid – ich wusste nicht, dass mein Telefon tot war.« Dann erzählte sie ihm, wo sie war und was sie getan hatte. »Wie sieht es bei dir aus?«

»Gut«, sagte Warrick. »Greg hat die gerichtliche Anordnung für den Schädel und die Gewebeproben.«

Sie lachte. »Greg tut wirklich alles, um rauszukommen.«

»Na ja, ich selbst konnte nicht«, erwiderte Warrick. »Ich habe die Beweismittel von dem Masters-Tatort bearbeitet. Dich konnte ich nicht finden, und Greg hatte Zeit. Bei unserem Budget muss man nehmen, was man kriegen kann.«

»Wenn nichts Besseres zu finden ist«, kommentierte sie. »Sehen wir uns in fünfzehn Minuten im DNS-Labor?«

»Einverstanden«, sagte er, und sie beendeten das Gespräch.

Vega und Warrick waren gerade unterwegs zum DNS-Labor, als Catherine eintraf und sich ihnen anschloss.

»Das Taxi wird bald hier sein«, berichtete sie. »Dann können wir es untersuchen, aber nach all den Leuten, die nach der falschen Mabel Hinton eingestiegen sind, weiß ich nicht, ob wir da noch etwas finden werden.«

Vega verzog die Lippen zu einem spöttischen Grinsen. »In diesem Fall greifen wir offenbar ständig nach Strohhalmen.«

»Kannst du dich allein darum kümmern?«, wollte Warrick von Catherine wissen. »Ich bin immer noch mit den Beweisen im Fall Masters beschäftigt.«

»Ausgleichende Gerechtigkeit«, bemerkte Catherine. »Sehen wir erst mal, was Greg uns zu bieten hat.«

Sie betraten das Labor, in dem sich Greg über einige Berichte beugte. Auf dem Tisch neben dem Labortechniker mit dem Strubbelkopf lag ein menschlicher Schädel, der ihnen einladend zugrinste.

Als Greg sie eintreten hörte, drehte er sich um, bedachte sie mit dem wohl dümmlichsten Lächeln, dessen er fähig war, und deutete mit großer Geste auf den Schädel. »Wenn ich vorstellen darf: Der Kopf der UWN-Schauspielschule.«

»Das ist eine Schlagzeile wert«, sagte Warrick trocken. »Greg Sanders hat einen Kopf!«

»Erspart mir die billigen Witze, Kinder.« Catherine beugte sich herab, um das anzuschauen, was einst Derek Fairmonts Gesicht gewesen war. »Das sind die Überreste eines Menschen.«

»Die Frage ist«, sagte Warrick, »sind es auch die eines Mordopfers?«

Greg hob eine Hand. »Wir sollten nicht vorschnell urteilen ... Tut mir Leid, war ein Versehen.«

»Hattest du schon Glück mit dem Schädel, Greg?«, fragte Catherine, die Hände in die Hüften gestemmt.

»Na ja, ihr hattet beide Recht – Warrick, als er sagte, es wäre unwahrscheinlich, dass Gift in den Knochen eingelagert wird, und Catherine, als sie auf die poröse Konsistenz der Zähne hinwies.«

Spannung schlich sich in Catherines Augen. »Hast du Spuren von ...«

»So weit bin ich noch nicht gekommen.«

»Wie weit bist du gekommen, Greg?«

Er bedachte sie mit einem selbstzufriedenen Lächeln. »Oh, gerade weit genug, um euch zu sagen, dass Derek Fairmont tatsächlich vergiftet wurde.«

Die beiden Kriminalisten und der Detective wechselten erwartungsfreudige Blicke und gestatteten dem Labortechniker, seine dramatische Pause ein wenig auszukosten.

»Ich habe die Gewebeproben aus der Universitätsklinik untersucht«, sagte Greg, »und Spuren von Blausäure gefunden.«

»Zyankali«, grunzte Warrick.

»Wenn diese Organe gespendet wurden«, fragte Vega, »hätte man das dann nicht schon früher feststellen müssen?«

»Nein«, erklärte Greg. »Es sind nur Spuren. Medizinisch fällt das nicht auf. Und die Organe, die transplantiert wurden – also alle – werden davon nicht beeinträchtigt.«

Catherine legte die Stirn in Falten. »Können solche Spuren auch auf eine Art Unfall zurückzuführen sein? Irgendein versehentlicher Kontakt mit Blausäure?«

»Ja, wenn Fairmont eine Kuh gewesen wäre. Dann hätte ich auf einen Unfall getippt. Blausäurevergiftungen treten tatsächlich bei Weidetieren öfter auf, weil Blausäure in den Epidermalzellen von Süßgräsern enthalten ist, die diese Tiere gern verspeisen. Da Fairmont ein Mensch war, lasse ich diesen Punkt aber außen vor und sage: Er wurde vergiftet.«

»Vermutlich«, kommentierte Catherine trocken, »hat ihn niemand gezwungen, Süßgras zu essen.«

»Vermutlich nicht. Wollt ihr meine Expertenmeinung hören? Rattengift.«

Warrick zuckte in Gedanken zusammen. »Einfaches, altmodisches, handelsübliches Rattengift?«

»Ja – nicht schwer dranzukommen, mehrere große Hersteller benutzen als aktive Substanz immer noch Blausäure. Sie hemmt die Sauerstoffverwertung in den Körperzellen. Und darum ist Derek Fairmont im Grunde …«

Greg deutete auf den Schädel, nunmehr mit ernster Miene, denn daran war gar nichts komisch.

»… erstickt. Außerdem ist Gary Masters an dem gleichen Gift gestorben.«

»Gut!«, rief Catherine spontan, ehe ihr in den Sinn kam, dass diese Äußerung ein wenig seltsam klang und vielleicht einer Erklärung bedurfte. »Ich hatte gehofft, dass du auf eine Übereinstimmung stoßen würdest«, sagte sie daher zu Greg.

»Ich habe so etwas geahnt und herausgefunden, dass nicht nur die Weinflasche voller Gift war, sondern auch das Glas, aus dem er getrunken hat.« Er hielt den Autopsiebericht hoch. »Und mein Kollege, Dr. Albert Robbins, stimmt mir zu: Tod durch Vergiftung. Eigentlich ist diese Mordmethode heute nicht mehr so weit verbreitet.«

»Und wird darum leichter übersehen, als man denkt«, murmelte Warrick beinahe im Selbstgespräch.

»Also wissen wir jetzt, dass das gleiche Gift bei zwei Opfern verwendet wurde«, schloss Vega.

»Es ist noch zu früh, die Champagnerkorken knallen zu lassen«, mahnte Catherine. Das reicht nicht für einen eindeutigen Modus Operandi. Der Ehemann wurde über einen langen Zeitraum mit kleinen Dosen umgebracht ... das sagen jedenfalls die Giftspuren in seinen Überresten.«

»Richtig«, stimmte Greg zu.

Warrick brachte es auf den Punkt: »Wenigstens kennen wir jetzt Rene Fairmonts bevorzugtes Gift. Jetzt müssen wir nur noch beweisen, dass unsere böse Schwester diese Morde tatsächlich begangen hat.«

Greg kratzte sich am Kopf. »Habt ihr nicht erzählt, dass Derek in Mexiko gestorben ist?«

Warrick nickte.

»Ja«, sagte Catherine.

Greg legte den Kopf schief. »Habt ihr einen Totenschein aus Mexiko angefordert?«

Catherine fragte sich, worauf Greg hinauswollte. »Ja, haben wir. Er wurde hergefaxt – Todesursache: Herzanfall.«

Gregs Lächeln war beinahe so entzückt wie Grissoms. »Gibt es auch einen Totenschein des Konsulats?«

Catherine verzog das Gesicht. »Einen was?«

»Wenn auf einem Totenschein aus Mexiko ein Herzanfall attestiert wird, denke ich an Bestechung«, erklärte Greg. »Ich meine, das Gift war da, unübersehbar, und wenn das Konsulat keinen Totenschein ausgestellt hat und Derek wirklich in

Mexiko gestorben ist, dann hat seine Frau ihn widerrechtlich hierher überführt. Sie hat gegen das Gesetz verstoßen. Ich meine, sie hat sogar ein Bundesgesetz gebrochen.«

Catherine musterte Greg mit neu erwachtem Respekt. »Woher weißt du das alles?«

»22 U.S.C. 4196, 22 CFR 72.2.«

»Häh?«

»Das ist ein Teil des Bundesgesetzes, das sich mit Todesfällen von US-Bürgern im Ausland befasst.« Greg lächelte und wedelte mit dem Spickzettel in seiner Hand. »Tja, wo wäre die Wissenschaft ohne *Google?*«

In Vegas Zügen spiegelte sich grimmige Zufriedenheit. »Wir müssen die Bundesbehörde benachrichtigen.«

»Das erledige ich«, sagte Catherine.

»Und in der Zwischenzeit«, fuhr der Detective fort, »werde ich zum *Sunny Day* fahren und mich noch einmal mit Rene Fairmont unterhalten.«

»Wir haben wahrscheinlich noch nicht genug, um sie festzunehmen«, sagte Warrick, »aber das ist eine verdammt auffällige Serie von Zufällen. Wie es scheint, wird jede Person, die sie kennt, ermordet.«

»Warum kommen Sie nicht mit, Warrick?«, fragte Vega, ehe er sich an Catherine wandte. »Wie steht es mit Ihnen, Cath?«

»Nein, Sam – ich werde das FBI benachrichtigen und mein Bestes tun, um nicht ausgerechnet an Agent Rick Culpepper zu geraten. Und dann werde ich sehen, ob ich mehr über diese mutmaßlich nicht existierenden Wohltätigkeitsorganisationen herausfinden kann. Bringen Sie Rene zum Reden, und vielleicht können Sie ihr irgendwann die Handschellen anlegen.«

»Wir haben genug, um sie für eine Befragung herzubringen.«

Als Vega und Warrick gegangen waren, wandte sich Catherine wieder Greg zu. »Danke, Greg.«

»Kein Problem.«

»Aber nicht leichtfertig werden – der Kopf wartet.«

»Oh, ja«, sagte Greg und griff nach dem Schädel.

251

Warrick nahm den Tahoe. Er saß auf dem Fahrersitz, Vega auf dem Beifahrersitz. Als sie vor dem Wachhäuschen des *Sunny Day* angekommen waren, sah der Kriminalist, dass der grauhaarige Wachmann Fred Dienst hatte.

Fred kam zu ihrem Wagen und fragte: »Hallo Leute, was kann ich für euch tun?«

»Hi, Fred«, sagte Warrick. »Ist Rene Fairmont heute Nachmittag im Dienst?«

»Sie war«, antwortete der Wachmann. »Sie ist vor einer halben Stunde schon gegangen. Komische Sache.«

»Komisch? In welcher Hinsicht?«

»Sie war nur, hm, ich schätze … fünf Minuten hier? Dann hat sie sich freigenommen und ist davongerast, als wäre der Teufel persönlich hinter ihr her. Wenn ich sie das nächste Mal sehe, werde ich mit ihr darüber sprechen müssen. Das ist ein rücksichtsloses Verhalten für einen Mitarbeiter dieser Einrichtung.«

Warrick sah Vega an und fragte: »Fluchtrisiko?«

»Oh, ja«, stimmte der Detective mit bekräftigendem Nicken zu. »Also los!«

»Aus dem Weg, Fred«, rief Warrick, rammte den Rückwärtsgang rein und jagte den Wagen die Auffahrt hinunter. Er bremste, schaltete auf normale Fahrt und trat das Gaspedal durch. Der Wagen raste mit quietschenden Reifen los, als Vega die Signalanlage einschaltete und sein Mobiltelefon aus der Tasche zog.

»Wen rufen Sie an?«, fragte Warrick.

»Dr. Whiting – passen Sie auf die Straße auf.«

Warrick dankte dem Himmel, dass der Lake Mead Drive irgendwann in die Interstate 215 mündete. Der Versuch, quer durch die Stadt zu fahren, hätte sie trotz des Blaulichts wertvolle Zeit gekostet.

Rene Fairmont kannte die Verkehrsverhältnisse natürlich auch, und sie hatte eine halbe Stunde Vorsprung. Durch das Heulen der Sirene konnte Warrick nur wenig von Vegas Gespräch mit Dr. Whiting aufschnappen, und als der Detective das

Telefonat beendet hatte, mussten sie schreien, um das schrille Sirenengeheul zu übertönen.

»Was hat Whiting gesagt?«, brüllte Warrick.

»Dass Rene etwas von einem Notfall erzählt hat und einfach verschwunden ist. Er wollte sie fragen, was los ist, aber sie hat sich nur ihre Sachen geschnappt und gesagt, sie müsse los.«

»Ich glaube nicht, dass Fred die Gelegenheit bekommt, sich mit Rene über ihre Rücksichtslosigkeit zu unterhalten.«

»Ich auch nicht«, sagte Vega, »aber wir vielleicht.«

Warrick gab Gas. Dieser barmherzige Engel hatte offenbar Verstand genug, um zu wissen, dass man ihm auf die Schliche gekommen war. Aber er wusste vielleicht noch nicht, wie nah die Verfolger bereits waren … vielleicht konnten sie den Engel rechtzeitig fangen, ehe er davonflog und für immer verschwand.

Catherine widmete sich wieder ihren Nachforschungen über die betrügerischen Wohltätigkeitsorganisationen. Sie suchte nach einer Gemeinsamkeit zwischen den Organisationen oder ihren Postfächern. Es waren zehn verschiedene Organisationen mit zehn verschiedenen Postfachadressen – *D.S. Ward Worldwide* und deren Postfach in Des Moines nicht mitgezählt.

Zwar gab es drei lokale Postfachadressen, doch die übrigen sieben lagen außerhalb des Bundesstaats. Die drei Postfächer, die sich über die Stadt verteilten, würde sie persönlich überprüfen, sie hatte sich die jeweiligen Standorte bereits eingeprägt.

Mit den Postfächern jenseits der Staatsgrenze würde es nicht so leicht sein: *Jonathan Hooker Ministries* in Salt Lake City; *Father Lonnegan's Children's Fund,* Laramie, Wyoming; *Shaw Ministries,* Grad Island, Nebraska; *Pastor Henry Newman Charities* in Joliet, Illinois; und drei andere, die noch weiter im Osten lagen.

Sollte Rene Fairmont hinter all diesen Organisationen stecken, wie kam sie dann an das Geld? Es musste persönlich abgeholt werden. Konnte die Frau in jeder dieser Städte einen Komplizen haben? Das war nicht sehr wahrscheinlich – dies war ein Spiel für Einzelgänger.

Die Kriminalistin beschloss, den Computer zu befragen. Sie tippte die Namen der Organisationen in eine Suchmaschine. Während die Suche lief, rief sie eine Karte der Vereinigten Staaten auf und markierte alle Städte, in denen Rene ein Postfach unterhielt.

In weniger als einer Minute fühlte Catherine, wie ihr Mund trocken wurde und die Augen sich weiteten.

Alle Städte lagen auf einer Linie.

Von Vegas über die I-15 nach Norden nach Salt Lake City, dann nach Osten auf die I-80 durch Laramie, Grand Island, Des Moines, Joliet und so weiter. Das war nicht einfach ein Netzwerk von falschen Wohltätigkeitsorganisationen, und es war auch ganz sicher kein Hinweis auf einen Komplizen an den jeweiligen Orten – das war ein Fluchtplan!

Mit dieser vorbereiteten Route konnte Rene Fairmont ihre Postfächer leeren, die Stadt verlassen und in den Sonnenuntergang fahren. Na ja, eigentlich in den Sonnenaufgang, da sie nach Osten fuhr.

Je nachdem, wie viel Geld in den einzelnen Postfächern auf sie wartete, konnte dieser barmherzige Engel die Städte nach Gutdünken aufsuchen und wieder verlassen. Catherine hoffte, dass Rene Fairmont sich in Sicherheit wähnte und davon ausging, dass niemand ihre Route oder ihren Plan aufgedeckt haben könnte.

Ein Kribbeln machte sich in Catherines Nacken bemerkbar: Sie wusste – und das war weit mehr als eine Ahnung, dass Rene sich auf die Flucht vorbereitete. Diesen abgehalfterten Anwalt, der sich in mehreren Fällen beim Erschleichen des Erbes als nützlich erwiesen hatte, hatte sie bereits ausgeschaltet – vermutlich gleich, nachdem Catherine und Vega in ihrem Haus mit ihr gesprochen hatten. Vermutlich hatte sich Schwester Fairmont bereits aus dem *Sunny Day* verabschiedet. Warrick und Vega hatten das bestimmt gerade festgestellt.

Catherine griff nach ihrem Mobiltelefon, als die Suchergebnisse auf dem Monitor aufflackerten.

254

Die Namen der Wohltätigkeitsorganisationen hatten tatsächlich etwas gemeinsam …

Die Namen hatten Catherine zur *IMDb.com* geführt, der *Internet Movie Database,* einer umfangreichen Filmdatenbank. Jeder einzelne Name dieser falschen Wohltäter stammte aus derselben Quelle – es war *Der Clou,* ein Film aus dem Jahr 1973 über ein paar gewiefte Ganoven, die *den* großen Coup landeten. *D.S. Ward Worldwide* bezog sich auf den Drehbuchautor David S. Ward; Jonathan Hooker war Robert Redfords Rolle; Pastor Henry Newman war ein Hinweis auf Henry Gondorff und den Nachnamen des Schauspielers, der die Rolle gespielt hatte, Paul Newman. Und in zwei weiteren Organisationen tauchte sowohl der Name des Schauspielers Robert Shaw wie auch der seiner Rolle, die des Bösewichts Lonnegan, wieder auf. Jede Wohltätigkeitsorganisation hatte einen Bezug zu diesem berühmten Film.

Binnen Sekunden hatte Catherine den Zusammenhang erfasst und – mit einer Stinkwut im Bauch – die Schnellwahltaste für Warricks Telefon gedrückt.

Überraschenderweise hörte sie stattdessen Vegas Stimme und das unverkennbare Geräusch einer heulenden Sirene.

»Warrick ist mit dem Fahren beschäftigt«, erklärte Vega, begleitet von dem Knistern einer schlechten Verbindung. »Wir denken, dass Rene Fairmont die Flucht angetreten hat.«

»Ich bin sogar sicher, dass sie das hat«, bestätigte Catherine. »Darum rufe ich an – sie hat sich einen Fluchtweg zurechtgelegt, der ihr dabei hilft, ihre Beute aus den verschiedenen Postfächern abzuholen.«

Vega sagte etwas, das in dem statischen Knistern unterging – einer der Nachteile der Arbeit in Las Vegas war, dass die Funksignale der Telefone manchmal einfach versagten.

»Was?«, brüllte sie ins Telefon.

Vegas Stimme wurde wieder hörbar, dieses Mal auch deutlicher. »Warrick und ich sind auf dem Weg zu ihrem Haus.«

»Und ich überprüfe die hiesigen Postfächer.« Sie beendete das Gespräch und machte sich im Laufschritt auf den Weg.

Als Warrick vor dem ranchartigen Haus mit dem braunen Rasen und dem *Zu-verkaufen*-Schild am Rustic Ridge Drive vorfuhr, wartete kein roter Grand Prix in der Auffahrt. Der Kriminalist und der Detective stürmten mit gezogenen Waffen aus dem Tahoe. Warrick schnappte sich den Stemmbolzen vom Rücksitz und lief zusammen mit Vega zum Haus. Heulende Sirenen in einiger Entfernung verrieten Warrick, dass die Verstärkung unterwegs war.

Während Vega ihm Deckung gab, schob Warrick seine Waffe ins Halfter, um die Vordertür aufzubrechen – das Schloss flog ins Innere des Hauses und die Tür sprang weit auf. Warrick ließ den Stemmbolzen fallen und zog die Pistole wieder hervor.

Mit Vega in Führung gingen die beiden Männer durch sämtliche Räume des Hauses. Als feststand, dass das Haus verlassen war, steckte Warrick die Waffe wieder in das Halfter und schüttelte frustriert den Kopf.

Kein Zweifel: Rene Fairmont war bereits fort.

Mehr als alles andere verriet das große Schlafzimmer, was geschehen war. Die Schranktüren standen weit offen, Kleider lagen auf dem Boden, einige hingen sogar noch im Schrank. Die Frau hatte offensichtlich in aller Eile gepackt und die Flucht ergriffen.

»Was jetzt?«, fragte ein ziemlich erboster Vega.

»Jetzt«, sagte Warrick, »gehen wir durch dieses verdammte Haus und sehen, was wir finden können.«

Nicht lange, nachdem Warrick und Vega die Tür aufgebrochen hatten, waren auch die Uniformierten eingetroffen. Inzwischen hatten sie das Haus abgeriegelt.

»Ich sollte vermutlich besser mit den Nachbarn reden und den Belagerungszustand da draußen beenden«, sagte Vega. »Ich nehme nicht an, dass sie noch einmal zurückkommt …«

»Sicher tut sie das. Gleich nach M.C. Hammer.«

Der Detective schlenderte seufzend hinaus und murmelte: »Besser, wir geben eine Fahndung nach ihrem Wagen raus.«

Warrick sah sich zunächst flüchtig um, ehe er seinen Koffer aus dem Tahoe holte und sich an die Arbeit machte.

Im Schlafzimmer gab es auf den ersten Blick wenig zu sehen, was von Interesse sein konnte. Der Kriminalist sah ein cremefarbenes Kleid mit einem roten Rosenmuster auf dem Boden, das er in einem Beweismittelbeutel verstaute. Dann wühlte er sich durch den Schrank, und dort entdeckte er etwas wirklich Bedeutsames: Auf dem Boden lag eine Plastiktüte aus einem Supermarkt, die mehrere Perücken enthielt, von denen eine sogar grau war. Außerdem befand sich in der Tüte eine Brille, deren Gläser nur aus Fensterglas bestanden.

Als Vega von seinem Gespräch mit den Nachbarn zurückkam, hielt Warrick die Perücke und die Brille, in einem durchsichtigen Beweismittelbeutel verpackt, in die Höhe.

»Darf ich vorstellen? Die andere Mabel Hinton.«

»Hallo Mabel«, sagte Vega trocken.

»Was ist mit den Nachbarn?«

Der Detective zuckte mit den Schultern. »Keiner hat was gesehen. Sie sagen, Rene Fairmont sei eine nette Nachbarin und bliebe meist für sich. Die Frau nebenan hat gesagt, Rene sei direkt vor unserer Ankunft abgefahren. Und sie hätte mehrere Handkoffer in ihren Wagen gepackt, bevor sie abgefahren sei.«

»Die Fahndung läuft?«, fragte Warrick.

»Ja, aber die Stadt ist groß, und rote Grand Prix sind nicht gerade selten. Sollen wir Flughafen und Bahnhof alarmieren?«

»Wenn Sie wollen, aber Catherine sagte, es gibt einen Fluchtweg, der über die Bundesstraßen führt.«

»Ich gehe lieber auf Nummer sicher«, meinte Vega und nahm sein Mobiltelefon zur Hand.

Warrick setzte seine Suche fort.

Im Badezimmer gegenüber dem Schlafzimmer fand er eine ganze Schublade voll mit Theaterschminke. Später, im Abfalleimer in der Küche zwischen Kaffeesatz und anderem Müll, entdeckte er einen forensischen Schatz: einen viereckigen Umschlag, beschriftet in Mabel Hintons Handschrift, adressiert an Vivian Elliot, und drei Bögen Schreibmaschinenpapier mit Übungsversionen von der Unterschrift – vermutlich von Rene Fairmont.

Nachdem der Schatz eingetütet und etikettiert worden war, teilte Warrick seinen Fund Vega mit.

Warrick griff zu seinem Mobiltelefon und rief Catherine an.

»Nicht nur Perücke und Kleid besaß sie«, sagte er, »sondern auch Schminke. Rene hätte die Schauspielschule von Derek an den Rustic Ridge Drive verlegen können.«

»Also«, ertönte Catherines Stimme knisternd im Telefon, »ist Rene verkleidet zum *Sunny Day* gefahren, hat ihr Opfer getötet und sich die anschließende Aufregung zu Nutze gemacht, um unauffällig zu verschwinden.«

»So sieht es aus«, sagte Warrick. »Auf diese Weise hat sie die Aufmerksamkeit von sich abgelenkt. Sie wollte verhindern, dass ihre Opfer alle während ihrer Schicht sterben. Und sie hat den Umschlag eines Briefes gestohlen, um Vivians Unterschrift zu fälschen. Ich habe drei Übungsseiten mit Unterschriftsfälschungen gefunden, Cath.«

»Toll! Hör mal, Warrick, ich werde jetzt zu dem Postfachvermieter in Warm Springs fahren. Wie wäre es, wenn du und Sam mich dort trefft?«

»Wozu?«

»Falls Rene wirklich abhauen will, dann wird sie vermutlich dort einen Zwischenstopp einlegen, um sich Geld für die Reise zu beschaffen. Eine der Wohltätigkeitsorganisationen, die sie erfunden hat, unterhält ein Postfach bei diesem Anbieter. Bei den beiden anderen war ich auch schon, hatte aber kein Glück.«

»Vielleicht war sie noch nicht dort.«

»Ich lasse die Postfächer von Postmitarbeitern überwachen. Ich kann nicht glauben, dass sie nicht mindestens an einem der Orte auftaucht, ehe sie verschwindet.«

»Wir sind unterwegs. Wo in Warm Springs?«

»Einkaufszentrum beim Green Valley Parkway.«

»Das kenne ich«, sagte Warrick. »Wir sehen uns dort.«

Einen Block von *Rent-a-Box* entfernt, schaltete Catherine das Blaulicht aus, das Martinshorn hatte sie gar nicht erst benutzt, um Rene nicht zu warnen. Jetzt drosselte sie das Tempo, überquerte die letzte Kreuzung und steuerte den Tahoe auf den Parkplatz.

Neben dem Postfachanbieter gab es in diesem bescheidenen Einkaufszentrum noch ungefähr ein halbes Dutzend anderer Geschäfte und auf dem Parkplatz standen vielleicht fünfzehn Fahrzeuge. Rasch sah sie sich nach Renes Grand Prix um, konnte ihn aber nicht entdecken. Stattdessen erkannte sie etwas in einem hellen Rot-Ton hinter einem großen marineblauen Geländewagen.

Catherine fuhr weiter, um zu sehen, was hinter dem Geländewagen war, und tatsächlich stellte sie fest, dass dort ein Pontiac Grand Prix stand. Sie wollte gerade noch etwas weiter vorfahren, um dem Wagen den Weg abzuschneiden, als der Pontiac plötzlich aus der Parklücke zurücksetzte. Beinahe hätte er den Tahoe berührt. Der Wagen sauste über den Parkplatz davon, um gleich darauf in westlicher Richtung die Warm Springs Road hinunterzufahren.

Catherine brauchte ein paar Sekunden, um das Auto nach dem Abbremsen wieder in Bewegung zu setzen. Als es so weit war, hatte die Ampel an der Kreuzung nahe der Ausfahrt umgeschaltet, und sie musste hilflos zusehen, wie etliche Wagen an ihr vorüberzogen, während der rote Pontiac zu verschwinden drohte. Mithilfe ihrer Freisprecheinrichtung nahm Catherine mit Warrick Kontakt auf, gleichzeitig versuchte sie weiterzufahren – mit wenig Erfolg, da die verdammten Fahrzeuge auf der Straße ihr im Weg waren.

Sie war beinahe so weit, aufzugeben und die Sirene einzuschalten, als sie eine Lücke entdeckte, in die sie sich einreihen konnte. Natürlich hätte sie den Pontiac mit eingeschalteter Sirene schneller einholen können, aber sie wollte, die Jagd nach der Mörderin ohne Aufsehenaufnehmen.

Während sie sich einen Weg durch den Verkehr bahnte, erreichte sie Warrick. »Wo bist du?«

»Beltway«, sagte Warrick. »Wir sind unterwegs.«

»Such dir lieber einen anderen Weg«, gab Catherine zurück. »Sie fährt auf der Eastern in nördlicher Richtung.«

»Roger, wir nehmen die Paradise.«

Auf der Paradise Road fuhren Warrick und Vega parallel zu Rene und Catherine. Würde Rene links abbiegen, so würde die Verdächtige den beiden Ermittlern direkt vor den Wagen fahren. Catherine holte inzwischen auf und konnte den Pontiac besser im Blick behalten. Nun, da Warrick so nahe war, hätte sie sich die Frau gern geschnappt, aber sie wusste nicht, ob sie das bei diesem Verkehr wagen durfte.

Rene fuhr zwar recht schnell, aber nicht schneller als die meisten anderen Verkehrsteilnehmer auf dieser Straße. Das deutete darauf hin, dass die Verdächtige nicht ahnte, dass Catherine direkt hinter ihr war.

Vielleicht sollte Catherine warten, bis Warrick noch näher kam und sie vielleicht eine Chance hatte, die Frau zu schnappen, ohne dabei mitten im Verkehrschaos stecken zu bleiben. Eine Schießerei auf offener Straße oder eine Verfolgungsjagd bei Höchstgeschwindigkeit passten nicht so recht in das Konzept, den Bürgern zu dienen und sie zu beschützen.

Rene bog nach links auf die Sunset Road ab.

Catherine folgte ihr. Zwischen ihr und dem Pontiac fuhren drei andere Fahrzeuge, und plötzlich hatte sie das Gefühl, dass alles gut enden würde.

»Warrick«, rief sie in die Freisprechanlage, »wir fahren westwärts auf der Sunset, direkt in eure Richtung.«

»Wir werden auf euch warten«, antwortete er.

Aber Catherines Selbstvertrauen erhielt einen Dämpfer, als sie sah, wie der Pontiac quer über zwei befahrene Spuren nach rechts auf einen Parkplatz abbog. Die Kriminalistin trat auf die Bremse, hörte hinter sich Reifen quietschen, fuhr ihrerseits über die beiden Spuren hinweg … und verpasste tatsächlich die Auffahrt.

Sie wollte nicht auf den Gehsteig fahren, und als sie sah, dass sie sich vor einer Zweigstelle der *First Monument Bank* befand, steuerte sie den Wagen gegen die vorgegebene Fahrtrichtung in die Ausfahrt des Bankparkplatzes. Dort, den Fuß auf der Bremse, hielt sie inne und beäugte den Autoschalter, als überlege sie, nach rechts auf den Bankparkplatz abzubiegen.

Der rote Pontiac war nirgends zu sehen, und Catherine nahm an, dass Rene zur Rückseite des Bankgebäudes gefahren war. Demnach würde sie vermutlich das Gebäude umrunden, um den Autoschalter anzusteuern.

»Warrick«, rief Catherine angespannt. »Wir sind an der *First Monument Bank* an der Sunset. Die Verdächtige scheint auf dem Weg zum Autoschalter zu sein. Ihre Fahrweise könnte darauf hindeuten, dass sie mich entdeckt hat, aber es ist auch möglich, dass sie sich lediglich Bargeld beschaffen will. Auf jeden Fall müssen wir sie schnappen, bevor sie die Bank verlässt.«

»Wir sind auf der Sunset.«

Catherine sah den anderen Tahoe im Rückspiegel kommen. »Ich sehe euch! Was für ein wunderbarer Anblick für meine Augen.«

»Wir nehmen die Einfahrt und setzen uns hinter sie.«

»Zehn-vier«, sagte Catherine, als Renes Pontiac um die Gebäudeecke bog.

Renes Hand schob sich auf der Fahrerseite zum Fenster hinaus, ließ etwas in die Schublade fallen und verschwand wieder im Wagen.

Wo blieb Warrick? Er hätte inzwischen ebenfalls wieder in Sicht kommen müssen ... und dann, endlich, tauchten Warrick und Vega in ihrem eigenen Geländewagen auf und schlossen zu Rene auf.

Die Schublade des Autoschalters öffnete sich, und Rene nahm einen Umschlag heraus. Wieder verschwand ihre Hand im Wagen, doch der Pontiac rührte sich einige endlose Sekunden lang nicht.

Catherine fuhr langsam näher heran in der Hoffnung, Rene würde nicht merken, dass der Tahoe die Distanz zu dem Grand Prix verringerte oder gar die Absicht hatte, den Parkplatz anzu-

261

steuern. Sie musste Rene festnageln, sobald sie sich ein bisschen von dem Autoschalter entfernt hatte. Auch wenn das Glas des Bankautoschalters kugelsicher war, wollte Catherine kein Risiko eingehen. Warrick war direkt hinter Rene, und so würde sie bald eingekeilt sein. Die Falle musste nur noch zuschnappen.

Der Wagen setzte sich in Bewegung, und Catherine gab Gas, um ihm den Weg abzuschneiden.

Rene trat auf die Bremse, hielt den Pontiac an und sprang auf der Fahrerseite hinaus, mit einem riesigen Leinenbeutel über der Schulter.

Die Verdächtige hatte sie entdeckt!

Und jetzt versuchte Rene in ihrer weißen Bluse, der dunklen Hose und den hochhackigen Schuhen zu Fuß das Weite zu suchen.

Catherine trat auf die Bremse, rammte den Hebel der Automatik in die Parkstellung, sprang aus dem Wagen und riss die Pistole aus dem Halfter. Sie richtete die Waffe nicht auf Rene, weil Warrick und Vega, die ihr Fahrzeug ebenfalls verlassen hatten, direkt hinter ihr in der Schusslinie waren. Würde sie schießen und Rene verfehlen – was zweifellos möglich war, solange sich Abstand und Schusswinkel im Sekundentakt änderten – so bestand die Gefahr, dass sie ihre eigenen Leute traf.

Umgekehrt befand sie sich, sollten ihre Kollegen schießen wollen, in deren Schusslinie.

Catherine widerstand dem Wunsch, die Waffe zu heben, als Rene plötzlich auf sie zu stürmte. Dann, in letzter Sekunde, schlug sie einen Haken und rannte in Richtung Bankgebäude.

Als sie, die Pistole nun doch endlich im Anschlag, herumwirbelte, sah Catherine, warum Rene die Richtung gewechselt hatte: Eine ältere Frau, grauhaarig und zerbrechlich, beinahe wie eines der Opfer im *Sunny Day*, stand auf dem Bürgersteig vor der Bank. Die alte Frau hatte das Gebäude gerade verlassen und hielt ihre Handtasche mit beiden Händen fest. Vermutlich wartete sie darauf, abgeholt zu werden.

Lange musste das alte Mädchen nicht warten. Rene trat hinter sie und schob sie wie einen Schutzschild vor sich her. Als sich der linke Arm der Angreiferin um ihren Hals legte, wehrte sie sich und wühlte mit der linken Hand in der Tasche herum.

Catherine behielt die beiden im Visier, als Rene eine Spritze an den faltigen Hals der alten Frau führte.

»Das wollte ich immer schon zu einem Cop sagen«, knurrte Rene. »Stehen bleiben!«

Warrick und Vega tauchten neben Catherine auf und bildeten eine Linie mit ihr, den Blick auf Rene und ihre Geisel gerichtet. Beide Kriminalisten und der Detective hielten ihre Waffen schussbereit im Anschlag.

»Was ist in der Spritze, Rene?«, fragte Catherine. »Blausäure?«

»Wie haben Sie das erraten, Sie Miststück?«

Der Verkehr floss langsamer, und an den Fenstern der umliegenden Gebäude hatten sich die ersten Neugierigen eingefunden. Catherine hoffte, dass inzwischen irgendjemand die Nummer des Notrufs gewählt hatte – ein bisschen Verstärkung käme jetzt ganz recht. Schweiß rann über Renes Gesicht wie Tränen, die die Mörderin vermutlich nicht zu vergießen im Stande war. Die Augen ihrer Geisel waren geweitet und voller Panik.

»Na ja«, sagte Catherine, »das ist das Gift, das Sie Ihrem Anwaltsfreund gegeben haben, nicht wahr? Und ihrem Ehemann haben Sie es auch gegeben.«

Catherine bewegte sich auf einem schmalen Grat. Sie musste gleichzeitig die Aufmerksamkeit einer Serienmörderin auf sich lenken und versuchen, die alte Frau nicht noch mehr zu ängstigen.

»Wie zum Teufel haben Sie die Sache mit Derek erfahren?«

»Er hat es uns erzählt – um genau zu sein, verdanken wir die Erkenntnis seiner Großzügigkeit, die ihn veranlasst hat, seinen Schädel der Schule und seine Organe der Universitätsklinik zu hinterlassen. Rene, es ist vorbei. Sie müssen diese Frau jetzt gehen lassen.«

»Meinen Sie? Ich werde wohl auch einen neuen Anwalt brauchen, was?«

Ohne dass ein Wort gewechselt wurde, fingen die drei Ermittler an, sich zu verteilen – Vega links, Warrick in der Mitte und Catherine rechts, der Straße am nächsten.

»Sie sind Ihrer Sache zu sicher gewesen, Rene, und dann sind sie nachlässig geworden. Wir wissen von allen, nicht nur von Derek, dem Anwalt und Vivian Elliot, sondern auch von allen anderen Opfern im *Sunny Day*.«

Renes Lächeln über der Schulter ihrer Geisel war abscheulich. »Ach, und Sie denken, das waren alle?«

Catherine und Vega entfernten sich noch einen Schritt weiter von Warrick.

Aber dieses Mal hatte Rene es gesehen. »Ich sagte stehen bleiben, verdammt! Alle!« Die Spritze rückte noch näher an den Hals der alten Frau. Renes Blick wanderte zu Vega. »Sie da – Waffe fallen lassen!«

Der Detective ließ sich Zeit, sah sich Unterstützung suchend nach Warrick und Catherine um, die ihm doch nicht helfen konnten, dann gehorchte er.

»Und jetzt Ihre Waffe«, rief Rene Warrick zu.

Warrick ging in die Knie und legte die Pistole vorsichtig auf dem Betonboden vor seinen Füßen ab, ehe er sich langsam wieder aufrichtete.

Rene drehte sich langsam um die eigene Achse und zog die Geisel mit sich. Über die Schulter der alten Frau starrte sie nun Catherine an. »Jetzt Sie, Nancy Drew. Fallen lassen!«

Catherine wusste, dass sie im Augenblick nur einen Vorteil hatte, und das war die Nachmittagssonne in ihrem Rücken. Rene konnte nicht viel mehr als eine Silhouette von ihr erkennen.

»Sie werden sehen, was passiert, wenn Sie mich zwingen, mich zu wiederholen.«

Catherine hielt die linke Hand beschwichtigend hoch, und fing an, ihrerseits in die Knie zu gehen, als wollte sie die Waffe ablegen. Aber sie hatte keineswegs die Absicht das zu tun. Denn es würde gut zu Renes Charakter passen, sich eine der Waffen zu schnappen und sie alle drei zu erschießen.

Die Kriminalistin musste zuerst schießen ...

... aber Renes Körper bot nur wenig Zielfläche, und sie durfte sich keinen Fehler erlauben. Catherine hielt sich gebückt, was den Schuss noch schwieriger machte.

»Geben Sie auf, Lady«, sagte Vega. »Sie kommen hier nicht mehr weg.«

»Ich denke schon«, sagte Rene und schüttelte ihre Geisel, die furchtsam aufschrie. »Ich bekomme sogar Seniorenrabatt für meine Reisebegleiterin.«

Catherine kauerte inzwischen am Boden. Die Waffe war nur noch Zentimeter vom Pflaster entfernt. »Nehmen wir an, Sie schaffen es, von hier zu verschwinden«, sagte die Kriminalistin, »mit dem Wagen, dem Flugzeug oder einem fliegenden Teppich, dann sind sie trotzdem erledigt.«

»Halt die Klappe und leg die Pistole ab.«

»Sehen Sie, wir kennen all Ihre Postfächer – alle Scheinorganisationen. So viel Arbeit, so viele Tote – und trotzdem werden Sie nie einen Penny von dem Geld sehen.«

Dann brach etwas Wildes aus Rene heraus.

Der barmherzige Engel zog die Spritze zurück, zweifellos um Schwung zu holen und die Nadel in den Hals der alten Frau zu rammen ...

... aber in dem Moment rollte sich Catherine auf die linke Seite, landete mit einem besseren Schusswinkel auf dem Bauch und feuerte. Der Schuss, der Renes Schulter traf, hörte sich an wie ein Peitschenknall. Die Spritze flog in hohem Bogen durch die Luft und fiel klappernd auf den Parkplatz.

Die beiden anderen Retter schnappten sich ihre Waffen noch in dem Moment, in dem Rene – mit einem Schrei aus Schmerz und Zorn – rücklings zu Boden stürzte und die alte Frau mit sich riss. Die Geisel landete auf Rene, rollte sich von ihr weg und hastete mit einer überraschenden Behändigkeit davon. Die Mörderin blieb bäuchlings mit einem verwundeten Arm am Boden liegen.

Vega ging zu der Geisel, legte den Arm um sie und brachte sie weg. Aber Warrick baute sich vor der Verdächtigen auf und richtete die Waffe auf Renes Gesicht.

»Versuchen Sie es nur, Schwester Fairmont«, sagte Warrick, »auf Sie wartet Ihr letzter Schuss.«

Catherine fühlte, wie sehr sie den Drang niederkämpfen musste, sich auf die Mörderin zu stürzen.

Der gezielte Schuss war vollkommen gerechtfertigt gewesen. Aber der Gedanke an diese gefährliche Annie-Oakley-Nummer würde sie noch einige Stunden Schlaf kosten. Andererseits hatte sie nicht einmal eine Sekunde Zeit gehabt, ihre Entscheidung zu treffen, und sie wusste, sie hatte richtig entschieden.

Seltsamerweise war sie erleichtert, dass sie diesen barmherzigen Engel nicht hatte töten müssen, so sehr das Monstrum es auch verdient hätte. Catherine Willows musste bereits damit leben, zwei Menschen getötet zu haben, und das reichte ihr vollkommen.

Plötzlich war Warrick an ihrer Seite. »Alles in Ordnung, Cath?«

»Ja. Ja, alles bestens. Ich habe nur gerade gedacht ...«

»Was?«

»Hätte *Sunny Day* nicht ein ganz normaler Einsatz werden sollen?«

11

Gil Grissom saß in seinem dunklen Büro an einem Schreibtisch, auf dem sich links und rechts die Akten stapelten, welche er geflissentlich ignorierte, um sich stattdessen ganz in seinen Gedanken zu verlieren.

Jim Brass streckte den Kopf herein und fragte: »Grübeln Sie? Meditieren Sie? Versuchen Sie, die Stromkosten der Stadt zu senken?«

Grissom winkte ihn herein. Der Detective nahm sich die Freiheit, den Lichtschalter zu betätigen, was den Leiter des CSI veranlasste, eine Grimasse zu ziehen.

Brass ließ sich Grissom gegenüber auf einen Stuhl fallen. »Wir haben endlich einen guten Verdächtigen. Warum sind Sie besorgt?«

»Ich bin nicht besorgt«, widersprach Grissom. »Ich bin aber auch nicht überzeugt.«

»Die Beweise ...«

»Reichen noch nicht. Und da sind noch ungeklärte Dinge.«

»Ich hasse es, wenn Sie so anfangen ...«, kommentierte Brass abwehrend.

»Beispielsweise ... wer auch immer Kathy Dean ermordet hat, hat auch Rita Bennetts Leiche weggeschafft. Wo sind ihre sterblichen Überreste?«

»Wer weiß? Aber wer wäre besser als Black geeignet, diese Nummer durchzuziehen? Leichen loswerden ist sein Beruf.«

»Und warum sollte unser mutmaßlicher Täter, der Bestatter Dustin Black – in einem Haus voller Leichen – ausgerechnet eine hoch angesehene lokale Berühmtheit wie die Bennett für den Austausch wählen?«

»Ich habe keine Ahnung«, gestand Brass. »Sie war vielleicht gerade ... greifbar.«

»Greifbar? Die Entscheidung, Ritas Sarg zu benutzen, wird noch unverständlicher, wenn man bedenkt, dass die Gebrauchtwagenkönigin eine Freundin unseres Bestatters war.«

Brass zuckte mit den Schultern. »Muss ich Ihnen das wirklich noch erzählen? Menschen machen nun mal verrückte Sachen.«

»Zugegeben.« Grissom beugte sich vor. »Aber finden Sie es nicht auch merkwürdig, dass Black, der ein Bestattungsinstitut betreibt, in dem Woche für Woche dutzende Leichen abgefertigt werden, sich für diesen Trick keinen Fremden aussucht?«

Brass zählte seine Argumente an den Fingern ab: »Black hatte ein Motiv. Black hatte die Gelegenheit ... was bedeutet, er war im Stande, die Leiche auszutauschen, und er war im Besitz der Mordwaffe. Irgendjemand hat mir mal erzählt, dass Beweise nicht lügen.«

»Nein. Aber Sie müssen die richtigen Fragen stellen.«

»Wissen Sie was, Gil? Ich glaube, Sie leiden unter einer Ahnung. Hey, das passiert auch den Besten. Sogar Atheisten fangen im Schützengraben an zu beten.«

Grissom zog eine Braue hoch. »Nun, im Augenblick bete ich für mehr Beweise. Ich warte noch auf die Laborergebnisse. Gibt es bei Ihnen etwas Neues?«

»Ich warte ebenfalls. Streifenbeamte sind unterwegs, um Grunick und Doyle aus dem *Desert Haven* herzubringen. Das sind die Bestattergehilfen, die bei Rita Bennetts Beerdigung dabei waren.«

»Klingt vernünftig«, sagte Grissom nickend. »Falls Black die Leichen ausgetauscht hat, könnte einer von ihnen etwas gesehen haben. Das soll keine Kritik sein, Jim, aber wir hätten sie schon viel früher befragen sollen.«

Brass seufzte. »Ja, ich weiß, und das hätten wir auch, hätte Black uns nicht ständig in die Irre geführt, sodass wir dauernd damit beschäftigt waren, seine Lügen aufzudecken.«

»Sagen Sie mir Bescheid, wenn die Bestattergehilfen hier sind. Ich möchte mir die Befragungen ansehen.«

»Mach ich.«

Der Erste, der von einem Streifenbeamten hereingeführt wurde, war Mark Grunick. Der Mann trug einen konservativen Anzug, dessen Farbe an Gewitterwolken erinnerte. Sein kurzes Haar war über der Stirn völlig verschwunden und seine Ohren standen ein wenig ab.

In dem Beobachtungsraum, der an das Vernehmungszimmer grenzte, beobachtete Grissom das Verhör aufmerksam lauschend.

Im Vernehmungszimmer standen neben einem Tisch, auf dem ein Kassettenrekorder bereitlag, nur zwei Stühle. Auf einem davon hatte Grunick Platz genommen. Der Mann hatte eine passive Haltung, die vielleicht von dem Fatalismus genährt wurde, den sein Beruf mit sich brachte.

Brass, der Grunick gegenüber auf dem anderen Stuhl saß, drückte die Aufnahmetaste. »Bitte nennen Sie Ihren Namen.«

»Mark Patrick Grunick.« Der junge Mann starrte Brass ungerührt, wenngleich ein wenig verdrossen an. »Ich würde gern wissen, warum ich hier bin.«

Brass umriss die Lage in sehr groben Zügen, was ihr aber kaum den Schrecken nehmen konnte. Der Bestattergehilfe zuckte nur unbeteiligt mit den Schultern.

»Glaube ich nicht«, sagte Grunick.

»Was glauben Sie nicht?«, fragte Brass.

»Dass da irgendwer ausgetauscht worden ist. Eine Verwechslung, vielleicht, und das ist schon eine ziemlich wilde Vorstellung. Aber ein absichtlicher Austausch? Das ist kein Horrorfilm, sondern ein Bestattungsinstitut.«

Brass legte den Kopf schief. »Mr Grunick, ich war dabei, als der Sarg exhumiert wurde. Und die Frau in dem Sarg war nicht Rita Bennett, sondern eine junge Frau namens Kathy Dean.«

»Schön, wenn Sie es sagen – aber ich habe keine Ahnung, wie das passieren konnte. Jimmy und ich haben den Sarg vor der Zeremonie selbst geschlossen.«

Brass' Lächeln wirkte beinahe geduldig, doch das war es nicht. »Wie wäre es, wenn Sie noch einmal genau nachdenken und mir mehr Details liefern? Erheblich mehr.«

Grunick seufzte, das erste Anzeichen dafür, dass der junge Mann zu einer emotionellen Reaktion im Stande war; dann starrte er die Decke an, als suche er dort nach Antworten.

Endlich sagte er: »Wir haben die Trauerfeier abgewartet, den Sarg geholt und in den Leichenwagen geladen, sind zum Friedhof gefahren, haben die Beerdigung abgehalten und den Sarg begraben. Ende.«

Brass kniff die Augen zusammen. »Sie waren in jeder Sekunde bei dem Sarg?«

»Ja. Darum ist es ja auch unmöglich.«

Brass warf ein Foto von Kathy Dean im Sarg direkt vor dem jungen Mann auf den Tisch. »Es ist nicht unmöglich. Es ist passiert. Ich frage Sie noch einmal, und denken Sie scharf nach. Waren … Sie … in … jeder … Sekunde … bei … dem … Sarg?«

Der Mann zog die Brauen zusammen, als er endlich wirklich nachdachte. Dann erbleichte er. »Warten Sie, einen Moment mal … Tut mir Leid. Es tut mir wirklich Leid.«

»Was?«

Plötzlich kam Leben in den jungen Mann und seine Miene. »Jetzt weiß ich, wie es passiert ist … Verstehen Sie, in den meisten Fällen sind die Sargträger heutzutage nur Formsache. Wir sind diejenigen, die die Arbeit erledigen, und die ist immer gleich: Mr Black setzt den Leichenwagen rückwärts vor die Tür, Jimmy und ich laden den Sarg ein. Aber bei dieser Beerdigung, bei Rita Bennett, war das ein bisschen anders.«

»Was genau ist passiert, Mark?«

»Na ja, Mr Black und Jimmy haben sich über irgendwas unterhalten. Ich bin vorgegangen, und die beiden haben den Handwagen mit dem Sarg durch den Korridor zum Hinterausgang geschoben. Jedenfalls haben sie geredet, und ich konnte nicht verstehen, worüber. Es war mir auch egal, aber plötzlich hat Jimmy kehrtgemacht und ist zurück in die Kapelle. Als wir an der Tür waren, hat Black mir gesagt, er würde bei dem Sarg bleiben, und ich solle den Leichenwagen holen.«

»Also war Black mit dem Sarg allein?«

»Klar, und das bedeutet, er war auch allein mit der Leiche. Und ich wette, da hat dieser Austausch stattgefunden.«

Brass nickte dem nun aufgeregten jungen Mann zu. »Was, Mark, ist passiert, als Sie mit dem Leichenwagen zurückgekommen sind?«

»Na ja, wir haben den Sarg eingeladen.«

»Wer, wir?«

»Jimmy und ich.«

»Wo war Mr Black?«

Mark Grunick zuckte mit den Schultern. »Das weiß ich nicht genau. Vielleicht in der Limousine. Damals habe ich darauf nicht geachtet. Jimmy war da, und er und ich haben den Sarg verladen. Da war sozusagen alles wieder normal.«

»Erinnern Sie sich, wann Sie Black wiedergesehen haben?«

»Oh, ja, als die Prozession startbereit war, hat Mr Black am Steuer der Limousine gesessen. Jimmy und ich saßen im Leichenwagen.«

Im Beobachtungsraum hörte Grissom, wie die Tür hinter ihm geöffnet wurde. Als er sich umblickte, sah er einen sehr ernst wirkenden Nick in der Tür, der ihm zuwinkte.

»Ist was, Nick?«

»Allerdings. Ich habe Blacks Fingerabdrücke genommen.«

»Gut.«

»Und dann habe ich sie mit denen verglichen, die wir an dem Sarg gefunden haben. Seine Fingerabdrücke sind auf dem Sarg, in dem Kathy Dean gelegen hat.«

»Gut, auch wenn damit zu rechnen war.«

»Mag sein, aber ich habe auch auf der Waffe Fingerabdrücke gefunden.«

»Tatsächlich? Da waren Fingerabdrücke drauf? Das ist ungewöhnlich.«

Nick zuckte mit den Schultern. »In dieser Kiste mit all den anderen Sachen obendrauf, waren sie gut vor den Witterungsverhältnissen geschützt. Und die Klimaanlage in der Garage des *Desert Haven* wird auch nicht geschadet haben.«

»Dann ist das die überraschende Entdeckung?«, fragte Grissom.

»Eigentlich nicht«, sagte Nick kleinlaut. »Ich habe Blacks Fingerabdrücke, aber sie passen nicht zu denen auf der Waffe. Was bedeuten könnte, dass Black nicht der Schütze war.«

»Nur weiter.«

»Und die Haare, die wir bei Kathy im Sarg gefunden haben? Die gehören auch nicht dem Bestatter. Tut mir Leid.«

Grissom schüttelte den Kopf und sagte: »Entschuldige dich niemals für Beweise, Nick. «

»Ist die Waffe beim Schusswaffenexperten?«

»Ja. Ich habe sie hingebracht. Sie wurde noch nicht als Mordwaffe bestätigt, aber das Kaliber passt.«

»Ein Schritt nach dem anderen«, sagte Grissom. »Ich möchte, dass du zunächst Folgendes tust …«

Er erklärte Nick seinen Plan. Dann zog Nick los, um ihn in die Tat umzusetzen. Grissom wollte gerade wieder in den Beobachtungsraum gehen, um sich den Rest des Verhörs anzusehen, als sein Mobiltelefon klingelte.

»Grissom.«

»Sara hier. Ich habe die Ergebnisse der DNS-Untersuchung – Dustin Black ist der Vater von Kathy Deans Baby.«

»Das ist keine große Überraschung.«

»Und ich habe endlich Janie Glover gefunden. Ich fahre jetzt los, um sie zu befragen.«

»Janie Glover? Hilf mir auf die Sprünge.«

»Kathy Deans Freundin. Die, die der Kellnerin im *Habinero's* von ›FB‹ erzählt hat.«

»Ah, gut.«

»Sieht Black inzwischen mehr oder weniger schuldig aus?«

»Noch nicht.«

Dann beendeten sie das Gespräch.

Als er sich gerade wieder dem Beobachtungsraum zuwenden wollte, wurde die Tür des Vernehmungszimmers geöffnet, und Mark Grunick kam heraus, direkt gefolgt von Brass. Wieder in

Freiheit, ging der erschüttert aussehende Mann einfach weiter, als Brass bei Grissom stehen blieb.

»Tja«, sagte Brass vergnügt, »der junge Mr Grunick scheint sich seinen Boss als Leichentauscher vorstellen zu können. Und ich auch.«

»Seien Sie nicht voreilig, Jim.«

Verärgert bat Brass den Leiter des CSI in den Beobachtungsraum, damit nicht die ganze Welt ihre Diskussion mit anhören konnte.

»Die Mordwaffe wurde in Blacks Geschäft gefunden«, sagte Brass eindringlich.

»Wir wissen noch nicht, ob es die Mordwaffe ist.«

»Das Kaliber stimmt, sie wurde abgefeuert …«

»Vermutlich ist es die Mordwaffe. Aber vermutlich ist nicht genug. Wir werden es bald genau wissen.«

»Sagen wir, der Beweisführung zuliebe, es wäre die Mordwaffe.«

»In Ordnung«, sagte Grissom. »Nehmen wir an, sie ist es.«

»Dann bringt uns das …«

»Blacks Fingerabdrücke sind nicht drauf.«

Brass' Augen weiteten sich. »Was …? Gut, dann hat Black eben Handschuhe getragen oder sie abgewischt.«

»Jemand anderes hat Fingerabdrücke auf der Waffe hinterlassen.«

»Wer zum Teufel?«

Grissom zuckte mit den Schultern. »Das wissen wir noch nicht. Darf ich einen Vorschlag machen?«

»Bitte!«

»Holen Sie sich die Fingerabdrücke des anderen Bestattergehilfen – Doyle.«

Brass kniff die Augen zusammen. »Und was ist mit Grunick?«

»Ich habe Nick um die Ecke postiert – er wartet darauf, dass Grunick ihn anrempelt, wenn er das Gebäude verlassen will. Ich nehme an, wenn sich die Wege der beiden trennen, wird Nick ein paar hilfreiche Abdrücke haben.«

Endlich schien Brass an einer Äußerung Grissoms Gefallen zu finden. »Heimtückisch«, bemerkte er anerkennend.

»Und falls Black unschuldig ist«, sagte Grissom, »dann sind die beiden Gehilfen die nächsten Verdächtigen. Sie sind die einzigen anderen Personen, die Zugang zu Rita Bennetts Sarg hatten.«

»Klingt logisch.«

»Und Kathy Dean hat sich nicht nur mit Black, sondern auch mit einem jüngeren Mann getroffen – die Gehilfen sind im passenden Alter.«

»Jetzt sprechen Sie …«

»Falls einer von ihnen der Mörder ist, Jim, dürfen wir dem, was jeder von ihnen bei der Befragung sagt, nicht zu viel Gewicht beimessen. Wir können nicht davon ausgehen, dass einer von ihnen kooperativ oder aufrichtig ist, wenn er uns dabei helfen soll, ihn zu schnappen.«

»Einer von beiden müsste trotzdem die Wahrheit sagen.«

»Richtig. Und einem erfahrenen Ermittler muss niemand sagen, worauf er achten soll, aber widersprüchliche Aussagen von Grunick und dem jungen Doyle könnten … hilfreich sein.«

Brass' Mobiltelefon klingelte. »Brass … Ja, in Ordnung, Vernehmungsraum eins.« Er legte auf. »Doyle ist hier«, sagte er.

Als hätte er mit seinen Worten einen Startschuss abgefeuert, rannte Grissom davon. Brass blieb allein zurück und fragte sich, was zum Teufel nun wieder los war. Im Frühstücksraum holte Grissom eine Flasche Sprudel aus dem Kühlschrank, wischte sie sorgfältig mit einem Handtuch ab und hielt sie vorsichtig am oberen Rand fest. Dann trug er sie in das Vernehmungszimmer, in dem Brass auf Doyle wartete.

»Für mich?«, fragte Brass mit einem Blick auf die Flasche. »Ich hätte nicht gedacht, dass Sie sich so um mich sorgen.«

»Ich sorge mich«, sagte Grissom. »Aber um diesen Fall.« Er stellte die Flasche auf den Tisch. Außer dem oberen Rand hatte er nichts berührt. »Bieten Sie sie Doyle an, wenn Sie ein paar Minuten mit ihm gesprochen haben.«

Brass nickte mit einem wissenden Lächeln auf den Lippen.

Dann ging Grissom hinaus, um seinen Platz im Beobachtungsraum wieder einzunehmen. Augenblicke später führte ein uniformierter Beamter Doyle in das Vernehmungszimmer und wies ihn an, am Tisch Platz zu nehmen.

Im Gegensatz zu seinem Kollegen Grunick gab sich Doyle nicht so stumm. Er trug blaue Dockers, ein lavendelfarbenes Hemd, das am Kragen offen war, Mokassins und keine Strümpfe. Sein schwarzes Haar war glatt zurückgekämmt. Der anonyme Mitarbeiter des Bestattungsinstituts wirkte auf Grissom plötzlich wie ein junger Mann, der in den Augen der nach Zuneigung dürstenden Kathy Dean durchaus attraktiv gewesen sein konnte.

Brass drückte erneut die Aufnahmetaste und erzählte Doyle von dem Leichentausch und der Entdeckung von Kathy Deans Leichnam. Er legte ein Foto des Mädchens vor den Mann auf den Tisch – dasselbe Foto, das Kathy im Sarg zeigte.

Doyle starrte das Foto der verstorbenen Kathy Dean an. »Hab sie noch nie gesehen – ist aber ein hübsches Mädchen.«

Brass ließ ein Lächeln aufblitzen. »Sie meinen, wenn man bedenkt, dass sie bereits mehrere Monate tot war, als das aufgenommen wurde.«

Der junge Mann zuckte mit den Schultern. »Ich arbeite in einem Bestattungsinstitut. Ich kann mehr sehen als das.«

»Aha. Erzählen Sie mir, was bei der Beerdigung von Rita Bennett passiert ist.«

Doyle zeigte nichts von der Verdrossenheit, die Grunick an den Tag gelegt hatte. Er schien der Polizei gern zu helfen.

»Mark und ich haben den Sarg direkt vor der Trauerfeier geschlossen. Danach, als wir von der Kapelle zur Hintertür gegangen sind, hat Mark den Sarg gezogen, und Mr Black und ich haben geschoben. So verladen wir die Särge, wissen Sie?«

»Ich bin im Bilde.«

»Mr Black hat gesagt, dass das Blumengebinde fehlen würde, und das stimmte auch. Ich habe geantwortet, dass es mir Leid

275

täte und ich geglaubt hätte, er hätte sie reingelegt, nachdem wir den Sarg geschlossen hatten. Er hat nein gesagt und mich zurück in die Kapelle geschickt.

»Um die Blumen zu holen?«

»Um die Blumen zu holen.« Doyle zuckte mit den Schultern. »Das war nur so ein kleiner Zweig, der während der Trauerfeier niemandem aufgefallen wäre. Aber ein guter Bestatter achtet auf jedes Detail, und Mr Black ist ein guter Bestatter. Jedenfalls bin ich zurückgekommen, und der Sarg stand ganz allein auf dem Flur. Und keine Spur von Mr Black.«

»Ist das ungewöhnlich?«

»Sehr ungewöhnlich! Dann ist Mark mit dem Leichenwagen vorgefahren, und wir haben den Sarg eingeladen. Gerade, als wir uns gefragt haben, wo zum Teufel Mr Black ist, kommt er und springt in die Limousine. Irgendwie sah er verschwitzt aus, und … na ja, das ist nur so ein Gefühl, soll ich das wirklich sagen?«

»Sicher, mein Junge.«

»Na ja, er sah aus, als würde ihm irgendwas große Sorgen machen. Der war richtig fertig.«

Brass beugte sich vor. »Haben Sie irgendeine Ahnung, was los war?«

Doyle schüttelte den Kopf. »Nein, Sir, nicht die geringste.«

»Geht es Ihnen gut, Jimmy?« Brass deutete auf die Flasche. »Greifen Sie zu, falls Sie durstig sind.«

Doyle schüttelte den Kopf. »Das Zeug rühre ich nicht an – zu viel Zucker.«

Auf der anderen Seite des Spiegels runzelte Grissom die Stirn. Aber dann, zu seiner größten Überraschung und Freude, sah der Kriminalist, wie Doyle die Flasche ergriff und neben den Rekorder stellte, näher zu Brass.

»Aber Sie können es gern haben, wenn Sie wollen, Captain Brass.«

Brass lächelte. »Danke, Jimmy. Später vielleicht.«

Die Befragung ging weiter, aber die Höhepunke hatten sie

276

hinter sich. Alles Weitere war nur allgemeines Material über Doyles Arbeit im *Desert Haven*. Bald war das Gespräch vorbei, und James Doyle durfte gehen.

Grissom schlüpfte in das Vernehmungszimmer, nahm sich vorsichtig die Sprudelflasche und brachte sie ins Labor, um die Fingerabdrücke zu sichern.

Falls der Bursche die Wahrheit gesagt hatte, konnte sich der Kriminalist gut vorstellen, wie Dustin Black das Verbrechen begangen haben könnte:

Kathy Dean – erschossen in der vorangegangenen Nacht – liegt in einem ähnlichen Sarg versteckt wie der von Rita Bennett. Der Bestatter kennt schließlich sein Geschäft, und nur er kennt auch die Lagerbestände.

Black schickt Jimmy Doyle zurück in die Kapelle, damit er die Blumen holt, die passenderweise vergessen wurden, und Mark Grunick trägt er auf, den Leichenwagen heranzufahren. Das bringt dem Bestatter eine Minute, vielleicht zwei, um den zuvor sorgsam geplanten Austausch der beiden Särge vorzunehmen. Von dem Korridor zweigen diverse Lagerräume ab, jeder fest verschlossen – mit einem Schlüssel, den nur Black besitzt.

Der Bestatter Black schließt eine Tür auf, rollt den wartenden Handwagen mit Kathy in dem passenden Sarg heraus und lässt ihn im Gang stehen, während er Ritas Sarg irgendwo versteckt, um ihn später, ganz nach seinem Gutdünken, verschwinden zu lassen.

Niemandem wäre es aufgefallen, hätte er einen Bestatter gesehen, der einen Sarg über den Flur schiebt. Das war nichts Besonderes. Und doch blieb eine bohrende Frage – wenn nicht Blacks Fingerabdrücke auf der Mordwaffe waren, wessen Abdrücke waren es dann? Und was war mit den Haaren in Kathys Sarg, die nicht ihr gehörten?

Grissom hatte die Sprudelflasche abgeliefert und war auf dem Weg zurück in sein Büro, als er in einen angrenzenden Raum gerufen wurde.

Archie Johnson – der schlaksige asiatische Videospezialist – winkte ihn mit einem selbstzufriedenen Grinsen auf den Lippen in sein Labor.

»Haben Sie eine Sekunde Zeit, sich was anzusehen, Doktor Grissom?«

»Solange es keine neue Episode von *Happy Tree Friends* ist, Archie.«

»Es ist genauso gut«, antwortete Archie grinsend.

Grissom folgte dem jungen Techniker in den Videoraum, wo auf einem Monitor ein schwarz-weißes Standbild zu sehen war. Grissom trat näher und erkannte, dass er das Innere eines Ladens aus dem Blickwinkel einer Überwachungskamera vor sich sah. Der größte Teil des Schaufensterbereichs war ebenso sichtbar wie der Verkaufstresen und die Registrierkasse. Die Bildqualität war weit besser als alles, was Grissom von der Überwachungskamera eines normalen Lebensmittelgeschäfts erwartet hätte.

»Wie haben Sie das Bild so gut hinbekommen, Archie?«

»Ich habe es ordentlich bearbeitet«, sagte Archie. »Aber das beeinträchtigt die Zulassungsfähigkeit vor Gericht überhaupt nicht.«

»Ist dieses Bild wichtig?«

»Erzählen *Sie* es mir … der Laden ist recht gut ausgestattet, aber die Bänder sind Mist, und sie wurden immer wieder gelöscht und neu bespielt.«

»Was sehe ich da, Archie?«

»Das ist der Laden in Pahrump, von dem Sara denkt, dass sich Kathy Dean dort mit ihrem Liebhaber getroffen hat. Jedenfalls«, fuhr der Techniker fort, »habe ich mir diese Bänder angesehen. Anfang und Ende, um genau zu sein.«

Grissom nickte. »Die Stellen, die möglicherweise nicht überspielt worden sind.«

»Richtig. Die Chance war winzig, aber ich glaube, ich habe etwas gefunden.«

»Manchmal spuckt der Heuhaufen die Nadel auch wieder aus.«

Archie nickte. »Das könnte so ein Heuhaufen sein. Ich weiß, es ist drei Monate her, und es geht nur um fünf Sekunden einer Aufnahme, die vielleicht nicht vom richtigen Tag stammt ... aber sie könnte wichtig sein.«

»Zeigen Sie sie mir«, sagte Grissom und konzentrierte sich auf den Bildschirm.

Archie drückte die PLAY-Taste, und Grissom sah einen Mann hereinkommen, der sich von der Kamera entfernte, dann für einen Moment eine korpulente Frau in einem geblümten Kleid, die an der Kasse stand, und schließlich nur noch den leeren Laden.

Stirnrunzelnd musterte Archie den Monitor. »Haben Sie es gesehen?«

Grissom schüttelte den Kopf. »Was gesehen?«

»Ich lasse es noch einmal laufen und halte das Band an der richtigen Stelle an.«

Und das tat er. Das Band lief etwa eine Sekunde lang, ehe er es stoppte. Grissom sah den Eingangsbereich des Ladens und einen Mann in T-Shirt und Jeans, der den Kopf gesenkt hielt. Sein Haar verbarg sich unter einer Baseballkappe.

»Was soll ich sehen?«, fragte Grissom. »Falls das der Mann ist, dann kann ich nicht viel erkennen.«

»Nein«, sagte Archie geduldig. »Sehen Sie sich das Fenster an.«

Grissom folgte den Anweisungen des Labortechnikers. Zuerst sah er nichts, aber als er aufhörte, es mit Gewalt zu versuchen, offenbarte sich das Bild vor seinen Augen.

Dort, im Fenster, war das Spiegelbild einer Person zu erkennen, die sich außerhalb des Aufnahmewinkels aufhielt: eine junge Frau mit kastanienbraunem Haar und einem *Las-Vegas-Stars*-T-Shirt ...

... Kathy Dean.

Er konnte sie so deutlich sehen, dass ihm sogar die herunterhängenden Kabel der Ohrhörer ihres iPods auffielen.

»Ich sehe sie, Archie. Ist sie irgendwann direkt im Bild?«

»Kaum. Ich schätze, die wussten beide, dass da eine Kamera ist, und sie wollten ihr aus dem Weg gehen. Warum, weiß ich nicht. Immerhin wollten sie den Laden ja nicht ausrauben.«

»Trotzdem gehen sie kein Risiko ein«, sagte Grissom. »Das Mädchen ist paranoid. Sie hat Angst vor ihren überfürsorglichen Eltern. Wer immer sich unter dieser Kappe versteckt, könnte bereits wissen, dass er kurz davor ist, einen Mord zu begehen.«

»Romantische Nächte in Las Vegas«, grunzte Archie.

»Guter Fang, Archie. Lassen Sie es bitte weiterlaufen.«

Der Labortechniker tat es.

Den Blick auf das Fenster gerichtet, sah Grissom zu, wie Kathy ihre Baseballkappenverabredung umarmte, kehrtmachte und verschwand.

»Das Gesicht bekommen wir überhaupt nicht zu sehen?«, fragte Grissom frustriert.

»Eine Sekunde muss man genauer hinsehen«, sagte Archie, spulte zurück und ließ das Band bis kurz vor die Stelle laufen, an der der Mann die Tür öffnet, um zu gehen. »Sehen Sie sich die Glastür an.«

Zuerst konnte Grissom außer Schatten nichts erkennen. Dann ließ Archie das Band in Einzelbildschaltung weiterlaufen, sodass Grissom das geschehen in Ruhe verfolgen konnte, und plötzlich tauchte ein Gesicht in der Scheibe auf.

Obwohl die Kappe das Haar des Mannes verdeckte und der Bursche sich alle Mühe gab, sein Gesicht zu verbergen, konnte Grissom ihn für eine starre Sekunde klar und deutlich erkennen.

Das war endlich der Beweis, den er so dringend brauchte.

»Na, wie habe ich das gemacht, Grissom?«

»Archie, das ist ein Gut mit Ausrufezeichen.«

Der Labortechniker grinste, als plötzlich Grissoms Mobiltelefon klingelte.

»Grissom.«

»Ich bin's«, sagte Sara. »Ich habe mit Janie Glover gesprochen. Sie sagt, FB bedeutet Funeral Boy. Du wirst nie darauf kommen, wer das ist!«

»Jimmy Doyle?«

»Verdammt, Grissom!« Saras Ärger klang durch das Telefon. »Vor hundert Jahren hätte man dich auf dem Scheiterhaufen verbrannt!«

Grissom grinste zufrieden. »Danke.«

Wenn Grissom ein Problem damit hatte, in Black einen Verdächtigen zu sehen, dann hatte Brass auch eins. Er hatte Vertrauen zu den Instinkten des Kriminalisten, auch wenn Grissom selbst stets behauptete, dass Dinge wie Ahnungen oder Mutmaßungen seiner Natur zuwiderliefen. Der Detective beschloss, dass er im Moment nichts Besseres tun konnte, als den Bestatter noch einmal zu befragen.

Black, nun in den üblichen orangefarbenen Gefangenenoverall gekleidet, wurde von einem Uniformierten in Verhörzimmer eins geführt, wo dieser ihm die Handschellen abnahm.

Kaum hatte Black Platz genommen, drückte Brass auf die Aufnahmetaste und bat Black, seinen Namen zu nennen.

Black gehorchte.

»Sie haben angedeutet, dass Sie Ihren Anwalt anrufen wollten«, sagte Brass. »Können wir ohne ihn fortfahren?«

»Ich habe meinen Anwalt angerufen, nur um festzustellen, dass er bereits von meiner Frau für die Scheidung angeheuert wurde. Er hat mir einen Strafrechtsanwalt empfohlen, den ich hinzuziehen soll.«

»Sind sie trotzdem bereit, mit mir zu sprechen?«

»Ich werde jede Frage beantworten, von der ich glaube, dass sie helfen könnte, diese Geschichte aufzulösen. Ich bin unschuldig, Captain Brass. Manches von dem, was ich Ihnen erzählt habe … in dieser Nacht im Auto, bevor Sie mir meine Rechte vorgelesen haben … ich war emotionell aufgewühlt, und ich werde mich nicht noch einmal zu diesen Themen äußern, ehe ich Gelegenheit hatte, sie mit meinem Anwalt durchzusprechen.«

»Verständlich.«

Das bedeutete, dass die Affäre des Bestatters mit Kathy, seine lieblose Ehe mit Cassie und die Einzelheiten über die Nacht, in der Kathy verschwunden ist, nicht zur Sprache kommen sollten. Dennoch beschloss Brass, etwas weiter in ihn einzudringen und Black über den Tag von Rita Bennetts Beerdigung zu befragen.

»Was ist nach der Trauerfeier passiert?«, fragte Brass.

»Wir haben die Trauergemeinde hinausgeleitet, und danach haben wir drei – Mark, Jimmy und ich – den Sarg weggebracht.«

»Erinnern Sie sich, auf welche Art?«

»Mit dem Handwagen, natürlich.«

»Nein, ich meine, wer hat was getan? Wer hat geschoben, wer hat gezogen?«

»Oh.« Er dachte nach. »Mark war vorn ... Jimmy und ich haben den Sarg geschoben.«

»Und dann?«

»Jimmy fiel auf, dass er den Blumenschmuck in der Kapelle vergessen hatte. Ich habe ihm gesagt, er solle noch einmal zurückgehen und ihn holen. Dann, als wir die Tür erreichten, habe ich Mark beauftragt, den Leichenwagen zu holen.«

»Und Sie waren allein mit der Leiche?«

»Ja. Ja, ja, ja! Aber ich habe nichts ...«

»Beruhigen Sie sich, Mr Black. Denken Sie zurück – ist es möglich, dass Sie sich von dem Sarg entfernt haben, und sei es nur für ein paar Augenblicke?«

»Nein, ich ... oh.« Er runzelte die Stirn, und seine Augen weiteten sich. »Eigentlich doch ... aber nur für kurze Zeit, höchstens eine Minute.«

»Erzählen Sie es mir.«

Der Bestatter konzentrierte sich auf seine zurückkehrende Erinnerung. »Ich war bei dem Sarg, aber Marie, eine unserer Teilzeitmitarbeiterinnen, kam zu mir und sagte, ich würde am Telefon verlangt, jemand wolle sofort mit mir sprechen. Ich bin in aller Eile zu meinem Büro gelaufen, um wem auch immer zu sagen, dass ich später zurückrufen würde. Aber als ich am Telefon

282

war, war die Leitung tot. Nachdem ich wieder an der Hintertür war, hatten Jimmy und Mark Ritas Sarg … oder was ich dafür hielt … bereits verladen. Ich bin in die Limousine gestiegen und habe die Familie zum Friedhof gefahren.«

»Während der Beerdigung waren Sie dann wieder alle drei versammelt? Der Sarg war ständig in ihrer Sichtweite?«

»Ja, außer in dem Moment, als ich zum Telefon gegangen bin.«

»Warum haben Sie das nicht schon früher erzählt?«

»Es tut mir Leid … Ich hatte es vollkommen vergessen, weil niemand mehr am Apparat war, als ich dort war. Captain Brass … denken Sie, dass die Leichen irgendwie in dieser Zeit ausgetauscht worden sind? Aber dafür war gar nicht genug Zeit, oder doch?«

»Ich danke Ihnen, Mr Black, ich weiß Ihre Hilfe zu schätzen.«

»Sie hören sich beinahe an, als … als würden Sie mir glauben.«

»Ich glaube genug«, sagte Brass, »um die Telefondaten zu überprüfen. Warten Sie hier, es wird nicht lange dauern.«

Sara saß Grissom in dessen Büro gegenüber, als Nick mit höchst selbstzufriedener Miene den Raum betrat.

»Ihr werdet nie erraten«, begann Nick, »wessen Fingerabdrücke ich auf der Waffe gefunden habe.«

»Jimmy Doyles«, sagten Sara und Grissom wie aus einem Munde.

Nicks Verblüffung wurde nur durch seine Enttäuschung übertroffen. Verwirrt ließ er sich auf einen Stuhl fallen.

»Wie«, stieß er hervor, »konntet ihr das erraten?«

»Ich habe nicht geraten, Nick«, erklärte Grissom. »Sara hat sich das Videoband von der Überwachungskamera in diesem Lebensmittelgeschäft in Pahrump geben lassen, und Archie hat uns geholfen, Jimmy Doyle auf dem Band zu identifizieren, als er Kathy Dean, anscheinend am Abend ihres Verschwindens, abgeholt hat.«

»Und eine von Kathys Freundinnen hat mir erzählt, dass ›FB‹ … du weißt schon, die Initialen von der *Lady-Chatterley*-Notiz …

für ›Funeral Boy‹ stehen, einem Pseudonym für Jimmy Doyle.«
Sara fügte hinzu: »Du musst nicht enttäuscht sein, Nick. Als ich
Grissom angerufen habe, um ihm davon zu erzählen, wusste er
auch schon von Doyle.« Sie bedachte ihren Boss mit einem viel
sagenden Blick. »Durch das Video, das *ich* besorgt habe, sollte
ich vielleicht noch dazu sagen.«

»Ehre, wem Ehre gebührt«, erwiderte Grissom.

»Ich wette, die schwarzen Haare, die im Sarg gefunden wurden, gehören auch zu Jimmy Doyle«, sagte Nick.

Brass steckte den Kopf zur Tür herein. »Ich dachte, unsere
Kriminalisten würden gern erfahren, dass manchmal auch jemand anderes als sie im Stande ist, einen Fall zu lösen.«

»So?«, sagte Grissom.

Mit zufriedener Miene trat Brass in das Büro. »Black hat gesagt, man hätte ihn ans Telefon gerufen – in dem Moment, in
dem er mit dem Sarg allein war. Ich habe die Nummer des
Anrufers zurückverfolgt, und nun dürfen Sie raten, zu wessen
Mobiltelefon sie gehört.«

»Jimmy Doyle«, sagten nun alle drei Kriminalisten in perfek-
tem Einklang.

Für einen Moment stand Brass nur da und starrte vor sich hin,
als hätte ihm jemand einen Kübel Wasser über den Kopf ge-
schüttet.

Dann, ohne Grissom und seine Leute auch nur um eine Erklärung zu bitten, sagte er: »Warum nageln wir ihn dann nicht
gleich fest?«

Als es den uniformierten Beamten nicht gelang, Doyle zu Hause
aufzutreiben, lag die Vermutung nahe, dass sie ihn im Bestattungsinstitut finden würden. Grissom besorgte sich Dustin
Blacks Schlüssel, während sich Brass die Geheimzahl für die
Alarmanlage geben ließ.

Bald darauf waren Grissom und Brass im Taurus, Nick und
Sara im Tahoe unterwegs, um das *Desert Haven* aufzusuchen.

»Abgesehen von seiner Wohnung ist das der einzige uns bekannte Ort, an dem wir ihn vielleicht finden könnten. Vielleicht denkt er, wir haben ihn im Visier, und will deshalb sämtliche Beweise, die noch immer im Beerdigungsinstitut liegen, vernichten.«

»Denkst du etwa, dass Rita Bennetts Leiche dort ist?«, fragte Sara.

»Möglich ist es.«

Grissom hatte hinzugefügt, dass Doyle vermutlich die Person war, die die Mordwaffe im Institut versteckt hatte, aber noch nicht wusste, dass die Kriminalisten sie bereits gefunden hatten.

»Falls Doyle weiß, dass er Abdrücke auf der Waffe hinterlassen hat«, sagte Nick im Tahoe, »dann wird er sie holen wollen.«

»Oder abwischen und versuchen, den Verdacht auf Black zu lenken«, meinte Sara.

Beide Fahrzeuge trafen kurz nach Einbruch der Dunkelheit an dem Beerdigungsinstitut ein. Nick und Sara übernahmen den hinteren Bereich, Brass und Grissom den vorderen.

Knisternd ließ sich Nicks Stimme in Brass' Funkgerät vernehmen. »Hier steht ein verlassener Wagen. Sieht aus, als wäre Doyle schon im Gebäude.«

»Sie und Sara bleiben draußen«, befahl Brass. »Rufen Sie Verstärkung, und sorgen Sie dafür, dass Doyle nicht durch den Hinterausgang verschwindet. Wir gehen zur Vordertür rein.«

Brass hatte seine Waffe bereits gezogen, als Grissom die Tür aufschloss.

»Holen Sie Ihre Waffe raus, Gil – Sie könnten sie brauchen.«

So wenig Grissom sich mit Waffen anfreunden konnte, hörte er jetzt doch lieber auf Brass. Ihm war nicht daran gelegen, dass er oder einer seiner Leute im Einsatz starben.

Brass ging zum Schaltkasten der Alarmanlage, aber die grüne Lampe leuchtete bereits. Doyle musste die Anlage bei seinem Eintreten bereits ausgeschaltet haben. Als Brass und Grissom den Korridor hinuntergingen und sich langsam zum hinteren Bereich des Gebäudes vortasteten, übernahm der Detective die Führung. Er hatte die Waffe mit beiden Händen fest umklam-

285

mert und hielt sie mit ausgestreckten Armen in Augenhöhe. Grissom hingegen richtete seine Pistole mit angewinkeltem Arm nach oben und tastete sich an den Wänden entlang.

Sie sahen keinen einzigen Lichtstrahl unter irgendeiner Tür hervorscheinen, als sie sich dem hinteren Gebäudetrakt näherten. Dann aber erblickten sie einen schmalen Streifen unter einer Flügeltür auf der rechten Seite. Sie führte in einen Raum, den keiner der beiden Männer bisher betreten hatte.

Mit Gesten bat Brass Grissom, eine der Türen zu öffnen, damit der Detective den Raum stürmen konnte, während der Kriminalist ihm Deckung bieten konnte.

Grissom nickte.

Sie stellten sich in Position. Dann riss Grissom die Tür auf und Brass stürzte mit der Waffe hinein.

Kaum war Brass im Raum, als etwas auf ihn zukam und mit ihm zusammenprallte, sodass Brass gegen die Wand des Korridors zurückgestoßen wurde.

Grissom erkannte voller Entsetzen, dass Brass von einem massiven Betonversenkkasten auf einem Handwagen eingeklemmt war.

In der offen stehenden Tür sah er Jimmy Doyle, der in seinem schicken lavendelfarbenen Hemd mit wildem Blick den Wagen festhielt.

Brass krümmte sich vor Schmerzen. Die Waffe war seiner Hand entglitten. Grissoms erster Gedanke galt seinem Freund. Er griff nach dem Betonkasten, als Jimmy Doyle im gleichen Moment die Flucht antrat, sich an der anderen Seite vorbeidrückte und den Korridor in Richtung Garage hinunterrannte.

Irgendwie schaffte es Grissom, den Kasten samt Wagen aus dem Weg zu schaffen und Brass zu befreien, worauf dieser zusammensackte und zu Boden fiel.

»Kümmern Sie sich nicht um mich«, brachte er mühsam hervor. »Schnappen Sie sich den Mistkerl!«

Grissom widersprach nicht. Er rannte Doyle sofort hinterher, hörte aber gerade noch, wie Brass seine Kollegen über Funk zur

Unterstützung rief: »Doyle ist in der Garage, Nick. Seien Sie vorsichtig!«

Der Spalt unter der Garagentür war dunkel. Der Leiter des CSI hielt sich keineswegs für einen Helden, er hielt sich nicht einmal für einen Cop. Situationen wie diese lagen außerhalb seines Zuständigkeitsfeldes.

Aber nun atmete er tief durch, riss die Tür auf, lief geduckt in die Garage und ließ seinen Blick – und seine Waffe – durch den Raum schweifen. Zur Linken wühlte sich ein ziemlich hektischer Jimmy Doyle durch die Kartons – auf der Suche nach der Waffe, die nicht mehr dort war.

»Sie ist weg, Jimmy«, rief Grissom, und seine Stimme hallte von den Wänden wider. »Wir haben sie schon gefunden.«

Der Bursche riss einen Schraubenschlüssel von der Wand und wirbelte mit glühenden Augen um seine eigene Achse, die Zähne gebleckt wie ein angriffsbereiter Hund. Er holte zum Schlag aus und erstarrte, als eine andere Stimme ihm zuschrie.

»Jimmy!« Nick stand in der Tür am anderen Ende der Garage. »Es sind zwei Waffen auf Sie gerichtet. Sie sollten das vielleicht besser weglegen …«

Die eben noch aggressive Mimik des Jungen verwandelte sich augenblicklich in die jämmerliche Verzweiflung seiner Kapitulation, und der Schraubenschlüssel fiel klirrend auf die Werkbank. Doyles Hände streckten sich zitternd nach oben und falteten sich hinter dem Kopf. Brav blieb er stehen und wartete auf die Handschellen, die Nick ihm kurz darauf anlegte.

Als Grissom zurückkehrte, um nach Brass zu sehen, lehnte der Detective bereits am Türrahmen. Sein Anzug war zerknittert, seine Unterlippe blutete, und hielt einen Arm an seinen Leib gepresst, vermutlich ein Zeichen dafür, dass einige Rippen gebrochen waren.

»Ich rufe einen Krankenwagen«, sagte Grissom.

»Längst erledigt«, gab Brass zurück.

»Sie sehen nicht gut aus.«

»Mit Ihnen nehme ich es immer noch auf, Gil.«

Die beiden Ermittler grinsten einander kurz an.

Sara betrat die Garage mit einem Beweismittelbeutel in der Hand.

»Was hast du da?«, rief Grissom von weitem.

Sara hielt den Beutel hoch, wie es sich für einen guten Fang geziemte. »Wahrscheinlich Kathy Deans iPod! Ich habe ihn gerade in Jimmy Doyles Wagen gefunden.«

»Der gehört mir«, protestierte Doyle.

Sara trat zu Doyle, der mit gefesselten Händen und hängenden Schultern neben Nick stand. »Digitale Aufnahmen sind Computerdateien – und die können zurückverfolgt werden.«

Doyle schluckte schwer.

Sara schenkte ihm das süße Lächeln, das sie stets nur den schlechtesten Menschen zukommen ließ. »Und wenn unser Computerexperte damit fertig ist, werden wir wissen, ob das hier Ihnen oder Kathy gehört.«

Tränen traten in die Augen des jungen Mannes, doch dort verharrten sie, beinahe, als wollte er sich partout nicht eingestehen, dass seine Niederlage vollkommen war.

»Wissen Sie, Jimmy«, sagte Nick mit einem teuflischen Grinsen, »sollten Sie Lieder heruntergeladen haben, ohne sie zu bezahlen, dann könnten Sie in ernsten Schwierigkeiten stecken.«

12

Während Catherine Willows keinerlei Bedauern empfand, auf Rene Fairmont geschossen zu haben, bedauerte sie doch umso mehr, die Geisel zusätzlich geängstigt zu haben. Aber die alte Dame war bereits untersucht und nach Hause geschickt worden – erschüttert, aber unverletzt.

Der barmherzige Engel lag auf einem schmalen Krankenbett in der Notaufnahme. Ein Vorhang trennte den kleinen Raum ab und vermittelte den Anschein von Privatsphäre. Als ihre weiße Bluse mit der Schere aufgetrennt wurde, um dem jungen Notarzt die Untersuchung der Verletzung zu ermöglichen, wartete Detective Vega auf der anderen Seite des Vorhangs.

Die linke Hand der Verdächtigen war mit Handschellen an das Bett gefesselt. Sie lag so still da, dass die Handschellen nicht ein einziges Mal gegen das metallene Bettgestell klapperten. Der Arzt beugte sich über die rechte Schulter der Frau. Er war fast fertig mit dem Nähen der Wunde, einem Vorgang, den die Mörderin nicht zu spüren schien.

Während Warrick vor Ort geblieben war, um den Tatort zu sichern, hatte Catherine die Frau im Krankenwagen begleitet und die Behandlung der Gefangenen überwacht. In dieser Zeit hatte Rene nicht ein Wort gesprochen und auch dann keine Silbe von sich gegeben, als der Arzt die Wunde gereinigt hatte.

»Nicht mehr lange, Schwester Fairmont«, sagte Catherine in freundlichem Ton, »und Sie werden Ihre eigene Medizin schlucken müssen.«

Ein kaum wahrnehmbares Stirnrunzeln deutete erstmals an, dass die Frau zuhörte. Und dass sie die Bemerkung nicht verstanden hatte.

Also erklärte Catherine: »Ich meine, Sie verstehen sich selbst meisterhaft darauf, die Todesspritze zu verabreichen, nicht wahr?«

In den kalten Augen regte sich, beinahe unmerklich, ein Hauch von Spannung, und was dann geschah, passierte so schnell, dass in Catherines Gedächtnis nur eine verschwommene Erinnerung zurückblieb.

Die Gefangene hob den verwundeten Arm, schnappte sich eine Schere von dem Instrumententablett des Arztes, schlang den anderen Arm um seinen Hals und riss seinen Kopf an ihre Brust. Die Spitze der geschlossenen Schere zeigte auf seine Kehle, das Metall schimmerte und funkelte vor der dunklen Haut, bohrte sich hinein und forderte bereits den ersten Tropfen Blut. Der junge Arzt sah zunächst weniger ängstlich als erschrocken aus.

Rene Fairmonts Augen waren harte, glitzernde Punkte in einem Gesicht, dessen Schönheit sich verloren hatte, als sie den Arzt an sich drückte, als wäre er ein hilfloses Kind.

»Die Schlüssel für die Handschellen, Miststück – sofort!«, keifte sie Catherine an.

Die Kriminalistin hatte die Gefangene fest im Blick, ebenso den furchtsamen Arzt, dann zog sie die Neun-Millimeter-Waffe aus dem Halfter und hielt die Mündung an die Stirn der Frau, deren Reaktion mehr Entrüstung als Schrecken widerspiegelte.

In dem kältesten Ton, den sie hervorzubringen im Stande war, sagte Catherine: »Fragen Sie den Arzt – wenn ich schieße, sind Sie zu keiner Muskelreaktion mehr fähig, und er wird gar nicht in Gefahr sein.«

»Denken Sie, ich mache Witze?«

»Denken Sie, ich mache welche? Lassen Sie die Schere fallen ... Miststück.«

Und die Verdächtige gab auf.

Der Arzt wich schnell zurück. Vega, der den Lärm gehört hatte, riss den Vorhang zur Seite und stand, die eigene Waffe auf die nun wieder lethargische Rene Fairmont gerichtet, vor dem Bett.

»Übernehmen Sie das für einen Moment, Sam«, sagte Catherine. »Das hier ist gerade ein Tatort geworden, und ich muss ein paar Fotos machen und diese Schere sicherstellen.«

Vega, normalerweise kaum zu erschüttern, schien momentan doch ziemlich aus dem Häuschen zu sein, sagte aber: »Kein Problem, Catherine.«

Catherine streifte ihre Latexhandschuhe über und nahm die Schere an sich, ehe sie den traumatisierten Arzt hinausführte.

Sie redete beruhigend auf den Arzt ein, so, wie man mit einem Kranken spricht, und erklärte ihm, dass sie seine Aussage brauchen würde. Augenblicke später schien es ihm schon wieder besser zu gehen, und sie waren im Stande, den Transport der Gefangenen in den Hochsicherheitstrakt des Gefängnisses von Clark County zu besprechen – ein Vorhaben, das der Arzt nur allzu gern unterstützen wollte.

Als Catherine das Krankenhaus eine halbe Stunde später verließ, dachte sie an die mehr als ein Dutzend Menschen, die unter den Händen dieses hübschen Monsters gestorben waren. Das wahrhaft Teuflische an der Sache war, dass Catherine trotz der beiden Geiselnahmen nicht sicher war, ob ihre Beweise reichen würden, Rene Fairmont wegen Mordes vor Gericht zu bringen.

Oh, sicher, sie konnten den barmherzigen Engel von der Straße und den Pflegeheimen fern halten, gewiss, aber eine Menge Leute, lebendig oder tot, hatten das Recht zu sehen, wie Renes Mordorgie aufgedeckt und jede einzelne böse Tat gesühnt wurde.

Catherine würde ins kriminaltechnische Labor zurückkehren und alles noch einmal sorgfältig überprüfen. Die jetzt schon lange Schicht versprach, noch sehr viel länger zu werden. Die Möglichkeit, eine Serienmörderin zu überführen, rechtfertigte jedoch die zusätzlichen Überstunden.

Nick Stokes befand sich nicht an einem Ort, an dem er sich vorzufinden je gewünscht hätte.

Grissom und Brass waren mit Jimmy Doyle zum Department zurückgefahren, Sara und Tomas Nunez verglichen im Labor Jimmys iPod-Dateien mit denen auf Kathys Computer, und

Nick durfte sich allein mit den Beweisen im *Desert Haven* herumschlagen.

Und hier war er nun, in einem Beerdigungsinstitut, mitten in der Nacht und vollkommen allein.

In der Garage fotografierte er die Kartons, die Jimmy Doyle durchwühlt hatte. Die Fotos und Doyles Fingerabdrücke würden ein überzeugendes Indiz dafür liefern, dass der junge Mann damit gerechnet hatte, an dieser Stelle die .22er Automatik zu finden – er hatte sie schließlich dort auch versteckt.

Dann, auf dem Korridor, sicherte Nick die Fingerabdrücke auf dem Betonkasten, mit dem Doyle Captain Brass verletzt hatte. Auch diesen fotografierte er, bevor er ihn zurück in den Arbeitsraum brachte, der im Grunde ein Lager für Särge und Versenkkästen darstellte.

Der Raum, etwa so groß wie die Garage, war mit Metallregalen aus jeweils fünf Fächern ausgestattet, die unteren dienten der Ablage der schweren Beton- oder Metallversenkkästen, die oberen drei der Ablage von Holz- und Metallsärgen. Die Metallsärge gab es sogar in den Farben Grau, Blau oder Rosa.

Hoch oben, in der Mitte des Raums, hing an Metallstreben ein Kran, der dem in der Garage des CSI sehr ähnlich war. Eine Stahltreppe auf Rädern stand neben dem Kran bereit, um den Arbeitern das Einhängen des jeweiligen Sarges zu erleichtern. Auf dem Boden, ebenfalls in der Mitte des Raums, standen drei Tische in einer Reihe, jeder in etwa so groß wie ein ausgewachsener Mensch. Auf diesen Tischen lag der einbalsamierte Leichnam so lange, bis ein Sarg fertig zurechtgemacht war für die Aufbahrung. Dann wurde der Leichnam in den Sarg gelegt und letzte Details wurden korrigiert, ehe die Trauernden sich das Ergebnis anschauen durften.

Im *Desert Haven* wurde am Fließband gearbeitet. Leichen wurden mit solch nüchterner Eile durchgeschleust, dass die Verwechslung zweier Leichen – eigentlich zweier Särge – durchaus möglich war. Immerhin war sogar eine Leiche verschwunden, ohne dass irgendjemandem etwas davon aufgefallen war.

Nick blickte zu dem Betonkasten, mit dem Captain Brass verletzt worden war und der immer noch auf einem Rollwagen lag. Er hatte ihn in den Raum zurückgeschoben. Nick fragte sich, ob dieser Versenkkasten bereits für einen Toten bereitgestellt worden war oder ob Doyle ihn gerade aufgeladen hatte, bevor sie ihm dazwischengekommen waren.

Jedenfalls hatte der Knabe nur wenig Zeit gehabt, um den Betonkasten zu verladen und als Rammbock zu benutzen. Der Bestattergehilfe war von Brass' Auftauchen schließlich überrascht worden und hatte zum Nächstbesten greifen müssen. Nicks Neugier war geweckt, und er begann, den Deckel des Kastens in den Kran einzuhängen. Als er aber den Kran aktivierte, hob dieser nicht nur den Deckel an, sondern den ganzen Kasten.

Was bedeutete, dass der Versenkkasten versiegelt war.

Das war eigentümlich, und Nick rief seine Kollegin Sara über sein Mobiltelefon an. »Ich bin's«, sagte er. »Haben Grissom und Brass schon mit Doyles Verhör begonnen?«

»Noch nicht. Doyle ist in Gewahrsam und Brass lässt sich noch die Rippen verbinden. Er versucht vermutlich, die Ärzte zu überzeugen, ihn weiterarbeiten zu lassen. Wie gefällt es dir mitten in der Nacht in einem Beerdigungsinstitut?«

»Oh, das ist toll. Falls sich irgendjemand ranschleicht und ›Buh!‹ macht, erschieße ich ihn einfach. Hör mal, Sara, ich bin über etwas gestolpert, das Grissom vermutlich als Anomalie bezeichnen würde.«

»Und das wäre?«

Er erzählte ihr von dem versiegelten Versenkkasten.

»Ich weiß nicht genug über das Beerdigungsgeschäft, um dir zu sagen, ob das ungewöhnlich ist oder nicht«, sagte Sara. »Warum fragst du nicht einfach Dustin Black?«

»Gute Idee. Ist er noch da?«

»Nein. Grissom hat ihn vor einer Stunde nach Hause geschickt. Er sah aus wie ein geprügelter Hund, als er gegangen ist.«

»Nicht verwunderlich. Hast du seine Telefonnummer?«

»Ich kann sie dir besorgen.«

Nick beendete das Gespräch und wählte eine neue Nummer.

Der Anrufbeantworter schaltete sich ein, und der fröhlichen Ansprache von Cassie Black folgte der vertraute Piepton.

»Mr Black, Nick Stokes von der kriminalistischen Abteilung. Falls Sie noch wach sind, nehmen Sie bitte ab – wir brauchen Ihre Hilfe.«

Ein müde klingender Black meldete sich am anderen Ende und sagte: »Ich weiß wirklich nicht, warum ich Sie zu diesem Zeitpunkt nicht endlich einfach ignoriere.«

»Vermutlich, weil die Zukunft Ihres Geschäfts davon abhängt, dass wir diese Sache aufklären«, antwortete Nick. »Und Sie von jedem Verdacht befreien.«

»Gutes Argument. Worum geht es?«

»Es tut mir wirklich Leid, Sie zu stören, aber ich frage mich, warum in ihrem Institut ein versiegelter Versenkkasten steht.«

»So etwas sollte dort nicht stehen.«

»Das dachte ich mir. Wird ein versiegelter Versenkkasten nicht direkt zum Friedhof gebracht?«

»Ja. Sind Sie sicher, dass er versiegelt ist?«

»Ich habe schon ein paar Erfahrungen mit versiegelten Versenkkästen sammeln dürfen. Ich gehöre zu den Leuten, die Rita Bennetts Sarg geöffnet und Kathy Dean darin gefunden haben.«

Unbehagliches Schweigen, dann: »Wir haben keine versiegelten Versenkkästen gelagert. Das hätte keinen Sinn.«

»Kann sich der Deckel vielleicht so sehr verkeilt haben, dass der ganze Kasten angehoben werden kann, ohne dass er sich löst?«

»Das bezweifle ich.«

»Sir, Ihr Laden ist derzeit ein Tatort. Wenn Sie uns dabei helfen möchten, wieder ein Geschäft daraus zu machen …«

»Ich bin unterwegs.«

Und damit war die Leitung tot.

Wie Catherine erwartet hatte – und vor allem erhofft –, fingen die Beweise gegen Rene Fairmont ganz allmählich an, sich zu stapeln.

Die Handschriftenexpertin Jenny Northam hatte die Fälschungsübungen aus Renes Mülleimer mit der Unterschrift auf der Besucherliste des *Sunny Day* verglichen und eine Übereinstimmung festgestellt. Außerdem hatte Catherine bereits ermittelt, dass ein Taxi zu Renes Haus gefahren war, um *Mabel* dort abzuholen und zum *Sunny Day* zu bringen. Haare, die auf dem Rücksitz des Taxis gefunden worden waren, passten zu der Perücke, die Warrick sichergestellt hatte.

Der Modus Operandi bei der Vergiftung von Derek Fairmont und Gary Masters war der Gleiche. Blausäure war noch ein drittes Mal in Erscheinung getreten, als Flüssigkeit in der Spritze, die Rene der Frau auf dem Bankparkplatz an den Hals gehalten hatte. Das wiederholte Auftauchen dieses Giftes lieferte ein sehr überzeugendes Indiz. Sollte Catherine beweisen können, dass die Blausäure von dem Mord an Masters aus derselben Quelle stammte wie die Blausäure in der Spritze, die sie bei Renes Verhaftung konfisziert hatte, dann wäre der Fall wasserdicht.

Eine Befragung in den Geschäften in der Nähe von Masters Büro hatte, Sergeant O'Riley sei Dank, gleich drei fotografische Identifikationen von Rene Fairmont zu Tage gefördert. Eine Identifikation durch Zeugen war damit ebenfalls zu erwarten. Der einzige Fehlschlag bestand darin, dass es Tomas Nunez nicht gelungen war, Rene mit einer der E-Mails auf Vivians Computer in Verbindung zu bringen.

Aber nun, da Catherine die Fingerabdrücke der Gefangenen hatte, war es ihr möglich geworden, AFIS dementsprechend abzufragen, und das Ergebnis war zufriedenstellend und vor allem tragisch: Unter diversen Namen in diversen Staaten wurde Rene Fairmont wegen Mordes gesucht. Ihre fünfzehnjährige Berufstätigkeit im Pflegebereich war nur ein Trick gewesen, der es ihr ermöglichte, die Patienten, denen sie eigentlich helfen sollte, um ihr Geld zu bringen. Wenn sie einen ihrer Schutzbefohlenen überzeugt hatte, sein Vermögen einer ihrer so genannten Wohltätigkeitsorganisationen zu hinterlassen, tat sie den letzten Schritt und tötete ihr Opfer.

Eine genauere Betrachtung all dieser Fälle offenbarte eine klare Linie falscher Wohltätigkeitsorganisationen und Postfächer, die sich von Florida bis Vegas erstreckte. Rene hatte geplant, Vegas zu verlassen und nach Osten zu flüchten. Sie mochte eine Soziopathin sein, aber sie besaß die Fähigkeit, sich als mitfühlende, engagierte Person darzustellen, der es nicht schwer fiel, sich in das Leben älterer, bedürftiger Menschen zu drängen. Fünfzehn Jahre hatte sie nicht nur ihre Opfer hinters Licht geführt, sondern auch die Ermittlungsbehörden, die Pflegeheime und Gott weiß wen noch …

… und schien bis zu der Verhaftung durch Catherine, Warrick und Vega nie wirklich in Gefahr geraten zu sein, erwischt zu werden.

Ihre Fingerabdrücke waren lediglich in der Datenbank gelandet, weil sie sie in den diversen Pflegeheimen hinterließ, in denen sie gearbeitet hatte. Erst, als sie aus den jeweiligen Städten verschwand, kam heraus, was sie im Schilde geführt hatte, und deshalb waren ihre Fingerabdrücke auch bei AFIS gespeichert worden. In Anbetracht der kurzen, wenn auch beeindruckenden Liste der Bezirke, die nach Rene fahndeten, fragte sich Catherine unwillkürlich, wie viele unbekannte Opfer es wohl noch gab.

Rene hatte nie die Hände nach dem großen Coup ausgestreckt, sondern sich stets mit kleinen Beträgen begnügt und war deshalb auf dem Radar vieler Behörden gar nicht aufgetaucht. Die Todesfälle waren einfach zu unauffällig gewesen. Beim ersten Anzeichen einer polizeilichen Ermittlung packte Rene stets ihre Sachen und verschwand.

Catherine und Warrick verglichen ihre Notizen und zogen die Beweise zu Rate. Überzeugt, dass nun alle notwendigen Beweismittel parat waren, kehrte Catherine zurück in die Notaufnahme, in der Rene auf den Transport in das Gefängnis wartete.

Rene Fairmont lag in einem kleinen Einzelzimmer der Notaufnahmestation, bewacht von zwei Uniformierten vor der Tür und zwei weiteren in ihrem Zimmer.

Als Catherine eintraf, verriet Renes leerer Blick nicht, ob sie ihre Anwesenheit überhaupt wahrnahm.

Vega trat auf Catherine zu, und sie unterhielten sich am Fußende des Bettes, als wäre ihr barmherziger Engel gar nicht zugegen. »Sie war ganz brav«, sagte Vega. »Hat keine Geiseln mehr genommen, seit Sie gegangen sind. Und gesagt hat sie auch nichts mehr.«

»Vielleicht liegt das daran, dass Sie sie mit dem falschen Namen ansprechen, Sam. Sie nennen sie Rene Fairmont.« Catherine drehte sich zu der Gefangenen um und winkte. »Darf ich vorstellen? Rene Delillo.«

Renes Augen wurden schmal, und obwohl ihr Gesicht keine Regung zeigte, offenbarte sich etwas Wildes in ihrer Mimik.

»Rene Delillo also?«, sagte Vega ungerührt.

»Das ist jedenfalls der Name, unter dem sie in Las Cruces, New Mexico gesucht wird.«

Die Gefangene starrte Catherine an, und ihre Lippen öffneten sich zu einem höhnischen Lächeln.

»Oder«, sagte Catherine, »Sie nennen sie Judith Rene – der Name, unter dem sie in Baton Rouge gesucht wird. Und da sind noch zwei oder drei andere. Wenn sie ihn uns nicht verrät, werden wir ihren wahren Namen vielleicht nie erfahren. Ebenso wenig wie wir erfahren werden, wie sie zu diesem interessanten Job gekommen ist.«

Rene fixierte die Kriminalistin, aber nun zeigte sich Gereiztheit in ihrem trotzigen Blick.

»Das heißt natürlich«, fuhr Catherine fort, »falls sie sich überhaupt an ihren richtigen Namen erinnern kann.«

Damit hatte sie offenbar einen Nerv getroffen, aber die einzige Reaktion bestand aus einer einsamen Träne, die über Renes Wange rann.

Catherine stellte sich neben dem Bett auf. Sie sah die Gefangene an, sprach aber weiter mit Vega: »Wissen Sie, Sam, ich habe nicht geglaubt, dass unsere Rene fähig ist, irgendetwas für irgendjemanden zu empfinden. Aber ich habe mich geirrt.«

Renes Lippen zitterten inzwischen, und eine weitere Träne bahnte sich einen Weg über die Wange.

»Sie empfindet etwas«, stellte Catherine fest, »für sich selbst.«

Im Verhörzimmer der kriminalistischen Abteilung rannen Tränen über das Gesicht eines anderen Mörders.

Jimmy Doyle, der Brass und Grissom gegenüber saß, während Sara Sidle sich im Hintergrund hielt, war beinahe so schwer zu knacken gewesen wie die Rippen des Detectives. Aber kaum hatten sie Doyle in das Verhörzimmer gebracht, fing er an zu heulen wie ein Baby, das nach seiner Mami brüllt.

»Ich ... ich wollte das nicht«, sagte Doyle. Ihm war angeboten worden, einen Anwalt anzurufen, aber er hatte es nicht getan.

Augenblicklich war Doyle nur ein verängstigtes Kind, aber ein ziemlich großes Kind, und Brass beabsichtigte, ihn in exakt diesem Zustand der Angst festzuhalten. »Sie wollten es nicht, Jimmy? Was denn, haben Sie ihr *versehentlich* in den Hinterkopf geschossen?«

Doyle nahm sich ein Taschentuch aus der Box, die Sara ihm dargeboten hatte, und kämpfte um seine Beherrschung. »Ich meine, ich ... ich wollte es nicht.«

»Dann hat sie Sie also darum gebeten«, gab Brass spöttisch zurück. »Es war eine Art Selbstmord ... ein Gnadenstoß ...«

»Aufhören! Aufhören! So war das überhaupt nicht ...«

»Wie war es, Jimmy?«

»Sie haben sie nicht gekannt. Sie wissen nicht, wie sie sein konnte, wie sie einen Mann einfach um den kleinen Finger wickeln konnte. Hätten Sie sie gekannt, würden Sie das verstehen. Dann würden Sie wissen, dass das alles ihre Schuld ist.«

Der Detective musste das Verlangen bezwingen, von seinem Stuhl aufzuspringen und ...

»Was war ihre Schuld, Jimmy?«, fragte Sara sehr ruhig, beinahe sanft.

Er schluckte, sein Gesicht glänzte tränennass. »Sie wollte alles ruinieren. Alles, wofür ich gearbeitet habe.«

Wieder ruhiger fragte Brass: »Wie wollte sie das tun?«

Trotz der Handschellen trommelten Doyles Finger in einem nervösen Rhythmus auf der Tischplatte. »Ich bin kein reiches Kind. Ich habe keine goldenen Löffel. Aber als ich in der High School war, hat mir Mr Black einen Job gegeben. Ich habe mit meiner Mutter zusammengelebt, mein Vater ist … irgendwo. Aber Mr Black war wie ein Vater für mich.«

Für Kathy auch, dachte Brass.

Der Junge fuhr fort: »Es ist nicht leicht, Hilfskräfte für ein Beerdigungsinstitut zu finden. Die meisten Jungs halten das nicht aus, wissen Sie. Aber ich hatte die Nerven dazu. Ich hatte das nötige Talent. Mr Black hat das erkannt, und ich habe den Job angenommen und mit dem Geld meine Schule bezahlt, und jetzt bin ich sein erster Gehilfe. Ich habe einen Haufen Jungs in diesem Punkt überholt, die alle viel älter waren als ich. Sie wissen doch, wie erfolgreich das *Desert Haven* ist? Ich könnte in ein paar Jahren reich sein, ein angesehener Bürger.«

»Inwiefern ist Kathy da im Weg gewesen?«

»Kathy hat gesagt, sie wäre schwanger. Sie wollte wissen, ob ich bereit war, sie zu heiraten.«

»Was haben Sie gesagt?«

»Ja, habe ich gesagt! Klar! Natürlich! Ich wollte das Richtige tun.«

»Und warum haben Sie stattdessen das Falsche getan, Jimmy?«, fragte Sara.

Er ließ den Kopf hängen. Tränen tropften wie ein kleiner Regen auf die Tischplatte. »Sie verstehen das nicht. Mr Black, er und seine Frau, sie sind sehr konventionell. Sehr, sehr konservativ. Hätten sie herausgefunden, dass ich heiraten musste, weil ich einem Mädchen ein Kind gemacht habe … Mr Black – hätte mich gefeuert! Ich hätte alles verloren. Und er hätte mich nicht mehr geachtet.«

Die Worte hingen im Raum. Die beiden Kriminalisten und der Detective wechselten Blicke, die besagten: Jetzt haben wir alles gehört.

»Ich konnte nicht zulassen, dass diese selbstsüchtige Schlampe mir alles kaputtmacht. Ich habe ihr gesagt, sie soll das Kind abtreiben. Wir hätten immer noch heiraten und Kinder haben können, nur nicht jetzt! Sie hat ihr Leben selbst ruiniert, nicht ich. Sie hat gesagt, sie würde verhüten! Sie war eine Lügnerin!«

»Sie hat Ihnen gesagt, Sie wären der Vater ihres Kindes?«, fragte Grissom.

»Ja! Ja, ja, natürlich.«

»Warum haben Sie ihr geglaubt?«

»Häh?«

Grissom zuckte mit den Schultern. »Sie war eine Lügnerin. Warum haben Sie ihr geglaubt?«

Der Junge mit dem tränennassen Gesicht schaute von einem zum anderen, und als sein Blick an Sara hängen blieb, ergriff diese das Wort.

»Es war nicht Ihr Baby, Jimmy«, sagte sie.

»Was?«

»Sie war schwanger, aber nicht mit *Ihrem* Kind.«

Die Augen des Jungen erstarrten. Die Tränen waren urplötzlich versiegt.

»Dustin Black war der Vater«, klärte Grissom ihn auf.

»Nein ... nein, das ist unmöglich. Nicht Mr Black! Kathy hätte mir nicht erzählt, dass sie schwanger ist, wenn sie mich nicht hätte heiraten wollen. Richtig?«

»Sie waren der Ersatzspieler.«

»Was?«

»Falls Dustin Black seine Frau nicht verlassen hätte ... er war ein erfolgreicher, angesehener Geschäftsmann, sie erinnern sich? Sie brauchte jemanden, der die Verantwortung übernahm.«

»Sie hat sich vielleicht nicht gerade großartig verhalten, Jimmy«, fügte Brass hinzu, »aber sie war auch nur ein Kind. Ein Kind, das Angst vor der Zukunft hatte. Das Träume hatte.«

»Vielleicht«, sagte Sara, »hat sie nur jemanden gesucht, der sie liebt. Jemanden, der ihr Trost und Sicherheit spendete, oder jemanden, mit dem sie reden konnte.«

Der Junge schluckte mit kläglicher Miene. »Meinen Sie?«

Grissom zuckte mit den Schultern. »Wir wissen nicht, was Kathy gedacht oder gefühlt hat. Wir sind Wissenschaftler. Aber die DNS-Untersuchung hat schlüssig bewiesen, dass Sie nicht der Vater von Kathys Baby sind. Aber sie haben es umgebracht, als Sie Kathy umgebracht haben.«

Die Finger trommelten nicht mehr, und Doyle saß da und blickte aus toten Augen ins Leere.

Der Mörder wurde in die Zelle gebracht, und auf dem Korridor zeigte Sara Grissom und Brass eine Hand voll Papiere. »Übrigens, der iPod – er hat Kathy Dean gehört, genau, wie wir vermutet hatten. Tomas schließt gerade den Abgleich der Dateien mit denen auf Kathys Festplatte ab.«

»Vermutlich werden wir nicht einmal die Hälfte all dieser Beweise brauchen«, bemerkte Brass trocken. »Der Junge weiß, dass wir ihn erwischt haben, und jetzt versucht er, sein Gewissen reinzuwaschen, indem er uns alles erzählt, was er weiß.«

»Hat irgendjemand etwas von Nick gehört?«, fragte Grissom.

»Er hat im Bestattungsinstitut etwas Interessantes entdeckt«, sagte Sara.

»Das wäre?«

»Einen versiegelten Betonkasten. Er hat sich Blacks Telefonnummer von mir geben lassen. Aber ich habe keine Ahnung, was daraus geworden ist.«

»Ich glaube, ich weiß, was in dem Kasten ist. Sehen wir es uns an. Wollen Sie mitkommen, Jim?«, fragte Grissom ihn.

»Wenn irgendjemand anderes fährt, bin ich dabei.«

»Ich bleibe hier und kümmere mich um die bereits vorhandenen Beweise«, entschied Sara.

Aber da waren Grissom und Brass schon längst unterwegs.

Gemeinsam stemmten Nick und der Bestatter den Betonkasten auf. Ein Sarg kam unter dem Deckel zum Vorschein. Nick erkannte sofort, dass er genauso aussah wie der, in dem Kathy Dean gefunden worden war.

Über den Kasten hinweg sah Nick den Bestatter an, der den Blick aus geweiteten Augen erwiderte.

»Rita«, sagte Black.

»Ihr Gehilfe hat Sie zu einem nicht existierenden Anruf gelockt und dann einfach die kompletten Versenkkästen ausgetauscht«, sagte Nick seufzend. »Wir müssen uns vergewissern. Brechen wir das Ding auf … tut mir Leid, das sollte nicht respektlos klingen.«

Mithilfe des Krans zog Black den Sarg aus dem Kasten und legte ihn auf einen der Tische in der Mitte des Raums. Nick wartete, bis der Bestatter von der Leiter geklettert war. Dann fing er an, den Sarg zu öffnen. Die beiden Männer wechselten einen knappen Blick, und Nick hob die Deckenplatte hoch.

Im Inneren des luftdichten Betonkastens lag friedlich gebettet Rita Bennett. Hübsch frisiert und gekleidet, wie sie war, hätte sie ebenso gut auf dem Weg zum Drehort eines neuen Werbespots für ihren Gebrauchtwagenhandel sein können. Nicht einmal der Geruch des Todes trübte diese Illusion.

»Was jetzt?«, fragte der Bestatter?

»Diese sterblichen Überreste und der Sarg sind Beweisstücke in zwei Fällen, Mr Black.«

»Zwei?«

Der Kriminalist nickte. »Wir haben Rita exhumiert … oder versucht, sie zu exhumieren, weil der Verdacht besteht, dass es bei ihrem Tod nicht mit rechten Dingen zuging.«

Der Bestatter schloss die Augen. »Wann wird das alles endlich vorbei sein?«

Wie zur Antwort auf seine Frage sagte plötzlich eine Stimme: »Bald, du widerlicher Hurensohn. Sehr, sehr bald …«

In der Tür zum Arbeitsraum, gekleidet in Hemd und Hose, die aussahen, als hätte er darin geschlafen, stand Kathy Deans Vater Jason. Er wirkte zugleich verschlafen und wachsam. Ein mehrere Tage alter Bart verunzierte seine ebenmäßigen Züge, und sein dünnes Haar klebte ihm am Kopf.

Dean hielt eine Glock in der Hand.

Keine zwei Meter von Nick entfernt stand der Mann auf der anderen Seite des Sarges und hatte die Pistole direkt auf den Bestatter gerichtet.

Nick hatte keine Ahnung, ob der leidende Familienvater ein guter Schütze war, aber bei dieser Entfernung musste er das nicht sein. Black wäre sofort tot, wenn er den Abzug drückte, und auch Nick wäre tot, ehe er noch seine eigene Waffe aus dem Halfter ziehen konnte.

Aber vielleicht würde Dean gar nicht merken, dass Nick bewaffnet war – immerhin verwehrte ihm der Sarg den Blick auf die Neun-Millimeter.

»Ziehen Sie die Waffe aus dem Halfter«, sagte Dean mit monotoner Stimme. »Mit zwei Fingern.«

Nick gehorchte.

»Lassen Sie sie in den Sarg fallen.«

Wieder gehorchte Nick und platzierte die Waffe auf Rita Bennetts Leibesmitte.

»Jetzt schließen Sie den Deckel.«

Nick tat es und sagte: »Mr Dean, wir bringen das in Ordnung. Wir haben den Mörder Ihrer Tochter in Gewahrsam.«

»Der Mörder meiner Tochter steht direkt vor mir.«

»Nein«, sagte Black. »Ich habe sie nicht …«

»Es war ein Freund namens Jimmy Doyle«, sagte Nick. »Er hat für Mr Black gearbeitet.«

»Nie von ihm gehört«, entgegnete Dean, hob die Waffe und zielte auf die Brust des Bestatters.

»Meine Frau hat dich angerufen«, sagte Black resigniert.

»Ja«, antwortete Dean. »Ja, und sie hat mir alles erzählt. Willst du etwa abstreiten, dass du meine Tochter geschändet hast?«

Black sagte nichts.

»Sie war rein. Sie war eine Jungfrau. Und du … alt genug, ihr Vater zu sein … du hast sie geschändet …« Die Stimme des Mannes zitterte, die Waffe in seiner Hand nicht.

»Wir haben Beweise dafür, das …«, fing Nick an.

»Maul halten!« Dean riss die Waffe herum, sodass sie auf

Nicks Gesicht zielte. »Gehen Sie da rüber. Ich will, dass Sie hier drüben bei dem toten Mann stehen.«

Nick hob die Hände und ging um den Sarg herum zu Black.

Der Bestatter hielt die Hände hoch. Er war bereit, sich dem wütenden Vater zu opfern.

Bereit, dachte Nick, zu sterben.

»Ich habe dir vertraut«, schrie Dean und richtete die Waffe wieder auf Black. »Du hast Kinder! Wie konntest du nur so verdammt tief ...?«

Black sagte nichts.

»Du ... du hast sie ausgenutzt. Du ... du ...«

»Geliebt«, flüsterte Black. »Geliebt habe ich sie.«

Nick sah, wie sich Deans Züge spannten, ebenso wie der Finger am Abzug, doch gerade, als er sich auf ihn stürzen wollte, hallte Brass' Stimme durch den Raum.

»Nein, Mr Dean.«

Mit aufs Ziel gerichteter Waffe glitten Deans Augen von einer Seite zur anderen auf der Suche nach Brass, der irgendwo hinter ihm sein musste. Nick sah den Detective gleich neben der Tür, die Waffe auf Deans Rücken gerichtet. Neben ihm stand Grissom, unbewaffnet, aber mit grimmig entschlossener Miene.

»Sie wissen, was er meinem kleinen Mädchen angetan hat!«, schrie Dean, und seine Stimme hallte von den Betonwänden wider. »Warum sollte ich ihn am Leben lassen?«

»Ich weiß, was er getan hat«, sagte Brass. »Ich habe auch eine Tochter. Ich weiß, wie Sie sich fühlen ... ich verstehe Ihren Zorn und Ihre Verachtung.«

»Dann versuchen Sie nicht, mich aufzuhalten.«

»Wenn Sie diese Waffe nicht runternehmen, Mr Dean, dann muss ich auf Sie schießen. Ich kann kein Risiko eingehen – ich werde Sie ausschalten.«

»Sie würden mich umbringen? Nennt man das Gerechtigkeit?«

»Nein, aber das ist mein Job – Sie bedrohen das Leben eines Bürgers und eines Mitarbeiters des CSI. Und ich werde Sie ausschalten.«

»Das ist die Sache wert.«

»Wirklich, Mr Dean? Sie leiden, und Ihre Frau leidet ebenso. Crystal braucht Sie, Mr Dean. Bürden Sie ihr nicht noch eine Tragödie auf, mit der sie fertig werden muss. Allein.«

Nick beobachtete Deans Augen – sie blickten wild und unstet, aber die Waffe lag noch immer ruhig und schussbereit in seiner Hand.

Plötzlich ergriff Grissom das Wort. »Lassen Sie ihn leben«, sagte er. »Eine bessere Rache bekommen Sie nicht.«

»Was?«

»Er ist ruiniert«, stellte Grissom vollkommen sachlich fest. »Sie wissen, wie sensibel sein Geschäft ist. Seine Frau hat ihn verlassen, und der Grund dafür wird früh genug bekannt werden. Die ganze Stadt wird davon erfahren. Man nennt Vegas die Sündenstadt, aber Sie wissen, dass dies eine konservative Stadt ist – er wird erledigt sein.«

Plötzlich schien Dean zu zaudern. Nick sah, wie der Mann wieder zur der Vernunft kam.

»Grissom hat Recht«, sagte Brass. »Wenn Sie ihn wirklich leiden lassen wollen, Mr Dean, dann lassen Sie ihn am Leben.«

Dean dachte lange darüber nach …

… und dann fiel er auf die Knie und fing an zu schluchzen. Die Waffe hing nutzlos in seinen Fingern, als Nick vortrat, um sie dem Mann aus der Hand zu nehmen.

Nick legte dem verstörten Vater Handschellen an, aber als er seine Waffe aus dem Sarg holen wollte, sagte Grissom: »Oh, oh, oh … das ist jetzt ein Beweisstück, Nick.«

»Oh. Tut mir Leid, Gris.«

Grissom beugte sich zu Nick vor. »Bring Mr Dean raus, Nick«, flüsterte er. »Damit Jim das nicht tun muss.«

Der Detective ging auf den Bestatter zu. »Alles in Ordnung bei Ihnen?«

»Sie und Doktor Grissom«, sagte Black wie betäubt, »haben mir das Leben gerettet.«

»Wissen Sie, was ich getan hätte, wenn ich kein Cop wäre?«,

gab Brass zurück. »Ich bin nicht so sicher, ob ich mich nicht einfach zurückgelehnt und zugesehen hätte.«

Black fing an zu lächeln, ein langsames, irres Lächeln.

»Captain Brass, ich bin nicht sicher, ob ich mir nicht genau das hätte wünschen sollen. Ich bin überhaupt nicht davon überzeugt, dass Sie und der Doktor mir einen Gefallen getan haben.«

Die Mannschaft des CSI gönnte sich ein gemeinsames Frühstück in dem Lokal am Boulder Highway, in dem Catherine den Taxifahrer Gus Clein getroffen hatte.

Catherine und Warrick saßen auf einer Seite des Tisches, Sara und Nick auf der anderen. Grissom thronte auf einem Stuhl am Kopfende. Sie waren gerade damit fertig, einander von ihren jeweiligen Fällen zu berichten.

»Kathy Dean hat endlich ihren Frieden«, sagte Sara dann.

»Das ist mehr, als man über Jimmy Doyle oder Dustin Black sagen könnte«, meinte Grissom. »Oder über ihre Eltern. Wie konnte sich ein einigermaßen normales Kind wie Kathy in so eine manipulative Intrigantin verwandeln?«

»Mom und Dad«, erklärte Sara.

Grissom lächelte zurückhaltend. »Wie so viele Eltern haben die Deans ihr Kind nicht einfach geliebt, sondern zu sehr geliebt.«

»Und was ist aus Rita Bennett geworden?«, fragte Warrick.

Nick schüttelte den Kopf. »Keine Anzeichen für eine Vergiftung. Sie wurde nicht ermordet; sie hatte lediglich einen Herzanfall.«

»Also hat die Untersuchung eines Mordfalls, der keiner war, zu einem echten Mordfall geführt?«

»Ja. Ja, das stimmt in etwa.«

»Also«, fragte Catherine, »darf Peter Thompson den Besitz seiner Frau behalten, und seine Stieftochter bleibt im Regen stehen?«

»Hey, Cath, wir sind in Vegas, und es ist August«, sagte Nick. »Es regnet nicht. Außerdem hat sie einen Job – sie kommt gut zurecht, jedenfalls finanziell.«

»Was ist mit Atwater?«, fragte Sara. »Hat unser allseits geschätzter Sheriff jetzt immer noch einen großzügigen Gönner, obwohl er Thompson nicht einmal erzählt hatte, dass die Leiche seiner Frau verschwunden war?«

»Man sollte niemals nie sagen.«, gab Grissom zurück.

Sara war auf amüsierte Art schockiert. »Rory hat Thompson doch hoffentlich inzwischen von dem Leichentausch erzählt?«

»Gewissermaßen. Atwater hat Brass zu ihm geschickt. Und da ist Jim jetzt und versucht, den politischen Boden für den Sheriff zu ebnen.«

»Na ja«, sagte Warrick und hob sein Glas mit Orangensaft in die Höhe, »auf uns – wir haben in wenigen Tagen zwei der kompliziertesten Fälle gelöst, mit denen ein kriminaltechnisches Labor je zu tun hatte.«

Gläser und Kaffeetassen klirrten leise beim Anstoßen.

»Wir sollten nicht übermütig werden«, mahnte Grissom. »Die erste Mannschaft hat sich gut geschlagen, aber die zweite hat das erst ermöglicht.«

Catherine nickte. »Gil hat Recht – unser stellvertretender Leichenbeschauer, David, hat uns erst überzeugen müssen, Vivian Elliot als Mordopfer anzuerkennen. Jenny Northams Handschriftanalyse und die Untersuchungsergebnisse von Derek Fairmonts Überresten, die Greg uns geliefert hat, haben schließlich bei der Aufklärung geholfen.«

Auch Sara nickte. »Gregs DNS-Ergebnisse haben uns den Vater von Kathy Deans Baby geliefert, und Tomas hat den iPod aus Jimmy Deans Wagen Kathys Computer zuordnen können. Trinken wir auf unsere Reserveeinheit – wo wären wir ohne sie?«

Wieder stießen die Gläser aneinander, und Nick warf ein: »Aber lasst uns das denen nicht verraten«, was mit Gelächter beantwortet wurde.

Plötzlich schrillten all ihre Pieper gleichzeitig, worauf sich die Köpfe der anderen Gäste samt und sonders zu ihnen umdrehten.

»Arbeit? Jetzt?«, stöhnte Warrick.

»Armer Warrick …«, sagte Catherine.

»Ich kannte ihn«, führte Grissom den Satz fort.

Warrick setzte zur Antwort ein affektiertes Grinsen auf, war aber guter Stimmung.

Als sie zum Parkplatz gingen, hinaus in einen weiteren sengend heißen Tag, schüttelte Nick den Kopf. »Weißt du, Gris, wir haben so viel gearbeitet, ich weiß schon gar nicht mehr, ob das das Ende oder der Anfang einer neuen Schicht ist.«

»Manche Geheimnisse«, sagte Grissom, »sind selbst für die Wissenschaft nicht lösbar.«

CSI:
Den Tätern auf der Spur...

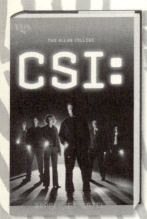

Doppeltes Spiel
ISBN 3-8025-3484-0

Tod im Eis
ISBN 3-8025-3237-6

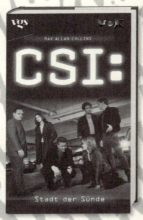

Stadt der Sünde
ISBN 3-8025-2967-7

Die Last der Beweise
ISBN 3-8025-3281-3

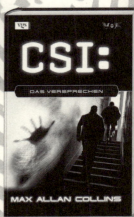

Das Versprechen
ISBN 3-8025-3472-7

www.vgs.de

Neue brisante Fälle in Miami – das CSI-Team ermittelt!

Fluchtpunkt Florida
ISBN 3-8025-3282-1

In der Hitze der Nacht
ISBN 3-8025-3283-X

www.vgs.de

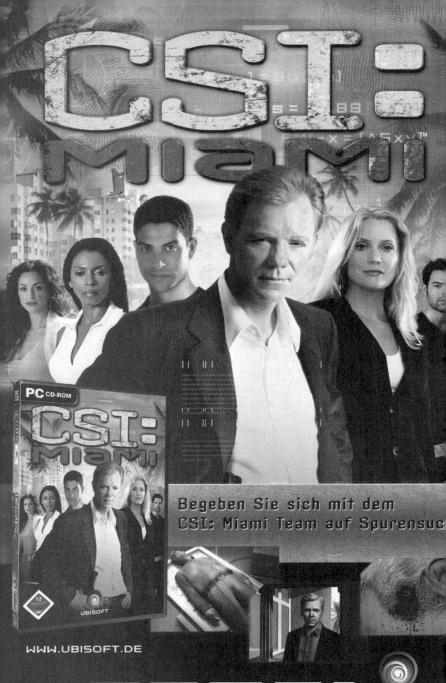